新訳　赤毛のアン

モンゴメリ
河合祥一郎＝訳

角川文庫
24594

Anne of Green Gables
By Lucy Maud Montgomery, 1908

Translated by Dr. Shoichiro Kawai
Published in Japan by
KADOKAWA CORPORATION

目次

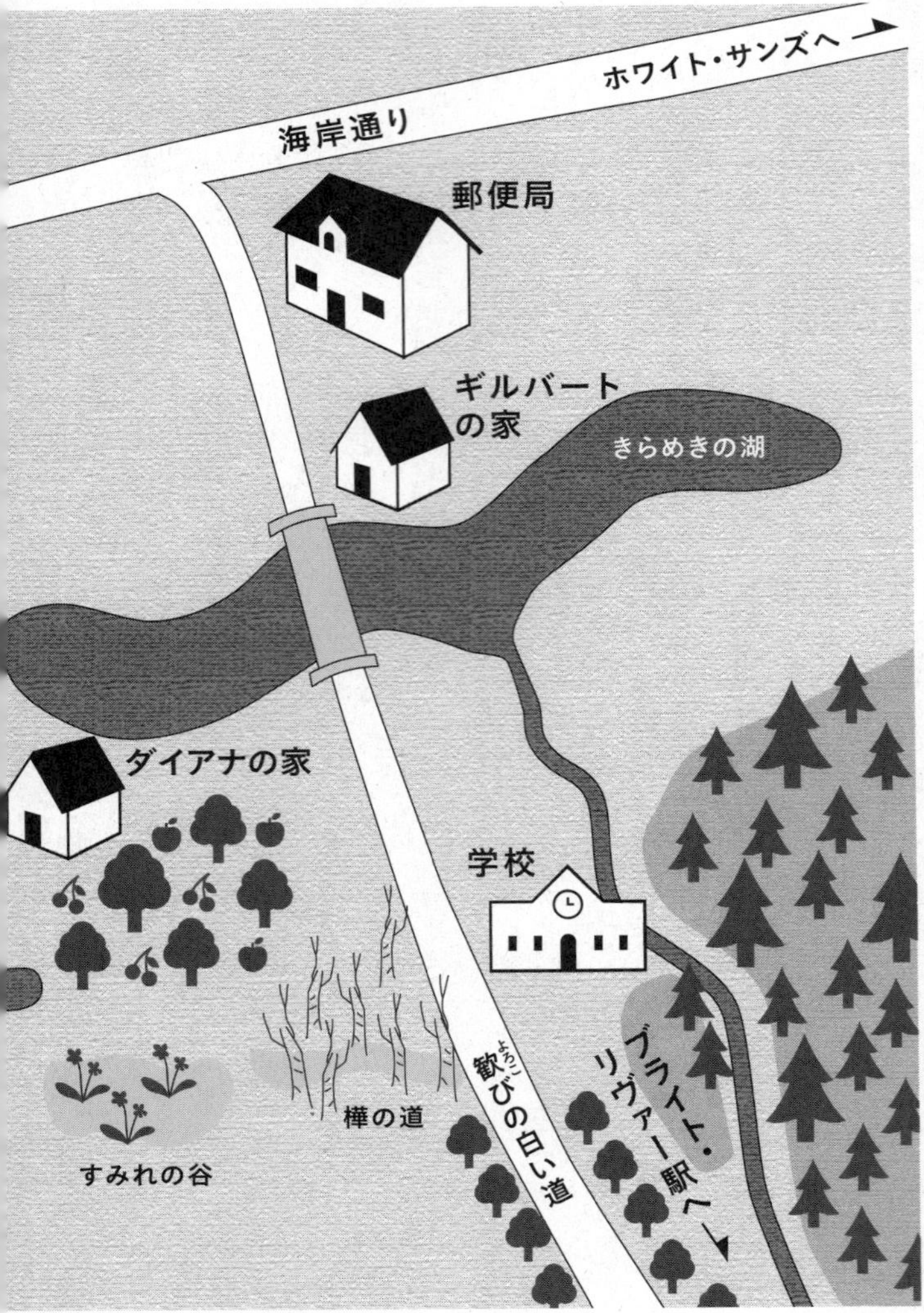

海岸通り
ホワイト・サンズへ
郵便局
ギルバートの家
きらめきの湖
ダイアナの家
学校
すみれの谷
樺の道
歓《よろこ》びの白い道
ブライト・リヴァー駅へ

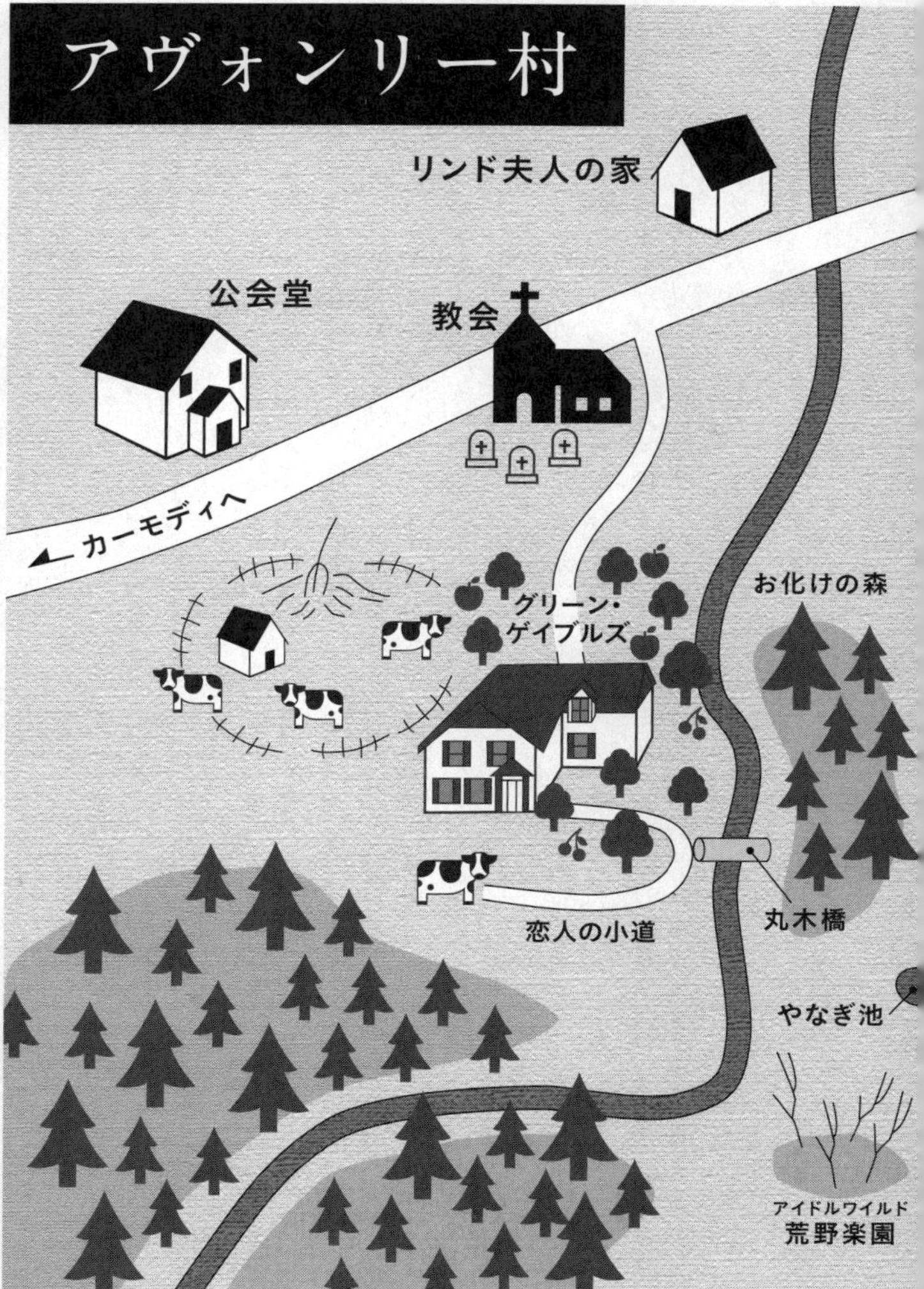
アヴォンリー村
リンド夫人の家
公会堂
教会
カーモディへ
グリーン・ゲイブルズ
お化けの森
丸木橋
恋人の小道
やなぎ池
荒野楽園《アイドルワイルド》

主な登場人物（年齢は最初の登場時）

アン・シャーリー　11歳の赤毛の少女。幼い頃に両親を亡くし、孤児院からプリンス・エドワード島のアヴォンリー村にある緑破風《グリーン・ゲイブルズ》の家へやって来る。

マリラ・カスバート　緑破風《グリーン・ゲイブルズ》の家で兄と暮らす頑固な独身女性。

マシュー・カスバート　マリラの兄。気弱で優しく、女性が苦手な変わり者。

レイチェル・リンド夫人　マリラの友人。村の様子に目を光らせている。

ダイアナ・バリー　11歳の黒髪の美少女。アンの親友になる。ミニー・メイの姉。

ギルバート・ブライス　アンと同じ学校に通う13歳の優等生。女子に大人気。

プリシー・アンドルーズ　16歳。フィリップス先生のお気に入り。弟にビリー。末の妹にアンと仲良しのジェーン11歳。

ルービー・ギリス　アンの同級生。恋のことばかり考える11歳。姉にスーザン。

ジョウジー・パイ　9歳。悪名高き大家族パイ家の末っ子。姉にガーティー。

チャーリー・スローン　11歳。アンに夢中。

ムーディー・スパージョン・マクファーソン　アンの同級生。アンと共にクイーン学院に挑む一人。妹にエラ・メイ。

ミス・ミューリエル・ステイシー　アヴォンリー校の新しい教師。

ミセス・アラン　新しく来た牧師の妻。

ミス・ジョゼフィーヌ・バリー　ダイアナの父のおば。気難しい老人。

赤毛のアン

汝《なんじ》、よき星の下に生まれ、
精と炎と露より作られし

ブラウニング

父母に捧《ささ》ぐ

第1章　レイチェル・リンド夫人、驚く

レイチェル・リンド夫人が住んでいたのは、アヴォンリー村の街道がふっと下り坂になって小さな窪地《くぼち》へ落ちこむあたりだった。まわりを榛《はしばみ》の木や釣舟草《レイディーズ・イヤドロップ》の花で囲まれた窪地には、カスバート家の古い屋敷のある森から流れてきた小川が通っており、この川は森の奥でこそ人知れぬ暗い淵《ふち》や滝のある、入り組んだ荒っぽい急流だと言われていたが、リンド家の窪地までやってくると、お行儀のよい静かなせせらぎに変わった。というのも、小川といえども、レイチェル・リンド夫人のお宅の前を通るときは、体面を気にして、きちんとしないわけにはいかないからだ。きっと小川にもわかっていたのだろう。リンド夫人が窓辺に坐《すわ》って、小川から子供に至るまで街道を通るすべてのものに厳しい目を光らせていることを。そして、リンド夫人は、何かおかしなことや場ちがいなことに気づくと、どうしてそんなことになっているのか、そ

のわけをつきとめずにはいられないということも。

自分のことをほったらかしにして他人事《ひとごと》に首をつっこむ人は、アヴォンリーでもどこでもたくさんいるが、レイチェル・リンド夫人は、自分のことをきちんとしたうえで、他人の世話を焼く類《たぐい》の人だった。立派な主婦であり、やるべき家事はいつもすませていたし、しかもきっちりすませていた。裁縫サークルを取り仕切り、日曜学校の運営を手伝い、教会後援会と外国伝道後援会の最強メンバーでもあった。ところが、それだけのことをやったうえで、リンド夫人は、何時間も台所の窓辺に坐って、悠々と木綿のニットのキルトを編んで──「十六枚も編んだんですってよ」とアヴォンリーの主婦たちはひそひそと噂したものだった──そのあいだじゅう、窪地を抜けて向こうの急な赤い丘をのぼっていく街道に、鋭い目を光らせていたのだ。アヴォンリー村は、セント・ローレンス湾へつき出した小さな三角形の半島にあって、両側に海が迫っていたため、村に入る者も出る者もこの丘越えの街道を通らねばならず、夫人の眼光鋭いチェックから逃れることなどできないのだった。

六月初めのある日の午後、夫人はその窓辺に坐っていた。暖かく明るい陽射しが、窓から燦々《さんさん》と射し込み、下の坂にある果樹園では、一面、頬《ほほ》を染めた花嫁さながらのピンクがかった白い花が満開となり、無数のミツバチがぶんぶん飛びまわっていた。トマス・リンド──アヴォンリーでは「レイチェル・リンドさんの旦那《だんな》さん」で通っていた気弱な小男——が、遅蒔《おそま》きのかぶの種を納屋の向こうの丘の畑に蒔いていた。緑の破風《グリーン・ゲイブルズ》〔破風とは三角屋根の下の三角の壁のこと〕の家の向こうに広がる大きな赤土の畑では、マシュー・カスバートも種蒔きをしているはずだった。そうリンド夫人が知っているわけは、昨日の夕方、カーモディの町にあるウィリアム・J・ブレアの店で、マシューがピーター・モリソンに、明日《あした》の午後かぶの種蒔きをするつもりだと話しているのを夫人はちゃんと聞いていたからだ。もちろんマシュー・カスバートは生まれてこのかた自分から話を切りだしたりしたことのない男だから、ピーターが尋ねたに決まっている。

ところが今、そのマシュー・カスバートが、忙しい日の午後三時半だというのに、落ち着きはらって馬車を走らせ、窪地を通って丘をのぼっていくではないか。しかも、白い襟《えり》カラーをつけ、晴れ着を着ているから、アヴォンリー村の外へ行こうとしていることは明らかだ。栗毛の雌馬に軽装四輪馬車を牽《ひ》かせているということは、かなりの遠出にちがいない。さあ、マシュー・カスバートはどこへ行こうとしているのだろう？　何をしに？

これがアヴォンリーのほかの男だったら、夫人は、あれやこれやを巧みにつなぎあわせて、どちらの問いにもそれなりの答えをひねりだすことができただろう。でも、マシューが家から出るなんてめったにないことだから、急な何かがあったにちがいない。これほど人見知りする男もいないのだ。知らない人の中や、口をきかなくてはならないところへは、一切出たがらないのだから、そのマシューが白い襟カラーをつけてきちんとめかしこみ、四輪馬車を走らせているなんて、これはちょっとした事件だ。リンド夫人は、どんなに頭をひねってもわけがわからず、せっかくの午後のお楽しみは台なしになってしまった。

「お茶のあとグリーン・ゲイブルズへ行って、あの人がどこへどうして行ったのか、マリラに聞いてみよう」さすがの夫人も、ついに匙《さじ》を投げた。「マシューは、大抵この時期に町になど行かないし、遊びに行くなんてありえないもの。かぶの種が足りないとしても、おしゃれをして四輪馬車を走らせて買いに行くはずはないし。お医者を呼びに行くにしては急いでいなかったし。でも、ああして出かけていくからには、昨夜《ゆうべ》か今日に、何かが起こったんだわ。何が何だかわけがわからないわ、まったくもって。今日どうしてマシュー・カスバートがアヴォンリーから出かけたのか知るまでは、一分たりとも落ち着けやしない」

こうして、お茶のあと、リンド夫人は出かけていった。遠くではない。果樹園に囲まれてゆったりと広がる大きなカスバート家の建物は、リンド家の窪地からほんの四分の一マイルほど上がったところにあった。ただ、敷地に入ってから家まで長い小道をずっと歩かなければならないので、近いとは言えないかもしれない。マシュー・カスバートの父親は、息子に負けず劣らず人見知りで無口だったので、この家屋敷を手に入れたとき、森の中へ引きこもらんばかりの勢いで、できるかぎり人から離れたところに居を構えたのだった。緑破風《グリーン・ゲイブルズ》の家は、父親が開墾した土地の一番端に建てられ、今でもそこにあるため、アヴォンリー村の家々が仲良く並んでいる街道からはほとんど見えない。レイチェル・リンド夫人に言わせれば、そんなところの生活は生活とは呼べなかった。

「ただの仮住まいだわ、まったくもって」轍《わだち》が深く刻まれた草ぼうぼうの野バラの小道を歩きながら、夫人は言った。「こんな奥まったところに二人きりで住んでるんだもの、マシューとマリラが少々変わり者なのは当然よ。木じゃ、話し相手にもなりゃしない。なるかどうか神のみぞ知るだわ。あたり一面、木ばっかり。私なら人間を相手にしたほうがいいわね。あの二人は満足しているみたいだけど。でもまあ、慣れたんでしょうね。人間、慣れりゃ、何にでも平気になる。首をくくられたって平気になるって、アイルランド人は言いますからね」

そう言ったとき、小道が尽きて、緑破風《グリーン・ゲイブルズ》の家の裏庭に出た。緑が豊かで、きちんときれいに片付いた庭で、片側に巨大な長老のような柳があり、反対側にはロンバルディ・ポプラの木が澄まして並んでいた。枝一本、石ころひとつ転がっておらず、手入れが行き届いていた（夫人が見逃すはずないから、まちがいない）。マリラ・カスバートは家の中と同じぐらい庭も掃除しているというのが、夫人の意見だった。屈辱に耐えるという意味の「塵《ちり》を食らう」という諺《ことわざ》があるが、地面に直接食べ物を並べたとしても、塵を口にすることはなさそうだった。

リンド夫人は台所のドアを元気に叩《たた》き、「どうぞ」という声を聞いて中へ入った。緑破風《グリーン・ゲイブルズ》の家の台所は、気持ちのよいところ——と言いたいところだが、あまりにも片付きすぎて、まるで一度も使ったことのない応接間のようだったので、そうでなければ、さぞかし気持ちがよかったろうにと思えた。窓は東と西にあって、裏庭に面した西向きの窓からは六月のうららかな陽射しが射し込んでいたが、緑の蔦《つた》に覆われた東向きの窓からは、左手の果樹園の白い桜がちらりと見え、小川のほとりの窪地で細い樺《かば》の木がうなずくように揺れているのがほらりと見えるばかりだった。マリラ・カスバートは、めったに腰を下ろさなかったが、腰を下ろすときは東向きの窓辺と決めており、いつも陽射しをいささか胡散臭《うさんくさ》そうに見るのだった。マリラにとって、まじめでなければならない世の中を照らすには、ちらちら躍りまわる陽射しは、いい加減すぎるように思えたのだ。そして今、マリラはその東の窓辺で編み物をしており、背後のテーブルには夕飯の支度ができていた。

リンド夫人は、ドアを閉め切らぬうちに、テーブルの上に並べられたものをすっかり見てとった。お皿が三枚出ている、ということは、マシューが誰かを家へ連れてきてこの〝お茶《ティー》〟〔ここでは夕食の意味〕を一緒に食べようというつもりにちがいない。でも、お皿は普段使っているお皿で、クラブアップル〔姫りんご〕のプリザーブとケーキが一種類しか出ていないということは、お客は特別な人ではないということだわ。でも、それじゃ、マシューの白い襟カラーと栗毛の馬はどうなるのかしら？　静かで何の変哲もない緑破風《グリーン・ゲイブルズ》の家に起きたこのただならぬ謎に、夫人はすっかり頭がくらくらしてきてしまった。

「こんばんは、レイチェル」マリラがてきぱきと言った。「ほんとにすてきな夕方ね。おかけにならない？　みなさん、どうしていらっしゃる？」

マリラ・カスバートとリンド夫人のあいだには、二人が似ても似つかないにもかかわらず――というよりは、それゆえに――ほかに呼びようがないのでとりあえず友情と呼んでおくしかないものがあった。

マリラは背の高い、痩《や》せた女性で、まるみのないごつごつした体つきだった。白髪が交じった黒髪を、いつもしっかりと小さなおだんごに結い上げて、二本の金のヘアピンをぐさっと刺していた。世事に詳しくない融通のきかない感じだったが、事実そのとおりの人だった。ただ、口許《くちもと》には、ユーモアのセンスがあると言えそうで今ひとつはっきりしない何かが浮かんでいるのが、せめてもの救いだった。

「みな元気にしてるわ」リンド夫人は言った。「そちらこそだいじょうぶ？　だって、今日マシューが出かけるのを見たのよ。お医者さんを呼びに行ったのかと思ったわ」

マリラの唇が、やっぱりね、というふうに歪《ゆが》んだ。リンド夫人がやってくることはわかっていたのだ。マシューがあんなふうに説明のつかぬ様子で遠出に出るのを見たら、このお隣さんがわけを知りたくてうずうずすることはわかりきっていたのだ。

「いえいえ、私は元気ですよ。昨日、歯がひどく痛んだけれど」とマリラは言った。「兄はブライト・リヴァー駅に行ったんですよ。ノバスコシア州にある孤児院から男の子を引き取ることにしたんでね。今日、汽車で来るのよ」

「兄がブライト・リヴァー駅へ行ったのは、オーストラリアからカンガルーを迎えるためです」と言われたとしても、リンド夫人はこれほど驚かなかったことだろう。五秒間ものあいだ、口もきけずに動けなくなってしまった。マリラがふざけているなんてことはありえなかったが、夫人には、そうとしか思えなかった。

「本当なの、マリラ？」やっと口がきけるようになると、夫人は尋ねた。

「ええ、もちろんよ」マリラは、ノバスコシア州の孤児院から男の子を引き取ることが、前代未聞であるどころか、真っ当なアヴォンリーの農場では毎春恒例になっているかのように言った。

リンド夫人は打ちのめされたように感じて、感嘆符つきで考えた。男の子ですって！　よりにもよってマリラとマシュー・カスバートが男の子を引き取るですって！　孤児院から！　世の中めちゃくちゃだわ！　こんなにびっくりしたんじゃ、これから先何があっても驚かないでしょうよ！　絶対に！

「どうしてそんなことを考えたのよ」夫人は、賛成できないという口調で尋ねた。相談もなしにそんなことをされたのだから、賛成なんかできるわけがないのだ。

「いえね、ずっと考えてたんですよ――はっきり言って、前の冬からずっと」とマリラは答えた。「クリスマス前に、アレグザンダー・スペンサーの奥さんがうちにいらして、春になったらホープタウンの孤児院から女の子をもらうっていう話をなさってね。いとこがそっちに住んでいらして、奥さんも行ったことがあるので、事情はよくご存じなんですって。それからというもの、兄と私は、何かにつけてその話をするようになって。うちでは男の子をもらうことにしようって考えたんですよ。兄は、あのとおり年をとってきたでしょ――もう六十よ――昔のようにきびきび動けなくなってしまって。心臓がかなりいけなくてね。それに、人を雇ったらひどく面倒になるってことは、あなたもご存じでしょ。雇える連中といったって、あの半人前のぐずなフランス人しかいないし、そんなのを雇って何かを教えたところで、すぐにロブスターの缶詰工場だのアメリカだのに行ってしまうもの。最初、兄はイギリスのバーナード孤児院の男の子がいいって言ったんだけど、私、それには『いや』ってきっぱり言ったんですよ。『いい子かもしれないけど――そうじゃないなんて言ってませんよ――でも、ロンドンの孤児《みなしご》だけはごめんですよ』って言ってやったの。『少なくとも、この国の生まれの子がいいわ。どんな子であれ、何かしら問題はあるかもしれないけど、カナダ生まれの子をもらったほうが安心できるし、枕を高くして眠れるってもんですからね』って。それで結局、スペンサーの奥さんが女の子を引き取りに行かれるときに、うちにも一人連れてきてくださいとお願いすることにしたのよ。先週、奥さんがお出かけになるって聞いたので、よさそうな賢い子を連れてきてほしいとカーモディの町のリチャード・スペンサー家の人にことづけたの。十か十一くらいの子を——すぐに仕事を手伝ってもらえてまだ躾《しつけ》がきくのは、それくらいが一番いい年頃だろうって話になってね。きちんとした家庭生活をさせて、しっかりした教育も受けさせるつもりですよ。さっきアレグザンダー・スペンサーの奥さんからの電報が駅に着いて——郵便屋さんが届けてくれたんだけど——今日、五時半の汽車で来るっていうの。それで兄がブライト・リヴァー駅まで迎えに行ったんですよ。スペンサーの奥さんが、そこでその子を下ろしてくれることになっていてね。もちろん、奥さんはホワイト・サンズ駅までいらっしゃるわけだけど」

リンド夫人は、いつも思ったことを包み隠さず口に出すことを自慢にしていた。このときも、知らせに驚いた心を落ち着かせてから、早速しゃべり始めた。

「ねえ、マリラ、はっきり言わせてもらうけど、あなた、ひどくばかなことをしでかしたものね——危ないことですよ、まったくもって。どんな子が来るか、わからないじゃない。見ず知らずの子を家に入れるのに、その子について、何ひとつ知ってるわけでなし。どんな性格なのか、どんな両親がいたのか、これからどんな子になるのかわかりゃしないのよ。つい先週も新聞で読んだんだけど、島の西に住む夫婦が孤児院から少年を引き取ったら、その子が夜、家に火をつけたっていうじゃないの――わざとよ、マリラ――それで、夫婦は危うくベッドで黒焦げになるところだったんですって。ほかにも、養子にした男の子が卵を吸う癖があって、やめさせられなかったなんて話もあるわ。私にひと言相談してくれたら――してくれなかったけど、マリラ――後生だからそんなことはやめてって言ったでしょうに、まったくもって」

心配してくれているようでいて実は相手を責めているこんな言葉を聞いても、マリラは腹も立てなければ気にもせず、せっせと編み物を続けていた。

「あなたの言うとおりかもしれないわね、レイチェル。私だって、不安だったんですよ。でも、兄がすっかり乗り気でね。そんなに乗り気なら『じゃあ、いいわ』って思ったの。兄が何かに夢中になることなんてめったにないから、そんなときにはこっちが折れなきゃっていつも思っているからね。だいたい、どうなるかわからないなんて言っても、この世で人間がやることは、何だって、どうなるかわかりゃしませんからね。そんなこと言ったら、自分の子供だって心配で産めなくなってしまうわ――必ずしも元気な子が生まれるとはかぎりませんからね。それに、ノバスコシアは、この島から目と鼻の先だし、イギリスやアメリカから子供をもらうのとは、わけがちがう。知らない子と言ったって、私らと大してちがいやしませんよ」

「うまくいけばいいけれど」リンド夫人は、うまくいくはずがないと心を痛めていることがはっきりわかる口調で言った。「ただ、その子がグリーン・ゲイブルズを灰にしたり、井戸に猛毒のストリキニーネを投げ込んでも、私が注意しなかったなんて言わないで頂戴《ちょうだい》よ――ニュー・ブランズウィックで孤児院の子がそういうことをして、一家全員のたうちまわって悶《もだ》え死んだっていう事件を聞いたことがありますからね。ただ、それは女の子だったっていうけれど」

「うちは、女の子をもらうわけじゃないから」マリラは、まるで井戸に毒を流すのは女の子だけがやることであって、男の子の場合は心配しなくていいかのように言った。「女の子を育てようなんて考えたこともありませんよ。アレグザンダー・スペンサーの奥さんの気が知れないね。でも、そうは言っても、あの人だったら、その気になれば、孤児院の子全員だって引き取りかねないけれど」

リンド夫人は、島の外からやってくるその孤児をマシューが連れて帰ってくるまでいたかったのだが、それまでゆうに二時間はかかると考え直した。ロバート・ベルの家に寄って、このニュースを話してこよう。みんな、この前代未聞のニュースに度肝を抜かれることまちがいなしだわ。夫人はみんなの度肝を抜くのが大好きだった。こうして夫人は暇《いとま》を告げて帰っていったので、マリラは少しほっとした。悪いことばかり言われたので、不安や疑念がまたむくむくと頭をもたげてきたからだ。

「まあ、それにしても、よりにもよって！」とリンド夫人は、マリラに聞かれることのない小道まで出てから絶叫した。「ほんと、夢でも見ているにちがいないわ。可哀想なのは、その子だわよ。マシューとマリラは、子供のことなんか何にもわかっちゃいないんだから、その子が、その子のおじいさんより賢くてしっかりしているのが当然って思いかねないわ。もっとも、その子におじいさんがいればって話で、どうせ、いないんでしょうけど。とにかくグリーン・ゲイブルズに子供がいるってこと自体、何だかおかしいわ。あそこに子供なんていたためしがないもの。マシューとマリラは、あの家が新しく建てられたときにはもう大きくなっていたし――それにしてもあの二人に子供だったときがあったなんて、今の二人を見るととても信じられない。何があってもらわれてくるその子の身にはなりたくないね。可哀想ったらありゃしない、まったくもって」

そんなふうに、リンド夫人は野バラに一所懸命話しかけていた。でも、もしちょうどそのころブライト・リヴァー駅でじっと待っている子供の様子が見えたとしたら、可哀想という思いは、もっと深く、心からのものとなっていたことだろう。

第2章　マシュー・カスバート、驚く

マシュー・カスバートと栗毛の馬は、ブライト・リヴァー駅までの八マイル〔約十三キロ〕を、ゴトゴトと気分よく進んでいた。あちこちのこぎれいな農場のあいだを抜けていく美しい道で、ときおりよい香りがする樅《もみ》の林を通ったり、野生のプラムが薄靄《うすもや》のような花をどっさりつけて枝を差し伸べている下をくぐって窪地《くぼち》を通ったりした。そこかしこにあるりんご園から甘い香りが漂っていた。牧場はなだらかに下っていき、真珠色と紫色に霞《かす》む地平線の彼方《かなた》まで続いていた。一方、

　小鳥は歌った、声をかぎりに
　夏が終わるよ、今日をかぎりに

と詩〔ジェイムズ・R・ローウェルの詩「サー・ローンファルの夢」〕にあるように、小鳥がけたたましくさえずっていた。

　マシューはマシューなりに馬車を走らせるのを楽しんでいたが、女の人に出会うと、会釈しなければいけないのはやりきれなかった——というのも、プリンス・エドワード島では、知り合いであろうとなかろうと、道ですれちがう人には、会釈することに

なっていたのだ。

マシューは、マリラとレイチェル以外の女性はみな怖いと思っていた。女という不可解な連中に、こっそり笑い者にされているんじゃないかと、落ち着かない気分になったのだ。それは杞憂《きゆう》ではなかったかもしれない。というのも、マシューは、体つきは不恰好《ぶかっこう》で、微《かす》かに緑がかった灰色の長髪は前屈みの肩まで垂れており、二十歳のときから柔らかいふさふさの茶色のひげを生やしているという風変わりな容貌《ようぼう》をしていたからだ。実のところ、二十歳のときから、今のような六十歳に見えていたのだ。ただ、昔はそれほど白髪がなかっただけの話だ。

ブライト・リヴァー駅に着いても汽車がどこにも見当たらないため、早すぎたかなと思ったマシューは、小さなブライト・リヴァー・ホテルの庭に馬をつないで、駅舎へ行ってみた。長いプラットフォームは、がらんとしている。唯一目に入る人間と言えば、ずっと端っこの玉砂利の山に腰かけている女の子だけだった。マシューは「ああ、女の子か」とちらりと思っただけで、その子を見もせずに、できるだけ早く、そそくさと前を通りすぎた。もし見ていたら、その子の態度や顔つきには、ものすごい緊張と期待がこめられていたことに気づいただろう。そこに坐《すわ》って、何かを、あるいは誰かを待っており、そのときは坐って待つしかなかったので、全力で坐って待っていたのだった。

マシューは、駅長が切符売り場を閉めて夕飯を食べに家に帰ろうとしているところに出くわしたので、五時半の汽車はもうすぐ着くか、と尋ねた。

「五時半の汽車はもう来て、三十分前に出ましたよ」てきぱきと駅長は答えた。「でも、お宅のところへ行くお客が一人降ろされましたよ――女の子でね。あの砂利に坐ってる子です。婦人用待合室で待ってらっしゃいって言ったんですが、『外で待っていたい』って、真顔で言いましてね。『外のほうが想像力を働かす余地があるから』だって。ありゃあ、随分変わった子ですよ」

「うちに来るのは、女の子じゃないんだ」マシューは、ぼんやり言った。「男の子を迎えに来たんだ。ここにいるはずなんだが。アレグザンダー・スペンサーの奥さんが、ノバスコシアからわしのところへ連れてくる手はずなんだ」

駅長は口笛を吹いた。

「手ちがいがあったんですかね」と駅長。「スペンサーの奥さんは、あの子を連れて汽車から降りてきて、私に預けたんです。あんたとあんたの妹さんが孤児院からあの子をもらい受けたから、今にもあんたがやって来るって言ってました。私の知っているのは、それきりですよ――ほかに孤児を隠したりしてませんからね」

「わからんな」マシューは途方に暮れてしまい、ここにマリラがいて事態に対処してくれたらよかったのに、と思った。

「まあ、あの子に聞いてみたらどうです」駅長は何の気なしに言った。「あの子が説明してくれるでしょう――あの子にも舌があるのは確かですからね。ひょっとしたら、あんたのほしかったような男の子がいなかったんじゃありませんかね」

駅長は空腹だったので、さっさと立ち去ってしまい、哀れ一人取り残されたマシューは、虎穴に入って虎子を取ってくる以上の難事――つまり少女に――それも見知らぬ少女――孤児の少女――に声をかけて、どうしておまえは男の子ではないのかねと問い質《ただ》すはめになったのだった。マシューは胸中うめきながらも向きを変え、少女に向かってゆっくりとプラットフォームを歩いていった。

女の子のほうでは、さっきマシューが前を通りすぎてからというもの、マシューから目を離さず、今やじっと凝視していた。マシューのほうは目をそらしていたが、かりにその子に目を向けたところで、次のような、普通の人なら見てとるその子の様子さえ目に入らなかっただろう。すなわち――

年の頃は十一ぐらい。みっともないつんつるてんのウィンシー織り（綿と毛の混紡）の黄ばんだ灰色の服を着ている。色褪《いろあ》せた茶色の麦わら帽から、とても豊かな真っ赤な髪を三つ編みにした二本のお下げが背中へ垂れている。白い小顔は痩《や》せていて、そばかすだらけ。口は大きく、目も大きく、光の具合や気分次第で瞳《ひとみ》は緑にも灰色にも見えた。

普通でもこれぐらいのことがわかるが、もっと気がつく人なら、顎《あご》がかなりとんがって目立っていることや、大きな目がきらきらと生気に満ちていることや、口許《くちもと》は愛らしく表情豊かで、おでこは広くて秀でていることなどもわかったことだろう。要するに、鋭い観察眼のある人なら、住む家がないこの少女の体には、並々ならぬ魂が宿っているとわかったはずなのに、人見知りをするマシュー・カスバートはこの子を滑稽《こっけい》なほど怖がっていたのだった。

しかし、マシューは、自分から話しかけずにすんだ。というのも、その子は、マシューが自分のところへやって来るとわかったとたん、立ち上がって、日焼けした細い手でみすぼらしい古ぼけたカーペット地の旅行鞄《りょこうかばん》の持ち手を握り、もう一方の手をマシューに差し出したのだ。

「グリーン・ゲイブルズのマシュー・カスバートさんですね？」ひときわ澄んだ、かわいらしい声で少女は言った。「お会いできて、とてもうれしいです。お迎えに来てくださらないんじゃないかと思い始めて、いらっしゃれなくなった理由をあれこれ想像していたんです。今日いらしていただけなかったら、線路を歩いていって、あの曲がり角のところの大きな桜の木に登って、ひと晩明かそうと思っていました。ちっとも怖くなんかないし、月明かりに白いお花が浮かびあがる桜の木で眠るなんて、すてきだと思いません？　大理石のお屋敷に住んでいるつもりになることだってできるでしょ？　今日は無理でも、明日《あした》の朝になったら、きっとお迎えにきてくださるだろうって思っていました」

マシューは、その痩せこけた小さな手をおずおずと取った。そうして、これからどうするか決心がついた。この目を輝かせている子に、まちがいがあったなんて、自分にはとても言えない。この子を家に連れ帰って、マリラに言ってもらおう。とにかく、どんなまちがいがあったにせよ、この子をブライト・リヴァー駅に置き去りにするわけにはいかないのだから、緑破風《グリーン・ゲイブルズ》の家に無事に戻るまで、質問も説明も全部先送りにしてしまえばいい。

「遅れて、すまなかった」マシューは恥ずかしそうに言った。「おいで。馬は、庭だ。鞄をよこしなさい」

「あら、自分で持てます」子供は陽気に返事をした。「重たくないんです。あたしの全財産が全部入っているんだけど、重たくないの。それに、持ち方に気をつけないと、持ち手が取れてしまうの――だから、コツがわかってるあたしが持ったほうがいいんです。ものすごく古い旅行鞄なのよ。ああ、いらしてくださってほんとよかった。桜の木で眠るのもすてきだったかもしれないけれど。お家《うち》までは遠いんでしょう？　スペンサーのおばさまは八マイルっておっしゃってたわ。うれしいな。あたし、馬車に乗るの大好きだから。ああ、おじさんと一緒に暮らしていけて、おじさんのお家《うち》の子になれるなんてすばらしいわぁ。あたし、どこかのお家《うち》の子になったことってないんです――ほんと。だけど、孤児院は最悪。四か月いただけだけど、もうたくさん。おじさん、孤児院に入ったことないでしょうから、おわかりにならないと思うけど、想像を絶するひどさよ。スペンサーのおばさまはそんなふうに言うあたしは悪い子だっておっしゃるけど、あたし、悪気はなかったの。悪気はないのにしてしまうってこと、よくあるでしょ？　いい人たちなのよ――孤児院の人たちは。ただ、想像力の広がる余地が孤児院にはないの――せいぜいほかの子たちを見てあれこれ思うくらい。みんなの身の上を想像するのはとてもおもしろいのよ――隣に坐ってる女の子はほんとは伯爵令嬢で、幼いときに両親のもとからさらわれて、さらった残酷な乳母はすべてを告白する前に死んじゃったとかね。夜は横になったまま眠らないでそんなことを想像してたわ。昼間はそんな暇ないんですもの。でも、だからあたし、こんなに痩せっぽっちなんだわ――ひどく痩せてるでしょ、あたしって？　がりがり。だから、自分がふっくらしているのを想像するのが好きなの。ひじにえくぼができるくらい」

　そこまで話すと、マシューの連れは言葉を切ったが、それは息が切れたためでもあるし、馬車のところに着いたためでもあった。少女はそれきり押し黙り、馬車が村を出て、小さな丘の急な坂を下りていくまで、黙ったままだった。坂道は柔らかい土を深くえぐるように下りていったので、両側の土手は二人の頭上数フィート〔一フィートは約三十センチ〕のところにあり、そこに花盛りの桜の木やほっそりとした白樺《しらかば》が立ち並んでいた。

野生のプラムの枝が馬車の横をかすると、少女は手を伸ばして花の枝を折った。

「きれいねえ？　土手から伸びてた、さっきの真っ白なレースみたいな木。あれ見て何を思い出す？」

「そうさな、わからんなあ」とマシュー。

「あら、花嫁さんに決まってるじゃない――真っ白ですてきな霞《かすみ》のようなヴェールをつけた花嫁さん。一度も見たことないけど、想像はつくわ。自分じゃ花嫁にはなれないと思うけど。あたし不細工だから、誰もあたしとなんか結婚したがらないもの――でも、外国へ行く宣教師さんなら別かも。外国へ行く宣教師の男の人ってあんまり選《え》り好みしないんじゃないかしら。でも、いつかあたしも白いドレス着てみたいな。そしたら、この世で最高の幸せよ。かわいい服って大好き。生まれてから一度もかわいい服なんて着たことないけど――でも、もちろんだからこそ着てみたいって思うのよね。そしたらあたし、ものすごく豪華に着飾るわ。今朝孤児院を出るとき、このひどい古いウィンシーの服を着なくちゃならなくて、もう恥ずかしくて仕方なかった。孤児院の子はみんなこれを着なきゃいけないのよ。こないだの冬ホープタウンのお店の人が、ウィンシーの生地を三百ヤードぐらい孤児院に寄付してくださったの。売れなかったからだなんて言う人もいたけど、親切でそうしてくださったんだってあたしは信じてるわ。きっとそうだと思わない？　汽車に乗ったとき、誰もがあたしを見て憐《あわ》れんでるっていう気がしたわ。でもあたし、最高に美しい水色の絹のドレスを着ているんだって頑張って想像したの——だって、どうせ想像するなら想像するかいのあるものを想像したほうがいいでしょ——お花とふさふさ揺れる羽根飾りがついた大きな帽子をかぶって金時計を持って子ヤギ革の手袋とブーツを身につけてるの。そしたらたちまち元気になって、この島までの旅行がとっても楽しくなったわ。船に乗ったときも、ちっとも酔わなかった。スペンサーのおばさまもよ。いつもは酔うんですって。あたしが船から海に落ちやしないかはらはらしどおしで、酔ってる暇なんてなかったっておっしゃるのよ。あたしみたいにあちこちうろちょろする子は見たことないって言われたわ。でも、そのおかげで酔わずにすんだのなら、あたしがうろちょろしたのも人助けってもんじゃない？　あたし、船にあるもの全部見たかったの。だって、船に乗れることなんか、もうこれっきりかもしれないでしょ。ああ、満開の桜の木がまだまだこんなに！　この島ってお花でいっぱいなのね。すっかり気に入ったわ。ここに住めるなんてうれしいわ。プリンス・エドワード島は世界一美しいところだっていつも聞いていて、そこに住めたらいいなって思ってたけど、ほんとに住めるなんて思ってもみなかった。想像していたことが本当になるって楽しいと思わない？　でも、あの赤い道、おかしいったらないわ。シャーロットタウンで汽車に乗ったとき、窓から見える赤い道が汽車のうしろのほうにどんどんすぎていくから、あたし、スペンサーのおばさまに、どうして道が赤くなるんですかって聞いたんだけど、おばさまにもわからないんですって。そして、頼むからもう質問はやめて頂戴《ちょうだい》、もう一千回も聞いたじゃないのっておっしゃるのよ。確かにそれくらい聞いたと思うけど、でも質問しなかったら、どうやってわからないことがわかるようになるかしら？　ね、道が赤いのはどうして？」

「そうさな、わからんねえ」とマシュー。

「じゃあ、それはいつか発見することのひとつだわ。これから発見することについてあれこれ考えるってすてきじゃない？　生きててよかったって思えるわ――世界って、すごくおもしろい。何もかもわかってしまったら、こんなにおもしろくはないわ。そうでしょ？　そしたら想像の余地もないものね？　だけど、あたし、おしゃべりしすぎかしら。みんないつも、あたしはおしゃべりしすぎだって言うの。黙っていたほうがいいかしら？　もしそうなら、あたし、黙るわ。あたしだって黙るって決めたら、黙ることだってできるのよ。難しいけど」

マシューは、自分でも驚いたことに、楽しくなっていた。大抵の無口な人と同じで、マシューはおしゃべりな人が好きだった。勝手にしゃべっていてくれて、こちらがいちいち反応しなくてもよいときはなおさらだ。でも、まさか小さな女の子と一緒にいて楽しく感じるなんて思ってもみなかった。女の人はもちろん苦手だが、小さな女の子はさらに苦手だったのだ。通りすぎるときに横目でこちらを見やりながら、こわごわマシューを避けていく女の子たちの様子が嫌でならなかった。まるで、ひと言でも口をきいたら、ひと呑《の》みにされやしないかと言わんばかり。しかも、それがアヴォンリーの育ちのよいお嬢さんたちのお行儀なのだ。ところが、このそばかすだらけの魔女みたいな子は全然ちがっていて、そのめまぐるしく切り替わる頭の回転についていくのは、ゆっくりと考えるマシューにはかなり骨が折れたが、「この子のおしゃべりは、何だか好きだ」と思えた。そこでいつものとおり、はにかみながらこう言った。

「いや、好きなだけ話してくれていい。かまわんよ」

「あら、うれしいわ。あたしたち仲良しになれるわね。話したいときに話せるって、ほっとするわ。子供は黙ってじっとしてなさいなんてもう百万回も言われたけれど。それに、あたしが大げさな言葉を使うからって、みんな笑うのよ。でも、大層なことを考えているときは大層な言葉を使って表現しなきゃならないでしょ？」

「そうさな、そりゃそうだ」とマシュー。

「スペンサーのおばさまは、あたしの舌が宙に浮いているにちがいないっておっしゃるんだけど、そうじゃないの――一方の端はしっかりくっついてるもの。おばさまが、お宅はグリーン・ゲイブルズという名前だと教えてくださったので、あたし、いろいろ質問したわ。そしたら、木に囲まれたお家《うち》だって言うから、あたし、ますますうれしくなったの。木って大好き。孤児院じゃ一本も木がなくて、ただ建物の前の白い小さな囲いみたいな中にほんのちびっちゃいのがぱらぱら生えてるだけ。何だかまるで孤児みたいに見えてしまって。その木を見てると泣けてきたわ。いつもこんなふうに話しかけてあげてたの。『まあ、可哀想な子たち！　もしもおまえたちが大きな森でほかの木に囲まれていたら、そして根元を小さな苔《こけ》や六月の鐘《ジューン・ベルズ》（下向きのベル形の花をふたつずつつける夫婦花。リンネソウとも）に覆われて、そばにせせらぎが流れ、枝で小鳥たちが歌ってくれてたら、大きくなれただろうにねえ。でも、ここじゃだめね。おまえたちの気持ち、痛いほどわかるわ、小さな木さんたち』って。今朝さよならをするのがつらかった。そういうものってとっても愛《いと》おしく思えるじゃない？　グリーン・ゲイブルズの近くには小川があるかしら？　スペンサーのおばさまに聞くの、忘れてたわ。

「そうさな、あるね。家のすぐ下のほうにある」

「すてき！　あたし、小川の近くに住むのがずっと夢だったのよ。でも、そうなるなんて思ってもみなかった。夢ってなかなか実現しないでしょ？　実現したらすごいものね？　でも今はあたし、完璧《かんぺき》に近いくらい幸せな気分。すっかり完璧に幸せな気分になれないのはね――これ、何色って言う？」

　少女は、痩《や》せた肩にかかった長いつやつやしたお下げの一方をねじって、マシューの目の前に突きつけた。マシューは、ご婦人がたの髪の毛の色を品定めしたことなどなかったが、このときは、まちがえようがなかった。

「赤じゃないか？」とマシュー。

少女は、ぽいとお下げをうしろにほうると、爪先からこみあげてくるような溜め息《たいき》をついた。まるで、長年積もりに積もった悲しみをすべて吐き出すかのようだった。

「そう、赤よ」あきらめたように、少女は言った。「これで、あたしが完璧に幸せになれないわけがわかったでしょ。赤毛の子は幸せにはなれないの。ほかのことは大して気にならないんだけど——そばかすとか、目が緑だとか、痩せっぽっちとかね。そんなことは、別の想像をすれば忘れられるわ。あたしは美しいバラ色の肌に、かわいらしい星のようなすみれ色の目をしてるって想像すればいいんだもの。ところが、赤毛は想像しても消えてくれない。一所懸命やってもだめなの。『あたしの髪は、輝ける緑の黒髪よ。カラスの翼のように真っ黒』って自分に言い聞かせるのよ。でも、そう言っているあいだもあたしの髪の毛はただの赤だってわかっていて、胸が張り裂けそうになるの。これは一生つきまとう悲しみだわ。前に、一生つきまとう悲しみを抱えた少女の話を読んだことがあるけど、その子は赤毛じゃなくって混じりっけなしの金髪でそれが雪花《せっか》石膏《せっこう》の額《ひたい》からうしろへ波打ってるの。〝雪花石膏の額〟って書いてあったけど、それ、何？　わからなかったわ。教えてくださる？」

「そうさな、わからんな」マシューは頭がくらくらするのをこらえて言った。無鉄砲だった少年時代にピクニックに行ったとき、ほかの少年に誘われて回転木馬に乗ったときのような感じだった。

「まあ、何にしろ、すてきなことにちがいないわ。神々しいほど美しい子なんですもの。神々しいほど美しかったらどんな気持ちになるかって想像したことある？」

「そうさな、ないね」マシューは、素直に白状した。

「あたしは、しょっちゅうあるわ。選べるとしたら、どれを選ぶ？——神々しいほど美しいのと、くらくらするほど頭がいいのと、天使のように善良なのと？」

「そうさな、ええっと——よくわからん」

「あたしもよ。決められないの。でも、どうでもいいわ。だって、あたしがどれかになることなんてありえないもの。天使のように善良には、あたし、絶対なれないわね。スペンサーのおばさまが言うのよ——あら、カスバートさん！　まあ、カスバートさん！　ああ、カスバートさん！」

　スペンサーのおばさまがそう言ったというのではない。また、この子が馬車から転がり落ちたわけでもなく、マシューが何か驚くようなことをしたわけでもなかった。ただ、曲がり角を曲がって〝並木道〟にさしかかっただけのことだった。

　ニューブリッジの人たちが〝並木道〟と呼んでいるこの道は、四、五百ヤード程の長さで、ある変わり者の農家のおじいさんが何年も前に植えた巨大なりんごの並木が両側から枝を広げて、完璧な花のトンネルになっているのだった。頭上には雪のように白く芳《かぐわ》しい花の天井がずっと続いており、枝の下は夕暮れの紫色に染まり、トンネルを抜けた遙《はる》か先は、大聖堂の回廊の突き当たりにある大きなステンドグラスのバラ窓のように、赤く染まった夕焼け空が円く光っているのだった。

その美しさに、少女は口もきけなくなってしまったようだ。座席の背にもたれ、胸の前で細い手を組み合わせたまま、うっとりとした顔を頭上の白い輝きに向けていた。そこを抜けて、ニューブリッジのほうへ長い坂道を下りているときでさえ、身動きもしなければ口もきかなかった。うっとりした顔つきで、遠く陽の沈む西のほうを見つめていたが、その目は燃えたつような夕焼けを背景に次々とよぎっていく幻を見ているようだった。にぎやかな小村ニューブリッジでは、犬に吠《ほ》え立てられ、小さな男の子たちにはやしたてられ、家々の窓から物珍しそうに覗《のぞ》かれながら、馬車はやはり静かに進んでいった。さらに三マイル程行っても、少女はまだ口をきかなかった。どうやらものすごい勢いでおしゃべりができるのと同じように、黙るとなると、じっと押し黙ることもできるようだった。

「だいぶ疲れて、お腹も空《す》いたろう」とうとうマシューは声をかけてみた。長いこと黙り込んでいる理由として、マシューにはそんなことしか思いつかなかったのだ。

「だが、もうすぐ着くからな——あと一マイルだけだ」

深い溜め息とともに夢想から醒《さ》めた少女は、魂が星に導かれてずっと遠くまでさまよっていたかのように、夢見るような眼差《まなざ》しでマシューを見た。

「まあ、カスバートさん」と少女はささやいた。「今、通ったところ――あの白いところ――何ていうんですか？」

「そうさな、おまえさんは〝並木道〟のことを言ってるんだろうなあ」マシューは、しばらくじっと考え込んでから言った。「まあ、きれいなところさ」

「きれいな？　あら、きれいななんてぴったりな言葉じゃないわ。〝美しい〟でもないし。どっちも足りないわ。ああ、すばらしかったわ――すばらしかった。想像力でふくらませることのできないものを見たのはあれが初めてよ。ここが」――と胸に手を置いて――「いっぱいになった気がしたわ。何だかへんにずきんと痛みを感じたんだけど心地よい痛みなの。そんなふうな痛みを感じたことがある？　カスバートさん」

「そうさな、ないと思うなあ」

「あたしはたくさんあるわ――ものすごく美しいものを見たときはいつもそう。でも、あんなすてきなところを並木道なんて呼んじゃいけないわ。そんな名前には意味がないもの。あそこは――そうねえ――〝歓《よろこ》びの白い道〟って呼ぶべきよ。想像力に満ちたすてきな名前じゃない？　あたし、場所や人の名前が気に入らないと、いつも新しい名前を考えだしてその名前で呼ぶの。孤児院にヘプジバ・ジェンキンズって女の子がいたんだけど、いつもその子のことをロザリア・ドゥ・ヴィアってことにしてたわ。ほかの人たちがあそこを並木道って呼んでもいいけど、あたしは〝歓びの白い道〟って呼ぶわ。ほんとにあと一マイルでお家《うち》なの？　うれしいけど残念だわ。残念だって言うのはこうして馬車に乗っているのがとっても楽しくて、あたし、楽しいものが終わるといつも残念って思うからなの。もっと楽しいものがあとからやってくるかもしれないけど、わからないでしょ。大抵はもっと楽しいってことはあんまりないのよ。あたしの経験ではそうだったわ。でも、お家《うち》に着くと思うとうれしいなあ。あのね、あたし物心ついてからというもの、ほんとのお家《うち》がなかったの。ほんとにほんとのお家《うち》に来たんだって思うだけであの気持ちのいい痛みを感じるわ。まあ、きれい！」

ちょうど丘のてっぺんを越えたところだった。下のほうには長く曲がりくねって川のように見える池があった。真ん中に橋がかかっており、そこから池の下手まで琥珀《こはく》色《いろ》をした砂丘が帯のように横たわって、その向こうに見える群青色の湾《いりえ》との境をなしていた——池の水面は、クロッカスの紫とバラ色と透き通るような緑色とが混ざって刻々とうつろい、そのほかの何とも言いがたい色もきらきら水面に浮かんでは消え、この世のものとも思われない多種多様な色合いとなっていた。橋の上手では、池は樅《もみ》や楓《かえで》の森の中へ入りこみ、揺れる木々の影を映して、暗く透き通っている。あちこちで野生のプラムが土手から身を乗り出している様子は、白い服の少女が爪先立って自分の姿を水面に映しているかのようだ。池の先にある沼からは、悲しげできれいなカエルの合唱がはっきりと聞こえてきた。行く手の坂道には、白い花盛りのりんご園があって、小さな灰色の家が顔を覗かせていた。まだすっかり暗くなってはいないのに、その窓には光がきらめいていた。

「バリーの池だ」とマシューが言った。

「あら、その名前も嫌だわ。新しい名前は――ええっと――〝きらめきの湖〟。そう、それがぴったりの名前ね。ぞくぞくするからわかるの。ぴったりの名前を思いつくとぞくぞくってするのよ。何かでぞくぞくするってこと、ない？」

マシューは、考え込んだ。

「そうさな、あるよ。きゅうりの畑を掘り起こすと出てくる、あの気持ちの悪い白い蛆虫《うじむし》な。あれを見るのは嫌だな」

「あら、それって、あたしの言ってるぞくぞくじゃないわ。同じだと思って？　蛆虫ときらめきの湖じゃあんまりつながりがないでしょう？　でも、どうしてほかの人はバリーの池って呼ぶの？」

「たぶん、バリーさんがあの家で暮らしていなさるからだろう。バリーさんの家があるとこは果樹園の坂《オーチャード・スロープ》っていう名だ。あのうしろに大きな茂みがなかったら、ここからグリーン・ゲイブルズが見えるんだがなあ。だが、橋を渡って、道をぐるっとまわっていかにゃならんから、まだあと半マイル〔一マイルは約一・六キロ〕くらいある」

「バリーさんには小さな女の子はいるの？　あの、すっごく小さい子じゃなくて――あたしぐらいの子が？」

「十一歳ぐらいの子が一人いる。ダイアナっていうんだ」

「まあ！」思いっきり息を吸い込みながら、「なんて完璧《かんぺき》にすてきな名前かしら！」

「そうさな、どうかな。恐ろしく異教の響きがあるように思えるがな。むしろ、ジェーンとかメアリーとか、そういうまともな名前のほうがいい。でも、ダイアナが生まれたとき、あの家に学校の先生が泊まっておられて、その先生に命名してもらって、ダイアナとなったんだ」

「じゃあ、あたしが生まれたときにも学校の先生がいてくれたらよかったのにな。あら、もう橋だわ。あたし、目をしっかりつぶろうっと。橋を渡るときはいつも怖いの。ひょっとしたら橋の真ん中まできたときに、ジャックナイフみたいに橋がパチンとたたまってあたしたちをはさんでしまうかもしれないってつい想像してしまうのよ。だから目をつぶるの。でも、もうすぐ真ん中だってときになると、どうしても目を開けずにはいられないんだわ。だって、いい？　もし橋がパチンってなるんだとしたら、パチンってなるところを見たいでしょ。あらまあ随分ガタゴトにぎやかな音がするのね！　あたしガタゴトするの好きよ。この世には好きになれるものがこんなにもいっぱいあってすてきじゃなくって？　ほら、渡り終わったわ。振り返ってみましょう。おやすみなさい、〝きらめきの湖〟さん。あたし、いつも大好きなものにはおやすみなさいって言うことにしてるの。人に言うみたいにね。気に入ってくれてると思うわ。あの水、あたしに微笑んでるみたいじゃない？」

その先の、もうひとつの丘を登って、角を曲がったときに、マシューが言った。

「もうすぐだ。グリーン・ゲイブルズは、あそこの――」

「ああ、言わないで」少女は息をはずませながら、さえぎり、マシューが上げかけた腕を押さえて、マシューがどこを指そうとしたのか見えないように目をつぶった。「あたしに当てさせて。きっと当ててみせるから」

少女は目を開けて、あたりを見まわした。そこは丘の頂上だった。太陽が沈んでしばらくたっていたが、暮れなずむ穏やかな光の中で景色はまだはっきり見えた。西のほうに、教会の塔がマリゴールドのような黄色い空に暗い影となって聳《そび》えていた。その下には小さな谷があり、その向こうの長くゆったりとのぼっていく坂道のあちらこちらにこぢんまりした農場があった。少女の目は熱心に、愛《いと》おしそうに、あれからこれへとさまよった。ついに道からずっと左にずれたほうにある一軒の家に目が留まった。夕暮れの薄明かりの森のなか、その家はまわりの満開の木々とともにぼうっと白く浮かび上がっていた。家の上には、雲ひとつない南西の空に水晶のように白い大きな星が、誘《いざな》い、未来を約束してくれる道標《みちしるべ》のランプのように光っている。

「あれでしょ？」少女は、指差して言った。

マシューはうれしそうに馬の背を手綱で打った。

「そうさな、当たったよ！　だが、スペンサーの奥さんから教わってたから、わかったんじゃないかね」

「いいえ、教えてもらってないわ――ほんと、教えてくれなかったの。教えてくれたのは、ほかのどんな場所にでも当てはまりそうなことだけよ。どんなところかは全然知らなかったの。でも、見たとたんにお家《うち》だって感じたわ。ああ、あたし、夢を見ているんじゃないかしら。あのね、あたしの腕、ひじから先、あざだらけになってるのよ。今日、ずっと何度もつねってばかりいたから。ときどき恐ろしくぞっとするような気分になって、何もかも夢だったんじゃないかって思うの。そしたら、ほんとかどうか確かめるために、つねってみるの――そのうち急に、夢なら夢でもいいからできるだけずっと夢を見てたほうがいいわって思いついて、つねるのをやめたの。でも、ほんとなんだわ。そして、もうすぐお家《うち》なのね」

うっとりとした溜《た》め息《いき》とともに再び少女は黙り込んだ。マシューは落ち着かずに体を動かした。家のないこの子に、おまえが憧《あこが》れているこの家はやっぱりおまえの家ではないのだと告げるのが、自分ではなくてマリラでよかったと思った。馬車はすっかり暗くなっているリンド家の窪地《くぼち》にさしかかったが、リンド夫人が例の窓から二人の姿をしっかりと見ることができないほど暗くはなかった。それから馬車は丘を登って、緑破風《グリーン・ゲイブルズ》の家の長い小道に入っていった。家に着いたときには、マシューは、自分でもわからないほど必死になって、これからいよいよすべてが明らかにされるという事態から逃れたいと思った。マシューが気にしていたのは、マリラのことでも自分のことでもなく、このまちがいのために起こる面倒な手続きのことでもなく、この子がどんなにがっかりするかということだけだった。あのうっとりとした光が、この子の目から消えると思っただけで、まるで何かを殺す手伝いをするかのような嫌な気持ちになるのだった——ちょうど、子羊や子牛といった罪のない小さな生き物を殺さなければならなくなったときに感じるような気持ちだ。

裏庭に入ってきたときは、もうとっぷり日が暮れて、あたりは真っ暗で、まわりのポプラの葉がさらさらと柔らかな音をたてていた。

「ね、ほら、聞いて。木が寝言を言ってる」マシューが馬車から少女を抱き下ろしてやったとき少女は言った。「きっと、すてきな夢を見ているのね！」

それから、少女は「あたしの全財産」が入っているという旅行鞄《りょこうかばん》をしっかりと持つと、マシューのあとについて家の中へ入っていった。

第3章　マリラ・カスバート、驚く

マシューがドアを開くと、マリラがきびきびとやってきた。ところが、つんつるてんの服を着て赤毛を長いお下げにし、目をきらきらさせた不思議な子供を見たとたん、マリラは驚いて立ちすくんだ。

「マシュー・カスバート、これは誰？」マリラは叫んだ。「男の子はどこ？」

「男の子はいなかったんだ」マシューは、みじめったらしく言った。「いたのはこの子だけだ」

マシューは少女にうなずいて、まだ名前も聞いていなかったことに気づいた。

「男の子がいなかったですって！　いたはずでしょ」とマリラ。「スペンサーの奥さんに、男の子を連れてきてってお願いしたんだから」

「連れてきてくれなかったんだ。この子を連れてきたんだ。駅長に聞いたんだよ。それで、この子を連れて帰ってこなきゃならんかった。どうしてまちがいが起こったにせよ、この子をあそこに放っておくわけにはいかんからね」

「まあ、ちゃんと取り決めしたというのに！」マリラは叫んだ。

この会話のあいだ、少女はきょろきょろ二人を見て黙っていたが、さっきまでの生き生きとした様子が顔からすうっと消えていった。ふいに今言われたことの意味がすっかりわかったのだ。大切なカーペット地の旅行鞄を落として、一歩前へ飛び出すと、祈るように両手を組んだ。

「あたしなんか要らないのね！」少女は叫んだ。「あたしが男の子じゃないから要らないのね！ そんなことじゃないかって気がついてもよかったんだわ。誰もあたしのことなんかほしがらないんだわ。何もかもあんまり美しすぎるって気がつくべきだったのよ。あたしなんか誰もほしがらないってなんでわからなかったんだろう。ああ、どうしたらいいの？ あたし、泣くわ！」

少女は確かに泣きだした。テーブルのそばの椅子に坐《すわ》りこむと、テーブルに突っ伏し、顔を埋《うず》めて火がついたようにわんわんと泣きだした。マリラとマシューはストーブ越しに、非難し合うように互いに目を交わした。二人とも、何を言えばいいのか、どうすればいいのかわからない。ついにマリラが恐る恐る助け舟を出した。

「まあまあ、そんなに泣くことはないわ」

「いいえ、泣くことはあります！」少女はすばやく頭を上げた。顔は涙で汚れ、唇は震えていた。「あなただって、もし孤児で、ここが自分のお家《うち》だと思って来てみると男の子じゃないから要らないなんて言われたら、きっと泣くわ。ああ、これはあたしに起こった最大の悲劇だわ！」

長いこと使わなかったためにさびついていた微笑みのようなものが思わず浮かんで、マリラの厳しい表情を和らげた。

「まあ、もう泣くのはおよし。何も今晩あんたを追い出そうというわけじゃありませんよ。どうしてこんなことになったのかわかるまでは、ここにいてもらいますよ。名前は何ていうの?」

少女は、しばし躊躇《ちゅうちょ》した。

「コーディーリアって呼んでもらえますか?」少女は熱心に懇願した。

「コーディーリアって呼ぶですって? それがあんたの名前なの?」

「いえいえ、そうじゃないんです。あたしの名前っていうわけじゃないんですけど、コーディーリアって呼んでもらいたいんです。ものすごくエレガントな名前だから」

「一体何を言ってるんだろうね、この子は。コーディーリアって名前じゃないなら、何て名前なの?」

「アン・シャーリーです」その名前の持ち主は、しぶしぶ言った。「でも、ああ、どうかコーディーリアって呼んでください。どうせあたし、ここに少ししかいられないんだったら、あたしのこと何て呼ぼうと関係ないでしょ? それに、アンって全然ロマンチックじゃないんですもの」

「何が『ロマンチックじゃない』ですか。くだらない!」マリラは容赦なく言った。

「アンはちゃんとした、わかりやすい、いい名前ですよ。恥ずかしがることなんかありません」

「いえ、恥ずかしがってるんじゃないんです」とアンは説明した。「コーディーリアのほうが好きなだけなんです。あたし、ずっと自分の名前がコーディーリアだったらいいなって思ってたんです――少なくともこの数年は。もっと前はジェラルディーンだったらいいなって思ってたんだけど、今じゃコーディーリアのほうがいいの。だけど、あたしのこと、アンって呼ぶんなら、どうかeがつくアンで呼んでください」

「eがつくと、何がちがうっていうの？」マリラは、ティーポットを取り上げながら、またもや錆《さ》びついた微笑みを浮かべて尋ねた。

「あら、すごくちがうわ。eがあったほうがずっといいのよ。名前が発音されるのを聞くと、いつも頭の中で、印刷するときみたいに文字が浮かんでこない？　あたしは浮かぶわ。そして、Annはひどいけど Anneはずっと立派に見えると思うの。あたしのことeつきで呼んでくださるなら、コーディーリアって呼ばれなくても我慢するわ」

「よろしい、それではeつきのアン、どうしてこういうまちがいが起こったか教えて頂戴《ちょうだい》。うちは、スペンサーの奥さんに、男の子を連れてきてくれってお願いしたのよ。孤児院には男の子がいなかったのかしら？」

「そりゃ、たくさんいたわ。でも、スペンサーの奥さんは、お宅が十一歳ぐらいの女の子をほしがっているってはっきりおっしゃった。だから寮母さんはあたしでいいだろうとお考えになったの。あたしがどれほど喜んだかおわかりにならないと思うわ。うれしくてひと晩じゅう眠れなかったんだから。あっ」ここでアンは、マシューを振り返って非難がましくつけくわえた。「どうして駅で、あたしなんか要らないって言ってそこでさよならしてくださらなかったの？　〝歓《よろこ》びの白い道〟と〝きらめきの湖〟を見ていなければこんなつらい思いをしなくてもすんだのに」

「一体、何のこと？」マリラは、マシューを睨《にら》みながら尋ねた。

「く——来る途中に、ちょいとおしゃべりをしてね」マシューはあわてて言った。

「わしは馬を馬小屋に入れてくるよ、マリラ。戻ってきたら夕食《ティー》になるようにしといてくれ」

「スペンサーの奥さんは、あんたのほかに誰も連れてこなかったの？」マシューが行ってしまうと、マリラは続けた。

「ご自分のお家《うち》にリリー・ジョーンズを連れていきました。リリーはまだ五つで、とってもきれいな子です。髪は栗色。もしあたしがとってもきれいで、栗色の髪をしていたら置いてくださいますか？」

「いいえ、うちは、マシューの農場の手伝いをする男手がほしいの。女の子じゃ、うちの役には立たないのよ。帽子を取りなさい。帽子と鞄を廊下のテーブルに置いてきてあげるから」

アンはおずおずと帽子を脱いだ。やがてマシューが戻ってきて、三人は夕飯のテーブルに着いた。しかし、アンは何も喉《のど》を通らなかった。バターつきパンをかじっても、小さな貝の形をしたガラス容器からクラブアップルのプリザーブを自分の皿に取り分けてつついてみてもだめだった。ひと口も喉を通らないのだ。

「何も食べてないじゃないの」マリラが、まるでそれが深刻な欠点であるかのように、厳しく言った。

アンは溜《た》め息《いき》をついた。

「食べられないの。あたし、絶望のどん底にいるの。おばさまは絶望のどん底にいるときに何か食べられる？」

「絶望のどん底なんかにいたことはないから、わかりませんね」マリラは答えた。

「ないの？　じゃあ、絶望のどん底にいたらどんなかって想像したことはある？」

「ありませんよ」

「なら、それがどんなかわからないわね。とっても嫌な気持ちなの。食べようとすると喉に塊がつかえて何にも吞《の》み込めないの。チョコレート・キャラメルだってだめ。二年前にチョコレート・キャラメルをひとつ食べたんだけど、ほんとおいしかった。それ以来、チョコレート・キャラメルをたくさん食べる夢をよく見るんだけど、さあ食べようっていうときにいつも目が覚めちゃうの。食べられないからって怒らないでくださいね。何もかもとってもすてきなんだけど、それでもあたし、食べられないの」

「疲れているんだよ」馬小屋から帰ってきてからずっと黙っていたマシューが言った。「もう寝かせてやったらいい、マリラ」

アンをどこに寝かそうかとマリラは思案していた。待っていた男の子のために台所の隣の部屋にソファーを用意していたのだが、いくら清潔できちんとしたソファーでも、そこに女の子を寝かせるのは、どうもちがうような気がする。と言ってこんな迷い児にお客さま用寝室を使わせるのは論外だ。ということは、東の破風に面した二階の部屋しかない。マリラは蠟燭《ろうそく》をともすとアンについてくるように言い、アンは帽子と旅行鞄《りょこうかばん》を通りがかりにテーブルから取って、しぶしぶあとに従った。廊下は恐ろしくきれいだった。そのあと入った小さな二階の部屋は、もっときれいに思えた。

マリラは三本脚の三角のテーブルに蠟燭を置いて、ベッドの布団を折ってやった。

「寝巻は持っているでしょうね？」マリラは尋ねた。

アンはうなずいた。

「ええ、ふたつ持ってるわ。孤児院の寮母さんが作ってくださったの。ものすごくきつきつだけど、孤児院じゃいつも物が足りないから、なんでもきつきつなの――少なくともあたしたちのところみたいな貧乏孤児院ではね。あたし、きつきつのお寝巻って大嫌い。でも、そんなの着ていても、首にはフリルがついて裾《すそ》をうしろに引きずるようなすてきなネグリジェを着ていても、夢が見られるのは同じだから、それだけは慰めになるわ」

「さっさと服を脱いで、ベッドに入りなさい。何分かしたら蠟燭を取りに戻ってきます。自分で消させるわけにはいきませんからね。火事でも起こされたら、たまったものじゃない」

　マリラが出ていくと、アンは物思いに沈んであたりを見まわした。真っ白な壁はあまりにも無残にむき出しのままだったので、アンはその壁を見つめながら壁だって自分が裸であることで心を痛めているにちがいないと思った。床もむき出しだったが、真ん中にアンがこれまで見たこともないような、布紐《ひも》で編んだ円い敷物が敷いてあった。片隅に高くて古めかしいベッドがあり、四隅にある暗い色の柱は下のほうが円く削ってあった。反対の隅には先ほど言った三角形のテーブルがあって、肉厚の赤いベルベットでできた針山がひとつ飾りでついていたが、あまりに硬いので、どんなに針が頑張っても突き刺さりそうもなかった。その上には六インチ〔一インチは二・五四センチ〕×八インチの鏡が掛かっていた。テーブルとベッドのあいだに窓があり、氷のように白い綿モスリンのカーテンが掛かっていて、反対側には洗面台があった。部屋全体に、言葉では言いがたい、堅苦しさが漂っていて、アンを骨の髄までぶるぶるっと震わせた。

アンはすすり泣きながら急いで服を脱ぎ捨て、きつきつの寝巻を着てベッドに飛び込むと、枕に顔を埋《うず》めて布団を頭の上まで引っ張った。マリラが蠟燭を取りにやってくると、様々な窮屈そうなものが床全体に撒《ま》き散らされており、ベッドが激しく乱れて盛り上がっているほかは、まるで誰もいないように見えた。

マリラは丁寧にアンの服を拾いあげ、堅苦しい黄色い椅子の上にきちんとたたんでおき、それから蠟燭を取り上げると枕元へ行った。

「おやすみ。いい夢を」マリラの声はややぎこちなかったが、思いやりがないわけではなかった。

アンの白い顔と大きな目が驚いたように、ふいに布団から覗《のぞ》いた。

「あたしにとって、最悪な晩だってわかっているのに、いい夢なんか見られるはずないじゃない」アンは責めるように言った。

それからまた布団にもぐり込んでしまった。

マリラは、そっと台所へ下り、夕飯の後片付けの洗い物を始めた。マシューはパイプを吸っていた——動揺している明確なしるしだ。喫煙なんて不快きわまる習慣だとマリラが絶対反対していたので、マシューはめったに煙草を吸わないのだが、どうしても吸いたくなるときがあるのだ。それにはマリラは目をつぶっていた。男だって、気が高ぶったときには、何かのはけ口が必要だとわかっていたからだ。

「困ったことになったわ」とマリラは腹を立てて言った。「直接行かないで、ことづけなんかするから、こんなことになるんですよ。リチャード・スペンサーのとこの誰かが伝言をまちがえたんですね。兄さんか私が馬車で出かけて、明日《あした》スペンサーの奥さんに会わなきゃなりませんね、どうしても。あの子は、孤児院に送り返すしかないんだから」

「まあ、そういうことになるかな」とマシューは気乗りせずに言った。

「なるかなですって！　そうするしかないでしょ？」

「そうさな、あの子はほんとに、いい子なんだよ、マリラ。あんなにここにいたがってるのに追い返すのは、可哀想ってもんだよ」

「マシュー・カスバート、まさか、あの子をここに置こうなんて言うんじゃないでしょうね！」

マシューが逆立ちするのが好きだと言ったとしても、マリラはこれほど驚かなかっただろう。

「そうさな、言わんさ、言わんと思う——たぶん」マシューは、どういうつもりなのかはっきり言わなければならなくなって困って口ごもった。「思うに——ここに置いてはおけんのだろうなあ」

「当たり前です。あの子が何の役に立つというんです？」

「わしらが、あの子の役に立つかもしれんよ」マシューが突然、思いもよらないことを言った。

「マシュー・カスバート、あの子に魔法をかけられたのね！　あの子を手放したくないって顔に書いてあるわ」

「そうさな、あの子はほんとに、おもしろい子なんだよ」とマシューは言い張った。「駅からずっとおしゃべりしていたのを、おまえにも聞かせてやりたかったよ」

「そりゃあ、あの子はぺらぺらよくしゃべりますよ。そんなこと、すぐにわかります。だからって、あの子の取り柄にはなりませんよ。口数の多い子供は、私は嫌ですよ。女の孤児は要らないんです。もし要ることになっても、あの子は私が選ぶタイプの子じゃありません。あの子には、私にはわからないところがありますからね。いいえ、元の場所へ帰ってもらわなければなりません」

「わしの手伝いにはフランス人の男の子を雇って」とマシュー。「あの子は、おまえの相手をしたらいいじゃないか」

「私に相手は要りません」とマリラはきっぱり言った。「それに、あの子をうちには置きません」

「そうさな、もちろん、おまえの言うとおりにするよ、マリラ」マシューは立ち上がって、パイプをしまいながら言った。「もう寝るよ」

マシューは寝室に行ってしまった。マリラも皿を片付けたあとで、眉《まゆ》をしかめて、絶対意見など変えるものかという顔つきで寝室に行った。そして、二階の東向きの破風に窓のある部屋では、愛に飢えた孤独な子が泣き疲れて寝入っていた。

第4章　緑破風《グリーン・ゲイブルズ》の家の朝

アンが目覚めたときには、もうすっかり陽が昇っていた。アンはベッドの上で身を起こすと、サクランボ色の陽射しが燦々《さんさん》と注ぎ込んでくる窓を混乱した思いで見つめた。窓の外には、何か白くてふわふわしたものが揺れていて、その向こうに青空が顔をちらほら覗かせていた。

しばし、アンは自分がどこにいるのか思い出せなかった。最初、何かとても愉快で興奮する気分になったが、恐ろしい記憶が蘇《よみがえ》った。ここは緑破風《グリーン・ゲイブルズ》の家で、自分は男の子じゃないから、要らないのだ！

でも、今は朝だし、そう、窓の外で揺れているのは、満開の桜だ。ぴょんとベッドから飛び出すと、アンは窓辺に駈《か》け寄った。窓を押し上げようとしたが、きしんでなかなか動かない。まるで長いこと開けなかったみたいに——実際長いこと開けていなかったのだ。押し上げると、窓はそこで動かなくなり、押さえていなくても落ちてくる心配はなかった。

アンはさっと膝《ひざ》をついて、歓《よろこ》びに目を輝かせて六月の朝を見上げた。まあ、なんて美しいんでしょう！　なんてすてきな場所なんでしょう！　ほんとにここから出ていかなきゃならないにしてもよ！　ここに住むって想像すればいいのよ。ここには想像力を働かせる余地があるもの。

大きな桜の木が外に生えていて、家にあんまり近いので、桜の枝が家の壁を叩《たた》いている。それに花があんまりどっさりついているので、葉が一枚も見えないくらいだ。家の両側には大きな果樹園がひとつずつあり、一方はりんご園。もう一方はサクランボ園で、これまた花盛りだった。園の草地にはタンポポがちりばめられたように咲いている。下の庭には、ライラックが紫の花を咲かせ、気の遠くなるような甘い香りが朝風に乗って窓辺まで匂ってきた。

庭の下のほうは、クローバーがびっしり生えた緑の野原が斜面になっていて、それがなだらかに下っていく先の窪地《くぼち》は、小川が流れる白樺《しらかば》林になっている。天を突く白樺の下草には、羊歯《しだ》や苔《こけ》など、いろいろすてきな森の植物がありそうだ。その向こうは唐檜《とうひ》〔蝦夷松によく似た松〕や樅《もみ》の葉が羽毛のように広がっている緑の丘になっている。木々の合間から昨日〝きらめきの湖〟の向こうに見えた小さな家の灰色の破風が覗いていた。

左手には大きな納屋がいくつかあって、その向こうの緑の野原をゆっくりと下《くだ》っていくと、その先には青い海がきらきらと光っていた。

美しいものを愛するアンの目は、それらすべてを貪《むさぼ》るように愛《いと》おしそうに眺めた。可哀想に、これまで殺風景な景色ばかり見て育ってきたからだ。でもここは、アンが想像していた夢の世界のように、すてきだった。

まわりの美しさにすっかり心を奪われて跪《ひざまず》いていたアンは、やがて肩に手を置かれてビクッとした。夢見る少女が気づかぬうちに、マリラが部屋に入ってきていたのだ。

「お着替えをする時間ですよ」マリラは、ぴしゃりと言った。

子供に話しかけたことのないマリラは、どうやって話しかけてよいのかわからなくて落ち着かず、その気はなくても、ついそっけなく、ぴしゃりと言ってしまう。

アンは立ち上がって、大きく息を吸い込んだ。

「ああ、すてきじゃないこと？」アンは、すばらしい外の世界をまるごと抱えこむかのように手を振って言った。

「大きな木で、花はすごいけど」とマリラ。「実は大して生《な》らないのよ――小さくて、虫に食われてばっかり」

「あら、木のことだけを言ってるんじゃないわ。もちろん、この木だってすてきよ――そう、まばゆいばかりにすてき――まるで美しくあろうとして咲いてるみたい――

だけど、あたしが言ってるのは、何もかも——お庭も、果樹園も、小川も、森も、この大きなすてきな全世界のことよ。こんな朝に、世界がもう大好きでたまらなくなるってこと、ない？　ここからずっと向こうまで小川が笑っているのが聞こえるわ。小川って、すごく陽気だって知ってた？　いつだって笑ってるの。冬にだって氷の下で笑ってるの、あたし、聞いたことがある。グリーン・ゲイブルズに小川があって、ほんとよかったわ。あたしはここから出ていくんだから、あたしには関係ないってお思いかもしれないけど、そうじゃないの。たとえもう二度と見ることがなくても、グリーン・ゲイブルズに小川があったことをいつも思い出したいもの。小川がなかったりしたら、小川がなきゃおかしいって気がして、落ち着かない気分に取り憑かれてしまうわ。今朝は、あたし、絶望のどん底にいないの。朝は、そんなわけにはいかないわ。朝があるって、すてきじゃない？　でも、とっても悲しいわ。求められていたのはやっぱりあたしであって、あたしはいつまでもいつまでもここにいるって、ちょうど想像してたところなの。その想像が続くかぎりは、とってもほっとするんだけど。想像することで一番嫌なのは、やめなきゃいけない時が来るってこと。それは、つらいわ」

「想像のことはいいから、着替えをして、階下《した》へ下りてきなさい」とマリラは、言葉をはさむ隙ができたとたんに言った。「朝食はとっくにできているのよ。顔を洗って、髪の毛を梳《と》かしなさい。窓は開けたままにして、お布団はベッドの足元のほうに折っておくのよ。できるだけ、さっさとして頂戴《ちょうだい》」

アンがやる気になればさっさとできることは、十分で階下《した》に下りてきたことからもわかる。きちんと服を着て、髪の毛を梳かして編み、顔を洗い、マリラの言いつけどおりにできたという満足感で満ちていた。もっとも、実のところは、布団を折りたたむのは忘れていたけれども。

「今朝は、とってもお腹が空《す》いたわ」アンは、マリラが置いてくれた椅子にすべりこみながら宣言した。「昨夜《ゆうべ》は、世界が途方もない荒野に思えたけど、今日はそれが嘘みたい。お日さまが照ってる朝で、ほんとうれしいわ。雨降りの朝もいいけれど。朝はどんな朝でもおもしろいわ、そう思わない？　今日一日何が起こるかわからないから、想像力を働かせる余地がたっぷりあるもの。でも、やっぱり雨じゃなくてよかった。だって晴れてるほうが明るくなれるし、つらいことにも耐えていけるもの。あたし、いっぱい耐えなきゃいけないの。悲しいお話を読んで勇敢にそれに耐える自分を想像するのはいいけれど、本当に悲しい目に遭《あ》うのはあんまりすてきじゃないものね？」

「後生だから、黙って頂戴」とマリラ。「子供のくせに、しゃべりすぎですよ」

そこでアンは、とても従順にぴたりと黙ったので、いつまでも黙っていられると、マリラは何だか不自然な気がして落ち着かなくなった。マシューも黙りこくっていたので――マシューが黙っているのは、いつもどおりで自然なことだったが――朝食はひどく静かになった。

食事が進むにつれ、アンはどんどんぼんやりしてきて、機械的に食べ、大きな目をじっと窓の外の空に据えていたが、何かを見ているのではなかった。それでマリラは、ますます落ち着かなくなった。このへんてこな子の体はテーブルにあるのに、心は想像力の翼に乗ってどこか遠くの雲の上の世界へ行ってしまっているように感じられて、嫌だったのだ。こんな子を家に置きたいと思う人などいるだろうか？

ところが、マシューはこの子を家に置きたがっているのだ。まったくわけがわからない！　マシューは昨夜と少しも変わらず今朝になってもこの子を家に置きたいと思っているし、これからもそう思い続けるのだとマリラには感じられた。それがマシューのやり方なのだ——これがいいと思ったら、驚くべき頑固さで物も言わずにしがみつき、梃子《てこ》でも動こうとしない——そうしたいと口にするよりも、じっと黙って動かないほうが十倍も効き目があった。

食事が終わると、アンは夢から醒《さ》めて、皿洗いをしますと申し出た。

「じょうずに洗えるの？」マリラは疑うように尋ねた。

「とてもじょうずにできます。子守りのほうが得意なんですけど。子守りは、随分したから。この家には面倒を見てあげられる子がいなくて残念だわ」

「面倒を見なきゃいけない子供が今より増えてもらいたくないね。あんたがもう面倒なんだからね。あんたをどうしていいものやら。マシューは、ほんとおかしな人だよ」

「あの方はすてきな人よ」アンは責めるかのように言った。「思いやりがあって。あたしがどんなにおしゃべりしても気になさらない――むしろ気に入ってくださったみたいだし。見たとたんに〝魂の響きあう友〟だって思ったの」

「二人とも〝魂の響きあう友〟だっていうなら、どっちも同じようにへんなんだよ」マリラはフンと鼻を鳴らしながら言った。「そうね、お皿を洗ってもいいから、お湯をたっぷり使って、きちんと拭《ふ》いて頂戴よ。私は今朝ほかに仕事がたくさんありますからね。午後にはホワイト・サンズまで馬車を走らせてスペンサーの奥さんに会わなきゃならないし。あんたも一緒に来るのよ。あんたの件の片を付けるんだから。お皿がすんだら、二階へ行ってベッドを直して頂戴」

アンはじょうずに皿洗いをした。その様子に目を光らせていたマリラにも、それはわかった。そのあとベッドを直すのは、さほどうまくいかなかった。というのも、羽根布団と格闘する方法など学んだことがなかったからだ。でも、なんとかやり終えて、布団をきれいに整えることができた。それからマリラは、仕事の邪魔にならないようにと、アンに昼食まで外へ出て遊んでいなさいと言った。

アンは、顔を輝かせ、目に興奮の炎をともして戸口へ飛んでいった。ところが、戸口の前でぴたりと止まると、向きを変えて戻ってきてテーブルの椅子に坐《すわ》り込んだ。

まるで誰かに蠟燭《ろうそく》消しをかぶせられたかのようにさっきまでの輝きも炎もぱったり消えていた。

「今度は何？」マリラが尋ねた。

「お外には行けないわ」とアンは、この世の歓《よろこ》びの一切を捨てる殉教者のような口調で言った。「この家においてもらえないなら、あたしがグリーン・ゲイブルズを好きになっても意味がないもの。外へ出ていって、あの木やお花や果樹園や小川と知り合いになったら絶対大好きになってしまうわ。ただでさえつらいのに、もっとつらくしたくはないの。お外には、とっても出たいのよ——何もかもがあたしに呼びかけているみたい。『アン、アン、いらっしゃい。アン、アン、お友だちになりましょう』って——でも、行かないほうがいい。無理やり引き裂かれることがわかっているなら愛さないほうがいいでしょう？　そして、愛さずにいるなんてできやしないもの。だから、あたし、ここに住むんだと思ったとき大歓びしたのよ。愛するものがたくさんあって、思いっきり愛せるんだって思ってたから。なのに、その短い夢は終わり。あたし、もう運命に身をまかせるわ。だから、またあきらめがつかなくなると嫌だから出かけないことにする。ところで、あの窓辺のゼラニウムは何という名前なんですか？」

「あれは、アップル・ゼラニウムよ」

「あら、そういう名前のことじゃなくて、ご自分でおつけになった名前のことよ。ご自分で名前をつけたりなさらない？　じゃあ、あたしがつけてもいい？――ええっと、これは――ボニーでいいわ――あたしがここにいるあいだ、ボニーちゃんって呼んでもいい？　ね、お願い！」

「そんなこと、どうだっていいよ。ゼラニウムに名前なんかつけて、どうしようっていうの？」

「ああ、たとえゼラニウムでも名前があってほしいの。人間みたいに思えるでしょ。ゼラニウムのことをただゼラニウムなんて呼んで、ゼラニウムさんが嫌な気持ちになってないってどうしてわかる？　おばさんだってずっと女なんて呼ばれたくないでしょ。そう、あたし、あれをボニーちゃんって呼ぶことにするわ。あたし今朝寝室の前の桜の木に名前をつけたの。真っ白だから〝雪の女王〟。もちろんいつもお花を咲かせているわけじゃないけど、いつもお花が咲いているって想像することはできるもの」

　マリラは、地下貯蔵庫にじゃがいもを取りに退散しながら、「あんな子、生まれてこのかた見たこともなければ聞いたこともないわ」とつぶやいた。「確かに、兄さんが言うとおりおもしろい子だわ。ついつい今度は一体何を言いだすんだろうっていう気になっちまう。私まで魔法をかけられそうだわ。兄さんはかけられたからね。兄さんが出かけるときに私に見せたあの顔つきときたら、昨夜兄さんが言ったりほのめかしたりしたことが、そっくりそのまま何もかも書いてあったもの。兄さんがほかの人みたいに思っていることをはっきり言ってくれるといいんだけど。そしたら言い返しもできるし理屈を説いて聞かせることもできるのに。ただ、顔つきだけで言う男が相手じゃ、どうにもならないわ」

アンがまたもや夢見心地になって、頬杖《ほおづえ》をついて空を見上げていると、マリラが地下貯蔵庫から帰ってきた。マリラは早い昼食の用意ができるまで、アンをそのまま放っておいた。

「今日の午後、馬と馬車を使ってもいいわね、兄さん？」とマリラは言った。

マシューはうなずいて、アンをあきらめきれない目で見た。マリラはその視線をさえぎって、厳しく言った。

「ホワイト・サンズまで行って、この件に片を付けてきます。アンを連れていきますよ。スペンサーの奥さんはすぐにこの子をノバスコシアへ送り返す手続きをしてくださるでしょう。夕食《ティー》の準備はしておきますし、牛の乳しぼりの時間までには帰ります」

それでもマシューは何も言わず、マリラは口をきいて損をした気がした。言い返さない男ほど、癪《しゃく》に障《さわ》るものはない——女ならなおさら癪に障るかもしれないが。

出かける時間が来ると、マシューは栗毛の馬を馬車につなぎ、マリラとアンは出発した。マシューは裏庭の門を開けて、馬車がゆっくりと外へ出ていくとき、誰にというわけでもなくこう言った。

「入り江のジェリー・ブートぼうずが今朝ここに来てたんで、夏のあいだ雇ってやることになるだろうって言っておいたよ」

マリラは返事をしなかったが、不運な馬に意地の悪い鞭《むち》を一発くらわせたので、太った馬はそんな八つ当たりに慣れておらず、むっとしてすごい速さで小道を駈《か》け抜けた。馬車がガタゴト走っていく際、マリラは一度だけうしろを振り返った。マシューが門に寄りかかって、馬車をあきらめきれぬ思いで眺めているのが見えて癪に障った。

第５章　アンの身の上話

「あのね」とアンが内緒話のように言う。「あたし、この馬車に乗っていくのを楽しもうって決めたの。心の中でこうするぞって固く決めたら、だいたい何だって楽しめるって経験からわかってるから。もちろん固く決心しなきゃだめよ。馬車に乗っているあいだ、あたし、孤児院に帰ることは考えないことにするわ。ただ馬車から見えることだけを考えるの。あ、見て、あそこに一輪、かわいい野バラがもう咲いてるわ！　すてきじゃない？　バラになれたらうれしいでしょうねえ。バラがお話しできたらすばらしいと思わない？　すっごくかわいらしいお話をしてくれるにちがいないわ。そしてピンクこそ世界一うっとりする色よねえ。ピンクって大好き。でも、あたしは着られない。赤毛じゃピンクは着られないの。想像の世界でもだめ。子供のときは赤毛でも、大人になったら別の色になったって人、ご存じ？」

「いや、聞いたことないね」マリラは無慈悲に言った。「あんたの場合もそうはならないと思うよ」

アンは溜《た》め息《いき》をついた。

「あーあ、これで希望がひとつ消えたわ。私の人生って〝埋《うず》もれた希望の墓地〟そのものよ。これ、前に本で読んだことがある言いまわしなの。あたし、何かがっかりすることがあると、そう言っては自分を慰めることにしてるの」

「どうしてそれが慰めになるのか、私にはわかりませんね」とマリラ。

「だって、とってもすてきでロマンチックでしょ。まるで自分がお話の主人公みたいで。あたし、ロマンチックなことって大好き。〝埋もれた希望の墓地〟っていうのは、考えられるかぎりロマンチックじゃない？　あたし、そんな言いまわしを見つけられてうれしいわ。今日は〝きらめきの湖〟を渡っていくの？」

「その〝きらめきの湖〟ってのがバリーさんとこの池のことなら、通りませんよ。海岸通りを行くんです」

「海岸通りってすてきな響きね」アンは夢見心地で言った。「そこって名前みたいにすてきなところ？　海岸通りっておっしゃったとき心の中でイメージが浮かんだわ、パッとね！　それにホワイト・サンズっていうのもかわいい名前だけど、アヴォンリーほどじゃないな。アヴォンリーはすてきな名前だわ。音楽みたい。ホワイト・サンズまではどのくらいあるの？」

「五マイルよ。あんたは、どうやらおしゃべりをしたくてたまらないようだから、どうせなら自分のことを私に話して、意味のある話をしてごらんなさい」

「ああ、自分がどうであるかなんて話す価値ありません」アンは勢い込んで言った。「あたしがどうだったらいいかっていう話のほうがずっとずっとおもしろいわ」

「あんたの空想はもうたくさんよ。ありのままの事実だけをお言い。最初から始めて。どこで生まれて、いくつなの？」

「この三月で十一になりました」アンは、ちょっと溜め息をついてあきらめて、ありのままの事実を話しだした。「生まれはノバスコシア州のボリングブルックです。お父さんの名前はウォルター・シャーリーで、ボリングブルック高校の先生でした。お母さんの名前はバーサ・シャーリー。ウォルターとバーサって、すてきな名前でしょ？　両親がいい名前で、ほんとよかったわ。だってもしお父さんが――そうね、ジェデディアとかいう名前だったら最悪でしょ？」

「お父さまがきちんとさえしていれば、どんな名前であろうと関係ありません」マリラは、ためになるお説教をしなければという気になって言った。

「そうかしら」とアンは考えるようにして言った。『バラは、ほかのどんな名前で呼ぼうとも、甘い香りは変わらない』って本で読んだことがあるけれど、どうしても信じられないの。バラがアザミとかスカンク・キャベツとかいう名前だったら、そんなにすてきじゃないと思うの。たとえお父さんがジェデディアという名前であっても、いいお父さんだったとは思うけど、やっぱりがっかりだわ。お母さんも高校の先生だったんだけど、お父さんと結婚して、もちろん先生はやめました。夫の世話をするだけで手いっぱいですものね。トマスさんが言うには、二人とも赤ちゃんみたいで、教会のネズミみたいに貧乏だったんですって。二人はボリングブルックにあるちいちゃなちいちゃな黄色いお家《うち》に住みました。あたしは、そのお家《うち》、見たことないんだけど何千回も想像したわ。応接間の窓には白いお花のスイカズラがからんでいて、正面のお庭には紫のライラックが咲いていて、門をちょうど入ったところにはかわいらしいスズランが白いお花をつけているの。そう、そしてふんわりしたモスリンのカーテンが窓という窓に掛かっているの。モスリンのカーテンの家ってなかなか立派でしょ。あたしはその家に生まれたのよ。トマスさんが言うには、私みたいな醜い赤ちゃん、見たことなかったんですって。痩《や》せっぽっちで、ちっちゃくて、目ばかり大きくて。でも、お母さんは私が完璧《かんぺき》に美しいって思ったの。お掃除に来てたおばさんより、お母さんの判断のほうが信用できるわよねえ？　とにかく、お母さんが気に入ってくれてよかったわ。お母さんにがっかりされちゃ、あんまり悲しいもの――お母さん、そのあとすぐ死んでしまったし。あたしがまだ三か月のときに熱病で死んでしまったの。『お母さん』って呼びかける思い出ができるくらいまでは生きててほしかったなあ。『お母さん』って呼ぶのって、とってもすてきだと思わない？　そして、お父さんはその四日後にやっぱり熱病で死にました。あたしは、孤児になって、みんな困ってしまって、トマスさんが言ったの、『この子をどうしましょう』って。つまり、そのときでさえ誰もあたしをほしがらなかったわけ。それがあたしの運命みたいね。お父さんとお母さんは遠いところから来たので、生きてる親戚《しんせき》は一人もいないってわかってたから、とうとうトマスさんは自分が引き取るって言ってくださったんだけど、トマスさんも貧乏だし、酔っ払いの旦那《だんな》さんがいたの。トマスさんは、あたしを〝手で《バイ・ハンド》〟〔「母乳ではなく人工ミルクで」という意味〕育ててくれたわ。〝手で《バイ・ハンド》〟育てると、そうじゃない子よりもましになるはずだってこと、あるのかしら。だって、あたしがいけないことをすると、トマスさんは、『〝手で《バイ・ハンド》〟育てたのに、どうしてそんな悪い子なの』って言うんですもの――責めるように〔ディケンズの『大いなる遺産』への言及〕。

　トマスさんご夫妻がボリングブルックからメアリズヴィルに引っ越したときもついていって、八歳まではご夫妻のところで過ごしたの。子供たちのお世話をするのを手伝ったわ——あたしより小さい子が四人いて——ほんと、手がかかったんだから。それからトマスのおじさんが汽車から落ちてお亡くなりになって、おじさんのお母さんがおばさんと子供たちを引き取ろうと言ってくださったんだけど、あたしは要らないっておっしゃったの。今度はトマスのおばさんが困ってしまって、また言ったわ、『この子をどうしましょう』って。そしたら、川上に住んでるハモンドのおばさんが来てくださって、あたしに子守りができるとわかると、あたしを引き取るって言ってくださり、あたし、川を遡《さかのぼ》って、切り株だらけの小さな空き地にあるハモンドさんちで暮らしたの。とってもさみしいところだった。想像力がなかったら、とてもじゃないけど暮らせなかったと思うわ。ハモンドのおじさんはそこにある小さな製材所で働いて、子供は八人いたの。双子が三組も生まれたのよ。あたし、赤ちゃんは好きなほうだけど、双子が三組ってのはあんまりだわ。三度めの双子が生まれたとき、あたし、ハモンドさんにはっきりそう言ってやったわ。その子たちを抱っこしてまわって、もうくたくただったもの。

川上のハモンドさんのとこで二年以上過ごしてから、ハモンドのおじさんが亡くなって、おばさんは家をたたんだわ。子供たちをあちこちの親戚に預けて、アメリカへ行ったの。あたしは引き取り手がいなかったから、ホープタウンの孤児院に入らなくてはならなかった。孤児院でも歓迎されなかったわ。もう満員だからって。でも、しぶしぶあたしを引き取って、あたしはそこに四か月いて、そしたらスペンサーのおばさまがいらしたってわけ」

アンは、もう一度溜め息をついて話を終えたが、今度は安堵《あんど》の溜め息だった。誰からも要らないと言われる世界の中で生きてきたことを話すのはつらかったのだろう。

「学校へは行ったの？」マリラは、馬を海岸通りのほうへ向けながら尋ねた。

「あまり行ってないの。トマスさんとこにいた最後の年に少し行ったわ。川上からだと学校は遠くて、冬場は歩いては通えないし、夏はお休みになるから春と秋だけしか行けなかったの。でも、もちろん孤児院にいるあいだは行ったわ。読むのはかなりできるし、ものすごくたくさん詩を暗記してるのよ――「ホーエンリンデンの戦い」とか「フロッデン後のエディンバラ」とか「ライン河畔の町ビンゲン」、それから『湖上の麗人』のたくさんの詩、ジェイムズ・トムソンの『四季』はほとんど憶《おぼ》えてるわ。背筋がぞくぞくする詩って、ほんとすてきじゃない？『読本《リーダー》』の第五巻に載ってた詩があって――「ポーランド陥落」っていうの――それなんか、もうぞくぞくしっぱなし。もちろんあたしは第五巻はやってないので――まだ第四巻のクラスだったから――上級生が貸してくださったの」

「その人たち――トマスさんやハモンドさん――は、親切にしてくれたの？」マリラは横目でアンを見ながら言った。

「あ、そりゃあまあ、ねえ」とアンは口ごもった。敏感に反応を示す小さな顔がふいに真っ赤になって、眉《まゆ》は困った様子になった。「そりゃ、親切にしようとしてくださったわ——できるかぎり親切にやさしくしようとしてくださったってことはわかってるの。親切にしようとしてくれるつもりだってわかると、気にならないものよ、必ずしも——そうなってなくても。だって、向こうには心配事が山ほどあるんですもの。酔っ払いの旦那さんがいるなんてもう大変よ。それに双子を続けて三度産むのだって大変だと思わない？　でも、あたしには親切にしようとしてくださったと思うの」

マリラはそれ以上聞かなかった。アンは海岸通りを静かにうっとりと眺め、マリラはぼんやりと馬を走らせながら深い物思いに沈んだ。ふいにこの子が不憫《ふびん》に思えてきたのだ。なんて可哀想な愛のない人生を送ってきたことだろう——つらく貧しくかまわれない人生。勘の鋭いマリラは、アンの身の上話の行間を読み取って真実を察したのだった。ほんとのお家《うち》に住めると思ってこの子が大歓びしたのも無理はない。送り返すのは可哀想だ。もし自分が、マリラが、マシューのわけのわからない気まぐれに免じて、この子をうちに置いてやったらどうなるだろう？　マシューはその気になってるし、この子はかわいくて教えがいのある、いい子のようだ。

「おしゃべりしすぎだけど」とマリラは考えた。「でも、それも躾《しつけ》次第でなんとかなるでしょう。それに、この子の言葉遣いには、品の悪いところもなければ、くだけすぎたところもない。お嬢さまみたいだわ。この子の家の人たちはさぞかし立派な人たちだったんでしょう」

海岸通りは〝鬱蒼《うつそう》と木の生い茂る侘《わび》しい〟〔ホイッティアーの詩「靴屋キーザーの夢」にある言葉〕場所だった。右手には背の低い樅《もみ》の木が、湾《いりえ》に吹きつける風との長年の戦いにもめげず、元気にびっしり生えていた。左手は赤い砂岩の切り立った崖《がけ》になっており、それがときおり道の間際まで迫っているため、この栗毛の馬のようにしっかりした馬でなかったら馬車に乗る人ははらはらしたことだろう。崖の下には波に洗われた岩場や、海の宝石のようにきらめく小石が散在する砂地の入り江があった。その向こうに広がる海は、青くきらきら光っており、その上をカモメが陽を浴びて翼を銀色に輝かせながら舞っていた。

「海ってすばらしいわ。そうじゃないこと？」長いこと目を見開いて黙っていたアンは、ふと我に返って言った。「昔メアリズヴィルに住んでた頃、トマスさんが急送用馬車を借り切って、十マイル先の海岸で一日を過ごそうって連れていってくださったことがあるんです。その日は、ずっと子供たちの面倒を見なきゃならなかったけど、もう一分一分が楽しくて仕方なかったわ。そのあと何年も幸せな夢の中でその時間を生き直したわ。でも、この海岸はメアリズヴィル海岸よりもすてき。あのカモメ、すごいわねえ。カモメになりたいと思わない？　あたしは思うわ——もし人間の女の子になれないんだったら。日の出とともに目を覚まして、一日じゅう海面にすうっと急降下しては、あの美しい青い海の上へ飛び去って、夜になったら巣に飛んで戻ってくるなんてすてきじゃない？　ああ、あたし、自分がそうしてるのを想像できるわ。あのすぐ先にある大きなお家《うち》は何ですか？」

「あれはホワイト・サンズ・ホテルよ。カークさんが経営しているんだけど、まだシーズンが始まっていないのよ。夏のあいだはアメリカ人がどっさりやってきてね。この海岸はちょうどいい避暑地だから」

「スペンサーさんのお宅かしらと思ったの」とアンは悲しそうに言った。「お宅に行きたくないわ。何だか、何もかも終わってしまう気がして」

第6章　マリラ、決心する

そうは言っても、二人はやがてお宅に着いた。スペンサー夫人はホワイト・サンズ入り江の大きな黄色い家に住んでいた。玄関に出てきた夫人は、その人のよさそうな顔に驚きと歓迎の様子を浮かべた。

「あらあら」とスペンサー夫人。「今日、あなたがたにお会いできるとは思ってもみなかったけれど、お会いできてほんとにうれしいわ。馬を中にお入れになってね？

元気、アン？」

「これ以上は元気になれません、ありがとうございます」アンは、にこりともせずに言った。すっかりしおれてしまったようだった。

「馬を休ませるあいだだけ、ちょっとお邪魔しようと思いましてね」とマリラ。「マシューに早く帰ると約束したものですから。実は、スペンサーの奥さま、どこかで妙な手ちがいがありまして、どこでそうなったのかと思って参ったわけですの。マシューと私は、孤児院から男の子を連れてきてくださいと、あなたにおことづけをしたのです。お宅のご兄弟のロバートさんに、十か十一くらいの男の子がほしいと奥さまにお伝えくださるように、と」

「マリラ・カスバートさん、まさか、そんな！」スペンサー夫人は困って言った。「だって、ロバートは、娘のナンシーを使いによこして、ナンシーはあなたがたが女の子をほしがっているって言ったんですよ――そうだったわね、フローラ・ジェーン？」スペンサー夫人は、ちょうど階段のところへ出てきた自分の娘に助けを求めた。

「ええ、そうです、カスバートさん」フローラ・ジェーンは真剣な様子で請け合った。

「大変申し訳ございません」とスペンサー夫人。「ほんとにお気の毒ですが、私のせいではないんですのよ、カスバートさん。私はできるかぎりのことをして、お指図どおりにしたつもりでしたもの。ナンシーは、ひどいおっちょこちょいでして。ちゃんと考えて行動しなさいって、よく叱っているんですの」

「私たちがいけないんです」マリラはあきらめたように言った。「大事なことをあんなふうに人づてにしないで、自分たちで直接お願いすべきだったんです。とにかくまちがいが起こってしまったのだから、それを正すしかないと思います。この子を孤児院に送り返せますかしら？　向こうでこの子を引き取ってもらえますわね？」

「たぶん」とスペンサー夫人は考えながら言った。「でも、何も送り返さなくってもよろしいんじゃございません？　ピーター・ブルーイットの奥さまが、昨日ここへいらして、お手伝いの小さな女の子を私に頼めばよかったと、ひどく後悔なさっていたもの。ほら、ピーターさんのところは大家族でいらっしゃるから、なかなかお手伝いが見つからないんですよ。アンだったら、まさにお誂《あつら》え向きだわ。天の巡り合わせと言うべきでしょうね」

マリラは、天の巡り合わせなどあまり関係ないという顔つきだった。この歓迎できない孤児を厄介払いできるチャンスが思いがけなくやってきたというのに、ありがたいとさえ感じていなかったのだ。

ブルーイット夫人とは話したことはなかった。骨に余分な肉がちっともついていない意地悪そうな顔つきの小柄な女性だということしか知らなかった。でも、噂は聞いていた。「仕事ぶりも馬車の運転も乱暴」というのだ。しかも、クビになった召し使いの女の子たちが恐ろしい話をしていて、それによれば、奥さんはすぐ腹を立てるし、けちくさく、子供たちは生意気で喧嘩《けんか》ばかりしているという。マリラは、そんなひどいところへアンを送り出すことに良心の痛みを感じた。

「中へ入って、話し合いましょう」とマリラは言った。

「あら、あそこの小道をいらっしゃるのは、ピーターさんの奥さまじゃなくって？　まあ、なんていう奇遇でしょう！」スペンサー夫人はそう叫ぶと、二人を急《せ》かして廊下を抜けて応接間へと連れていった。応接間の空気は恐ろしくひんやりしていて、二人はぞくっとした。暗い緑色のブラインドがぴたりと閉められていたために光が入らず、かつてあった暖かみがすっかり失われてしまったかのようだった。

「ほんとよかったわ。すぐに片が付けられますものね。ひじ掛け椅子にお坐《すわ》りくださいな、カスバートさん。アン、あなたはこのソファーの足載せ台に坐って、じっとしてなさい。帽子はこちらでお預かりしましょう。フローラ・ジェーン、おやかんをかけてきて頂戴《ちょうだい》。こんにちは、ブルーイットの奥さま。いいところへいらしてくださって、ほんとに運がよかったって話していたところなんですのよ。ご紹介しましょう、ブルーイットの奥さま。こちら、カスバートさんです。ちょっと失礼致しますよ。フローラ・ジェーンに、オーブンから丸パンを取り出すように言い付けるのを忘れていたものですから」

スペンサー夫人は、ブラインドを上げてから、さっといなくなった。アンは黙ってソファーの足載せ台に坐り、膝《ひざ》の上で両手を組み合わせてぎゅっと握りしめ、金縛りにあったかのようにブルーイット夫人を見つめていた。この鋭い顔つきの、目のぎろっとした女の人にもらわれることになるのだろうか？　胸がいっぱいになって目がじーんと痛くなった。涙をこらえられないのではないかと心配になったそのとき、スペンサー夫人が元気いっぱいに、にこにこして戻ってきた。まるで、いかなる肉体的問題、精神的問題、あるいは魂の難問であれ、たちどころに理解して解決してみせましょうと言わんばかりだった。

「この女の子のことで、手ちがいがあったようなんですのよ、ブルーイットの奥さま」とスペンサー夫人は言った。「私、カスバートさんのお宅では女の子をご希望だと思っていましてね。確かにそう聞いたものですから。ところが、ご希望だったのは男の子なんだそうです。それで、もし、奥さまに昨日おっしゃっていたようなお気持ちがまだおありなら、この子はお宅にちょうどいいんじゃないかしらと思いましてね」

ブルーイット夫人は、アンの頭から爪先までじろじろと見た。

「いくつなの？　名前は？」ブルーイット夫人は尋ねた。

「アン・シャーリーです」アンは縮み上がって、しどろもどろに言った。綴《つづ》りがどうだなどという条件についてはあえて何も言わなかった。「十一歳です」

「ふん！　大した子じゃなさそうだけど、痩《や》せてて芯《しん》は強そうだ。よく知らないが、芯の強い子が結局一番だっていうね。まあ、うちにくるんだったら、いい子になってもらわなきゃならないよ。いいね――いい子で賢くて礼儀を守る子じゃなきゃね。おまえを養うのにかかる費用は自分で稼いでもらうよ。そいつは絶対だからね。そうね、カスバートさん、この子をもらい受けてもいいですよ。赤ん坊がひどくむずかって、あたしゃもうへとへとでね。もしよかったら今すぐ連れて帰りますよ」

マリラはアンを見た。青い顔をして情けなくもじっと黙って耐えている様子に、マリラの頑固な心がほぐれた――小動物が一度は逃れたはずの罠《わな》に再び捕まってしまったような、どうしようもなくみじめな様子だった。マリラは、この無言で訴えかける顔を見て無視するようなら、死ぬまでこの顔を夢に見続けるにちがいないと確信して気が休まらなかった。しかもブルーイットという人が気に入らない。繊細で感じやすい子を、あんな女に渡すなんて！　とんでもない。そんなことさせるもんですか！

「さあ、どうでしょうか」マリラはゆっくりと言った。「マシューと私はこの子をうちにおかないとすっかり決めたわけではありません。実のところ、マシューはこの子をうちに置きたがっておりますの。私はただ、どうしてまちがいが起こったかを知るために参っただけですから。この子をまた連れ帰って、マシューと話し合わなければなりません。相談せずには何も決められないと思うので。この子をうちに置かないということになったら、明日《あした》の夜この子をまた連れてくるか、誰かに送り届けさせるかしますので、それがないようでしたら、この子はうちに置くことになったとご理解くださいませ。それでよろしゅうございますか、ブルーイットの奥さま？」

「仕方ありませんね」とブルーイット夫人は無愛想に言った。

マリラが話しているあいだに、アンの顔にはゆっくりと太陽が昇るかのように見えた。まず絶望の様子が消えていった。それから希望の微《かす》かな明るみが出てきて、目は明けの明星のように深い輝きを帯びた。まるで別人のようだった。その後まもなく、ブルーイット夫人が、お料理のレシピを借りるためにスペンサー夫人と二人で部屋から出ていくと、アンはパッと立ってマリラのところへ飛んでいった。

「ああ、カスバートさん、ひょっとしてあたしをグリーン・ゲイブルズに置いてくださるかもしれないって、ほんとにおっしゃったの？」アンは声に出したらこのすばらしい可能性が台なしになるかのように、息をひそめてささやいた。「ほんとにそうおっしゃった？　それとも、おっしゃったとあたしが想像しただけ？」

「アン、その想像癖は、なんとかしなきゃなりませんよ。ほんとのことと、そうじゃないことの区別がつかなくなるなんて」マリラは不機嫌そうに言った。「ええ。そう言ったけど、言っただけですよ。まだ決まったわけじゃないし、結局ブルーイットさんのところにあんたをやることになるかもしれませんよ。あの人のほうが私よりずっとあんたをほしがっているんですから」

「あの人と暮らすぐらいなら孤児院に帰ったほうがましよ」とアンは熱くなって言った。「あの人、まるで――錐《きり》みたいなんですもの」

マリラは、にやりと笑いたいのをこらえて、そんなことを言ったアンを叱らなければいけないと自分に言い聞かせた。

「あんたのような子供が、見知らぬご婦人のことをそんなふうに言うものではありませんよ」マリラは厳しく言った。「戻って、静かに坐って口を閉じていなさい。そして、いい子にしてなさい」

「お宅に置いてくださるのなら、そうしますし、何でも言うとおりにします」とアンは、すごすごとソファーの足載せ台へ戻った。

その日の夕方、緑破風《グリーン・ゲイブルズ》の家に帰ると、マシューが家の前の小道へ出てきて二人を迎えた。遠くからマシューがぶらぶらとやってくるのを見たマリラは、なぜマシューが出てきたのか察しがついた。少なくともアンを連れて帰ってきたと知ってマシューがほっとした顔をしたので、やっぱりねと思った。でも、マリラはそのことについてしばらく何も言わず、マシューと一緒に庭に出て納屋のうしろで牛の乳しぼりを始めたときに、ようやくアンの身の上とスペンサー夫人との話し合いの結果をかいつまんで話したのだった。

「あのブルーイットっていう女に、わしの気に入っているもんは、犬一匹だってやるもんか」マシューは珍しく語気を荒らげて言った。

「私も、あの人は気に食わないんですよ」マリラも認めた。「でも、あの人に渡さないということになると、うちで面倒を見るってことですよ、兄さん。まあ、兄さんはあの子をうちに置いておきたいようですから、私もそうするつもり――と言うか、そうするしかないでしょうね。そのことをずっと考えてるうちに、何だかそういう気になってしまいましたよ。そうしなきゃいけないっていうか。私は子育ての経験がないし、とくに女の子なんてどうしていいかわからないから、ひどいへまをするだろうけど、頑張ってみますよ。私としては、兄さん、あの子をうちに置いてもいいですよ」

内気なマシューの顔が歓《よろこ》びで輝いた。

「そうさな、そういうふうに考えてくれると思っていたよ、マリラ」とマシュー。

「あの子は、ほんとにおもしろい子だからね」

「役に立つ子だったら、もっとよかったんですけどね」とマリラは言い返した。「でも、私がちゃんと躾《しつけ》て、役に立つ子にしましょう。そして、いいですか、兄さん、私のやり方に口を出さないでくださいよ。年とった独身女は子育てを知らないかもしれないけど、年とった独身男よりはましですからね。だから、あの子のことは私に任せてもらいます。私がうまくいかなかったら、そのときは口を出してもかまいません」

「まあまあ、マリラ、おまえのやりたいようにやるがいいさ」とマシューは安心させるように言った。「ただ、あの子には、甘やかさない程度に、できるだけやさしく親切にしてやってくれよ。あの子は、なついてくれたら、なんだってしてくれる子だよ」

マシューに女の何がわかるものかと言うように、マリラはフンと鼻を鳴らすと、バケツをさげて製乳室（バターやチーズを作る部屋）へ出ていった。

「うちに置くことにしたと今晩はあの子に言わずにおこう」マリラは牛乳を生クリーム分離機に入れながら考えた。「興奮しすぎて眠れなくなってしまうもの。それにしてもマリラ・カスバート、おまえものっぴきならない羽目に陥ったもんね。孤児の女の子を養子にする日が来るなんて思ってもみなかったわ。それだけでも驚きだけど、もとはと言えば、マシューのせいなんだから、もっと驚くわ。あの女の子嫌いのマシューが！　とにかくやってみることにしたけれど、これから一体どうなることやら」

第7章　アン、お祈りを唱える

その夜、マリラはアンをベッドに連れていき、硬い口調で言った。

「さて、アン、昨夜《ゆうべ》は脱いだものを床にまき散らしていましたね。とてもいけないことです。うちでは許しませんからね。脱いだら何でも、きちんとたたんで椅子の上に置きなさい。きちんとしていない子は、うちでは要りません」

「昨夜は、あんまり取り乱してたから、服のことは何にも考えていなかったの」とアンは言った。「今晩は、きちんとたたみます。孤児院では、そうしなさいって言われてたわ。でも、よく忘れてしまうの。大急ぎでベッドに入って、静かぁにしていろいろ想像したいから」

「うちにいるなら、忘れないようにしてもらいますよ」とマリラは注意した。「そう。それでいいでしょう。じゃあ、お祈りをして、ベッドに入りなさい」

「あたし、お祈りしないの」とアンは告げた。

マリラは、恐怖のにじむ驚愕の表情を浮かべた。

「え、アン、どういうこと？　お祈りをするようにって教えてもらったことないの？神さまは、小さな女の子にお祈りをしてほしいといつも思っていらっしゃるのよ。神さまがどなたか、知らないの？　アン？」

「神は精霊。無限、永遠にして変わることなく、知恵にして力、神聖にして正義、善にして真実たる存在なり」とアンはすらすらと答えた。

マリラは、とてもほっとした。

「ああ、よかった、じゃあ、わかってはいるのね。すっかり異端というわけじゃないのね。今のはどこで習ったの？」

「あら、孤児院の日曜学校よ。教義問答を全部暗記させられたの。あたし、大好きだったわ。とってもすてきな言葉があるもの。『無限、永遠にして変わることなく』って、かっこよくない？　響きがいいでしょ――まるで大きなオルガンの音みたい。詩とは呼べないかもしれないけど、詩みたいに聞こえない？」

「詩の話をしているんじゃありませんよ、アン――お祈りの話です。毎晩お祈りを言わないなんて、とんでもなくいけないことだって知らなかったの？　あんたは、とても悪い子ですよ」

「赤毛の子は、よい子よりも悪い子になりがちなの」アンはふくれっ面で言った。「赤毛じゃない人にはわからないんだわ。トマスさんは、神さまはあたしの毛をわざと赤くなさったんだっておっしゃったから、それ以来あたし、神さまのことが嫌いになったの。それに夜はいつもくたくたになって、わざわざお祈りする気にはなれないんだわ。何組もの双子の面倒を見なきゃならないとお祈りなんて言ってられるはずないでしょ。それでも言えるって本気でお思いになる？」

マリラは、アンの宗教的な躾は、今すぐ始めなければならないと思った。少しでもぐずぐずしているわけにはいかない。

「この家にいるあいだは、お祈りを言わなければいけませんよ、アン」

「ええ、もちろんです。そのほうがよければ」アンは朗らかに言った。「何でも言うとおりにします。でも、今だけは、何と言えばよいのか教えてください。お布団に入ったら、これから毎晩言うほんとにすてきなお祈りを想像して考えだすわ。考えてみれば、それってすごくおもしろそう」

「跪《ひざまず》きなさい」とマリラは、まごつきながら言った。

「どうしてお祈りするときって跪くの？　ほんとにお祈りしたくなったらあたしがどうするか教えてあげる。独りっきりで広い広い野原へ出ていくか、森の奥の奥へ入っていってお空を見上げるの。まるでどこまでも青いかのようなすてきな青空の――ずっと――ずっと――ずっと――上のほうまで。それから、あたし、ただお祈りを感じるのよ。はい、準備はできました。何て言えばいいですか？」

マリラは、さっきよりももっとまごついていた。アンには「安らかな眠りをお与えください」といったような、子供らしいありきたりのお祈りの言葉を教えてやるつもりだった。しかし、前にも述べたように、マリラには少しばかりユーモアのセンスがあり――それは要するに、物事のふさわしさがわかるということだ。そして、そんな単純なお祈りは、幼児用の真っ白い寝巻を着て、ママのお膝《ひざ》にしがみついて舌たらずに祈る子には神聖だけれども、このそばかすだらけの魔女みたいな女の子にはまったく向いていないと、ふっと気づいてしまったのだ。この子は、神さまの愛というものを人間の愛を通して教えてもらっていないので、それがわかっていないし、気にもかけていないのだから。

「あんたは、自分でお祈りを言えるほどお姉さんですよ、アン」マリラはとうとう言った。「祝福をお与えくださってありがとうございますと、神さまに感謝し、あんたがほしいものを丁寧にお願いしてごらんなさい」

「えっと、精一杯やってみます」アンは約束して、マリラの膝に顔を埋めた。「天にましますます恵み深き父よ――教会では牧師さんがそう言うわ。自分のお祈りのときにもそう言ってもだいじょうぶよね？」アンはちょっと顔を上げて、言葉をはさんだ。

「天にましますます恵み深き父よ。〝歓びの白い道〟と〝きらめきの湖〟と〝ボニー〟と〝雪の女王〟をお創《つく》りくださってありがとうございます。ほんとにものすごく感謝しています。そして今、神さまに感謝したいもので思いつくのは、それだけです。ほしいものは、あまりにもたくさんあって、すべて名前を言っていくと時間がかかりすぎると思うので、一番大切なことをふたつだけ言います。どうぞ、あたしをグリーン・ゲイブルズにいられるようにしてください。それから、あたしが大きくなったら美人にしてください。それでは、お元気で。あらあらかしこ。アン・シャーリー」

「どう？　ちゃんとできたかしら？」アンは、立ち上がりながら熱心に尋ねた。「もう少し考える時間があったら、もっともっと美文調にできたんだけど」

気の毒にマリラは、もう少しでがっくりと崩れ落ちるところだった。でも、こんなとんでもないお祈りをするのは、神さまを敬う気持ちがないのではなくて、ただ宗教的なことがわかっていないだけなのだと自分に言い聞かせた。アンをベッドに入れて布団をきちんとかけてやりながら、マリラは心の中で明日《あした》からお祈りを教えてやらなくてはと誓った。そして、蠟燭《ろうそく》を持って部屋から出ていこうとしたとき、アンに呼び止められた。

「今、思いついたんだけど、『あらあらかしこ』じゃなくって『アーメン』って言うべきだったんじゃないかしら——牧師さまがなさるように？　忘れてたわ。お祈りって何か終わりかたがあったように思ったんだけど、ちがうのにしてしまったわ。まずかったかしら？」

「ま——まずくはないと思うわ」とマリラ。「さあ、いい子だから、もう眠りなさい。おやすみなさい」

「今晩は、心からおやすみなさいが言えるわ」とアンは最高に気持ちよさそうに枕に頭を埋《うず》めて言った。

マリラは台所へ退散し、蠟燭をテーブルにしっかりと置いてから、マシューに向かって目をむいた。

「マシュー・カスバート。あの子は誰かが引き取って、ちゃんとものを教えてやらなきゃだめよ。もう少しで完璧《かんぺき》な異教徒になるところよ。今晩までお祈りをしたことがないなんて信じられる？　明日、牧師館に人をやって、子供用の信仰の手引き『夜明け』シリーズを借りてきましょう。そうしなくっちゃ。そして、あの子にふさわしい服を作ってやったら、すぐ日曜学校に行かせましょう。忙しくなるわ。まあ、この世でやっていくには何やかや苦労があるものだけど、これまでは随分楽な人生だったこと。でもついに私の出番がやってきたんだわ。とにかく頑張らなきゃ」

第8章　アンの教育、始まる

アンを緑破風《グリーン・ゲイブルズ》の家で引き取ることにしたということは、翌日の午後まではアンに言わないとマリラは決めたが、その理由はマリラが一番よくわかっていた。翌日の昼前、マリラはアンにいろいろ忙しく仕事をさせて、その仕事ぶりを厳しい目で見守っていたのだ。昼までに、アンは賢くて言うことを聞く子で、一所懸命働くし、呑《の》み込みも早いということがマリラにはわかった。最大の欠点は、仕事をしている最中でも夢の世界へ入ってしまい、叱られるか大失敗をしてハッと我に返るまで何もかも忘れてぼうっとしてしまうことだ。

アンは、昼食の皿の洗い物を終えたとき、最悪の知らせをどうしても聞かなければと思いつめた顔つきをして、ただならぬ様子でマリラのほうに向き直った。アンの細く小さな体は、頭から爪先まで震えていた。顔は赤くなり、目はカッと見開いて、両手を堅く組み合わせて握りしめ、頼み込むような声でこう言った。

「ああ、どうかお願いです、カスバートさん。あたしをよそへやるのかどうかおっしゃっていただけませんか？　午前中ずっと我慢してきましたが、これ以上わからないままでいるのは耐えられません。たまらない気持ちです。どうか教えてください」

「言いつけたとおり、ふきんをきれいな熱湯でゆすがなかったわね」マリラはびくともせずに言った。「あれこれ質問する前に、まず行って、やってらっしゃい、アン」

アンは行って、ふきんをきちんと処理した。それから、マリラのところへ戻ってきて、頼み込むような目でマリラの顔をじっと見据えた。

「それじゃ、」とマリラは、これ以上説明をあとまわしにする言い訳が見つからないので言った。「教えてあげてもいいでしょう。マシューと私は、あんたをうちに置くことにしました――と言っても、あんたがいい子にして、感謝の心を忘れないなら、ということですよ。ね、どうしたの？」

「泣いてるの」アンは動揺して言った。「どうしてだかわかりません。ものすごくうれしいのに。ああ、うれしいなんて言葉じゃ足りないわ。あたし、〝歓《よろこ》びの白い道〟

や、桜のお花を見てうれしかったけど——こんな気持ちじゃなかったもの！　ああ、これは、うれしいなんてよりもっとすばらしい。とっても幸せだわ。あたし、いい子になるわ。すごく難しいかもしれないけど。だって、トマスさんが、あたしは絶望的に悪い子だって言ってたから。それでも、あたし頑張るわ。でも、どうしてあたし泣いているんでしょう、教えてもらえますか？」

「それは、あんたがあまりに興奮しすぎて、気が立っているからでしょう」マリラは、いけないことだというように言った。「その椅子に坐《すわ》って気を静めなさい。あんたは、泣いたり笑ったりしすぎよ。そう、うちにいていいのよ。こちらも、あんたをちゃんとするつもりですよ。あんたは学校に通わなければなりません。でも、二週間もしないうちに夏休みになってしまうから、九月に新学期が始まるときに行くようにすればいいでしょう」

「おばさまのことは、なんと呼べばいいですか？」とアン。「ミス・カスバートっていつも言いましょうか。マリラおばさまって呼んでもいい？」

「いいえ。ただ、マリラって呼んで頂戴《ちょうだい》。ミス・カスバートなんて呼ばれ慣れてないし、何だか落ち着かないから」

「マリラなんて呼び捨てにしたら、ひどく失礼なような気がするわ」アンは抗議した。

「心をこめて話すように気をつけてさえいれば、何も失礼なことなんかありませんよ。

アヴォンリーでは老いも若きも、みんな私のことをマリラって呼んでますからね。例外は牧師さま。牧師さまは、ミス・カスバートとおっしゃる――私の名前をお呼びになろうという気を起こしたときはね」

「マリラおばさまって、呼びたいなあ」アンはあきらめきれずに言った。「あたし、おばさんも親戚《しんせき》も一人もいたことがないの――おばあちゃまだっていないのよ。おばさまって呼んだら、あたし、本当にここの家の子だって感じがするもの。マリラおばさまって呼んじゃいけない？」

「いけません。私はあんたのおばさんじゃないし、自分のものでない名前で呼ばれたくはありませんよ」

「でも、あたしのおばさまだって想像することだってできるわ」

「私にはできません」マリラは容赦なく言った。

「実際とちがうことを想像したりしたこと、ないの？」アンは目を大きくして言った。

「ありません」

「ええっ！」アンは大きく息を吸った。「そんな、ミス――じゃない、マリラ、それじゃ、随分つまらないわ！」

「実際とちがうことを想像するなんて感心しませんね」マリラは言い返した。「神さまが私たちをある状況にお置きになるのは、その状況を想像で失《な》くしてしまうためじゃありません。それで思い出した。居間に行きなさい、アン——足がきれいになっていることを確かめて、ハエを入れないように——そして、暖炉の飾り棚の上にある絵入りカードを持っていらっしゃい。神さまへのお祈りがそこに書いてあるから、今日の午後、空いている時間を使ってそれを憶《おぼ》えなさい。昨夜《ゆうべ》聞いたようなお祈りは、もうしてはなりません」

「全然お祈りになってなかったと思います」アンは申し訳なさそうに言った。「でも、あたし、お祈りをしたことがなかったんですもの。初めてなのにうまくいくわけないでしょ？　あたし、お布団に入ってから、すばらしいお祈りを考えだしたわ。そうするって約束したでしょ。牧師さまのお祈りぐらい長くて、すごく詩的なの。でも、信じられる？　今朝目が覚めてみると、ひと言も思い出せなかったの。あんなにいいお祈り、もう思いつけないと思うわ。どういうわけか、二度めに考えだしたものって、最初のよりよくないのよ。そういうことってない？」

「いいですか、アン。私が何か言いつけたら、すぐに言われたとおりにしなさい。つっ立って、あれこれ言ったりしてはいけません。ただ言われたとおりにやるのです」

アンはさっと飛び出していって、廊下を横切って居間へ行った。ところが、帰ってこない。十分待ってからマリラは編み物を置いて、怖い顔をしてアンを捜しにずんずん歩いていった。アンは、窓と窓のあいだの壁に掛けられた、ある絵の前に身じろぎもせずに立ちつくしていた。うしろ手に両手を組み、顔を上げ、目はとろんと夢を見ているようだ。窓の外のりんごの木々と、びっしり生い茂った蔦《つた》の葉のあいだからこぼれてくる白と緑の光が、恍惚《こうこつ》とした小さな姿を神々しく照らしていた。

「アン、一体どういうつもりなの？」マリラは厳しく尋ねた。

アンは、ハッとして現実の世界に戻ってきた。

「あれよ」とアンは絵を指さした──「小さな子らを祝福するキリスト」と題されたとても鮮やかな多色刷り石版画だ──「あたしがあの中の一人だったらって想像してたの──あの青い服を着た子があたしなの。端っこで一人ぼっちで立ってるのは、あたしみたいに身寄りがないからなの。さびしそうで悲しそうだと思わない？ きっと、お父さんもお母さんもいないんだわ。でも、あの子も祝福してもらいたがってる。だから、おずおずとみんなのところに近づいているの。『誰にも気づかれないといいな──でも、イエスさまには気づいてもらいたいな』って思いながら。あの子の気持ち、よくわかるわ。どきどきして手は冷たくなってるの。あたしがここに置いてもらえますかって尋ねたときみたいに。イエスさまに気づいてもらえないんじゃないかって心配してるんだけど、きっと気づいてもらえるわよね？ ずっと想像してたの──じりっじりって近づいてって、とうとうすぐそばまで来てしまうの。するとイエスさまはこちらを見てくださって頭に手を置いてくださって、ああ、なんてぞくぞくすることでしょう！　でも、イエスさまがあんなに悲しそうに描かれていなければよかったのに。イエスさまって、よく見ると、どの絵もみんな悲しそう。でも、ほんとにあんなに悲しそうだったはずないわ。あんなだったら子供は怖がってしまうもの」

「アン」とマリラは、この長いおしゃべりのあいだ自分がどうして口をはさまなかったのか不思議に思いながら言った。「そんなふうに言ってはいけません。罰あたりです——実に不敬です」

アンの目は、びっくりした。

「そんな、これほど敬う気持ちに満たされたことはないのに。不敬なことなんて言うつもりなかったのよ」

「そういうつもりじゃなかったのはわかります——でも、そういったことを、なれなれしく言うものではありません。それからもうひとつ。アン、私が物を取っていらっしゃいと言ったときは、すぐに取ってきて、絵の前でぼんやり想像に耽《ふけ》ったりするんじゃないの。憶えておきなさい。カードを取って、すぐ台所にいらっしゃい。さあ、隅に坐って、そのお祈りを憶えてしまいなさい」

アンはりんごの花をどっさり生けた花瓶にカードを立てかけた。花は、食卓を飾ろうと思ってアンが手折ってきたものだった——マリラはその飾りつけを横目で見ていたが、何も言わなかった——それからアンは頰杖《ほおづえ》をついて、黙って数分間カードにじっと集中した。

「いいわね、これ」とうとうアンは言った。「美しいわ――前に聞いたことがある。孤児院の日曜学校の校長先生が一度おっしゃってたわ。でも、そのときは気に入らなかったの。先生、ひどくがらがらの声で、そりゃあ悲しそうにお祈りなさるんですもの。先生は、お祈りは苦しい義務だとお考えになっていたにちがいないわ。これは詩じゃないけど、詩を読んでるときと同じ気持ちになれるわ。『天にまします我らが父よ、御名を崇《あが》めさせたまえ』――まるで音楽みたい。ああ、あたしにこれを憶えさせようと思いついてくださって、うれしいわ、ミス――じゃなくて、マリラ」

「とにかく、黙って憶えなさい」マリラはそっけなく言った。

アンは、りんごの花の花瓶を少し傾けて、ピンク色にふくらんだ蕾《つぼみ》にそっとキスをしてから、さらに数分間まじめにカードを読んだ。

「マリラ」やがて、アンは尋ねた。「アヴォンリーであたしに心の友ができるかしら？」

「な――何の友だって？」

「心の友よ――親友ってこと――心の奥底からすべてを打ち明けられるような、ほんとの〝魂の響きあう友〟よ。ずっと出会えることを夢見てきたの。出会えるとは思ってなかったけど、すてきな夢がいっぱい、いっぺんに実現しているんですもの、ひょっとしたらこの夢もかなうかも。かなうと思う？」

「果樹園の坂《オーチャード・スロープ》に住んでるダイアナ・バリーは、あんたと同じぐらいの年だけど。とてもいい子だから、うちに来たら、友だちになれるんじゃないかしら。今はカーモディの町にいるおばさんのところへ遊びに行ってますけどね。でも、お行儀に気をつけなきゃだめよ。バリーの奥さんは、とても細かい人だから、ちゃんとしたいい子でないと、ダイアナの友だちにはしませんよ」

りんごの花越しにマリラを見ていたアンの目が興味を抱いて光った。

「ダイアナって、どんな子？　髪は赤くはないでしょう？　ああ、とんでもないわ。あたしだけでじゅうぶん。心の友まで赤毛なんて、絶対耐えられないわ」

「ダイアナはとてもきれいな子よ。目も髪も黒くて、バラ色の頬をしている。それに、いい子で、頭がいい。それは、きれいなことよりも大切ね」

マリラは、『不思議の国のアリス』に出てくる公爵夫人みたいに教訓が好きで、躾《しつけ》を受ける子供には、何を言うにしてもいちいち教訓を垂れなければいけないと固く信じているのだった。

しかし、アンは、そんな教訓はそっちのけで、その前に話題に出たうれしくなるような可能性に飛びついた。

「ああ、きれいな子でよかったわ。自分が美人なのが一番だけど――それはあたしの場合無理だから――その次にいいのが、美人の心の友がいるってことよ。トマスさんと一緒に暮らしてたとき、ガラスの扉がついた本棚が居間にあったの。中には本なんて一冊もなくて、トマスさんは極上の陶器やプリザーブをそこに入れてたわ――プリザーブがあるときはね。そのガラス扉の一方が壊れたの。ある晩、旦那《だんな》さんが少し酔ったときに割ってしまったのよ。ところが、もう一方は壊れなかったから、あたし、そのガラスに自分を映して、本棚に住む少女がいるってことにしてたの。ケイティ・モーリスって呼んでたわ。とっても仲良しだったの。日曜なんかは何時間もおしゃべりして何もかも打ち明けたわ。ケイティは、あたしの人生の歓《よろこ》びで慰めだった。本棚に魔法がかかっていて、呪文さえわかったら、扉を開けるとトマスさんのプリザーブだの陶器だのの棚が、ケイティ・モーリスが住んでいるお部屋に変わって、そこへ入っていけるんだってことにして遊んだわ。そしたら、ケイティ・モーリスは、あたしの手を取ってすばらしいところへ連れ出してくれるの。お花だらけで太陽と妖精《ようせい》でいっぱいで、あたしたちはそこで、いつまでも幸せに暮らすの。ハモンドさんのお家《うち》に行くことになったときは、ケイティ・モーリスと別れるのがつらくて胸が張り裂けそうだった。ケイティも苦しんだと思うの。どうしてわかるかっていうと、本棚の扉越しに、あたしにさよならのキスをしてくれたとき、泣いてたから。ハモンドさんのお家《うち》には本棚がなかったわ。でも、お家《うち》から少し川を遡《さかのぼ》っていったところに、細長い緑の小さな谷があって、ものすごくすてきなこだまがそこに住んでいたの。こっちが言う言葉を全部言い返してくれるのよ。全然大きな声で言わなくてもいいの。だから、それはヴィオレッタっていう小さな女の子だと思うことにしたわ。あたしたち仲良しで、あたし、ケイティ・モーリスぐらい大好きだった——ケイティほどじゃないけど、それくらいってことよ。孤児院に行く前の晩、あたし、ヴィオレッタにさようならを言ったわ。ああ、あの子が返してくれたさようならは、それはそれは悲しそうだったわ。あの子がとても好きだったから、孤児院には心の友がいるって想像する気にはなれなかったの。たとえ、あそこで想像力を働かせる余地があったとしてもね」

「そんな余地なんてなくてよかったのよ」マリラは冷たく言った。「そういった振舞いは、よいことではありません。自分の想像の世界を本気にしかかっているようね。そんなばかげたことを頭から叩《たた》き出すには、本物の生きた友だちを持つのが一番です。でも、バリーさんの奥さんに、ケイティ・モーリスだのヴィオレッタだのの話をしないで頂戴《ちょうだい》よ。嘘つきだと思われますからね」

「あら、しないわ。あの子たちのことは、誰にでも話せるわけじゃないもの——とっても神聖な思い出だから。でも、マリラには知っておいてもらいたかったの。ほら、見て、りんごのお花から大きなハチが転がり出てきたわ。なんてすばらしい棲《す》み処《か》でしょう——りんごのお花に住むなんて！　お花の中で眠って、風がお花を揺らすところを想像してみて。あたし、もし人間の子じゃなかったら、ハチになってお花の中で暮らすわ」

「昨日はカモメになりたがってたわね」マリラは鼻先で笑った。「随分気まぐれね。そのお祈りを憶《おぼ》えて、おしゃべりはしないことって言ったんですよ。なのに、話を聞いてくれる人がいると、おしゃべりが止まらないようね。だから、自分の部屋へ行って憶えてらっしゃい」

「ああ、もうほとんど憶えました——最後の行以外は」

「いいから、言われたとおりになさい。お部屋へ上がって、すっかり憶えるんです。夕食《ティー》の用意を手伝いにいらっしゃいと私が声をかけるまで下りてくるんじゃありませんよ」

「りんごのお花さんたちを連れていってもいい?」アンはお願いした。

「だめです。部屋を花で散らかしてしまいます。そもそも、木に咲いてるままにしてあげるべきだったんですよ」

「あたしも、少しそう思った」とアン。「お花を摘んで、すてきな命を短くするべきじゃないって——あたしがりんごのお花だったら、摘まれたくないもの。でも、誘惑には勝てなかったわ。マリラは、たまらない誘惑にあったら、どうする?」

「アン、部屋に上がりなさいって言ったの、聞こえませんでしたか?」

アンは溜《た》め息《いき》をつき、東の破風に面した部屋へ上がり、窓辺の椅子に坐《すわ》った。

「ほうら——このお祈り、もう憶えたわ。階段を上がってくるときに、最後の文句を憶えたもの。さあ、この部屋にいろんなものがあることを想像して、いつも想像どおりの部屋だと思えるようにしましょ。床にはピンクのバラ模様の白いベルベットの絨《じゅう》毯《たん》が敷きつめられていて、窓にはピンクの絹のカーテンが掛かってるの。壁には金と銀の錦《にしき》のタペストリーが掛かってる。家具はマホガニー。マホガニーって見たことないけど、すっごく贅沢《ぜいたく》な感じがするわ。このソファーにはピンクや青や赤や金色の豪華な絹のクッションが山ほどあって、あたしはそこに上品にもたれかかるの。あの壁に掛かったすてきな大きな鏡に姿が映るわ。あたしはすらっとして、堂々としてて、白いレースを引きずるガウンを着て、胸には真珠の十字架、髪にも真珠。あたしの髪は真夜中の闇のような漆黒。肌は象牙《ぞうげ》のようなつやつやの白。あたしの名前はレイディ・コーディーリア・フィッツジェラルド。いえ、そうじゃない——さすがにそこまでは、想像できないわ」

アンは、躍るように駆《か》けていって、小さな鏡を覗《のぞ》き込んだ。とんがったそばかすだらけの顔と、まじめそうな灰色の目が、こちらを見返した。

「おまえはグリーン・ゲイブルズのアンでしかないわ」アンは真剣に言った。「そして、自分がレイディ・コーディーリアだって思おうとするたびに、今こうやって見えているみたいに、あたしにはおまえが見えるんだわ。でも、どこでもないアンであるよりも、グリーン・ゲイブルズのアンであることのほうが百万倍もいいじゃない？」

アンは身を屈《かが》めて、鏡の中の自分にやさしくキスをし、開け放った窓の前に坐った。

「雪の女王さん、こんにちは。こんにちは、窪地《くぼち》の樅《もみ》の木さん。こんにちは、丘の上の灰色のお家《うち》さん。ダイアナはあたしの心の友になるのかしら。そうだといいな。そしたら大好きになるわ。でも、ケイティ・モーリスとヴィオレッタのことをすっかり忘れてはいけないわ。そんなことしたら、二人ともとても傷つくもの。誰かを傷つけるなんて、あたし、嫌。小さな本棚の中の女の子や、小さなこだまの女の子であっても。二人のことをいつまでも憶えていて、毎日キスを送ることにするわ」

アンは、指先から軽いキスをふたつ、桜の花の向こうへふっと吹いて、それから両手で頰杖《ほおづえ》をついて、白昼夢の海へゆらゆらとさまよい出たのだった。

第9章　レイチェル・リンド夫人、もちろん愕然《がくぜん》とする

アンが緑破風《グリーン・ゲイブルズ》の家に来て二週間も経ってから、リンド夫人はようやくアンを見にやってきた。リンド夫人のために言っておくと、夫人が悪いのではない。季節はずれのひどいインフルエンザに罹《かか》ってしまって、最後に緑破風《グリーン・ゲイブルズ》の家を訪れて以来ずっと家に

こもっていなければならなかったのだ。リンド夫人はめったに病気にならず、病人のことをはっきりと軽蔑《けいべつ》していたものだが、インフルエンザというものはこの世のどんな病気ともちがって、いわば神さまの特別な思《おぼ》し召しのようなものだと夫人は言うのだった。医者に外出を許されたとたんに、夫人は、マシューとマリラの孤児を見たくてたまらず、緑破風《グリーン・ゲイブルズ》の家に駈けつけたのだ。なにしろ、この子にまつわるありとあらゆる物語や噂がアヴォンリーの村じゅうに満ちあふれていたのだから。

アンは、その二週間のあいだ、起きている時間は一分もむだにしなかった。このあたりのどの木や茂みとも友だちになったし、りんご園の下の小道が森の中へ続いていくことも発見した。その道をどこまでも探検して、いろんなすてきなものと出会った。小川が流れ、橋が架かっていて、樅の木の雑木林があって、野生の桜がアーチになっていて、羊歯《しだ》が密集している片隅もあれば、楓《かえで》や七竈《ななかまど》の枝の下の脇道もあった。

アンは、窪地の泉とも友だちになった――すばらしく深く、澄んだ氷のように冷たい泉だ。まわりにはすべすべの赤い砂岩が並び、大きな棕櫚《しゅろ》のような水羊歯の茂みがぐるりと生えていて、その向こうの小川に丸木橋が架かっていた。

アンの躍るような足は、その橋を渡って、もっと先の、森となった丘を登っていった。そこは樅や唐檜《とうひ》の木がぎっしりと聳《そび》えているためにいつも薄暗く、森の花の中でも最も恥ずかしがりやで最もかわいらしい六月の鐘《ジューン・ベルズ》がいっぱい咲いていて、それから去年咲いた花の幽霊のような淡いスターフラワー〔ツマトリソウに似た星形の花〕がほんの少しあるくらいで、ほかに花はなかった。木々のあいだに掛かっているクモの巣が銀の糸のようにきらめき、樅の木の枝と花々が親しげに言葉を交わしているように見えた。

こうしたうっとりとした探検は、アンが遊んでもよいと言われた三十分ほどの僅《わず》かな時間になされたもので、アンは自分の発見についてマシューとマリラに話しまくったので、二人は耳がおかしくなりそうだった。もちろんマシューは文句を言わなかった。うれしそうに黙ったまま、にこにこしてずっと耳を傾けてくれた。マリラはおしゃべりを許すには許したのだが、自分がいつの間にかアンのおしゃべりに聞き入っていることに気づくと、すぐさまもう黙りなさいとぶっきらぼうに命じるのだった。

レイチェル・リンド夫人がやって来たとき、アンは果樹園にいて青々と茂った草が赤い夕陽を浴びて揺れるなかを、いい気分でぶらぶらと歩いていた。そこでこの善良な婦人は、自分の病気のことをすっかり話すのにすばらしい機会を得て、どこがどう痛かったかとか脈がどうだったとかとてもうれしそうに話すので、マリラはこの人はインフルエンザに罹ってかえってよかったんじゃないかと思うほどだった。細かなことを何もかも話し尽くしたとき、リンド夫人は訪問の真の理由を言い出した。

「あなたとマシューについて驚くべきことを聞いてるのよ」

「驚いたのは私よ」とマリラ。「今はもう落ち着いてきたけど」

「そんなまちがいがあったなんて、お気の毒だったわねえ」とリンド夫人は同情するように言った。「その子を送り返せたの？」

「返すこともできたけれど、やめたの。マシューが気に入ってね。私自身、その子が好きになったもんだから――欠点がないわけじゃないけど。この家はもうすっかり変わってしまったんですよ。まったく明るい、かわいい子なもんだから」

マリラが最初言おうとしていたことよりも、いろいろ言い訳したのは、リンド夫人が感心しないという顔つきをしたからだった。

「大変な責任を背負いこんだものね」夫人は暗い顔で言った。「だって、あなた、子育ての経験がないじゃない？　その子のことも、本当の性格もわからないでしょ。そういった子がどんなふうになるかわかったものじゃないわよ。いえ、悪気があって言ってるんじゃないんだけどね、ほんと、マリラ」

「だいじょうぶよ」マリラは、あっけらかんとして答えた。「私が一旦《いったん》こうと決めたら、もう決まりなの。あなた、アンにお会いになりたいでしょ。呼んできますね」

アンはすぐに走ってきた。顔は果樹園をさまよっていた歓《よろこ》びで輝いていたが、思いがけず知らない人の前に出てしまったのを恥ずかしがって、戸口のところでどぎまぎして立ち止まった。確かに孤児院からもらったウィンシー織りのつんつるてんの服を着ていると、不恰好《ぶかっこう》な子に見えた。服の下からは、細い足がにょきにょきと長く出ている。そばかすは以前より多く、目立っていた。帽子をかぶっていなかったので、髪の毛は風に吹かれて乱れに乱れ、このときほど髪が真っ赤に見えたことはなかった。

「まあ、器量がよくて選ばれたんじゃないってことは確かね」リンド夫人は、はっきりした意見を言った。リンド夫人は思ったことを遠慮会釈もなくずけずけ言うことをよしとする、ざっくばらんで人好きのする類《たぐい》の人だった。「随分とまた痩《や》せっぽちで、みっともない子じゃないの、マリラ。ここにおいで。よく見させておくれ。まあ嫌《や》だ、こんなそばかすだらけの子、誰か見たことあるかしら？　髪の毛はにんじんみたいに真っ赤だし。ここにおいでと言うのに」

アンはそこへ行ったが、リンド夫人が期待したとおりには行かなかった。台所の床からひとっ飛びに飛んでリンド夫人の前に立ち、怒りで顔を真っ赤にし、唇は震え、痩せた体は頭から爪先まで戦慄《わなな》いていた。

「あなたなんか大嫌い」アンは、床を踏みしめ、声をつまらせながら叫んだ。「大嫌い――大嫌い――大嫌い――」言うたびに大きく地団太を踏んだ。「よくもあたしのことを、痩せっぽちで、みっともないって言ったわね？　そばかすだらけの赤毛ですって？　あなたは無礼で失礼で思いやりのない人だわ！」

「アン！」マリラは、びっくり仰天して叫んだ。

しかし、アンはひるみもせずに、リンド夫人に面と向かい続け、頭を上げ、瞳《ひとみ》をめらめらと燃やし、両手を握りしめ、激しい怒りを体じゅうから大気のように発散した。

「よくもあたしのことをそんなふうに言えたわね」アンは、猛烈な口調で繰り返した。「自分がそんなこと言われたらどんな気がする？　でぶで不恰好で、たぶん想像力のかけらもないって言われたら？　そう言われてあなたが傷ついたってかまわないわ！　傷つくといいのよ。あたしの気持ちを傷つけたんだから。トマスさんの酔っ払いの旦《だん》那《な》さんだって、こんなひどいことは言わなかったわ。あなたのこと、絶対に赦《ゆる》さないから。絶対に、絶対に！」

足を踏みしめ、ドシン、ドシン！

「こんな癇癪《かんしゃく》、見たことないわ！」恐れをなしたリンド夫人は金切り声をあげた。

「アン、自分の部屋へ行って、私が行くまでそこにいなさい」ようやく口がきけるようになったマリラが言った。

アンはわっと泣きだして、廊下のドアへと駈《か》けていき、あんまり激しくドアを叩《たた》きつけたものだから、外壁に掛かっていたブリキ板も同情してガタガタと鳴った。アンは竜巻のように、廊下を抜けて二階へ逃げていった。上のほうでも遠くにバタンと聞こえたので、東の破風の部屋のドアも同じように強く閉められたことがわかった。

「まあ、あんなのを育てるなんて、ご苦労なこったね、マリラ」リンド夫人は、これ以上ないほどまじめくさって言った。

マリラは、お詫《わ》びを言ったらいいのやら、抗議をしたらいいのやら、わからないまま口を開いた。口をついて出てきた言葉には、マリラ自身びっくりしたし、あとで思い返しても驚くべきものだった。

「あの子の器量のことを、こき下ろしたりするべきじゃなかったのよ、レイチェル」

「マリラ・カスバート、まさか、たった今あんなひどい癇癪を爆発させたあの子の肩を持つんじゃないでしょうね」リンド夫人は憤然として尋ねた。

「いいえ」マリラはゆっくりと言った。「赦すつもりはありませんよ。悪い子だったから、お説教してやらなければならないけれど、事情は汲《く》み取ってやらなきゃ。何が正しいことか教えてもらっていないんですから。しかも、あなたは随分あの子にきつく当たりましたからね、レイチェル」

マリラは、やはり自分でも驚いたが、その最後のひと言をつけくわえずにはいられなかった。リンド夫人は、気分を害しながらも威厳を保ったまま立ち上がった。

「では、今後は、言葉にとても気をつけなければならなくなりそうね、マリラ、どこの馬の骨ともわからない孤児の繊細な感情が、ほかの何よりも大切だと言うのなら。いえいえ、私は怒っちゃいませんよ——心配ご無用。あなたのことが気の毒すぎて、怒る気にもなりゃしない。あの子に手を焼くのはあなたですからね。でも、もしご忠告させていただけるなら——と言っても、お聞き入れいただけないでしょうけど——

十人も子供を育て、二人の子に死なれた私に言わせれば、その『お説教』とやらは、大型の樺《かば》の小枝の笞《むち》を使ってやるべきですよ。それこそ、ああいう子供には効果的です。あの子の気性は髪の毛そっくりだわ。じゃあ、失礼しますよ、マリラ。これまでどおり、うちには遊びに来てくださいね。でも、あんなふうに飛びかかられて侮辱されるなら、私はそうそうこちらへお伺いすることはないと思ってくださいよ。私の経験では、こんなこと初めてですから」

そう言うとリンド夫人は、さっと出て行ってしまった——よたよた歩きの太った女性がさっと出て行ったと言えるのなら——そして、マリラはとても深刻な顔をして、東の破風の部屋へ上がっていった。

階段を上がりながら、これからどうしたものかと気をもんだ。今繰り広げられた場面について、かなり動揺していたのだ。よりにもよってレイチェル・リンド夫人の前であんな癇癪を起こしてしまうとは、アンはなんて運が悪いんだろう！　それからマリラはふっと気づいた。アンの性格にこれほど大きな欠点があるとわかって悲しむどころか、こんなことになって口惜《くや》しいと、自分を責めるような、居ても立ってもいられない気持ちになっていることに。それに、どうやってアンを罰したものかしら？　樺の枝の笞《むち》だなんて——その効果のほどはリンド夫人のお子さんたちが嫌というほど思い知っているのだろうが——マリラは使う気にはなれなかった。子供を笞《むち》で打つなんてできない。そうではなくて、いかにいけないことをしたかアンにちゃんと気づいてもらうために、何かほかの罰を考えなければならないわ。

マリラが部屋に入ると、アンは、ベッドに突っ伏して激しく泣いており、きれいなベッドカバーに泥だらけの靴のまま飛び乗ったこともすっかり忘れていた。

「アン」とマリラは、厳しくない声で言った。

答えがない。

「アン」と今度は厳しい声で言った。「今すぐそのベッドから下りて、私が言うことを聞きなさい」

アンは、もぞもぞとベッドから下りて、そばの椅子の上に身を堅くして坐《すわ》った。泣きはらした顔は涙で汚れ、目は頑固に床を見据えている。

「大したお行儀ですね、アン！　恥ずかしくないの？」

「あたしのことをみっともないだとか、赤毛だとか言う権利はあの人にはないわ」アンは、弁解がましく、むっとして口答えした。

「あんただって、そんなにカッとなって、あんなふうな口のきき方をする権利はありませんよ、アン。私は恥ずかしい思いをしましたよ——とっても恥ずかしかった。リンドさんにはきちんと振る舞ってほしかったのに。あんなふうに私に恥をかかせたりしないで。リンドさんがあんたのことを赤毛で器量よしでないと言ったからって、あんなふうに癇癪を起こすもんじゃありません。あんただって、自分でよくそう言ってるじゃないの」

「ああ、でも、自分で言うのと人に言われるのとじゃ、全然ちがうわ」アンは嘆いた。「自分でそうだとわかっていても、人にはそう思ってほしくないものよ。あたしがひどい癇癪持ちだってお思いでしょうけど、どうしようもないの。あんなこと言われると、何かがぐっとこみ上げてきて胸が詰まりそうになるの。食ってかからずにはいられなかったのよ」

「見ちゃいられなかったわ。リンドさんは、あちこちであんたのことで、すてきな話をしてくださることでしょうよ——あの人なら、そうするわ。あんなふうにカッとなるなんて恐ろしいことですよ、アン」

「誰かに面と向かって、痩せっぽちで醜いって言われたらどんな気持ちになるか想像してみてよ」アンは涙ながらに訴えた。

ふっと、昔の記憶がマリラに蘇《よみがえ》ってきた。とても小さいとき、二人のおばがマリラのことを「あの子、あんなに色黒で、器量が悪くて、可哀想ね」と話しているのが聞こえたのだ。マリラが五十になるまで、その記憶の痛みが消えることはなかった。

「リンドさんがあんたにあんなことを言ったのは、必ずしもいいことじゃないね、アン」マリラはさらにやさしい調子で認めた。「レイチェルは、ずばずば言いすぎるの。

でも、だからといって、あんたがあんなふうなことをする理由にはなりません。あの人は、おまえが初めて会う人で、年上で、お客さんです——三つとも、あの人に敬意を払うべき立派な理由です。あんたは無礼で生意気だったんだから」——マリラには、天のお告げのように、アンへのお仕置きがひらめいた——「リンドさんのところへ行って、ひどい癇癪を起こしてごめんなさいと謝ってこなくてはなりません」

「そんなこと、できないわ」暗い顔のアンは頑として言った。「どんな罰を受けてもいいわ、マリラ。暗くてじめじめした牢獄《ろうごく》に閉じ込められてもいい。ヘビやヒキガエルしかいなくて、パンと水しかもらえなくても文句は言わないわ。でも、リンドさんに赦しを求めることだけはできません」

「うちでは、暗くてじめじめした牢獄に閉じこめる習慣はありません」マリラは冷たく言った。「アヴォンリーじゃ、そんな牢獄なんて、まず見つからないでしょうしね。でも、リンドさんに謝ってきてもらいますよ。そうしますと言うまでは、部屋から出てはいけません」

「じゃあ、永遠にお部屋から出ません」アンは嘆きながら言った。「あんなことを言って申し訳なかったなんて、リンドさんには言えないからです。できるはずないでしょ？　申し訳ないって思ってないんだもの。マリラに嫌な思いをさせたのは申し訳ないわ。でも、ああいうふうに言えて、あたしはうれしい。申し訳ないと思ってないのに謝れないでしょ？　申し訳ないと想像すること、すらできないわ」

「あんたの想像力は、明日《あした》の朝には、ましに働くようになるでしょうよ」そう言うと、マリラは出ていこうとして立ち上がった。「今日のことをひと晩よくよく考えて、ましな気持ちになって出てきなさい。あんたはグリーン・ゲイブルズに置いてくれるならいい子になると約束したのに、今日はそういうふうには見えませんでしたよ」

気持ちが乱れに乱れたアンにこのとどめの一撃をお見舞いして、マリラは台所へと下りていった。マリラの頭はひどく混乱し、心は痛んだ。アンに対してだけでなく、自分に対しても腹立たしかったのだ。なぜなら、レイチェルのびっくりした表情を思い出すたび、おかしくて自分の口許《くちもと》がゆるみ、悪いと知りつつ笑い出したくてたまらなくなったからだ。

第10章　アンのお詫《わ》び

その日、マリラはその事件のことをマシューに何も言わなかったが、翌朝になってもアンが言うことを聞かないとなると、なぜ朝食のテーブルにアンがいないか説明しなければならなかった。マリラは、アンのしたことのひどさをわかってもらうように気をつけながら、マシューに何もかも話した。

「レイチェル・リンドにぴしゃっと言ってやったのは、いいことだ。お節介なおしゃべりばあさんだからな」とは、マシューの慰めの返事だった。

「マシュー・カスバート、あきれたもんね。アンの振る舞いがひどかったというのに、アンの肩を持つんですか！　今度は、アンを罰しないほうがいいなんて言いだすんじゃないでしょうね」

「そうさな――いや――そういうつもりじゃないさ」マシューはどぎまぎして言った。「ちょっとは罰さなきゃならんだろうが、あんまり厳しくしなさんなよ、マリラ。今まで躾《しつけ》られてこなかったんだから。まさか――まさか飯抜きってことはないだろうね？」

「私がいつ、躾だからと、人を飢えさせたりしましたか」マリラは腹を立てて尋ねた。「食事はきちんとさせますし、上まで運んでやりますよ。でも、レイチェルに謝ろうという気になるまで、あの部屋から出しはしません。それで決まりです、兄さん」

朝食、昼食、夕食は――アンがまだ頑固だったために――とても静かな食事となった。食事が終わるたびにマリラは、たっぷりと盛りつけた盆を東の破風の部屋まで運んでやり、しばらくして、あまり手のつけられていない器を盆に載せて持ち帰った。マシューは盆が返ってくるのを見て、心配そうな目をした。アンは何か口にしたのだろうか？

その日の夕方、マリラが裏の牧草地から牛を連れ帰りに出かけたとき、納屋のまわりをうろついて見張っていたマシューは、泥棒のように家に忍び入り、そっと二階へ上がった。普段マシューは、台所と、廊下のわきの自分の小さな寝室のあいだを行ったりきたりするだけで、ときどき牧師さんがお茶にいらっしゃると、客間か居間にもじもじと足を踏み入れる程度だった。お客さま用の寝室の壁紙を張り替えるためにマリラの手伝いをした春以来、自分の家だというのに、二階には上がったことがなく、それは四年も前のことだった。

マシューは抜き足さし足で廊下を通り抜けて階段を上がり、東の破風の部屋のドアの前で数分間立ち止まって、それから勇気をふりしぼって指先で軽くノックをし、ほんの少しドアを開けて中を覗《のぞ》いた。

アンは窓辺の黄色い椅子に坐って、悲しそうに庭を眺めていた。その姿がとても小さく、しょんぼりしていたので、マシューは胸がきゅんとなった。マシューは、そっとドアを閉め、爪先立ちでアンに近寄った。

「アン」誰かに聞かれるのが嫌であるかのように、マシューはささやいた。「だいじょうぶかい、アン？」

アンは弱々しく微笑んだ。

「だいじょうぶよ。いろんなことを想像して、気をまぎらわしてるの。もちろん、かなりさびしいけど、でも、それに慣れるのもいいものだわ」

アンはまた微笑んで、これから長年続く監禁の孤独に勇敢に立ち向かおうとした。

思いがけずマリラが帰ってくるといけないので、マシューは言うべきことをさっさと言ってしまわなければならないと思い出した。

「そうさな、アン、やってしまって終わりにしたらどうかね」とマシューはささやいた。「いずれはやらなきゃならんことなんだ。だって、マリラはこうと決めたら梃子《てこ》でも動かない女だからね。梃子でも動かないんだ、アン。さっさとやって終わらせちまいなって」

「リンドさんに謝るってこと？」

「そうさ——謝っちまえ——そういうことさ」マシューは熱心に言った。「言ってみりゃ、まるく収めるってことさ。わしの言いたいのは」

「マシューのためなら、できるかもしれないわ」アンは考えながら言った。「今ならごめんなさいって言っても嘘にならないかもしれない。だって、今はほんとに申し訳ないって思ってるもの。昨夜《ゆうべ》はちっともそうは思わなかった。もうかんかんに怒っていて、ひと晩じゅう腹が立って仕方なかったんですもの。ひと晩じゅうだってわかるのは、夜中に三回起きて、そのたびにやっぱり怒ってたからよ。でも、今朝は、もう治まったわ。もうかっかとしてないの――何だかひどく昔のことのような気がするわ。あたし、自分のことが恥ずかしくなった。でも、まだリンドさんに謝りには行けないと思ってた。すごく口惜《くや》しいことだから。そんなことをするくらいなら、ここで永遠に目をつむって坐《すわ》ってるって決めたの。でも――マシューのためなら何でもするわ――もし、マシューがほんとにそう望むなら――」

「そうさな、もちろん、そう望むさ。おまえがいないと、家の中がさびしくてしょうがないんだよ。ぱっと行って、まるく収めちまいな――いい子だから」

「わかりました」アンはあきらめたように言った。「マリラが来たらすぐに、リンドさんとのこと、後悔してるって言うわ」

「そうだ――そうだ、アン。だが、わしが何か言ったなんてマリラには言わないでおくれよ。よけいな口を出したって思われちまうからな。そうしないって約束したんだ」

「〝あばれ馬だって私から秘密を引きずり出せない〟っていう言い方があるけど、まさにそのとおりに黙ってます」アンは厳かに約束した。「でも、あばれ馬って、どうやって人から秘密を引きずり出すものなの？」

　ところが、マシューはもういなくなっていた。我ながらうまくいったことにかえって怖くなってしまったのだ。マリラに感づかれないようにと、馬の放牧場の一番遠くの端まで走っていったのだった。マリラのほうは、家に帰ってみると、階段の手すりの上から、「マリラ」という情けない声を聞いて、驚きながらも、うれしく思った。

「どうしたの？」マリラは玄関ホールに入ってきながら言った。

「癇癪《かんしゃく》を起こして、無礼なことを言ったりして、ごめんなさい。あたし、リンドさんにそう言いに行くことにしたわ」

「よろしい」マリラのあっさりした返事からは、ほっとしている胸の内はわからなかった。アンが絶対に折れなかったら、一体全体どうしたものかと考えていたところだったのだ。「乳しぼりが終わったら、連れていってあげましょう」

そこで、乳しぼりのあと、マリラとアンは小道を歩いていった。マリラは姿勢よく、勝ち誇って。アンはうなだれて、みじめそうに。しかし、途中でアンのみじめさは、魔法のように消えてしまった。顔を上げ、足取りも軽やかになり、目は夕暮れの空を見据え、落ち着いた歓《よろこ》びの様子があった。マリラはこの変化をおかしいと思って見ていた。怒っているリンド夫人の前に連れ出そうとしているのに、これではしょんぼり反省しているようには見えないわ。

「何を考えているの、アン？」マリラは厳しく尋ねた。

「リンドさんに言うことを想像していたの」とアンは夢見るように答えた。

それは結構なことだった――結構なはずだった。しかし、マリラは、罰としてこうしたはずなのに、どこかうまくいっていないと思わずにはいられなかった。アンがこんなにうっとりとして、楽しそうにしていていいはずがない。

アンはリンド夫人の真ん前に出るまで、うっとりと楽しそうにしていた。夫人は台所の窓辺で編み物をして坐っていた。とたんにアンの楽しげな様子が消えた。どこから見ても、後悔して苦しんでいる様子になった。ひと言も言わずに、アンは驚いているリンド夫人の前に突然跪《ひざまず》き、訴えるように両手を差し出した。

「ああ、リンドさん、私は心から申し訳なく思っています」とアンは震える声で言った。「この悲しみを言い表すことはできません。ええ、辞書にある言葉をすべて使っても無理です。どうか想像してください。私はあなたにひどい振る舞いをしてしまいました――そして、大切なお友だちであるマシューとマリラに恥をかかせてしまいました。二人は、私が男の子でないにもかかわらず、私をグリーン・ゲイブルズに置いてくださっているというのに。私はものすごく悪い、恩知らずの女の子です。私は罰を受け、立派な人々から永遠に追放されなければなりません。あなたが私に本当のことをおっしゃったからと、癇癪を起こしたりしたのは私がいけませんでした。おっしゃったのは真実でした。おっしゃったひと言ひと言が真実でした。私は髪が赤く、そばかすだらけで、痩《や》せっぽちで、みっともないんです。私があなたに言ったことも本当のことでしたが、それは言うべきではありませんでした。ああ、リンドさん、どうか、どうか、お赦《ゆる》しください。もしお赦しいただけないと、一生の悲しみとなります。

哀れな小さな孤児の女の子がたとえひどい癇癪持ちでも、その子に一生の悲しみをお与えにはなりませんように。きっとそうはなさらないことと思います。どうか、お赦しください、リンドさん」

アンは前で両手を組み合わせて握りしめ、頭を下げ、判決の言葉を待った。

アンが本気でそう言っていることは、まちがいなかった——声の調子の端々から誠実さが伝わった。マリラもリンド夫人も、そのまちがえようのない響きを認めた。しかし、アンが実は「屈辱の谷」〔ジョン・バニヤンの物語『天路歴程』に出てくる谷〕を楽しんでいるのだ——つまり、徹底して身を低くすることに歓びを感じているのだ——ということがマリラにはわかって、暗い気持ちになった。マリラが得意に思ったあの健全な罰はどうなってしまったのだろう？　アンはそれを、ものすごく楽しいお遊びに変えてしまったわけである。

善良なリンド夫人にはそれを見抜く力はなかったので、気づかれなかった。夫人としては、ただ、アンが随分きちんとお詫《わ》びをしてくれたので、多少お節介ではあっても根はやさしい夫人の心から、憎しみはすっかり消え去ったのだった。

「まあ、まあ、お立ちなさい、アン」と夫人は心から言った。「もちろん赦しますよ。こちらも少々きついことを言ってしまったと思いますからね。でも、私は何でも思ったことは口にする質《たち》でね。気にしちゃいけませんよ、まったくもって。あんたの髪がひどく赤いのは事実だけど。昔、女の子がいて——実はその子と一緒に学校に行ってましてね——若い頃はあんたと同じぐらい真っ赤っかだったけれど、大人になったら暗い色になって、ほんとにきれいな赤褐色《オーバーン》になったからね。あんたのだって、そうならないとはかぎらないじゃない？——ほんと、そうなるかもしれない」

「ああ、リンドさん！」アンは大きく息を吸いながら立ち上がった。「おばさまはあたしに希望をくださったわ。これからはおばさまを恩人と思うことにします。大人になってこの髪がきれいな赤褐色《オーバーン》になってくれるかもしれないと思うだけで、何だって我慢できるもの。髪がきれいな赤褐色だったら、いい子でいることもたやすいわ。そう思いません？　ねえ、これからおばさまがマリラとお話しなさるあいだ、あたしはお宅のお庭へ行って、りんごの木の下のベンチに坐っていてもいいかしら？　あそこだと想像力の余地がもっとたくさんあるんですもの」

「いいですとも、走ってお行きなさいな。隅っこの白い水仙《ジューン・リリー》を摘んで花束を作ってもいいですよ」

アンの背後でドアが閉まるやいなや、リンド夫人はさっと立ち上がって、ランプに火をつけた。

「ほんとに変わった子ね。この椅子にお坐りなさいな、マリラ。今坐っているのよりも楽だから。その椅子は、雇ってる男の子用なの。ほんと、まったく変わった子だけど、どこか人を惹《ひ》きつけるところがあるわね。あなたとマシューがあの子を引き取ったのも、今となってみれば、そう驚くことじゃないわ――お気の毒とも思わないし。あの子ならだいじょうぶ。もちろん口のきき方が変わっていて――こう、何というか――熱のこもったところがあるけど、きちんとした人たちのところで暮らすようになったんだから、それも直るでしょう。それから、かなりの癇癪持ちみたいだけど、それも考えようで、カッとなる子供っていうのは、ぱっと燃えておさまってしまえば、ずるかったり、人を騙《だま》したりするような人間にはなりませんからね。ずるい子だけは勘弁だね、まったくもって。まあ、要するにマリラ、あの子は気に入りましたよ」

マリラが家に帰ろうとすると、アンが、香り高い果樹園の黄昏《たそがれ》の暗がりから、白い水仙《ジューン・リリー》の花束を手にして出てきた。

「とてもじょうずに謝ったでしょ？」二人で小道を歩きながら、アンは得意そうに言った。「どうせ謝るなら、徹底的に謝ろうと思って」

「徹底的だったわね」とマリラは言った。思い出すと笑い出したくなってしまう自分がいて、マリラはうろたえた。アンを叱らなければならないと感じて落ち着かない思いもあったが、あんなにじょうずに謝ってはいけないと叱るのもばかげたことだわ！マリラは厳しくこう言うことで、自分の良心と手を打った。

「ああいったお詫びは、もうしなくてもすむようにして頂戴《ちょうだい》。もう、癇癪はおさえられるようになって頂戴よ、アン」

「外見のことをとやかく言われることがなければ、カッとならないのだけれど」アンは溜《た》め息《いき》をついて言った。「ほかのことでは、怒ったりしないもの。でも、髪の毛をからかわれるのは、もううんざり。カッと頭に血がのぼっちゃうの。大きくなったら、あたしの髪、ほんとにきれいな赤褐色《オーバーン》になると思う？」

「外見をそんなに気にしちゃだめよ、アン。見栄っ張りじゃないかと思ってしまうわ」

「自分がみっともないってわかってるのに、見栄っ張りなんかになれないわ」アンは抗議した。「あたし、かわいいものが好きなの。鏡を見て、かわいくないものが見えるのは嫌。すごく悲しくなるわ——何か醜いものを見るときと同じ気持ちになるの。美しくないのを可哀想に思うんだわ」

「見目《みめ》より心ですよ」とマリラが諺《ことわざ》を言った。

「そう言われたことあるけど、ほんとかしら」と懐疑的なアンは、水仙《ナルキッソス》の匂いを嗅《か》ぎながら言った。「ああ、すてきなお花！　これをくださるなんて、リンドさんは、おやさしいわ。もうリンドさんのことは、悪く思ってないの。謝って赦されるってすてきな気持ちのよいことね。今晩はお星さまがきれいだわぁ。お星さまに住めるとしたら、どのお星さまがいい？　あたしは、あの暗い山の上の、あのすてきな大きく光ってるのがいいな」

「アン、黙ってなさい」マリラは、アンの考えがくるくる変わるのについていくのに疲れ果てて言った。

二人が家の小道に入るまで、アンは黙っていた。二人を歓迎するように、ふわりとしたそよ風が小道の上のほうから吹いてきて、露で濡《ぬ》れた若い羊歯《しだ》の強い香りを運んできた。ずっと上のほうの夕闇からは緑破風《グリーン・ゲイブルズ》の家の台所の楽しそうな灯《あか》りが、木立を通してちらちらと見えていた。ふいにアンはマリラにすり寄って、マリラの硬い掌《てのひら》に、すっと手をすべり込ませてきた。

「お家《うち》に帰るって、すてきなことね。あれが自分のお家だって思いながら帰れるなんて」アンは言った。「あたし、すっかりグリーン・ゲイブルズが大好きになったわ。今までどこかを大好きになったことなんてないのに。どこもお家だって思えたことなかったの。ああ、マリラ、あたし、とっても幸せ。今だったらすぐお祈りができるわ。お祈りが難しいとは思わないわ」

自分の手の中に痩せた小さな手を感じたとき、何か温かく心地よいものがマリラの胸にこみ上げてきた――ひょっとすると、マリラが味わったことのない、母親としての心の疼《うず》きだろうか。そんな思いは初めてで、それで心がとろけるようになったので、マリラはどぎまぎしてしまった。なんとか自分の感情をいつものような落ち着いたものにしようと、あわてて教訓を垂れた。

「いつもいい子でいれば、いつも幸せでいられますよ、アン。そしたら、お祈りを唱えるのだって難しくなくなるでしょう」

「お祈りを唱えるのと、お祈りをすることは、同じじゃないわ」とアンは考えながら言った。「でも今はあたし、あの木のてっぺんに吹きつける風になった自分を想像してみるの。木に飽きたら、そっとここにある羊歯に吹きつけて――それから、リンドさんのお庭へ飛んでいって、お花たちを踊らせて――それから、ぴゅーんとクローバーの野原へ行って――〝きらめきの湖〟に小さなさざ波がきらめくまで吹きつけるの。ああ、風って、想像力の余地がほんとにたくさんあるわ！　だからもう、今は何も言わないことにするわ、マリラ」

「それは、ほんとにありがたいわ」マリラは心からほっとして息をついた。

第11章　アンが日曜学校から受けた印象

「どう、気に入った？」とマリラは言った。

アンは破風の部屋の中に立って、ベッドに広げられた新しいドレス三着を神妙な顔つきで見ていた。ひとつは焦げ茶色の格子柄で、とても実用的に見えたので去年の夏マリラが行商人からつい買ってしまったものだった。ひとつは黒と白のチェックの綿《めん》繻子《じゅす》〔絹のサテンに似た光沢のある綿織物〕で、マリラが冬のバーゲンで選んできたもの。もうひとつは、今週カーモディの町で買ってきたごわごわのプリント地で、みっともない青っぽい色をしていた。

マリラは三着とも自分で仕立て、どれも同じ型に仕上げていた――ギャザーのないストンとしたスカートが、何の飾りもない身頃《みごろ》〔胴の部分〕にぴったり縫いつけられ、袖《そで》は、身頃やスカートと同じように何の飾りもなく、これ以上ないほど細くなっていた。

「あたし、気に入ったつもりになるわ」アンは真顔で言った。

「そんなつもりになんか、なってほしくないね」マリラは気を悪くして言った。「ああ、服が気に入らないのね！　これのどこがいけないの。きちっとして清潔で新品でしょ」

「はい」

「じゃあ、何が気に入らないの？」

「だって――だって――かわいくないんだもの」アンは、しぶしぶ言った。

「かわいいだって！」マリラは鼻を鳴らした。「あんたにかわいい服を着せようなんて、思ったことはありませんよ。虚栄心を助長させるわけにはいきませんからね、アン。それは、はっきり言っておきます。この服はどれもきちんとしていて、真っ当な実用的な服です。フリルもなければ、ひだ飾りもなし。それがこの夏、あなたの着る服です。茶色の格子柄と青のプリント地は、学校に通い始めたときに着ていけるでしょう。綿繻子は教会と日曜学校用です。丁寧に、きれいに着て、どこかに引っかけて破ったりしないで頂戴よ。今までつんつるてんのウィンシーを着てたことを思えば、何だってありがたいはずだと思うけれど」

「ああ、ありがたいと思ってます、あたし」アンは抗議した。「でも、もっともっとありがたいって思うわ、もし——もし、どれか一着でもパフスリーブ（ふくらんだ袖）にしてくださったら。パフスリーブは、今とても流行《はや》っているの。パフスリーブの服を着られたら、わくわくしちゃうわ、マリラ」

「じゃあ、わくわくなしで、やってくんだね。袖をふくらませる余分な生地なんてありませんよ。それに、あんなの、ばかみたいに見えると思うけどね。私は飾り気のない、まともな袖がいいと思ってますよ」

「でも、みんながばかみたいに見えるなら、あたしもばかみたいに見えたいわ。一人だけ、飾り気のない、まともなのは嫌」アンは嘆くように食い下がった。

「あんたなら、ばかに見えるでしょうよ。さあ、この服をちゃんと簞笥《たんす》に吊《つ》るして、坐《すわ》って日曜学校の勉強をしなさい。ベル先生から三か月分の教科書を頂いたから、明日《あした》から日曜学校に行くんですよ」そう言うと、マリラはぷりぷりしながら下の階へ消えた。

アンは手を胸の前で握り合わせて、服を見た。

「パフスリーブで白いのがあればなあって思ったのに」アンは、やるせなさそうにささやいた。「そういう服がありますようにってお祈りしたけど、期待はしてなかったわ。神さまは、小さな孤児の女の子の服なんかにかまってるほど暇でないことはわかってたもの。マリラに望みを託すしかないってわかってた。まあ、幸いなことにあたしには想像力があるから、このうちの一着は、すてきなレースのフリルと三段のパフスリーブになってる雪のように白いモスリンの服だってことにするわ」

翌朝、マリラは頭痛がしたため、アンに付き添って日曜学校に行くことができなくなった。

「リンドさんのところへ寄ってお行き、アン」とマリラ。「どのクラスに行けばいいか、面倒を見てくださるから。さあ、お行儀には気をつけるんですよ。そのあとでお説教に残って、カスバート家の席はどこか、リンドさんに教えてもらいなさい。これは献金の一セント。よその人をじろじろ見たり、もじもじしたりするんじゃありませんよ。お家《うち》に帰ったら、聖書のどこを読んだのか教えてもらいますからね」

アンは、ごわごわの黒と白の綿繻子を着て、非の打ちどころのない恰好《かっこう》で出かけた。長さに関してはきちんとしており、つんつるてんと言われることはなかったが、アンの痩《や》せた体のごつごつした線を際立たせるものになっていた。帽子は、小さな平べったい、てかてかした新しい麦わら帽子で、あまりに飾り気がないので、やはりアンはひどくがっかりした。アンはこっそり、リボンと花がついているのだと想像することにした。ところが花は、アンが表街道に出る前に手に入った。というのも、小道をなかば行ったところで、金色の金鳳花《きんぽうげ》が風に吹かれてものすごく揺れていて、野バラも咲き誇っていたものだから、アンは早速思う存分、ずっしりとした花輪で帽子を飾ったのだ。ほかの人にどう思われようと、アンはこれで満足して、陽気に道をスキップして行った。赤い頭にピンクと黄色の飾りつけをして、得意満面だったのだ。

リンド夫人の家に着くと、夫人はお留守だった。何事にも動じないアンは、一人で教会に行った。教会の屋根のついた入り口のところに少女たちの集団がいた。みんな、多かれ少なかれ白や青やピンクで陽気に着飾って、もの珍しそうな目で、自分たちの真ん中にいる、頭にものすごい飾りをつけたこの見知らぬ少女を見守っていた。アヴォンリー村の少女たちは、アンについての奇妙な噂をすでに聞いていた。すごい癇《かん》癪《しゃく》の持ち主だと、リンド夫人がふれまわっていたのだ。緑破風《グリーン・ゲイブルズ》の家で雇われている少年ジェリー・ブートの話では、アンはしょっちゅう独り言を言っているか、ちょっとおかしくなったみたいに木や花に話しかけているという。

みんなはアンを見て、教科書の陰で、ひそひそ話していた。だれ一人、友だちになろうとして近づいてくる子はいなかったし、最初の礼拝が終わってアンがロジャソン先生の教室に行ってからも、声をかけてくる子は一人もいなかった。ロジャソン先生は、二十年も日曜学校で教えてきた中年の婦人だった。先生の教え方は、教科書に印刷された質問をし、先生が当てようと思った女の子を教科書越しにじろりとにらむのだった。先生は何度もアンをご覧になり、アンは、マリラに教えてもらっていたおかげですぐに答えることができたが、質問にしろ答えにしろ、アンがよく理解していたかどうかは疑問だった。

アンは、ロジャソン先生が好きになれないと思ったし、とてもみじめな気持ちになった。クラスの女の子は、どの子もパフスリーブだったのだ。アンは、パフスリーブでないなら、生きていてもつまらないと思った。

「さあ、日曜学校はどうだった？」マリラは、アンが帰ってくると、知りたがった。アンの花飾りはしおれて、小道に捨ててきたので、このときマリラは花飾りのことは知らなかった。

「ちっともおもしろくないわ。ひどかった」

「アン・シャーリー！」マリラは責めるように言った。

アンは、長い溜《た》め息《いき》をついて、揺り椅子に坐ると、ゼラニウムの〝ボニー〟の葉っぱにキスをしてから、フクシアの花に手を振った。

「あたしがいなくてさみしかったかもしれないから」とアンは説明した。「じゃあ、日曜学校の話をするわ。ちゃんとお行儀よくしたわよ、言われたとおりに。リンドのおばさまがいらっしゃらなかったけど、一人で教会へ行きました。いっぱいいたほかの女の子たちと一緒に中へ入って、最初の礼拝のあいだ、窓の近くの席の端っこに坐っていました。ベル先生は恐ろしく長いお祈りをなさったわ。あの窓の近くに坐ってなかったら、お祈りが終わるまでにものすごくうんざりしていたと思う。でも、窓がちょうど〝きらめきの湖〟に面してたから、あたし、それを眺めて、いろいろすてきなことを想像してたの」

「そんなことをしてはいけませんでしたね。ベル先生のお話を聞くべきでした」

「あの方はあたしに話していらしたんじゃないもの」とアンは抗議した。「神さまにお話しになってて、それもあんまり熱心じゃなかったわ。神さまがあんまり遠くにいらっしゃるから、話してもむだだって思ったんじゃないかしら。でも、あたし、自分で少しお祈りを唱えたわ。湖畔には白樺《しらかば》がずらりと並んで水の上に身を乗り出していて、陽光が白樺越しに水の奥深く、ずっと深くまで射し込んでるの。ああ、マリラ、美しい夢みたいだったわ！　ぞくぞくして、あたし言ったの。『神さま、ありがとうございます』って、二度か、三度」

「大きな声でじゃないでしょうね」マリラは心配して言った。

「とんでもないわ。誰にも聞こえないようによ。それで、ベル先生のお祈りがとうとう終わって、あたしはロジャソン先生のクラスに行くように言われたの。教室には、ほかに九人の女の子がいたわ。みんなパフスリーブ。あたしのもパフスリーブだって想像しようとしたんだけど、できなかった。どうしてかしら？　破風の部屋で一人でいるときはパフスリーブを想像できるんだから、それと同じはずなのに。でも、ほんとにパフスリーブの女の子がまわりにいると、とっても難しかった」

「日曜学校で、袖《そで》のことなんか考えているんじゃありません。授業を聞かなくちゃ。わかっているはずでしょ」

「ええ、わかってるわ。たくさん質問に答えたわ。ロジャソン先生は、すごくたくさん質問なさったの。いつも先生ばかり質問なさるのは不公平だと思ったわ。あたし、先生にお聞きしたいことがたくさんあったんだけど、先生を〝魂の響きあう友〟だとは思わなかったので質問しなかった。それから、ほかの子たちはみんなで、聖書の言葉を詩にしたものを朗唱したわ。先生はあたしに、何か知っているかとお尋ねになって、あたしは知りませんって答えたけど、『主人の墓を守る犬』だったら暗唱できますって言ったの。それは、『読本』の第三巻に載ってて、ほんとは宗教詩じゃないけど、とっても悲しくてメランコリーだから、いいかなって思ったの。先生は、それではだめだから、次の日曜までに十九番目の詩を憶《おぼ》えてくるようにっておっしゃったわ。あたし、あとで教会の中でそれを読んだら、すばらしい詩だった。とくにぞくぞくする二行があったの。

　ミディアンの禍々《まがまが》しき日に
　屠《ほふ》られし騎兵大隊の斃《たお》るるごとき疾《はや》さにて

「騎兵大隊」も「ミディアン」も何のことかわからないけど、すごく、悲劇的だわ。あたし、今度の日曜に暗唱するのが待ちきれない。一週間毎日練習するわ。日曜学校のあとで、ロジャソン先生に、教会の中でカスバート家が坐る席を教えてくださいってお願いしたの——リンドさんは、ずっと遠くにいらしたから——できるかぎりじっと坐ってたわ。お説教は、『黙示録』第三章二節と三節だった。とても長いところ。あたしが牧師さまなら、短くて、ぴりっとしたところを選ぶのにな。お説教も恐ろしく長かった。聖書からの長い引用に合わせなくちゃいけなかったんでしょうね。少しもおもしろいお説教じゃなかったわ。あの牧師さまの問題は、じゅうぶんな想像力がないってことだわ。あたし、あんまりお話を聞かないで、自分でいろいろ驚くようなことを考えていたわ」

　マリラは、こんなことはすべて厳しく叱らなければと思って困っていたが、アンが言ったことのいくつかは——とりわけ、牧師さんのお説教と、ベル先生のお祈りについては――マリラ自身が何年も心の底で感じてきたけれども、はっきりと口にできなかったことだったので、それはどうにも否定できず、アンを叱ることができなかった。そのように密《ひそ》かに思って口には出せずにきたマリラ自身の批判的な思いが、この誰にも相手にされてこなかった、遠慮のない言い方をする子供という形をとって、突然はっきりと文句を言い始めたような気がマリラにはしてくるのだった。

第12章　厳かな誓いと約束

花で飾ったアンの帽子の話をマリラが知ったのは、次の金曜日になってからのことだった。リンド夫人宅から帰ってきたマリラは、アンを呼びつけ、説明を求めた。

「アン、このあいだの日曜にあんたがバラだの金鳳花《きんぽうげ》だので、ばかみたいに飾りたてた帽子をかぶって教会に来たって、レイチェルが言ってたけど、何だってそんなまねをしたの？　みっともないったらありゃしない！」

「やっぱりピンクと黄色は、あたしに似合わないわよね」アンは、ぼやき始めた。

「似合う似合わないじゃありません！　ばかみたいっていうのは、帽子に花をつけたことを言ってるの。色なんか関係ありません。まったくいらいらする子だね！」

「服ならいいのに、どうして帽子にお花をつけたらばかみたいなのかわからないわ」アンは抗議した。「学校にいた子たちには、服にお花をつけてる子がたくさんいたわ。何がちがうの？」

マリラは、そんな怪しい論点のすり替えにごまかされまいと、今現在の話にこだわった。

「口答えをするんじゃありません、アン。そんなことをしたのは、とてもおろかなことです。そんなばかなこと、もう二度としないで頂戴《ちょうだい》。レイチェルは、あんたがそんな恰好《かっこう》で入ってくるのを見たとき、恥ずかしくてずぶずぶと床下へ沈み込むような気持ちになったそうよ。近づいて、そんなもの取りなさいと言おうと思ったときには、もう手遅れだったって。みんなが、てんでにひどいことを言っていたそうよ。もちろん、そんな恰好であんたを外に出した私に常識がないって思われたでしょうね」

「まあ、ごめんなさい」アンは目に涙をあふれさせて言った。「マリラに嫌な思いをさせるなんて思ってもみなかったわ。バラも金鳳花《きんぽうげ》も、とってもすてきで、かわいかったから、帽子につけたらいいかなって思ったの。帽子に造花をつけてる子、たくさんいたわ。あたしがいると、マリラはさんざんな目にあうわね。あたしなんか孤児院に送り返されたほうがいいんだわ。そうなったら、ひどいことになって、とても耐えられないと思うけど。きっと肺結核になるわ。今だってこんなに痩《や》せてるもの。でも、マリラのお荷物になるくらいなら、そのほうがましね」

「ばかなことを言わないの」マリラは、アンを泣かせた自分に腹を立てて言った。「あんたを孤児院に送り返そうなんて、これっぽっちも思っちゃいませんよ。ただ、あんたがほかの子と同じように、お行儀よくして、ばかなまねをしないようにさえしてくれればいいんですよ。もう泣かないで。いい知らせがあるのよ。ダイアナ・バリーが今日の午後、帰ってきたの。私は、これからバリーの奥さんにスカートの型紙をお借りしにお宅を訪ねるから、よかったらあんたも一緒にきて、ダイアナと友だちになったらいいわ」

アンは、両手を握りしめ、頬を涙で濡《ぬ》らしたまま立ち上がった。縁《ふち》かがりをしていたふきんが床に落ちたのにも気がつかなかった。

「ああ、マリラ、あたし、怖いわ――いよいよとなったら、ほんとに怖いわ。嫌われたら、どうしよう！　わが人生の最大の悲劇的落胆となるわ」

「まあ、そうあわてないの。それに、そんな仰々しい言い方はしないで頂戴。小さな女の子がそんな言葉遣いをするのはおかしいですよ。ダイアナはだいじょうぶ、好きになってくれますよ。問題は、お母さんのほうね。お母さんに嫌われたら、ダイアナがどんなに好いてくれても、どうしようもないですからね。あんたがリンドさんに癇《かん》癪玉《しゃくだま》を破裂させたことだとか、帽子に金鳳花《きんぽうげ》をぐるりとつけて教会へ行ったことだとかお聞きになっていたら、ダイアナのお母さんは、どうお思いになるかわかりませんからね。礼儀正しく、お行儀よくして、人を驚かせるようなことを言うんじゃありませんよ。まあ、なんてこと、この子、こんなに震えて！」

アンは本当に震えていた。顔は真っ青で、緊張しきっている。

「ああ、マリラ、心の友になってほしい女の子にこれから会おうというのに、そのお母さまに嫌われるかもしれないってわかれば、誰だって緊張するわ」アンはそう言いながら急いで帽子を取りに行った。

二人は、小川を越えて、樅《もみ》の丘の森を上っていく近道を通って果樹園の坂《オーチャード・スロープ》へ行った。バリー夫人が台所のドアへ出てきて、マリラのノックに応えた。夫人は背の高い、黒目、黒髪の女性で、とても意志の強そうな口許《くちもと》をしていた。子供の躾《しつけ》には厳しいと評判の人だった。

「こんにちは、マリラ」夫人は真心をこめて言った。「お入りなさい。こちらがお引き取りになった女の子ね？」

「ええ、こちら、アン・シャーリーです」とマリラ。

「eをつけて綴《つづ》ります」相変わらず震えて興奮していたアンは、その重要な点について誤解がないようにと思って、あえぎあえぎ言った。

バリー夫人は、それが聞こえなかったか、意味がわからなかったのだろう。ただ、握手をして、やさしく言った。

「ご機嫌いかが？」

「体は元気ですが、心は千々に乱れています。ありがとうございます、おばさま」アンは大まじめに言ってから、まわりに聞こえる声でマリラにささやいた。「今の、びっくりするようなところなかったでしょ、マリラ？」

ダイアナはソファーに坐《すわ》って本を読んでいたが、お客さんが来たとわかると本を置いた。とてもかわいい少女で、母親譲りの黒目と黒髪をしていて、頰はバラ色で、陽気な顔つきは父親譲りだった。

「こちら、娘のダイアナです」とバリー夫人。「ダイアナ、アンをお庭へご案内して、お花を見ていただきなさい。本にしがみついているよりは、お外へ出たほうがずっと目にいいですからね。読書ばっかりしているんですのよ——」最後の言葉は、少女たちが外へ出ていくとき、マリラへ言われた——「でも、私が言ってもだめなんですの。父親があの子に味方して、唆《そそのか》すものですから。いつだって本ばかり読んでいるんですの。お友だちができそうで、うれしいわ——これでもっと外へ出てくれますわね」

外の庭では、西側の黒っぽい古い樅の木立の向こうから、柔らかな夕陽が射し込んでおり、アンとダイアナは、豪華な鬼百合《おにゆり》の茂み越しに、恥ずかしそうに見つめあって立っていた。

バリー家の庭は花盛りで、どこもかしこも花で覆いつくされているほどだったので、これほどの運命の瞬間でなければ、アンの心は跳び上がっていたはずだった。まわりには巨大な柳の老木や樅の木が聳《そび》え、その下に日陰を好む花が咲き乱れていた。二枚貝の貝殻できれいに縁取られたすてきな小道が、まるで庭にしっとりとした赤いリボンを掛けるように十字に走っていて、小道で区切られた花壇には懐かしい花が咲き乱れていた。バラ色の華鬘草《ブリーディング・ハート》や大輪のすばらしい深紅の芍薬《しゃくやく》、白く馨《かぐわ》しい水仙《ナルキッソス》や、棘《とげ》が多くてかわいいスコッチ・ローズ、ピンクと青と白の苧環《おだまき》、薄紫色のシャボンソウ、サザンウッドやリボングラスやミントの茂み、紫のアダム・アンド・イヴ〔ランの一種〕、ラッパスイセン、繊細で羽根のような白い花をどっさりつけた香り高い小米萩《スイートクローバー》、つんと澄ました白い麝香葵《じゃこうあおい》の上に燃えるような真っ赤な槍《やり》を放つアメリカセンノウといった具合だ。陽はいつまでもぐずぐずと残り、ハチはぶんぶんと歌い、風もまたふらふらと寄り道をしてあちこちをカサコソ揺らす、そんな庭だった。

「ああ、ダイアナ」とうとうアンが両手を固く組み合わせて握りしめ、ほとんどささやくように言った。「あの、あたしのこと少しは好きになってくれそうかしら――あたしの心の友になれる？」

ダイアナは笑い出した。ダイアナは、いつも何か言う前に笑うのだ。

「そう思うわ」ダイアナは素直に言った。「あなたがグリーン・ゲイブルズに住むようになって、あたし、すごくうれしいの。遊び友だちがいると楽しいもの。この近くには、ほかに遊べるような子がいないし、妹はまだ小さいし」

「永遠にあたしの友だちになるって、あたしと契りを結んでくれる?」アンは熱心に要求した。

ダイアナはぎょっとした顔をした。

「あら、契りを結ぶって子供が使う言葉じゃないわ」ダイアナは責めるように言った。

「あら、ちがうのよ、あたしの言うのはそういうことじゃないの。『契り』には、ふたつの意味があるでしょ」

「ひとつしか聞いたことないわ」ダイアナは訝《いぶか》しそうに言った。

「ほんとにもうひとつあるの。ね、全然いけないことじゃないのよ。誓いを立てて、厳かに約束するってことよ」

「それならいいわ」ダイアナは、ほっとして同意した。「どうやるの?」

「手をつないで——そうそう」とアンはまじめに言った。「流れる水の上じゃなきゃ、いけないの。この道が流れる水だって想像することにしましょ。あたしが最初に誓いの言葉を言うわ。『私は、太陽と月が続くかぎり、わが心の友ダイアナ・バリーに忠実なることを厳かに誓います』。さあ、今度はあなたがあたしの名前を入れて言って」

ダイアナは笑って『誓い』を言ってから、また笑った。それから、こう言った。

「アン、あなたって変わってるわね。変わってるって聞いてたけど。でも、あなたのこと、ほんとに好きになれそうだわ」

マリラとアンがお家《うち》に帰るとき、ダイアナは丸木橋まで見送ってくれた。二人の少女は互いの体に腕をまわして歩いた。小川のところで、明日《あした》の午後は一緒に遊ぼうねと何度も約束して別れた。

「それで、ダイアナは〝魂の響きあう友〟になってくれそうなの？」緑破風《グリーン・ゲイブルズ》の家の庭を通って家に近づいていくとき、マリラが尋ねた。

「そりゃあもう」幸せいっぱいのアンは、マリラの皮肉になど気づかずに言った。「ああ、マリラ、あたし今この瞬間、プリンス・エドワード島で一番幸せな女の子だわ。今晩はきちんと心をこめてお祈りするって約束するわ。ダイアナとあたしは、明日ウィリアム・ベルさんの樺《かば》の森で、おままごとのお家《うち》を作るのよ。薪《まき》小屋にあるあの壊れた食器、もらってってもいい？　ダイアナのお誕生日は二月で、あたしは三月。それってとっても不思議な偶然だと思わない？　ダイアナは読む本を貸してくれるんですって。すっごくおもしろくて、むちゃくちゃわくわくする本なんですって。ダイアナったら森の奥にネジバナが咲いてるところ、見せてくれるんですって。ダイアナってとっても情熱的な目をしてるって思わない？　あたしも情熱的な目だったらよかったのになあ。ダイアナは『はしばみ谷のネリー』って歌を教えてくれるの。あたしのお部屋に貼っておくように絵もくれるのよ。すっごくきれいな絵――水色のシルクのドレスを着たすてきな女の人の絵なんですって。ミシン会社の人にもらったんですって。あたしもダイアナに何かあげるものがあったらいいのに。あたし、ダイアナより二、三センチ背が高いんだけど、ダイアナのほうがずっとふっくらしてて、あの子、痩《や》せたいって言うのよ。そのほうがずっとお上品だからって。でも、きっとあたしを慰めようとして言ってるだけなんだわ。いつか一緒に貝殻拾いするの。丸木橋のそばの泉を〝妖《よう》精《せい》の泉〟って呼ぼうねって決めたの。すごくエレガントな名前だと思わない？ そういう名前の泉を前に本で読んだことがあるの。ドリュアスって、大人になった妖精の一種よね、確か」

「とにかく、しゃべりまくってダイアナの息の根を止めないで頂戴《ちょうだい》よ」とマリラ。「でも、何を計画するにせよ、これだけは憶《おぼ》えておき、アン。遊んでばかりはいられないってこと。あんたにはやるべき仕事があるんだから、まずそれを先にすませるんですよ」

アンの幸せの盃《さかずき》はなみなみといっぱいになっていたが、マシューがそれをあふれさせた。ちょうどカーモディの町のお店まで行って帰ってきたマシューは、こそこそとポケットから小さな包みを取り出し、怒られやしないかとマリラを盗み見た。

「チョコレートのおかしが好きだと言ってたから、買ってきたんだ」とマシュー。

「ふん」とマリラは鼻を鳴らした。「そんなもの、この子の歯にも悪いし、お腹にもよくないよ。ほらほら、何もそんなにしょげ返らなくてもいいわよ、アン。マシューがわざわざ買ってきてくれたんだから食べてもいいですよ。ペパーミントを買ってきてくれればよかったのに。そのほうがずっと健康にいいんだから。今すぐ全部食べたりして、気持ち悪くなったりしないでよ」

「あら、そんなことしないわ、絶対」アンは熱心に言った。「今晩はひとつだけ食べるわ、マリラ。半分はダイアナにあげてもいいでしょ？　あの子にあげられたら、もう半分が倍おいしくなるもの。何かあげられるものがあるって思うと、うれしいな」

「あの子のいいところは、」とマリラはアンが自分の部屋へ上がったあとで言った。「けちじゃないところですね。よかったですよ。何が嫌って、けちな子供ほど嫌なものはないもの。まあそれにしても、あの子が来てからまだ三週間だっていうのに、ずっと前からいたみたいね。あの子がいないわが家なんて考えられませんよ。何ですか。ほら言わんこっちゃないみたいな顔をしないでくださいよ、兄さん。女の人にそんな顔をされるのでさえ虫唾《むしず》が走るんですから、男の人だったらもう我慢なりませんよ。私はあの子をここに置くことに賛成してよかったと思ってるし、あの子がどんどん好きになっていることもよろこんで認めますけど、『ほら見たことか』なんて得意がったりしてほしくありませんね、マシュー・カスバート」

第13章　楽しいことがいっぱい

「アンは、もう帰ってきてお裁縫をする時間なのに」マリラはちらりと時計を見て言い、外に視線を投げた。何もかも暑くて眠そうな黄色い八月の午後だった。「遊んできていいと言った時間より三十分以上も長くダイアナと遊んだうえに、今度はあの薪の山に坐《すわ》ってマシュー相手におしゃべりしてるわ。やらなきゃいけない仕事があることは重々わかってるはずなのに。もちろん、マシューは、ばかみたいにあの子の話に聞き惚《ほ》れてしまってる。あんなにめろめろになってる男なんて見たことないわ。あの子が話せば話すほど、とんでもないことを言えば言うほど、マシューはますますよろこぶんだわ。アン・シャーリー、今すぐここへきなさい！　聞こえましたか！」

西の窓をコッコッコッと何度も叩《たた》く音を聞いて、アンが庭から走ってきた。目はきらきらして、頬はうっすらピンクに染まり、お下げをほどいた髪はうしろになびいて、とても明るく見えた。

「ああ、マリラ」とアンは息を切らして叫んだ。「来週日曜学校のピクニックがあるんですって――〝きらめきの湖〟のすぐ近くのハーモン・アンドルーズさんのとこの原っぱで。そして、ベル校長先生の奥さまとレイチェル・リンドのおばさまがアイスクリームを作ってくださるの――考えてもみて、マリラ――アイスクリームよ！　ああ、マリラ、行ってもいいでしょ？」

「時計を見て頂戴な、アン。何時に帰ってきなさいと言いましたっけ？」

「二時よ――でも、ピクニックの話、すごいでしょ、マリラ？　お願い、行ってもいい？　ああ、ピクニックなんて行ったことないんだもの――ピクニックの夢は見たけど、一度も――」

「そう、二時に帰ってらっしゃいって言いました。今、三時十五分前です。なぜ言いつけにそむいたのか聞かせてもらいましょうか、アン」

「あら、言われたとおりにしようと思ってたのよ、マリラ、できるだけ。でも、〝荒《アイ》野楽園《ドルワイルド》〟がどんなにすばらしいか、想像もつかないくらいなんですもの。それから、もちろん、マシューにピクニックのことを教えてあげなくちゃならなかったし。マシューってほんと、熱心に聞いてくれるの。お願い、行ってもいいでしょ？」

「そのアイドルなんとやらが何だか知らないけど、そんなものの魅力の虜《とりこ》になっちまわないようにするんですね。ある時間に来なさいと言ったら、その時間に来るんですよ。三十分後じゃなくて。それに、熱心に話を聞いてくれる人がいるからって、寄り道しているんじゃありません。ピクニックには、もちろん行っていいです。日曜学校のほかの子がみんな行くのに、あんただけ行かせないってわけにいかないでしょ」

「でも——でも」とアンは口ごもった。「みんなお弁当のバスケット持ってくって、ダイアナが言うの。あたし、お料理できないでしょ、マリラ、だから——それで——パフスリーブなしでピクニックに行くのはかまわないけど、バスケットなしで行かなきゃならないとしたらひどく恥ずかしいと思うの。ダイアナからそのことを教えてもらってからずっと気に病んでたの」

「もう気に病まなくていいです。お弁当は作ってあげます」

「ああ、大好きなマリラ。ああ、なんてやさしいの。ああ、感謝感激」

何度も「ああ」を連発してから、アンはマリラの腕に飛び込み、その血色の悪いほっぺたに夢中でキスをした。子供のほうからマリラの顔に口づけをしてくるなんて、マリラにとって生まれてこのかた初めてのことだった。再び、あの驚くほどとろけるような感覚がふいに体を貫いて、マリラはぞくぞくした。思いがけずアンがキスしてくれて、密《ひそ》かにとてもうれしかったのだが、たぶんそれゆえにこそ、マリラはぶっきらぼうにこう言った。

「ほら、ほら、キスなんてばかなことしなくていいから。言われたとおりにちゃんとしなさい。お料理については、近いうちにあんたに教えてあげるつもりでした。でも、あんたはすぐぼうっとしてしまうから、アン、もう少し落ち着いてくれないと教えられやしませんよ。お料理するときは、頭をちゃんと働かせて、途中で何もかもほったらかして、あれやこれや考えだすわけにはいきませんからね。さあ、パッチワークを出して、夕食の時間《ティータイム》までに一区切り終わらせなさい」

「パッチワークって、嫌い」アンは憂鬱《ゆううつ》そうに言い、裁縫道具の入った籠《かご》を捜しだして、赤と白の菱形《ひしがた》の布の小さな山の前に溜《た》め息《いき》をついて坐った。「すてきなお裁縫もあるけど、パッチワークには想像の余地がないんですもの。ただ、縫っては、つなげて、また縫っての繰り返し。何にもなんないわ。でも、もちろん、遊んでばかりの宿なしのアンよりも、パッチワークを縫うグリーン・ゲイブルズのアンのほうがいいけれど。だけど、ダイアナと遊んでるときぐらいあっという間に、パッチワークしてる時間が過ぎてくれるといいんだけどなぁ。ああ、あたしたち、そりゃあすてきな時間を過ごしたのよ、マリラ。想像力でいろいろ埋め合わせるのはあたしがやらなきゃならないけど、あたしにはどうってことないし。それ以外の点ではダイアナはもう完璧《かんぺき》なの。うちの農場とバリーさんのとこの農場のあいだを流れてる小川の向こうに小さな土地があるでしょう。あれ、ウィリアム・ベルさんの土地なんだけど、角のところに白樺《しらかば》が並んで小さな輪になってるところがあるの——とってもロマンチックな場所よ、マリラ。ダイアナとあたし、そこに小さなお家《うち》を作ったの。〝荒野楽園《アイドルワイルド》〟って名前にしたのよ。詩的な名前でしょ？　考え出すのに時間がかかったんだから。思いつくのにほとんど徹夜したわ。そしたら、ちょうどうとうとしかけたとき、インスピレーションみたいに思いついたの。ダイアナなんか、その名前聞いて、うっとりしまくりよ。二人でエレガントなお家《うち》に仕上げたわ。見に来てね、マリラ？　苔《こけ》で覆われた大きな岩が椅子で、木から木へ渡した板が棚なの。そこに、お皿がみんな載ってるの。もちろん、壊れたお皿だけど、割れてないって想像するのは、なんてことないわ。赤と黄色の蔦《つた》の葉模様のお皿があって、すごくきれいなの。それは居間に置くの。居間には妖精《ようせい》のガラスもあるのよ。妖精のガラスって、夢みたいにきれいなの。ダイアナが鶏《にわとり》小屋の裏の森で見つけてきたのよ。虹《にじ》がいっぱいなの――まだ小さな子供の虹――ダイアナのお母さんが「それは、昔使ってた吊《つ》りランプのかけらよ」っておっしゃったんだけど、ある晩妖精が舞踏会をしてたときに忘れていったものだって想像したほうがすてきだから、それを妖精のガラスって呼ぶことにしたの。マシューはね、テーブルを作ってくれるのよ。ああ、あたしたち、向こうのバリーさんの土地にあるあの小さな円い池を〝やなぎ池〟って呼ぶことにしたの。ダイアナが貸してくれた本から採ったのよ。わくわくする本だったわ。ヒロインには五人の恋人がいてね。あたしだったら一人でじゅうぶん。マリラだってそうでしょ？　とっても美人で、すごい苦難に遭うの。すぐ気絶してしまうのよ。あたしも気絶できたらいいな。そう思わない、マリラ？　とってもロマンチックだわ。でも、あたし、こんなに痩《や》せっぽちなのにものすごく健康だしなぁ。でも、あたし太ってきたと思うの。そう思わない？　毎朝起きると、ひじを見ては、えくぼができてないかなって思うの。ダイアナは新しい半袖《はんそで》の洋服を作ってもらうんですって。それを着てピクニックに行くって言うのよ。ああ、今度の水曜、晴れるといいなぁ。何か起こってピクニックに行けなくなったら、そのショックに耐えられないと思う。なんとか立ち直るでしょうけど、一生引きずる悲しみとなるわ。そのあとの人生でピクニックが百回あってもだめ。行けなかったこの一回の埋め合わせにはならないわ。みんなで〝きらめきの湖〟でボートに乗るのよ――それから、前に話したとおり、アイスクリーム食べて。アイスクリームなんて食べたことないもの。ダイアナがどんなものか説明しようとしてくれるんだけど、アイスクリームってあたしの想像力を超越したものだと思うわ」

「アン、あんた、時計で計ってちょうど十分間話し続けましたよ」とマリラ。「さあ、今度は同じ十分間、黙っていられるかやってみなさい」

アンは、言われたとおり黙った。しかし、その週のあいだ、ずっとピクニックのことを話し、ピクニックのことを考え、ピクニックの夢を見た。土曜日に雨が降って、アンは水曜日までずっと降り続けたらどうしようと、ひどくおたおたしたので、マリラは、落ち着かせるために、パッチワークの四角をいつもより多めに縫わせた。

日曜に牧師さんが説教壇からピクニックがあることをおっしゃったとき、興奮のあまり体じゅうほんとに冷たくなってしまったと、教会からの帰り道でアンはマリラに打ち明けた。

「ものすごい震えが背中を上がって下がってったのよ、マリラ！　ほんとにピクニックがあるんだって、あのときまでは本気で信じてなかったんじゃないかと思うわ。想像してるだけなんじゃないかと思って。でも、牧師さまが説教壇でおっしゃることは、信じなきゃだめでしょ」

「あんたは、いろんなことに夢中になりすぎますよ、アン」とマリラは溜め息をつきながら言った。「その調子じゃ、これからの人生、がっかりしどおしなんじゃないかしらねえ」

「ああ、マリラ、何かを楽しみに待つってことが、もう楽しみの半分なのよ」とアンは叫んだ。「それ自体手に入れられなくても、それを楽しみに待つことは、何があってもできるもの。リンドさんはおっしゃるわ。『何も期待せぬ者は幸いなるかな。失望することなかりせば』って。でも、何も期待できないくらいなら、失望したほうがずっとましだわ」

その日もマリラは、いつも教会につけていく紫水晶の宝石のブローチをつけていた。それをつけないで行ったとしたら、聖書や献金の小銭を持っていくのを忘れるぐらい、神さまに失礼だと思ったことだろう。紫水晶のブローチは、マリラが一番大切にしている宝物だった。船乗りのおじさんが、マリラの母親にくれて、母親がマリラに遺《のこ》してくれたのだった。古めかしい楕円形《だえん》をしていて、とても上等な紫水晶で縁飾りがされていて、ブローチの中にはマリラの母親の遺髪が入っていた。マリラは、宝石のことを何も知らなかったので、この紫水晶がどれだけ上等なものかわかっていなかったが、とてもきれいだと思って、よそ行きの茶色のサテンのドレスの喉元《のどもと》ですみれ色にちらちら輝くのを——自分では見えなかったのだが——意識してうれしく思っていた。

アンは、初めてそのブローチを見たとき、うわぁすてきだなぁと、うっとりしてしまった。

「まあ、マリラ、完璧にエレガントなブローチねぇ。そんなのつけてて、よくお説教やお祈りに集中していられるわね。あたしなら、だめだな。紫水晶って、ほんとすてき。昔、ダイヤモンドってこんな感じかなって思ってたわ。ずっと昔、ダイヤモンドなんて見たこともなくて、本で読んで、どんなんだろうって想像しようとしたの。すてきなきらきらする紫の宝石だと思ってた。ある日、貴婦人が本物のダイヤの指輪をはめてるの見て、あたし、がっかりして泣いてしまったわ。もちろんすてきだったんだけど、思ってたのとちがったの。ちょっとそのブローチ、持ってみてもいい、マリラ？　ねえ、紫水晶って、すみれの魂かもしれないって思わない？」

第14章　アンの告白

ピクニック前の、ある月曜の夕方、マリラは困ったような顔つきで、自分の部屋から下りてきた。

「アン」とマリラが声をかけた相手の小さい人は、きれいなテーブルで豆のさやむきをしながら、ダイアナから教わったとおりに、表情豊かに「はしばみ谷のネリー」を元気いっぱい歌っていた。「私の紫水晶のブローチ、知らない？　昨夜《ゆうべ》教会から帰ってきてから、針山に刺しといたと思ったんだけど、どこにも見当たらないのよ」

「あ――あたし今日、マリラが婦人会に出かけているあいだに見たわ」アンは少しゆっくり言った。「ドアの前を通りかかったら、針山に刺さってたから、見に入ったの」

「さわったの？」マリラは厳しい声で言った。

「まあ……ね」アンは認めた。「手にとって、どんなふうかなって思って、胸につけてみたの」

「そんなことをしちゃ、だめじゃないの。子供が人のものに手を出すのは、とてもいけないことですよ。第一、私の部屋に入るべきじゃなかったし、第二に、自分のものでもないブローチにさわるべきじゃなかったわ。どこに置いたの？」

「あら、化粧箪笥《だんす》の上に戻したわ。一分もつけてなかったもの。ほんとに、手を出すつもりじゃなかったのよ、マリラ。お部屋に入ってブローチをつけてみることが悪いことだとも思わなかったの。でも、今は悪いことだってわかったから、もうやりません。そこがあたしのいいところ。おいたをしても、二度と繰り返さないから」

「元に戻さなかったでしょ」とマリラ。「あのブローチは化粧箪笥の上にないわよ。外に持ち出したか何かしたんじゃないの、アン」

「ちゃんと戻しました」とアンは早口で言った――生意気な態度だと、マリラは思った。「針山に刺したか、陶磁器のお盆に入れたか憶《おぼ》えてないけど、戻したことは絶対、確かだもの」

「もう一度見てきますけど」マリラは、公正になろうと心に決めて言った。「戻したのなら、部屋にあるはずですからね。なかったら、戻さなかったってことです。いいですね！」

マリラは部屋へ行って、徹底的に調べた。化粧箪笥の上だけでなく、ブローチがあるかもしれないと思ったところはすべて見た。ブローチは見つからず、マリラは台所へ戻ってきた。

「アン、ブローチはありませんよ。あんた、自分でさわったって言いましたね。つまり、最後にさわったのは、あんたですよ。さあ、あれをどうしたの？　すぐに正直に言いなさい。持ち出して、失くしてしまったの？」

「いいえ」とアンは、マリラの怒った眼差《まなざ》しを正面から見つめ、厳かに言った。「ブローチをお部屋から持ち出したりしてません。たとえ断頭台の露と消えることになろうとも、それは本当です――断頭台の露って何だかよく知らないけど。とにかく、そういうこと」

アンの「とにかく、そういうこと」というのは、自分の主張を強めるつもりのものでしかなかったのだが、マリラには、くってかかる態度のように思われた。

「嘘をついていますね、アン」マリラはぴしゃりと言った。「わかりますよ。ほら、いいから、何もかも白状するつもりになるまでは、口をきくんじゃありません。自分の部屋に戻って、正直に言えるようになるまで、出てきてはいけません」

「お豆、お部屋に持ってく？」アンは、しおらしく尋ねた。

「いいえ。私が全部皮をむいておきます。言われたとおりになさい」

アンが行ってしまうと、マリラは、とても心乱れたまま、夕方の仕事にかかった。大切なブローチのことが気がかりだったのだ。アンが盗んだとしたら、どうしよう？あの子が盗《と》ったことは誰が見ても明らかなのに、盗ってないと言うとは、なんて悪い子だろう！　それも、あんなにしらじらしく！

「起きてほしくないことが、起きたのかしら」とマリラはいらいらと豆の皮をむきながら考えた。「もちろん、あの子が盗みを働こうとしたわけじゃないとは思うわ。ちょっと手にとって遊びたかったか、例の想像力をふくらましたかったんでしょう。手に取ったのは、まちがいないわね。それは、はっきりしてる。だって、あの子自身がそう言ったんだもの。あの子が入ってから私が昨夜上がっていくまで、あの部屋に誰一人入ったわけじゃなし。そして、ブローチはなくなっていた。それは火を見るより明らかだわ。たぶん、あの子は、失くしてしまって、罰を受けるのが怖くて、ほんとのことが言い出せないんじゃないかしら。あの子が嘘をつくだなんて、考えるだけでもおぞましいわ。例の癇癪《かんしゃく》より、たちが悪い。自分の家《うち》の子が信頼できないってのは、恐ろしい責任問題ね。ずるくて、いい加減——あの子が見せたのは、そういう態度だわ。ブローチのことよりも、そっちのほうがひどいわ。正直に言ってくれさえすれば、こんなに気をもまないのに」

マリラは、その夜、折りを見ては何度も部屋へ行って、ブローチを捜したが、見つからなかった。東の破風の部屋へおやすみなさいを言いに行ったときも、進展はなかった。アンは、ブローチのことは「何も知らない」の一点張りだったが、マリラは「この子は知ってるんだわ」とますます確信を強めたのだった。

翌朝マリラはマシューに事情を話した。マシューはびっくりして、おろおろしてしまった。アンのことをそんなにすぐ疑うわけではなかったが、状況はアンに不利であることを認めざるをえなかった。

「化粧箪笥の裏に落っこっちまったんじゃないかね」としか言えなかった。

「化粧箪笥は動かして、引き出しも全部取り出して、隅から隅までくまなく捜しました」マリラはきっぱりと答えた。「ブローチはなくなって、あの子が盗って嘘をついてるんです。それは、残念ながら明白な真実ですよ。マシュー・カスバート、真実から目を背けてはいけません」

「そうさな、それで、どうするつもりなのかね」さびしそうに尋ねたマシューは、この事態に対処するのが自分ではなくて、マリラであることに、密《ひそ》かに安堵《あんど》していた。今度ばかりは、口出ししたいとは思わなかったのだ。

「白状するまで部屋から出しません」マリラは、前にこのやり方でうまくいったことを思い出しながら、険しい顔で言った。「それからどうなるかは先のことです。ひょっとすると、どこへ持っていったのか言ってさえくれれば、ブローチが見つかるかもしれないけど、いずれにせよ、厳しく罰しなければなりませんよ、マシュー」

「そうさな、罰するのはおまえだ」マシューは帽子に手を伸ばしながら言った。「わしには関係ない。わしに口を出すなって、おまえ、自分で言ったんだからな」

マリラは誰からも見捨てられてしまった気分だった。リンド夫人に助言を求めにさえ行けなかった。マリラはとても深刻な顔をして破風の部屋に上がっていき、さらにもっと深刻な顔で下りてきた。アンは、頑として白状しなかった。ブローチなんか盗っていないと言い張るのだ。明らかに泣いていた様子で、マリラは可哀想に思ったが、心を鬼にした。夜になると、マリラは〝もうくたくた〟と言うほど疲れきっていた。

「白状するまで部屋から出てはいけませんよ、アン。そのつもりでいなさい」マリラは厳しく言った。

「でも、ピクニックは明日《あした》だわ、マリラ」アンは叫んだ。「ピクニックに行かせてもらえないってことはないでしょ？　午後のあいだだけでも出してくれるでしょ？　そしたら、そのあとは、ここにいつまでもよろこんでいるわ。でも、ピクニックには行かなきゃ」

「白状するまでは、ピクニックだろうがどこだろうが、行かせませんよ、アン」

「ああ、マリラ」アンは息を呑《の》んだ。

しかし、マリラは出ていって、ドアを閉めてしまった。

水曜の朝になると、まるでピクニックのために誂《あつら》えたかのような快晴だった。小鳥が緑破風《グリーン・ゲイブルズ》の家のまわりでさえずり、庭の真っ白な庭白百合《しらゆり》が放つ香りは、目に見えない風に乗って、ドアというドア、窓という窓から入り込み、よき精霊さながら、あちこちの廊下や部屋をさまよっていた。窪地《くぼち》の樺《かば》の木は、東の破風のところからアンがいつもの朝の挨拶《あいさつ》をしてくれるものと待ちかまえるかのように、楽しげに手を振っていた。しかし、アンの姿は窓辺にない。マリラが朝食を持ってあがると、アンは唇をきっと結び、目をぎらつかせ、青ざめて決意した面持ちで、ベッドで居ずまいを正して坐《すわ》っていた。

「マリラ、告白するわ」

「まあ！」マリラは盆を置いた。マリラのやり方がまたもやうまくいったのだ。しかし、マリラにとってはつらい成功だった。「じゃあ、言ってごらんなさい、アン」

「あたしが紫水晶を盗《と》りました」アンは、まるで教科書で暗記したところを繰り返すかのように言った。「マリラが言ったとおり、あたしが盗ったんです。お部屋に入ったときは盗るつもりなんてなかったんだけど、あんまり美しかったから、マリラ、胸にピンで留めたら、どうすることもできない誘惑にかられたの。あれを荒野楽園《アイドルワイルド》につけていって、レイディ・コーディーリア・フィッツジェラルドごっこをしたらすごく楽しいだろうなって思ってしまったの。本物の紫水晶のブローチをつけていたほうが、レイディ・コーディーリアだと想像しやすいんですもの。ダイアナとあたしは、バラの実でネックレスを作ったけど、紫水晶に比べたらバラの実なんて目じゃないわ。それで、あたし、ブローチを盗ったの。マリラが帰ってくる前に戻しておけると思ってたわ。少しでも長くつけていたくて、遠まわりをして、〝きらめきの湖〟の橋を渡るとき、もう一度見ようと思ってブローチをはずしたの。ああ、日の光が当たってきらきら光ったこと！　それから、橋から身を乗り出すと、指のあいだからするりと落ちて――こんなふうに――下へ――下へ――落ちていって、紫にきらきら光りながら〝きらめきの湖〟の底へ永遠に沈んでいったのでした。それが、あたしにできる精一杯の告白です、マリラ」

マリラは、再び熱い怒りが心に湧き上がるのを感じた。この子は、私が宝物にしていた紫水晶を盗んで失くしたのみならず、平然と坐って、失くしたときの様子を詳しく語って、胸をちくりとも痛めたり、悪かったと思ったりもしていないのだ。

「アン、ひどいわ」マリラは穏やかに話そうと努めながら言った。「こんな悪い子、聞いたことない」

「ええ、そうだと思うわ」アンは静かに同意した。「だから、罰を受けます。マリラはあたしをお仕置きしなければならないわ。すぐにすませてくださらないかしら。あたし、晴れ晴れとしてピクニックに行きたいから」

「ピクニックだって！　今日は、ピクニックになんて行かせませんよ、アン・シャーリー！　それが罰です。あんたのしたことを思えば、それじゃ足りないくらいだけど」

「ピクニックに行かせないですって！」アンは飛び上がって、マリラの手にすがった。「でも、行っていいって約束したじゃない！　ああ、マリラ、あたし、ピクニックに行かなきゃ。だから、告白したのよ。どんな罰にしてもいいけど、それだけはやめて。

ああ、マリラ、お願い、お願いだから、ピクニックに行かせて。アイスクリームのこと、考えてみて！　ひょっとしたら、あたし、もうアイスクリームを味わうチャンスはないかもしれないわ」

マリラは、アンのしがみつく手を無情に引きはがした。

「頼んでもむだです、アン。ピクニックには行かせません。それは決まり。だめ。もう何を言ってもむだです」

マリラは梃子《てこ》でも動かないと、アンにはわかった。アンは、両手を握り合わせ、耳をつんざくような叫びをあげて、ベッドに突っ伏して、失望と絶望に身悶《みもだ》えしながら泣いた。

「まったくもう！」マリラは急ぎ足で部屋から出ていった。「おかしくなっちまったとしか思えないよ。正気の子なら、あんなふうにはならないもの。おかしくなってないなら、ひどく悪い子だわ。なんてこと、これじゃレイチェルの言ったとおりじゃないの。でも、もうここまできた以上、あとには戻れないわ」

つらい朝だった。マリラは、猛烈な勢いで働き、ほかにやることがなくなると、玄関ポーチの床や製乳室の棚をごしごし磨いた。床も棚も、磨く必要はなかったのだが――それでもマリラは磨いた。それから、外へ出て、庭を熊手でがしがし掃《は》いた。

昼食ができると、マリラは階段の下へ行って、アンに声をかけた。涙で汚れた顔が現れ、手すり越しに悲劇的な表情でこちらを見た。

「下りてらっしゃい、お昼ですよ、アン」

「食べたくないわ、マリラ」アンは、めそめそと言った。「何も食べられない。胸が張り裂けたの。マリラはあたしの胸を裂いたせいで、いつか良心の呵責《かしゃく》にさいなまれるでしょうけれど、あたし赦《ゆる》します。そのときが来たら、あたしが赦してることを思い出してね。でも、何か食べろなんて言わないで。とりわけ豚の煮物とお野菜の付け合わせはだめ。豚の煮物とお野菜の付け合わせは、苦しんでるときには、あまりにもロマンチックじゃないから」

激怒したマリラは、台所に戻って、マシューに泣き言をぶちまけた。マシューは、何が正しいかという判断と、どんなことがあってもアンに抱いてしまう同情との板ばさみになって、みじめだった。

「そうさな、ブローチを盗《と》ったりしちゃいけなかったな、マリラ、それにそのことで嘘をついちゃいけなかった」マシューは、皿いっぱいのロマンチックでない豚の煮物と野菜を、まるでアンが言ったとおり、気持ちがずたずたになっているときにふさわしくない食べ物であるかのように悲しげに見つめながら認めた。「でも、あの子はまだちっちゃくて――とってもおもしろい子じゃないか。あんなに行きたがってるのに、ピクニックに行かせないのは、ちょいときつすぎやしないかね」

「マシュー・カスバート、兄さんには驚きますね。私は、これまでの躾《しつけ》が甘かったと思っているんですよ。しかも、あの子は自分が悪いことをしたとわかってないらしい──そこが一番、心配なんですよ。ほんとに悪かったと思ってるならいいですよ。兄さんまで、そこのところがわからずに、いつだってあの子のことを、いいようにいいように考えるんじゃありませんか──こっちはお見通しですからね」

「そうさな、あの子はまだ小さいんだ」マシューは、弱々しい声で繰り返した。「そこんとこは考えてやらなきゃ、マリラ。これまで躾というものを受けたことがなかったんだから」

「今、受けているんですよ」マリラは言い返した。

そう言われてマシューは、納得がいかないというふうに黙り込んだ。その日の昼食はとても陰気な食事だった。ただ一人愉快にしていたのは、家で雇われている少年ジェリー・ブートだったが、愉快にされると、マリラはばかにされたような気がして、癪《しゃく》に障った。

皿も洗い終わり、パン生地も寝かせる準備ができて、鶏《にわとり》に餌もやってしまうと、マリラは、月曜の午後に婦人会から帰ってきて一番よそ行きの黒いレースのショールをはずしたときに小さなほころびができているのに気づいたことを思い出した。あれを繕っておかなくちゃ。

ショールは、トランクの中の箱に入っていた。マリラがショールを持ちあげると、窓辺に群がり茂っている蔦《つた》のあいだから漏れてくる陽光が、ショールに引っかかった何かに当たった——きらきらとして紫の光の面がたくさん光っている。マリラは、息を呑《の》んで、それをあわてて手にとった。紫水晶のブローチだ。留め金がレースの糸に引っかかってぶらさがっているのだ！

「まあ、なんてことだろう！」マリラは、ぽかんとして言った。「どういうこと？バリーさんとこの池の底に沈んだと思っていた私のブローチが、ちゃんとここにあるじゃないの。あの子は、何だって、これを盗って失くしたなんて言ったのかしら。グリーン・ゲイブルズには、まじないがかかってるにちがいないわ。今になって思い出したけど、月曜の午後、ショールをはずして、ちょっと化粧箪笥《だんす》の上に置いたんだったわ。それで、ブローチが引っかかってしまったんだわ。まあまあ！」

マリラは、ブローチを持って東の破風の部屋へ行った。アンは泣きつくして、窓辺でしょんぼり坐《すわ》っていた。

「アン・シャーリー」マリラは厳かに言った。「私のブローチが黒いレースのショールに引っかかっているのを今見つけました。今朝あんたが言ってたでたらめは、どういうつもりなの？」

「だって、白状するまでは部屋から出ちゃいけないって言ったでしょ」アンはぐったたりとして返事をした。「だから、白状することにしたの。ピクニックに行きたかったから。昨夜《ゆうべ》お布団に入ってから、どういうふうに言おうか考えて、できるだけおもしろいのにしたの。何度も繰り返して、忘れないようにしたわ。でも、結局ピクニックに行かせてもらえなかったから、骨折り損のくたびれもうけ」

マリラは思わず笑ってしまった。でも、良心がちくりと痛んだ。

「アン、あんたも大した子だね！　でも、私がまちがっていた――今、わかりました。あんたが嘘をつくような子じゃないっていうのに、あんたの言うことを疑ったりすべきじゃなかったのね。もちろん、やってもいないことを白状したりしたのは、いけないことですよ――とてもいけないことです。でも、私がそうさせたわけだし。だから、アン、もしあんたが私を赦してくれるなら、私もあんたを赦して、仲直りしましょう。さあさ、ピクニックに行く支度をしなさい」

アンは、ロケットのように飛び上がった。

「ああ、マリラ、遅すぎやしない？」

「いいえ、まだ二時ですよ。みんなようやく集まったぐらいのところだし、お茶の時間までには、あと一時間あるわ。顔を洗って髪を梳《と》かして、ギンガムの服を着なさい。今、バスケットを詰めてあげる。うちには焼き菓子がどっさりあるからね。それからジェリーに馬をつながせて、ピクニック場まで馬車で送らせましょう」

「ああ、マリラ」とアンは、洗面所へ飛んで行きながら叫んだ。「五分前まであたし、みじめでみじめで、生まれてこなきゃよかったって思ってたのに、今じゃ、天使とだって立場を替えたくないわ」

その日の夕方、最高に幸せで完璧《かんぺき》に疲れきったアンは、言葉にできない至福の境地で緑破風《グリーン・ゲイブルズ》の家に帰ってきた。

「ああ、マリラ、完全にご機嫌な時を過ごしたわ。ご機嫌っていうのは、今日憶《おぼ》えた新しい言葉なの。メアリー・アリス・ベルが使ってるのを聞いたの。とっても感じが出てるでしょ？　何もかもすてきだったわ。すばらしいお茶をして、それからハーモン・アンドルーズさんが〝きらめきの湖〟へボート遊びに連れてってくれたの――いっぺんに六人も。で、ジェーン・アンドルーズがもう少しでボートから落ちるとこだったのよ。あの子、睡蓮《すいれん》をつもうと手を伸ばしたんだけど、アンドルーズさんが危ないってサッシュ〔腰に巻く飾り帯〕をつかまなかったら、落っこちて、たぶんおぼれてたわ。それがあたしだったら、よかったのに。おぼれそうになるってロマンチックな経験でしょ。わくわくするお話になるわ。それから、アイスクリームを食べたの。あのアイスクリームを言い表す言葉はないわ。マリラ、そりゃあもう崇高だったんだから」

その夜、マリラは、靴下の籠《かご》を前にして、マシューにすっかり話をした。

「私がまちがえたということは認めますよ」マリラは率直な言葉で締めくくった。

「でも、勉強になりましたね。アンの『告白』のことを考えると笑わずにはいられませんよ。まあ、嘘なんだから、笑っちゃいけないってことはわかってるけど。でも、盗《と》ったのに盗らないっていう嘘よりは、ましなような気がして。それに、とにかく私が悪いんだし。あの子には理解しがたいところがありますよ。でも、今のところは、だいじょうぶそうね。そして、ひとつだけ確かなことは、あの子がいる家は、退屈なんてしないってことですよ」

第15章　学校での大事件

「なんてすばらしい日なのかしら!」アンは大きく息を吸い込みながら言った。「こんな日には、生きててよかったって思わない? こんな日を逃がすなんて、まだ生まれてきてない人たちが可哀想。もちろん、その人たちはその人たちなりに楽しい人生を送るんでしょうけど、この一日は味わえないわけだもの。しかも、さらにすばらしいのは、このすてきな道を通って学校へ行けるってことじゃない?」

「街道をまわって行くより、ずっといいわね。あっちは埃《ほこり》っぽくって暑いから」と現実的なダイアナは、お弁当のバスケットを覗《のぞ》き込みながら、そこにあるとろりとおいしいラズベリーのタルト三つを十人の女の子で分け合ったら一人何口食べられるかしらと頭で計算していた。

アヴォンリー学校の女の子たちは、いつもお弁当を分け合うことにしていた。ラズベリータルトを三つとも一人で食べてしまったり、一番の仲良しとだけで分け合ったりしても、「ひどいけちんぼ」の烙印《らくいん》を永遠に押されてしまうのだ。それでも、タルトを十人の女の子で分けるとなると、もらったところで「これっぽっち？」と思うのが落ちだ。

アンとダイアナの通学路は、確かにきれいな道だった。ダイアナと一緒に学校の行き帰りに通るこの道は、想像力を働かせてもこれ以上は美しくならないと思えるほど美しかったのだ。表の街道のほうは、まるでロマンチックではなかったが、〝恋人の小道〟や〝やなぎ池〟や〝すみれの谷〟や〝樺《かば》の道〟を通っていくのは、ロマンチックそのものだった。

〝恋人の小道〟は、緑破風《グリーン・ゲイブルズ》の家の果樹園の下から、カスバート農場の端の森へと延びていた。それは、牛を裏の牧場へ連れていく道でもあり、冬に材木を家へ運んでくる道でもあった。アンは、緑破風《グリーン・ゲイブルズ》の家に来てひと月も経たぬうちに、それを〝恋人の小道〟と名づけたのだった。

「ほんとに恋人が歩いてるわけじゃないけど」とアンはマリラに説明した。「ダイアナと一緒にとってもすてきな本を読んでて、そこに〝恋人の小道〟が出てきたの。だから、そういうのがあったらいいなって思ったわけ。すっごくかわいらしい名前だと思わない？　まさにロマンチック！　恋人たちは想像して、いることにできるでしょ。あの道で声を出して考えごとしてても、誰からも頭がおかしいって言われないから、あの道、好きなの」

アンは、その朝一人で〝恋人の小道〟をずっと小川のほうまで歩いていって、そこでダイアナと落ち合ったのだった。二人の少女は、楓《かえで》の葉がアーチを作っているところまで歩いて行った――「楓って、ほんと、人なつっこいわよね」とアン。「いつだってがさごそ、ささやいてくるもの」――なんておしゃべりしているうちに、丸木橋があるところまで来た。それから、小道からはずれて、バリーさんの裏の土地を通って、〝やなぎ池〟を抜ける。〝やなぎ池〟の向こうには〝すみれの谷〟――アンドルー・ベルさんの大きな森の陰にある小さな緑の窪地《くぼち》だ。

「もちろん、今は、すみれは咲いてないけど」とアンはマリラに話したのだった。「でも、ダイアナが、春にはすみれが何百万本も咲くって言うの。ああ、マリラ、目に見えるようじゃない？　もう息ができなくなりそう。で、〝すみれの谷〟って名づけたの。あたしほどすてきな場所の名前を思いつける人はいないって、ダイアナは言うの。何かがじょうずってすてきよね。だけど、〝樺の道〟って名づけたのはダイアナ。ダイアナがつけたいって言うから、つけさせてあげたの。でも、あたしなら、ただの〝樺の道〟なんかよりもずっと詩的な名前を思いついたのに。そんなの、誰にだって思いつけるわ。でもね、〝樺の道〟って世界一きれいな場所なの、マリラ」

そのとおりだった。アン以外の人たちも、そこへさしかかると、そう思うのだった。細く、うねった小道で、長い丘をくねくねと下りていって、ベルさんの森の中へと続いていた。その森では、光が何重もの葉っぱのエメラルド色のスクリーンを通って射し込むので、ダイヤモンドの中心のように澄み切っていた。道に沿って、ほっそりした白樺の若木がずっとどこまでも並んでいて、しなやかな枝を伸ばしていた。道端には、羊歯《しだ》、スターフラワー、スズラン、真っ赤な実の房をつけたゴゼンタチバナがいっぱい茂っていて、あたりにはいつも気持ちのよい香りがたちこめ、小鳥のさえずりや、森の風のつぶやきや笑い声が、木々のあいだから聞こえてきた。静かにしていると、ときおり街道をうさぎがはねていくのを見ることができる――のだが、アンとダイアナが静かにしていることはめったになかった。谷を下りたところで小道は街道に出て、そこから唐檜《とうひ》の丘をのぼれば、もう学校だ。

アヴォンリー学校は、軒が低く、窓が大きな白壁の建物で、中には使い勝手のよいしっかりした古めかしい机が並んでおり、上ぶたが開け閉めできて、ふたには一面に、イニシャルだの象形文字のように読めない文字だのが三世代にわたる子供たちによって書き込まれていた。校舎は、街道から引っ込んだところにあり、背後には黒っぽい樅《もみ》の森があって、子供たちはみんな、そこを流れる小川にミルクの瓶をひたしておいて、昼食までにおいしく冷えるようにしておくのだった。

新学期が始まる九月一日、アンが学校へ行くのを見送ったマリラは、密《ひそ》かにいろいろ心配していた。アンはとても変わった子だ。ほかの子たちと仲良くやっていけるのだろうか？　それに、一体授業のあいだ、あの子が黙っていられるものだろうか？

しかし、マリラが心配していたよりも、ことはうまくいった。アンは、その日の夕方、意気揚々と帰ってきたのだ。

「ここの学校、好きになれそうよ」アンは言った。「先生はいまひとつだけど。しょっちゅう口ひげをいじってらして、プリシー・アンドルーズに目配せばかりなさるのよ。プリシー・アンドルーズって、大人なの。十六歳で、来年シャーロットタウンにあるクイーン学院に入ろうと受験勉強してるの。ティリー・ボウルターによれば、先生は、彼女に首ったけなんですって。彼女はきれいな顔をしていて、茶色の巻き毛をそれはエレガントに編み上げてるの。うしろの長椅子に坐《すわ》って、先生も大抵はそこに坐ってらっしゃる——彼女に説明するためだって先生はおっしゃるけど。でも、ルービー・ギリスによると、先生がプリシーの石盤に何か書いたら、それを読んだプリシーは赤かぶみたいに真っ赤になってくすくす笑ったんですって。ルービー・ギリスは、授業に関係ないことを書いたにちがいないって言うの」

「アン・シャーリー、先生のことを二度とそんなふうに言ってはいけません」マリラは、ぴしゃりと言った。「先生のことをとやかく言うために学校に行くんじゃありませんからね。先生はあんたに教えてくださって、あんたは学ぶのが仕事です。帰ってきて先生の噂なんか絶対にしてほしくありませんからね。ほめられた話じゃないですよ。いい子にしてたんでしょうね」

「してたわ」アンは呑気《のんき》に言った。「マリラが思ってたほど、大変じゃなかったのよ。あたし、ダイアナと並んで坐ったの。あたしたちの席は窓のすぐ横で、〝きらめきの湖〟が見下ろせたわ。学校にはすてきな女の子がたくさんいて、お昼休みには、ご機嫌に遊んだわ。遊び相手がたくさんいるってすてきねえ。でも、もちろん、ダイアナが一番好きだし、いつもダイアナに夢中だわ。あたしね、恐ろしいほどみんなよりお勉強が遅れてるの。みんなは『読本』の五巻めに入ってるのに、あたしまだ四巻めなんですもの。それって、ちょっと恥ずかしいわよね。でも、あたしみたいな想像力の持ち主は一人もいないわ。それはすぐにわかったの。今日は、読み方と、地理と、カナダ史と、書き取りがあったわ。フィリップス先生ったら、あたしの綴《つづ》りはひどいっておっしゃって、いっぱい直しが入ったあたしの石盤を高く掲げてみんなに見せたのよ。もう死にたかった、マリラ。初めての子には、もっと思いやりをもって接してもらいたいものよね。ルービー・ギリスがあたしにりんごをくれたし、ソフィア・スローンが『お宅に遊びに行ってもいい？』って書いてあるすてきなピンクのカードをくれたわ。それ、明日《あした》返すことになってるの。それから、ティリー・ボウルターが、午後の時間ずっとビーズの腕輪を貸してくれた。あの屋根裏部屋の古い針山から真珠のビーズをはずして、自分の腕輪を作ってもいい？　それから、ああ、マリラ、ジェーン・アンドルーズが教えてくれたんだけど、ミニー・マクファーソンから聞いた話では、プリシー・アンドルーズがあたしの鼻がとてもかわいいってサラ・ギリスに言ったんですって。マリラ、それって、生まれて初めてのほめ言葉よ。なんかこう、むずむずして言いようもないようなへんな気分だったわ。マリラ、あたしの鼻ってほんとにかわいい？　マリラは嘘をつかないでしょ」

「あんたの鼻はちゃんとしてます」とマリラはそっけなく言った。密かに、マリラはアンの鼻はかなりかわいいと思っていたのだが、そう教えてやるつもりはなかった。

それは三週間前のことで、それから何もかも順調だった。

そして今、このすがすがしい九月の朝、アンとダイアナは、〝樺《かば》の道〞を陽気に歩いていた。アヴォンリーで一番幸せな二人の女の子だった。

「今日は、ギルバート・ブライスが学校に来ると思うわ」とダイアナ。「夏のあいだずっとニュー・ブランズウィックのいとこのところに行ってて、土曜の夜に帰ってきたばかりなの。ものすごぉーくかっこいいのよ、アン。だけど、ときどき女の子をひどくからかうの。もう死ぬかってくらい」

ダイアナの口調では、できたら死ぬほどの目に遭《あ》わされたいようだった。

「ギルバート・ブライス？」とアン。「入り口の壁に、ジュリア・ベルと並んで名前が書いてあって、上に大きく『注目』って書かれてたの、その子じゃない？」

「そうよ」とダイアナは、鼻をつんと上げて言った。「でも、ジュリア・ベルのことなんかそんなに好きじゃないわよ、彼。あの子のそばかすを数えて九九表を勉強したって言ってるの、あたし聞いちゃったんだもん」

「ああ、そばかすのことをあたしに言わないで」とアンは頼んだ。「あたしだって、たくさんあるんだから、失礼よ。でも、男の子と女の子を壁に並べて『注目』なんて書くなんて、ばっかみたい。あたしの名前を男の子のと並べて書く人がいたら、見てみたいもんだわ。もちろん、」とアンは急いで付け加えた。「誰もやらないだろうけど」

アンは溜《た》め息《いき》をついた。自分の名前が書かれるのは嫌だ。でも、そんな危険はないとわかるのも、ちょっと口惜《くや》しい。

「ばかばかしいわ」と言ったダイアナのほうは、その黒い目と緑の黒髪のせいでアヴォンリーの男子生徒たちの心を大いに乱し、入り口の壁に六回は名前を書かれて「注目」とやられていたのだった。「あんなの、ただの冗談よ。それにあなたの名前だって書き出されないともかぎらないわよ。チャーリー・スローンは、あなたに首ったけなんですもの。あの子、自分のお母さんに——お母さんよ！——あなたが学校で一番頭がいい女の子だって言ったのよ。それって、かわいいってのより上等よ」

「そんなこと、ないわ」骨の髄まで女の子のアンは言った。「あたし、賢くあるより、かわいくありたいわ。それに、チャーリー・スローンは嫌い。目がぎょろっとしてる男の子なんて、嫌よ。あたしの名前が、あの子のと一緒に書き出されたりしたら、あたし絶対立ち直れないわ、ダイアナ・バリー。でも、クラスで一番っていいものね」

「これから、クラスにギルバートが入ってくるわ」とダイアナ。「でもって、前は、あの子がクラスで一番だったのよ、ほんと。もう十四になろうってのに、まだ四巻めなの。四年前にお父さんが病気になって、療養のためにアルバータに行かなくちゃならなくて、ギルバートも一緒に行ったの。そこに三年いて、戻ってくるまでギルはほとんど学校に行かなかったの。これからは一番になるのも楽じゃなくなるわよ、アン」

「うれしいわ」アンは急いで言った。「九歳や十歳の小さな子たちの中のトップじゃ、あんまり自慢にならないもの。あたし昨日『沸騰』(ebullition)って字を書けるように勉強してたのね。ジョウジー・パイが一番だったんだけど、あのね、あの子、教科書覗《のぞ》いてたのよ。フィリップス先生は気づいていらっしゃらなかった——プリシー・アンドルーズを見てたから——でも、あたしはジョウジーを見てたの。『凍ってしまえ』ってぐらい冷たい視線を送ってやったら、赤かぶみたいに真っ赤になって、結局ちゃんと書けなかったわ」

「あのパイ家の女の子たちは、みんなズルしてばっかりよ」二人が街道の柵《さく》をよじのぼっているとき、ダイアナは怒って言った。「ガーティー・パイなんか、昨日、小川のあたしの場所に自分の牛乳瓶置いてってたのよ。ひどいと思わない？　もう口もきいてやらないんだから」

ある日、フィリップス先生が教室のうしろの席で、プリシー・アンドルーズのラテン語を聞いてやっているとき、ダイアナはアンに耳打ちをした。

「通路をへだてて、あなたのすぐ隣に坐ってるのがギルバート・ブライスよ、アン。ちょっと見てみなさいよ。かっこいいと思わない？」

アンは、言われたとおりに見てみた。じっくり見るチャンスだった。というのは、当のギルバート・ブライスは、前に坐っているルービー・ギリスの長い黄色いお下げを椅子の背にこっそりピン留めするのに夢中だったのだ。背の高い子で、茶色い巻き毛、いたずらっ子らしいはしばみ色の目をして、口許《くちもと》はいじめっ子の笑みを浮かべて曲がっていた。やがて、ルービー・ギリスは、算数の答えを先生のところへ持っていこうと立ち上がった。ルービーは髪の毛が根こそぎ抜かれたと思って、小さな叫び声をあげて椅子に尻《しり》もちをついてしまった。みんながルービーを見て、フィリップス先生が怖い顔で目をむいたので、ルービーは泣きだしてしまった。ギルバートはさっとピンを見えないところに隠して、世界一まじめな顔をして自分の歴史の勉強にかかった。しかし、騒ぎが収まると、アンを見やって、なんとも言えないおどけた様子でウインクしたのだ。

「あなたのギルバート・ブライスはかっこいいと思うわ」とアンはダイアナに打ち明けた。「でも、あの子、ひどくずうずうしいわ。初めて会う女の子にウインクするなんて、不作法だわ」

しかし、本当の事件が起こったのは、その日の午後のことだった。

フィリップス先生はまた教室のうしろで、プリシー・アンドルーズに代数の問題を説明していたので、ほかの生徒たちは、青りんごをかじったり、ひそひそ話したり、石盤に絵を描いたり、糸に結んだコオロギを追いかけて通路を行ったりきたりするなど、好き勝手なことをしていた。ギルバート・ブライスは、アン・シャーリーに自分のほうを向かせようとしていたのだが、まったくうまくいかなかった。なぜならアンはそのとき、ギルバート・ブライスのことのみならず、アヴォンリー学校のほかの子のことも、学校それ自体のこともすっかり忘れ去っていたからだ。頬杖《ほおづえ》をついて、西の窓から見える青い〝きらめきの湖〟をじっと見据えて、壮大な夢の世界に入り込んでしまっていたので、自分のすばらしい空想以外何も見えも聞こえもしなかったのだ。

ギルバート・ブライスは、女の子の気を引こうとして失敗するなんてことに慣れていなかった。当然こちらを向くはずなのだ。顎《あご》がちょっととんがっていて、学校じゅうのほかのどんな女の子よりも大きな目をした、あの赤毛のシャーリーとかいう子は、こっちを見なければいけないのだ。

ギルバートは、通路越しに、腕をいっぱいに伸ばしてアンの長い赤毛のお下げの先を持ちあげると、突き刺すような声でささやいた。

「にんじん！　にんじん！」

とたんに、アンは、きっとなってギルバートを見た。

見るどころではない。明るい白昼夢はがらがらと崩れて、もう取り返しもつかなくなり、アンはバッと立ち上がった。怒りの眼差《まなざ》しをギルバートに投げたが、その目の怒りの光はたちまち、口惜《くや》し涙でかき消された。

「ひどいわ、いじわる！」アンはカッとなって叫んだ。「よくも言ったわね！」

それから――バシン！　アンはギルバートの頭に石盤を叩《たた》きつけ、割った――頭ではなく石盤を――まっぷたつに。

アヴォンリー学校の生徒は、事件が大好きだった。これは、とりわけ楽しめる事件だった。誰もが「おおっ」とおびえたような歓《よろこ》びの声をあげた。ダイアナは息を呑《の》んだ。ヒステリーを起こしがちなルービー・ギリスは泣きだした。トミー・スローンは、固まっているアンとギルバートをぽかんと口を開けて見つめて、コオロギ隊をすっかり逃がしてしまった。

フィリップス先生が通路をカツカツと歩いてきて、アンの肩をがしっとつかまえた。

「アン・シャーリー、これはどういうことだ?」先生は怒って言った。

アンは返事をしなかった。「にんじん」と呼ばれたなどと、みんなの前で言えるはずがない。きりっとした態度で声をあげたのは、ギルバートだった。

「ぼくが悪いんです、フィリップス先生。ぼくが、からかったんです」

フィリップス先生は、ギルバートには耳を貸さなかった。

「うちの生徒がこのような癇癪《かんしゃく》を起こして仕返しをするとは、残念なことだ」と先生は厳かに言った。まるで、自分の生徒であるからには、未熟な幼心から、あらゆる悪い感情を根こそぎ消してしまわなければならないというかのようだった。「アン、授業が終わるまで黒板の前の教壇に立っていなさい」

アンにとって、そんな罰よりも笞《むち》で打たれたほうがはるかにましだった。アンの繊細な心は笞《むち》で打たれたかのように、震え慄《おのの》いたのだ。真っ白な硬い顔つきで、アンは服従した。フィリップス先生はチョークをとって、アンの頭上の黒板にこう書いた。

「アン(Ann)・シャーリーは、ひどい癇癪持ちです。アン(Ann)・シャーリーは、癇癪を抑えなければなりません」

それから先生は、まだ文字が読めない一年生の子たちにもわかるように、声に出して読みあげた。

アンは、この注意書きの下に授業が終わるまで立っていた。泣きもしなければ、うなだれもしなかった。これほどの辱《はずかし》めを受けてつらくても、胸のうちが怒りで煮え繰り返っていたために、きっとしていられたのだ。アンは、目に憎しみを浮かべ、頰を怒りで赤くして、ダイアナの同情的な眼差しも、チャーリー・スローンが憤慨してうなずいているのも、ジョウジー・パイの悪意に満ちた微笑みも、ただじっと見つめていた。ギルバート・ブライスのほうは、見ることさえしなかった。あんなやつ、もう二度と見てやるもんですか！　話しかけるのも嫌！

学校が終わると、アンは、その赤い頭をぐっと上げたまま、堂々と出ていった。ギルバート・ブライスが、入り口のところでアンを呼び止めようとした。

「髪の毛のことをからかったりして、すまなかった、アン」ギルバートは、申し訳なさそうに小声で言った。「ほんとに悪かった。いつまでも怒らないでくれよ」

アンは見もしなければ聞こえもしなかったように、フンと通りすぎた。

「まあ、どうして、アン？」と二人で街道を歩いていくとき、ダイアナが、なかば責めるように、なかば惚《ほ》れ惚《ぼ》れするようにささやいた。ダイアナは、自分だったらギルバートの訴えを拒絶するなんて絶対できないと思ったのだ。

「ギルバート・ブライスは絶対赦《ゆる》さない」アンはきっぱり言った。「しかも、フィリップス先生は、あたしの名前をeをつけずに書いたわ。『わが魂に鉄はねじ込まれり』〔一五五二年刊行のクランマー訳の『聖公会祈禱書』内の「詩篇」105：18に基づき、人口に膾炙した表現。「苦痛を味わう」の意味〕よ、ダイアナ」

ダイアナは、それがどういう意味かよくわからなかったが、何かひどいことなのだということはわかった。

「ギルバートに髪の毛をばかにされたことなんか、気にしちゃだめよ」ダイアナは、慰めるように言った。「だって、あの子、女の子と見れば、ばかにするのよ。あたしの髪の毛だって黒いからって笑ってた。あたしのこと、カラスって何べん呼んだか知れやしない。あの子が何をやらかそうと謝ったためしなんかないんだから」

「カラスと呼ばれるのと、にんじんと呼ばれるのとは大ちがいです」アンは威厳をもって言った。「ギルバート・ブライスは、あたしの感情を、拷問にかけるように傷つけたのよ、ダイアナ」

それっきりですんでいれば、さらなる拷問もなしに、事態は収拾したかもしれなかった。しかし、物事は一旦《いったん》起こると、続くものなのだ。

アヴォンリー学校の生徒たちは、昼休みに、ベルさんの大きな牧草地を通って丘の向こうのベルさんの唐檜《とうひ》の森へ出かけていっては、松ヤニをとってガムのようにかんで遊ぶことがよくあった。そこからは、先生が下宿しているエーベン・ライトさんの家を見張ることができた。家からフィリップス先生が出てくると、それっとばかりにみんな学校へ駈《か》け戻るのだ。ところが、森から学校までの距離は、ライトさんの家から学校までの小道の約三倍はあったために、はあはあ息を切らしながら学校に駈け戻ったときには、先生より三分ほど遅れてしまうのだった。

フィリップス先生は、ときどきふっと思いついて躾《しつけ》を厳しくすることがあるのだが、にんじん事件の翌日、昼食を食べに出る前に、先生が帰ってきたときには全員席に着いているようにと言いつけた。遅刻者は罰すると言う。

男の子全員と女の子何人かは、松ヤニを「ちょっとひと嚙《か》み」するだけだからと、いつものとおり出かけていった。ところが、唐檜の森は魅惑的で、黄色いガムになる松ヤニはおもしろくてたまらない。ガムをとっては、ぐずぐずとあちこちぶらぶらしてしまった。いつの間にか時が経っていたことを最初に教えてくれたのは、例によって、森の主のような古い唐檜の木のてっぺんにのぼっていたジミー・グラヴァーの「先生がくるぞぉー」という叫び声だった。

地面にいた女の子たちがまず走り始め、なんとか間に合って教室に駈け込んだが、ぎりぎりだった。木の上から大急ぎでずるずると下りなければならなかった男の子たちがそのあとから入ってきた。アンは、ガム取りには行っていなかったが、森のずっと端っこを幸せそうにぶらついて、森の木陰に住む妖精《ようせい》気取りでネジバナの花輪をかぶって、腰まで羊歯《しだ》の茂みに入って、そっと歌を口ずさんでいたので、一番最後になった。しかし、アンは鹿のようにすばやく走れたので、あっという間に入り口のところで男の子たちに追いついて、フィリップス先生が帽子を帽子掛けに掛けようとしているまさにそのときに、男の子たちと一緒に教室にすべり込んだのだ。

躾を厳しくしようと思いついたフィリップス先生の熱意はすでに冷めており、十二人もの生徒たちを罰するのを面倒に感じていたが、ああ言ってしまった手前、何かする必要があったため、ぐるりと見まわして生贄《いけにえ》をさがし、息を切らして席にどしんと着いたばかりのアンに目を止めた。取り忘れたネジバナの花輪は耳の上へ落ちかかって、そのため一層遊び呆《ほう》けてきたような、だらしない感じに見えた。

「アン・シャーリー、君は男の子と一緒にいるのがお好きなようだから、今日の授業が終わるまで、ご希望に沿うようにしようじゃないか」先生は皮肉っぽく言った。「髪からその花を取って、ギルバート・ブライスの隣に坐《すわ》りなさい」

ほかの男子たちはくすくす笑った。ダイアナは可哀想に思って真っ青になり、アンの髪の毛から花輪を取って、アンの手をぎゅっと握った。アンは、まるで石になったかのように、先生をじっと見据えた。

「私の言ったことが聞こえたかな、アン？」フィリップス先生は厳しく尋ねた。

「はい、先生」とアンはゆっくりと言った。「でも、本気でおっしゃったのではないと思いました」

「本気だとも」先生は相変わらず皮肉な調子——子供たちみんなが嫌に思っていて、とりわけアンが大嫌いな調子——で続けた。傷口に笞打《むち》つような言い方だ。「さっさと言うとおりにしなさい」

しばらくのあいだ、アンは言うことを聞かないかのように見えた。それから、仕方がないと気づいて、偉そうな態度で立ち上がり、通路を渡ってギルバート・ブライスの隣に坐ると、机の上に腕を投げ出して突っ伏した。アンの顔が腕の中に埋もれるところを垣間見たルービー・ギリスは、あんなの見たことないわと、学校からの帰り道でみんなに話した——真っ白な顔にひどく小さな赤い点々がぽつぽつと浮かんでたわ。

アンにとって、何もかもおしまいだった。同じように悪いことをした十二人の中から自分だけ罰せられたのもひどいし、男の子の隣に坐らされたのはもっとひどいけれど、その男の子がギルバート・ブライスだということは、恥辱の上に侮辱を加えられたわけで、あまりにも耐えがたいことだった。アンは、自分には我慢できないし、我慢したところでどうしようもないと思っていた。恥ずかしさと怒りと屈辱で、全身が煮え繰り返っていたのだった。

最初、ほかの子たちはこちらを見て、ひそひそ話したり、くすくす笑ったり、ひじでつつき合ったりしていた。でも、アンが顔を上げず、ギルバートがまるで全身全霊で打ち込むかのように分数の勉強に集中したので、みんなはやがて自分の勉強に戻って、アンのことは忘れられた。

フィリップス先生が歴史の授業を受ける生徒は外へ出るようにとおっしゃったとき、アンも行くべきだったのだが、動かなかった。先生は、生徒に声をかける前に「プリシーへ」という詩を書いていて、難しい押韻《ライム》のことをまだ考えていたので、アンがいないことに気づかなかった。

誰も見ていないとき、ギルバートは自分の机から小さなピンクのハート形のキャンディーに金文字で「君はすてき」と書いてあるのをとり出し、机に突っ伏したアンの腕の下からすべりこませた。そのとたんアンは身を起こし、指の先でピンクのハートを嫌そうにつまんで、床に落とし、かかとで粉々に踏みつけると、ギルバートにはちらとも目をくれずに、もとのように突っ伏した。

生徒たちがみんないなくなると、アンは堂々と自分の机へ戻り、机の中のものを、本、書字板（書いたり消したりできる板）、ペンとインク、新約聖書、算数の本と、全部これ見よがしに取り出して、割れた石盤の上にきちんと積みあげた。

「なんで、みんなお家《うち》に持って帰っちゃうの、アン？」ダイアナは一緒に街道に出たとたんに尋ねた。それまで聞けずにいたのだ。

「もう学校には戻ってこないから」とアン。

ダイアナは息を呑《の》んで、本気なのかと確かめるようにアンを見つめた。

「マリラが許してくれるかしら？」とダイアナ。

「許してもらわなくちゃ」とアン。「あんな先生のいる学校には絶対に行かないから」

「まあ、アン！」ダイアナは泣きそうだった。「そんなの、ひどいわ。あたしはどうしたらいいの？　フィリップス先生は、あたしをあのおぞましいガーティー・パイと一緒に坐らせるわ――きっとそう。あの子、今一人で坐ってるから。帰ってきてよ、アン」

「あなたのためなら、何だってやるけど、これぱっかりはだめよ、ダイアナ」とアンは悲しそうに言った。「あなたのためになるのなら、この手足を一本ずつ引きちぎられてもかまわない。でも、これぱっかりはね。だから、どうかもう言わないで。あなたに言われると、胸が引き裂かれそうだもの」

「楽しいこと、いっぱいできなくなっちゃうわよ」とダイアナは嘆いた。「あたしたち、小川のそばに最高にすてきな新しいお家《うち》を建てるって言ってたじゃない？　来週はボール遊びしようねって。あなた、ボール遊びしたことがないからって、アン。そりゃあおもしろいんだから。それから新しい歌も憶《おぼ》えようねって――ジェーン・アンドルーズが今まで練習してた歌。それに、アリス・アンドルーズが来週パンジー・シリーズの新しい本を持ってきて、みんなで、小川のほとりに坐って、一章ずつ声を出して読むことになってるし。あなた、音読するの、大好きじゃない、アン」

何を言われても、アンの気が変わることはまったくなかった。心は決まっていたのだ。フィリップス先生のいる学校には行かないのだ。お家《うち》に帰ると、アンはマリラにそう言った。

「ばかなこと言わないの」とマリラ。

「ばかなことじゃないわ」アンは、まじめくさった責めるような目でマリラを見つめながら言った。「わからない、マリラ？　あたし、侮辱されたのよ」

「何が侮辱ですか！　明日《あした》は、いつものとおり、学校に行くんですよ」

「いいえ、行きません」アンはゆっくりと首を振った。「もう行かないわ、マリラ。お家《うち》で勉強して、いい子にして、できることならずうっと黙っていたっていい。でも、学校には絶対行きませんから」

アンの小さな顔から、言うことなど聞くものかという頑固さのようなものが覗《のぞ》いていた。これは一筋縄ではいかないとわかったので、マリラは賢明にも、その場はそれ以上何も言わないことにした。

「夕方になったら、ちょっと出かけていって、レイチェルに相談してみよう」とマリラは考えた。「今、アンと言い合ってもしょうがないわ。すっかり頭に血がのぼってしまっているし、あの子ときたら、一旦《いったん》こうと思い込んだら、梃子《てこ》でも動かないもの。

アンの言うことから察するに、フィリップス先生はかなり高飛車だったようだし。でも、そんなことをアンに言ってもしょうがない。レイチェルと話してみましょう。あの人は、子供を十人も学校に送っているんだから、どうすればいいかわかってるはずでしょう。それにもうとっくに、事件のことはすべて耳に入っているかもしれないし」

マリラが行くと、リンド夫人はいつものように、せっせと楽しそうに編み物をしていた。

「どうして私が来たか、わかってるでしょう」マリラは、少し恥ずかしそうに言った。

「アンが学校で起こした騒ぎのことでしょ」と夫人。「ティリー・ボウルターが、学校から帰る途中に寄ってくれて、教えてくれたわ」

「アンをどうしたらいいか、わからないのよ」とマリラ。「もう学校に行かないって言うの。あんなにキーッとなってる子、見たことないわ。あの子が学校に通いだしてからきっと面倒なことがもちあがるだろうとは思ってたの。こんなに順調にずっと続くはずないってわかってたもの。あの子、神経が高ぶってて手がつけられないの。助言をくださらない、レイチェル？」

「そうねえ、助言をとおっしゃるなら、マリラ」リンド夫人は、にこやかに言った――リンド夫人は助言を求められるのが、それはもう大好きなのだ――「まずは、アンを少しなだめてあげることね。私だったらそうするわ。フィリップス先生がまちがってたのにちがいないのよ。そりゃあ、そんなことを子供に言うわけにはいきませんけどね。それにもちろん、昨日アンがカッとなったことで先生が罰を与えたことは、当然でしたよ。でも、今日のは話がちがう。教室に遅れたほかの子たちも、アンと同じように罰するべきよ、まったくもって。それに、お仕置きとして、女の子を男の子の隣に坐《すわ》らせるのもどうかと思うわ。破廉恥よ。ティリー・ボウルターは本気で腹を立ててたのよ。あの子はずっとアンの肩を持ってて、学校じゅうのみんなもそうだって言ってるらしいわ。アンは、どういうわけか、みんなの人気者なのね。あの子がそんなにみんなと仲良しになるとは思ってもみなかった」

「じゃあ、アンを学校に行かせなくてもいいって、あなた、そう言うの？」マリラは、驚いて言った。

「ええ。つまり、アンが自分から学校のことを言いだすまでは、こっちも言わないのよ。だいじょうぶよ、マリラ。一週間もすれば落ち着いて、自分から学校に戻ろうとするわ、まったくもって。ところが、無理やりすぐに学校に行かせようものなら、むかっ腹を立てて、何をしでかすかわかりゃしない。事態は悪化するわね。騒ぎたてないのが一番というのが私の意見よ。学校に行かなくたって、勉強に関しちゃ、遅れをとったりしないわよ。フィリップス先生は、先生としては、なっちゃいないからね。あの人のやり方は、恥知らずですよ、まったくもって。小さい子たちのことは放っておいて、大きな子をクイーン学院へ行かせようとかかりっきりですからね。あの人のおじさまが理事じゃなかったら、学校に一年だっていられないところですよ――それも、ほかの二人の理事の鼻をつまんでいいように引きずりまわしている三人分の理事なんだから、ほんとにまったくもって。この島の教育がどうなってしまうのか、わかったもんじゃありませんね」

リンド夫人は、まるで自分がこの島の教育の責任者でありさえすれば、もっとうまくいっていたはずだと言わんばかりに、頭《かぶり》を振った。

マリラは、リンド夫人の助言を受けて、学校に戻ることについてアンにひと言も言わなかった。アンはお家《うち》で勉強をし、家事を手伝い、ひんやりする秋の紫色の夕暮れにダイアナと一緒に遊んだが、街道や日曜学校でギルバート・ブライスと出会ったりすると、冷たい軽蔑《けいべつ》した態度で通りすぎた。ギルバートはなんとかしてアンに機嫌を直してもらいたがったのだが、アンの冷たさは崩れなかった。仲直りをさせようとするダイアナの努力もむだだった。アンは、どうやらギルバート・ブライスを死ぬまで憎むことに決めたようだ。

しかし、アンは、ギルバートがものすごく大嫌いであるように、ダイアナがものすごく大好きだった。その情熱的な小さな心に宿る愛情のすべてをダイアナに注ぎ込んだのだ。好きとなれば徹底的に好き、嫌いとなれば死んでも嫌いなのだ。ある夕方、マリラが、籠《かご》にりんごを入れて果樹園から帰ってくると、アンが夕陽の中、東の窓辺に坐って激しく泣いていた。

「一体どうしたの、アン？」マリラは尋ねた。

「ダイアナのことなの」アンは泣きじゃくりながら言った。「ダイアナのことが大好きなの、マリラ。あの子がいないと生きていけないわ。でも、大きくなったら、ダイアナは結婚して、遠くへ行って、あたしから離れていってしまうでしょ。そしたら、ああ、どうしたらいい？　ダイアナの旦那《だんな》さんなんか大嫌い——ものすごく嫌い。そのことをずっと想像してたの——結婚式とか、いろんなこと——ダイアナは雪のような真っ白なドレスを着て、ヴェールをつけて、女王さまみたいに美しくて、立派なの。あたしは付き添い役で、やっぱりすてきなドレスを着て、パフスリーブなの。でも、顔は微笑んでいても、心は張り裂けそうなの。そして、ダイアナに、さよならを言うんだわ——さよう……なぁ……らぁぁぁ——」ここでアンはがっくりと気落ちして、激しい勢いで泣いた。

マリラは、頬がひくひくするのを隠そうとして急いで顔を背けた。でも、むだだった。マリラはすぐそこの椅子に転がり込んで、思いっきり、とんでもない笑い声をあげたものだから、外の裏庭を歩いていたマシューが驚いて足を止めた。マリラがそんなふうに笑ったことなんて、一体今まであっただろうか？

「まああ、アン・シャーリー」マリラは、口がきけるようになると言った。「取り越し苦労をするのもいいけどね。どうせなら、そんな先のことじゃなく、もっと手近なことでやったらどうなの。ほんと、あんたの想像力ってのは、大したもんだわ」

第16章　ダイアナ、お茶に招かれ、悲惨な結果に

緑破風《グリーン・ゲイブルズ》の家の十月は、とても美しいものだった。窪地《くぼち》の樺《かば》の葉は陽光を思わせるような金色に変わり、果樹園の裏手の楓《かえで》は荘厳な深紅に染まり、小道沿いの桜並木は濃い赤と青銅色がかった緑のすてきな影を落とし、一度刈り取った牧草地に再び生えた草が、色とりどりの木立の足許《あしもと》で暖かな陽光を浴びていた。

アンは、自分を取り囲む色の世界を満喫していた。

「ああ、マリラ」ある土曜の朝に、アンは、みごとに色づいた枝を腕いっぱいに抱えて、躍りながら入ってきて叫んだ。「十月がある世界に生きてて、ほんとうれしいわ。九月から十一月に飛んだりしたら、もう目も当てられないと思わない？　この楓、見てよ。ぞくぞくしない？——何度もぞくぞくするでしょ？　これでお部屋を飾るの」

「散らかるわよ」美意識のあまり発達していないマリラは言った。「外のものを持っ

て入ったりして、部屋が散らかるわ、アン。寝室は、寝るところですよ」

「あら、夢を見るところでもあるわ、マリラ。そして、かわいいものがあるお部屋のほうが、ずっといい夢を見られるのよ。この枝をあの古い青い水差しに入れて、あたしのテーブルの上に置くの」

「じゃあ、階段じゅうに葉っぱを落とさないで頂戴《ちょうだい》よ。私、今日の午後は、カーモディの婦人会の会合に行きますからね、アン。明るいうちに帰ってこられないと思うの。マシューとジェリーに夕飯を食べさせて頂戴。こないだみたいに、テーブルに坐ってからお茶っ葉がポットに入ってなかったって気づくようなことのないようにね」

「あのときは、忘れてしまって悪かったわ」とアンは申し訳なさそうに言った。「でも、あの日は〝すみれの谷〟の名前を考えていて、ほかのことが一切頭から消えてしまったの。マシューは、とてもやさしかったわ。少しも叱らなかったのよ。自分でお茶の葉を入れて、ちょいと待てばいいだけさなんて言ってくれて。待ってるあいだ、待ち時間が長く感じないように、マシューにすてきな妖精《ようせい》のお話をしてあげたの。美しい妖精のお話よ、マリラ。最後がどうだったか忘れてたから、自分で作ったら、マシューは、どこからあたしが作った話になったのか、つなぎめがわからなかったって言ってくれたわ」

「マシューだったら、あんたが真夜中に起きてお昼にしましょうって言ったって、いいよって言うでしょうよ、アン。でも、今度はきちんとして頂戴。それに――こんなことをさせていいのかどうかわからないけど――あんたがますますのぼせ上がってしまうだけのことかもしれないけど――ダイアナを招いて、ここで一緒にお茶をしてもいいですよ」

「ああ、マリラ！」アンは、両手を握り合わせた。「なんて完璧《かんぺき》にすてきなの！　やっぱりマリラには想像力があるのよ。でなきゃ、あたしがまさにそう望んでたってこと、わかりっこないもの。それって、すっごくすてき。大人になったみたいだわ。お客さまがいれば、お茶っ葉を入れるのを忘れたりもしないし。ああ、マリラ、あのバラの蕾《つぼみ》がついた小枝模様のお茶セットを使ってもいい？」

「だめです！　バラの蕾のお茶セットですって！　まったく、今度は何？　私があれを牧師さまか婦人会のときしか使わないの、知ってるでしょ。古い茶色のお茶セットにしなさい。でも、さくらんぼのプリザーブが入った小さな黄色い壺《つぼ》を開けてもいいわ。あれ、そろそろ食べたほうがいいというか――早く食べてしまわないとだめだから。それから、フルーツケーキを少し切って、クッキーやジンジャー・スナップ〔しょうが入りうす焼きクッキー〕を出してもいいわ」

「あたし、テーブルの上座に坐《すわ》ってお茶を注いでる自分が想像できるわ」アンは、うっとりと目を閉じながら言った。「そして、ダイアナに、お砂糖はいかがって聞いてるの！　ダイアナはお砂糖を入れないって知ってるけど、もちろん、知らないかのように聞くわ。それから、フルーツケーキとプリザーブのおかわりをすすめるの。ああ、マリラ、考えただけで、すばらしいわ。ダイアナが来たら、帽子を置くために、お客さま用の寝室へ連れていってもいい？　それから、応接室に入って坐ってもいい？」

「だめです。あんたたちは居間でじゅうぶん。でも、先日の夜の教会のパーティーで余ったラズベリーのジュースが半分残っている瓶があるわ。居間の戸棚の二段めにあるから、ダイアナと二人で、よかったら飲みなさい。それと一緒にクッキーも食べてお茶にすればいいでしょ。マシューはじゃがいもを船まで運んでいるから、お茶には、遅れるでしょうよ」

アンは窪地へ飛んでいき、〝妖精の泉〟を越えて、唐檜《とうひ》の小道を上がって果樹園《オーチャード・ス》坂《ロープ》まで行って、ダイアナをお茶に誘った。その結果、マリラがカーモディへ馬車を出したすぐあとに、ダイアナが二番めに上等な服を着て、まさにお茶会にふさわしい顔つきをしてやってきた。ほかのときだったら、ノックもせずに台所へずかずかと入っていくのだが、今日は玄関で気取ってノックをした。すると、二番めに上等な服を着たアンが、やはり気取って玄関を開けた。二人の少女は、まるで初めて出会ったかのように、まじめな顔で握手をした。この不自然な仰々しさは、ダイアナが東の破風の部屋へ案内されて、そこで帽子を取って、そのあと居間で十分間、爪先をそろえて坐っているあいだじゅう続いた。

「お母さまは、いかがかしら？」アンは、丁寧に尋ねた。まるで今朝バリー夫人がとっても元気に意気揚々とりんごをもいでいたのを見ていなかったかのように。

「おかげさまで、元気ですわ。カスバートさんは、今日は、おいもをリリー・サンズ号へ運んでいらっしゃるのね？」と言うダイアナは、今朝がた、いもを運ぶマシューの荷車に乗ってハーモン・アンドルーズのお宅まで行っていた。

「ええ。今年はじゃがいもがよく実りましたの。あなたのお父さまの収穫もよろしいといいのですけど」

「とてもようございますわ、ありがとう。もう、りんごは、たくさんもぎましたの？」

「ええ、そりゃあもうたくさん」アンは気取って言うのを忘れて、飛び上がってしまった。「果樹園に行って、赤くて甘いりんごを採ってきましょうよ、ダイアナ。マリラが、木に残ってるのは全部採っていいって言ったのよ。マリラは、ほんとに気前がいいわ。フルーツケーキとさくらんぼのプリザーブをお茶に出してもいいって言ってくれたの。でも、何をお出しするかお客さんに言ってしまったらお行儀が悪いわね。だから、何を飲んでもいいってマリラが言ったかは教えないでおくわ。ただし、ラとジュで始まって透き通るような赤い色をしたものよ。透き通るような赤い色の飲み物って大好きだわ。あなたもそうでしょ？　ほかの色よりも倍おいしいもの」

果樹園では、大枝が地面まで垂れ下がるほどたわわにりんごが実っていて、あまりにすばらしかったので、二人の少女は夕方近くまでそこで過ごした。柔らかな秋の暖かい陽だまりの中、霜にやられなかった草が残る片隅に坐り、りんごを食べたり、夢中でおしゃべりをしたりした。ダイアナは学校での出来事について、アンにいっぱい話すことがあった。

「あたし、ガーティー・パイの隣になっちゃって、もう嫌。ガーティーは石筆をいつもキーキーいわせるから、背筋がぞぞっとするの。ルービー・ギリスは、クリークに住んでるメアリー・ジョーおばあさんからもらった魔法の小石で、いぼを全部とっちゃったのよ。その小石でいぼをこすって、それから新月のときに左肩越しにうしろに投げると、いぼがなくなるんですって。チャーリー・スローンの名前が入り口の壁にエマ・ホワイトの名前と一緒に書かれていて、エマ・ホワイトがかんかんに怒ったわ。サム・ボウルターが教室で先生に口答えしたので、フィリップス先生がサムを笞《むち》で打ったら、サムのお父さんが学校へやってきて、今度うちの子に手を出したら、ただじゃおかないってすごんだの。マティー・アンドルーズは新しい赤いフードと、縁飾りのついた青い肩掛けをしてきたんだけど、その気取った様子ったら、むかつくったらないの。メイミー・ウィルソンの大きいお姉さんがリズィー・ライトの大きいお姉さんの彼氏を取っちゃったから、リズィー・ライトはメイミー・ウィルソンと口をきかなくなっちゃった。みんなアンがいないのをすっごくさみしがってて、また学校に戻ってきてって願っているわ。それから、ギルバート・ブライスは――」

しかし、アンは、ギルバート・ブライスのことは聞きたくなかった。あわてて飛びあがると「中へ入って、ラズベリーのジュースをいただきましょうよ」と言った。

アンは、居間の戸棚の二段めを見たが、ラズベリー・ジュースの瓶はなかった。捜してみると、一番上の棚の奥にあった。アンはそれを盆に載せ、コップをひとつ添えてテーブルに置いた。

「さあ、どうぞお飲みなさいな、ダイアナ」アンは丁寧に言った。「あたしは、今は遠慮しておくわ。あんなにりんごをいただいてしまったから、お腹がいっぱい」

ダイアナはコップになみなみジュースを注ぎ、その透き通るような赤い色を惚《ほ》れ惚《ぼ》れと眺めてから、おいしそうにすすった。

「とってもおいしいラズベリー・ジュースだわ、アン」とダイアナ。「ラズベリー・ジュースがこんなにおいしいとは知らなかったわ」

「お気に召していただいて、とてもうれしいわ。お好きなだけお飲みなさいな。あたしちょっとあっちへ行って、暖炉の火が消えないように熾《おこ》してくるから。お家《うち》を切り盛りするものには、あれやこれや気にかかることがあって、ほんと大変よね？」

アンが台所から戻ってくると、ダイアナは二杯めのジュースを飲んでいるところだった。そして、アンに勧められると、とくに反対もせず、三杯めを飲み始めた。大きなコップにいっぱい注いだのはラズベリー・ジュースがとってもおいしかったからだ。

「こんなにおいしいの、飲んだことないわ」とダイアナ。「リンドのおばさまのよりもずっとおいしい。おばさまはいつも自慢していらっしゃるけど。味が全然ちがうわ」

「マリラのラズベリー・ジュースのほうが、リンドさんのよりもずっとおいしいと思うわ」アンは、マリラをたてて言った。「マリラの料理の腕前は有名だもの。あたしに料理のやり方を教えてくれようとしたんだけど、そりゃあもう、ダイアナ、難しいものよ。料理には想像力が広がる余地がないんですもの。決まったとおりにやらなきゃならないのよ。このあいだケーキを作ったとき、あたし、小麦粉を入れ忘れてしまったの。あなたとあたしの最高にすてきな物語を考えてたからよ、ダイアナ。あなたが天然痘に罹《かか》って危篤状態になるの。みんな、あなたを見捨ててるんだけど、あたしは大胆にもあなたの寝ているところへ行って、あなたを看病して生き返らせるの。そしたら天然痘がうつって、あたしは死んで、あのポプラの木々の下のお墓に埋められるの。あなたはあたしのお墓にバラを植えて、涙で水やりをするの。そして、あなたは、自分のために命を犠牲にした若き日の親友を決して決して忘れないのよ。ああ、すっごく泣ける、なかなかのお話でしょ、ダイアナ。ケーキを混ぜながら、涙がぼろぼろ出たわ。でも、小麦粉を忘れたから、ケーキは惨憺《さんたん》たる失敗。小麦粉って、ケーキには欠かせないのよね。マリラはとても機嫌を悪くしたけど、まあ、当然よね。あたしって、マリラにとって、ものすごく手のかかる子なの。先週は、プディングのソースのことでひどい目に遭わせてしまったし。火曜日のお昼にプラム・プディングを頂いたんだけど、プディングが半分とソースがソース入れにちょうど一杯残ったのよ。マリラは、もう一回お昼に出す分はあるからって、あたしにそれを戸棚にしまってふたをしておくように言ったの。あたし、ちゃんとふたをするつもりだったのよ、ダイアナ。でも、それを運ぶとき、あたし、修道女になったつもりになってたの――もちろん、あたしはプロテスタントだけど、カトリックの修道女になったつもりで、傷心を隠すためにヴェールをかぶって修道院にこもっているの。そしたら、プディング・ソースにふたをするのをすっかり忘れてしまったんだわ。あくる朝、思い出して、戸棚に走ってったら、ダイアナ、そのプディング・ソースの中にネズミがおぼれ死んでるじゃないの！　それを見たときのあたしの恐怖を想像してみてよ！　あたし、ネズミをスプーンですくい出して、裏庭に投げ捨てて、それからスプーンを、水を三回替えて洗ったわ。マリラは外で乳しぼりをしていて、あたし、マリラがお家《うち》の中に入って来たら、プディング・ソースは豚にやったほうがいいか聞くつもりだったの。でも、マリラが入ってきたとき、あたし、自分が霜の妖精《ようせい》で、森を赤か黄色かどちらか木々の希望どおりに変えていってるつもりになってたから、プディング・ソースのことをすっかり忘れていたんだわ。マリラは、あたしにりんごをもぎに行かせたの。そしたら、その朝、スペンサーベイルからチェスター・ロスのご夫妻がいらしたのよ。あのご夫婦、とくにチェスター・ロスの奥さまって、とっても粋《いき》でしょ。マリラがあたしを呼んだとき、お食事の支度はすっかりできていて、みんな席に着いていたの。あたし、チェスター・ロスの奥さまに、あたしのこと、かわいくないとしても、ちゃんとしたお嬢さまだって思われようとして、できるだけ礼儀正しく上品に見えるように頑張ったわ。何もかも順調だったわ。マリラが片手にプラム・プディングを持って、もう片手にプディング・ソースの入れものを、温めたのを持って入ってくるまでは。ダイアナ、あれは、おぞましい瞬間だったわ。あたし、何もかも思い出し、その場で立ち上がって、叫んじゃったの。『マリラ、そのプディング・ソース、使っちゃだめ。その中でネズミが死んでたの。言うの忘れてた！』ああ、ダイアナ、あたし、百まで生きたとしても、あのひどい瞬間は忘れないわ。チェスター・ロスの奥さまは、あたしをジロリとごらんになって、あたし、恥ずかしくって床にずぶずぶ沈んでしまいそうな気がしたわ。あの方、家事の切り盛りは完璧《かんぺき》でいらっしゃるから、あたしたちのこと、なんて思うかわかりそうなものでしょ？　マリラは火がついたみたいに真っ赤になって、ひと言も言わなくなったわ――そのときは。ただ、そのソースとプディングを引っ込めて、いちごのプリザーブを持ってきたの。あたしにさえくれたけど、あたし、ひと口も食べられなかった。ひどいことをしたのに『食べなさい』だなんて、『飢えた敵に食べさせれば、その頭に燃える炭火を積むことになる』っていう聖書の言葉（『新約聖書』「ローマの信徒への手紙」12：20、『旧約聖書』「箴言」25：21～22）どおり、あたし、もう居たたまれない気持ちになったわ。チェスター・ロスの奥さまがお発《た》ちになったあとで、マリラにこっぴどく叱られたけどね。あら、ダイアナ、どうしたの？」

ダイアナは、よろよろっと立ち上がった。それから、額《ひたい》に手を当てながら、また坐《すわ》り込んでしまった。

「あたし――あたし、すごく気持ち悪い」ダイアナは少しぼんやりとして言った。

「あたし――あたし――もうお家《うち》に帰る」

「あら、お茶も飲まないうちから帰るなんて言っちゃだめよ」アンは、悲嘆に暮れて言った。「すぐに持ってくるから――今すぐ、お茶を淹《い》れてくるわ」

「お家《うち》に帰る」ダイアナは、ばかみたいに、でもきっぱりと繰り返した。

「じゃあ、お昼だけでも上がっていって」とアンは頼み込んだ。「フルーツケーキを少しと、さくらんぼのプリザーブを出すから。しばらくソファーで横になったら、気分がよくなるわ。どこがおかしいの？」

「お家《うち》に帰る」とダイアナ。それしか言わないのだ。アンが頼んでもむだだった。

「お茶も飲まないでお別れするなんて、聞いたことないわ」アンはうめいた。「ああ、ダイアナ、あなた、まさか、ほんとに天然痘にかかったんじゃないでしょうね。そうなら、あたし看病するわ。だいじょうぶよ。見捨てたりしない。でも、お茶が終わるまでは、どうぞ、いて頂戴《ちょうだい》な。どこがおかしいの?」

「ひどくふらふらする」とダイアナ。

確かに、ダイアナはとてもふらふらと歩いた。アンは、失望の涙を目に浮かべて、ダイアナの帽子を持って、バリーさんの庭の塀のところまでダイアナを送った。それから、アンは泣きながら緑破風《グリーン・ゲイブルズ》の家まで戻ってきて、残ったラズベリー・ジュースを戸棚にしまい、心ここにあらずという感じでマシューとジェリーのための夕食《ティー》を用意した。

次の日は日曜日で、夜明け前から日没までざあざあ降りだったので、アンは緑破風《グリーン・ゲイブルズ》の家から一歩も出なかった。月曜の午後、マリラはアンをリンド夫人のところへお使いに出した。するとすぐに、アンは涙をぼろぼろ流しながら、小道を駈《か》け戻ってきた。台所へ飛び込むと、ソファーに突っ伏して泣きだした。

「一体どうしたっていうの、アン?」不安にかられたマリラは、うろたえて尋ねた。

「またリンドさんに失礼なことを言ったんじゃないでしょうね?」

アンは返事をするどころか、もっと涙を流し、激しくすすり泣くばかりだ!

「アン・シャーリー、私が質問をしたら、答えなさい。今すぐちゃんと坐って、何を泣いているのか言いなさい」

アンは、悲劇のヒロインになったかのように、よろよろと身を起こした。

「リンドさんが今日ダイアナのお母さんに会いに行ったら、ダイアナのお母さんがかんかんに怒ってらしたんですって」とアンは嘆いた。「ダイアナのお母さんは、土曜日にあたしがダイアナを酔っ払わせて、恥ずかしい状態で帰したって言うの。あたしはほんとに悪い、いけない子だから、もう金輪際ダイアナをあたしと遊ばせないって。ああ、マリラ、あたし悲しくて死にそう」

マリラは、びっくり仰天した。

「ダイアナを酔っ払わせたですって！」マリラは、声が出せるようになると言った。「アン、あんたどうかしてるの？　それともバリーの奥さんがおかしいの？　一体、ダイアナに何を飲ませたの？」

「ラズベリー・ジュースだけよ」とアンはすすり泣いた。「ラズベリー・ジュースで酔うなんて思わなかったわ、マリラ──ダイアナみたいに大きなコップで三杯も飲んだとしてもよ。ああ、これじゃまるで──まるで──トマスさんの旦那《だんな》さんみたい！　でも、ダイアナを酔っ払わせるつもりなんかなかったのに」

「酔っ払うだって！　何をばかなこと言ってるの！」マリラはそう言うと、つかつかと戸棚へ歩みよった。棚にあったのは、マリラが作った三年もののスグリの果実酒だとすぐにわかった。アヴォンリーでマリラの果実酒造りの腕前は有名だったが、まじめな人たち（バリー夫人もその一人だった）は、果実酒造りに強く反対していたのだった。同時にマリラは、ラズベリー・ジュースの瓶は、アンに教えたように戸棚ではなく、地下室に置いたのだったということも思い出した。

マリラは、そのスグリ酒の瓶を手にして台所に戻ってきた。その顔は我知らず、にやにやしてしまうのだった。

「アン、あんたは、ほんとにもめごとに巻き込まれる天才ね。ダイアナに飲ませたのは、ラズベリー・ジュースじゃなくて、スグリのお酒だったのよ。ちがいがわからなかったの？」

「あたし、飲んでないもの」とアン。「ジュースだと思ったの。あたし、そりゃあ──そりゃ──一所懸命おもてなしをしようと思ったの。ダイアナはとても気持ちが悪くなって、お家《うち》に帰らなきゃならなくなったわ。ダイアナはぐでんぐでんに酔っ払ってたって、ダイアナのお母さんがリンドさんに話したそうよ。どうしたのって、お母さんに聞かれても、ばかみたいに笑うだけで、何時間も眠り続けたんですって。息を嗅《か》いでみて、酔っ払ってるってわかったんですって。昨日は、ダイアナは一日じゅうひどい頭痛がしていて、ダイアナのお母さんはもうかんかん。あたしがわざとそうしたと思っていらっしゃるの」

「なんであれ、三杯も飲むほどがっついたダイアナを罰したほうがいいと思うけれど」とマリラはそっけなく言った。「あんな大きなグラスで三杯も飲んだら、たとえジュースだったとしても気持ち悪くなりますよ。まあ、この話は、私がスグリ酒を作ることに批判的な人たちには都合のいい口実になったわね。と言っても、牧師さまも賛成なさらないとわかってから三年は作ってないんだけど。あの瓶は病気になったときのためにとっておいたの。ほらほら、いい子だから、泣かないの。こんなことになって残念だけれど、あんたが悪いんじゃないのよ」

「泣きたいの」とアン。「胸が張り裂けてしまったわ。星々の動きがあたしに逆らっているのよ、マリラ。ダイアナとあたしは、もう永遠に別れることになるんだわ。ああ、マリラ、あたし、二人の友情を誓ったとき、まさかこんなことになるなんて思ってもみなかった」

「ばかなこと言わないの、アン。バリーの奥さんは、あんたが本当は悪くないとわかれば考え直しますよ。きっとあんたがばかな冗談か何かのつもりでやってしまったと思ってるんでしょう。今晩お伺いして、事情を説明したほうがいいわ」

「ダイアナのお母さんが気分を害してらっしゃるところに会いに行く勇気なんてないわ」とアンは溜《た》め息《いき》をついた。「マリラが行ってよ。マリラのほうがずっと威厳があるもの。きっと、あたしなんかよりも話を聞いてくださるわ」

「じゃあ、そうしましょう」マリラも、そのほうがよいだろうと考えて言った。「もう泣かないの、アン。だいじょうぶだから」

だいじょうぶじゃなかったと、マリラは果樹園の坂《オーチャード・スロープ》から帰ってきたときには、考えを変えていた。マリラが帰ってくるのを待ちかまえていたアンは、玄関に走っていってマリラを出迎えた。

「ああ、マリラ、だめだったのね、その顔を見ればわかるわ」アンは悲しそうに言った。「バリーのおばさまは赦《ゆる》してくださらないの？」

「バリーのおばさまが何ですか！」マリラは嚙《か》みつくような口調で言った。「あんなわからずや、見たことないわ。あれはまちがいだったんで、アンのせいじゃないって言ったのに、信じようとしやしない。しかも、私のスグリ酒のことをねちねちと言って。私がスグリ酒は誰の害にもならないと言ってたはずだとかなんとか。だから、こっちも言ってやったわ。スグリ酒はいっぺんに三杯もがぶがぶ飲むものじゃないし、私が面倒を見ている子がそんながつがつした飲み方をしたら、お尻《しり》をこっぴどくひっぱたいて、酔いを覚まさせてやりますよってね」

マリラは、ひどくぷりぷりして台所へ引っ込んでしまい、玄関ポーチにはすっかり取り乱した可哀想なアンが置き去りにされた。すぐにアンは、ひんやりする秋の夕暮れの中へ、帽子もかぶらずに出ていった。強い決意を固め、しっかりとした足取りで、アンは丸木橋を越えて、しおれたクローバーの野原を抜けて、西に低くかかっている青白い小さな月に照らされた唐檜《とうひ》の森を上がっていった。おずおずとしたノックに応《こた》えてドアを開けたバリー夫人が戸口に見つけたのは、唇を真っ青にして、訴えるような目をしたアンだった。

夫人の表情がこわばった。バリー夫人は、偏見や好き嫌いの強い女性で、怒りだすと冷たくむくれて手がつけられなくなる質《たち》だった。夫人としても怒る理由はあって、アンがわざとダイアナを酔っ払わせたと本気で信じていたので、そんな子にこれ以上いたずらされないように、かわいい娘を守らなければならないと真剣に心配していたのだった。

「何の用？」夫人は冷たく言った。

アンは、両手をぱっと握り合わせた。

「ああ、バリーのおばさま、どうか赦してください。あたし、ダイアナを——そのう——酔わせるつもりなんてなかったんです。そんなはずないでしょう？　想像してもみてください。もしおばさまが可哀想な孤児の女の子で、親切な人に引き取られて、世界でたった一人の心の友がいたとしたら、その子をわざと酔っ払わせるなんてことをすると思いますか？　あたし、ただのラズベリー・ジュースだと思ってたんです。ああ、どうか、もうダイアナとは遊ばせないなんておっしゃらないでください。そんなことをおっしゃったら、あたしの人生は悲嘆の黒雲で覆われてしまいます」

こう言われて、善良なリンド夫人ならあっという間に心を開いたところだろうが、バリー夫人はいっそういらいらするだけだった。アンの大げさな言葉や芝居がかった身ぶりをみると、ばかにされているような気がしてしまうのだ。夫人は、冷たく残酷に言った。

「あんたみたいな子を、ダイアナと遊ばせるわけにはいきません。家に帰って、行儀よくするのね」

アンの唇は震えた。

「ダイアナに一度だけ、さようならを言わせていただけませんか？」

「ダイアナは父親とカーモディへ出かけました」そう言いながら、バリー夫人は中へ入って、ドアを閉めた。

アンは、絶望のあまり、しょんぼりと緑破風《グリーン・ゲイブルズ》の家に帰ってきた。

「最後の希望も消えたわ」アンはマリラに言った。「バリーのおばさまのところまで行ってきたんだけど、ひどく失礼な態度であしらわれたわ。マリラ、あの方は、育ちのよい方じゃないと思うわ。こうなったら祈るしかないけど、それもむだだと思うわ。だって、マリラ、神さまだって、バリーのおばさまのようなへそ曲がりには、どうすることもできないもの」

「アン、そんなことを言ってはいけませんよ」マリラは叱りつつも、つい笑ってしまいそうになるのをこらえるのに苦労していた。困ったことに、最近そんなふうに笑いたくなることが多くなってきているのだ。そして実際、その晩マリラは、マシューに何もかも話して聞かせたとき、アンの災難のことで大笑いしてしまったのだった。

しかし、寝る前に東の破風の部屋を覗《のぞ》いたマリラは、泣き疲れて眠ってしまったアンを見て、いつにない、やさしい表情を浮かべた。

「可哀想に」マリラは、子供の泣き濡《ぬ》れた顔にかかった巻き毛をはらいのけながらつぶやいた。それから、身を屈《かが》めると、枕の上の赤い頰《ほほ》にキスをした。

第17章　人生の新たな興味

翌日の午後、アンは台所の窓辺でパッチワークの上に身を屈めていて、ふと外を見ると、〝妖精《ようせい》の泉〟のそばでダイアナが秘密めいた手招きをしているのが目に入った。あっという間にアンは、家から飛び出して、驚きと希望が混ざった目を輝かせながら、窪地《くぼち》へ飛んでいった。

でも、ダイアナの落ち込んだ表情を見ると、希望は薄れていった。

「お母さん、やっぱりだめだって？」アンは息を呑《の》んだ。

ダイアナは悲しそうに首を横に振った。

「だめ。ああ、アン、もうあなたと遊んじゃだめだって。あたし、泣いて泣いて、アンのせいじゃないって言ったんだけど、むだだった。さんざんせがんで、ようやっと、あなたにさようならを言いにいくのを許してもらったの。十分間だけしか会っちゃいけないって、今お母さん、時計で時間を計ってるの」

「十分じゃ永遠のさようならは言えないわ」アンは涙まじりに言った。「ああ、ダイアナ、若き日の友であるあたしのこと、永遠に忘れないって約束してくれる？　どんなにもっと大切なお友だちがあなたのことを大事にしても？」

「約束するわ」ダイアナは、すすり泣いた。「そして、心の友はいつまでもあなただけよ——ほかの心の友なんて要らないもの。あなたを愛するようには、ほかの人なんか愛せないわ」

「ああ、ダイアナ」アンは、ダイアナの手を握って叫んだ。「あたしのこと、愛してくれてるの？」

「ええ、もちろんよ。知らなかったの？」

「知らなかったわ」アンは大きく息を吸った。「もちろん、あたしのことを好いてくれてるとは思ったけど、愛してくれるとは思ってなかったわ。まあ、ダイアナ、あたし誰かから愛してもらえるなんて思ってもみなかった。誰からも愛されたことなんかないもの。ああ、すばらしいわ！〝汝《なんじ》と別れし暗き路を照らすひと筋の光〟だわ、ダイアナ。ああ、もう一度言って頂戴《ちょうだい》」

「心の底からあなたを愛してるわ、アン」とダイアナは忠実に言った。「いつまでもよ。信じて頂戴」

「そして、我もまた永久《とこしえ》に汝を愛す、ダイアナ」アンは、厳かに手をさしのべた。「あたしたちがこないだ一緒に読んだ本にあったように〝やがて来る年月、汝が思い出はわが孤独の人生の上に星のごとく輝く〟よ。ダイアナ、永久《とわ》の別れの縁《よすが》に汝の黒髪のひとふさを我に与えたまえ」

「切るもの、持ってる？」ダイアナは、アンの気取った調子のせいでますますあふれてくる涙をぬぐって、現実問題に立ち返って尋ねた。

「ええ。エプロンのポケットにちょうどパッチワーク用のはさみが入ってるわ」とアン。そして、厳かにダイアナの巻き毛をひと房切った。「さらば、わが愛《いと》しの友よ。今後は、隣に住もうとも赤の他人とならん。されどわが心は、いつまでも汝を思う」

アンは、ダイアナが振り返るたびにこちらに悲しげに手を振りながら見えなくなっていくのを見送った。それから向きを変えて、このロマンチックな別れに、とりあえず、かなり慰められて家へ帰った。

「すっかり終わったわ」アンはマリラに告げた。「もうお友だちは作らない。ほんとにもう最悪よ。だって、今じゃケイティ・モーリスもヴィオレッタもいないんですもの。それに、いたとしても、昔どおりってわけにはいかないわ。本物のお友だちのあとじゃ、小さな夢の少女たちなんて、どこか物足りないもの。ダイアナとあたし、泉のところで、そりゃあ感動的な別れをしたのよ。あたしの記憶に永遠に神聖なものとして刻まれるわ。考えつくかぎりの悲壮な言葉を使って、〝汝〟とか言ったの。〝汝〟のほうが、〝あなた〟よりもずっとロマンチックでしょ。ダイアナが髪の毛ひと房くれたから、あたし、小さな袋の中に入れて口を縫い留めて、お守りとして一生、首にかけるわ。あたしが死んだら一緒に埋めてね。だって、あたし長生きしないと思うから。ひょっとして、あたしがダイアナの前で冷たくなって死んで倒れているのを見たら、バリーのおばさまも自分のしたことを後悔して、ダイアナをあたしの葬式に行かせてくれるかもしれないわね」

「おしゃべりが続くかぎり、あんたが悲しみのあまり死んでしまうことはないだろうね、アン」マリラは同情せずに言った。

次の月曜になると、アンが、本が入ったバスケットを抱えて、キッと決意の唇を結んで部屋から下りてきたので、マリラはびっくりした。

「あたし、学校へ戻るわ」とアンは宣言した。「わが友と無慈悲にも引き離されてしまった以上、わが人生に残された道はそれしかないもの。学校でなら、ダイアナを見ることもできるし、過ぎさりし日々に思いをめぐらすこともできるわ」

「思いをめぐらすのは、授業や計算のことにしなさい」マリラは、事態の進展への歓《よろこ》びを隠しながら言った。「学校に戻るんなら、誰かの頭で石盤を割ったとか、そういった騒ぎはもうごめんですよ。お行儀よくして、先生のおっしゃることだけをするんですよ」

「模範生になるように頑張ります」アンは暗い顔で答えた。「模範生になっても、あんまり楽しくなさそうだけど。フィリップス先生は、ミニー・アンドルーズが模範生だっておっしゃるけど、あの子には想像力のかけらもなけりゃ活気もゼロよ。退屈で元気がなくて、楽しむことなんかなさそう。でも、今のあたしは、こんなに落ち込んでるから、やすやすとまねできそうだわ。あたし、街道を通って、まわり道をして行くわ。一人で〝樺《かば》の道〟を歩くのは耐えられないもの。そんなことしたら、涙が止まらなくなってしまうわ」

アンは、学校で大歓迎を受けた。遊ぶときには、想像力たくましいアンがいないのがひどく残念がられていたし、歌うときにはアンの声が欠かせなかったし、昼の朗読ではアンの演劇の才能がなくて困っていたのだった。

ルービー・ギリスは、新約聖書の朗読の時間に、こっそりアンにブルー・プラムを三つよこしたし、エラ・メイ・マクファーソンは、花のカタログの表紙から切り抜いた特大の黄色いパンジーをくれた——アヴォンリー学校では、机を飾るのに、花の切り抜きが大人気だったのだ。ソフィア・スローンは、エプロンの縁《ふち》飾りにしたらすごくすてきな、この上なくエレガントな新しいレース編みの模様を教えてあげると言ってくれた。ケイティ・ボウルターは、石盤に書いた文字をきれいに消すときのお水を入れておける香水瓶をくれて、ジュリア・ベルは、縁《へり》を波形に切りそろえた薄いピンクの紙に、次のような思いをこめた詩を丁寧に書いてくれた。

アンへ
黄昏《たそがれ》が帳《とばり》を下ろし、
星の画鋲《がびょう》で留まる夜も、我は君が友
思い出されよ、君に友ありと
我、遙《はる》か遠くにあろうとも。

「大切にされるのって、すてきね」アンは、その夜うっとりとしながら、マリラに向かって溜《た》め息《いき》まじりに言った。

アンを大切にしたのは、少女たちだけではなかった——フィリップス先生はアンに優等生のミニー・アンドルーズの隣に坐《すわ》るように言ったのだが――昼食の時間が終わって、アンが自分の席に戻ってくると、机の上に大きくてきれいなストロベリー・アップルが置いてあったのだ。アンは、それを持ちあげてかぶりつこうとしたとたん、アヴォンリーでストロベリー・アップルが育つところと言えば、〝きらめきの湖〟の反対側にあるブライス家の古い果樹園しかないことを思い出した。アンは、まるで赤く焼けた石炭でもつかんだかのようにそのりんごから手を放すと、これみよがしにハンカチで指を拭《ふ》いた。そのりんごは、そのまま翌朝まで机の上にあったが、学校を掃除して暖炉に火をつけるのが仕事のティモシー・アンドルーズ少年が、ご褒美《ほうび》としてもらってしまった。赤や黄色の縞模様《しまもよう》の紙で派手に飾りたてられたチャーリー・スローンの石盤用の筆は、普通の筆の倍の二セントもするのだが、それが昼休みのあとでアンのところへ届けられると、こちらはすんなり受けとられた。アンは、それをもらって上品にお礼を言い、贈り主に微笑んであげたので、スローンは天にも昇る心地で有頂天となり、その結果、スローンは書き取りでとんでもないまちがいをして、フィリップス先生に放課後居残りしてやり直しをさせられたのだった。

とは言え、

ブルータスの姿なきシーザーの行進見れば、

ブルータスへの思い、いや増さん（バイロンの詩『チャイルド・ハロルドの巡礼』第四篇第五十九節より）

というように、ガーティー・パイの隣に坐っているダイアナ・バリーから何の贈り物もこなければ、目礼ひとつないために、アンの小さな勝利はにがにがしいものとなったのだ。

「一度ぐらい、微笑んでくれてもよかったのに」とアンはその夜、マリラに嘆いた。しかし、翌朝、信じがたいほどに細かく折りたたまれ、ねじられた手紙と、小さな包みが、アンのところまで席から席へとまわって届けられた。

アンさま（と、手紙にはあった。）お母さんが、あなたとは学校でも遊んでも話しかけてもいけませんと言うの。あたしのせいじゃないのだから、悪く思わないでね。だって、あなたのことは前と変わらず愛しているもの。あたしの秘密をあなたに話せなくて残念。それに、ガーティー・パイはちっとも好きになれない。あなたのために、赤い薄紙で新しい栞《しおり》を作ったの。栞は今とても流行《はや》っていて、学校で作り方を知っている女子は三人だけよ。栞を見たら、あたしのことを思い出してね。

あなたの真の友

ダイアナ・バリー

アンは手紙を読み、栞にキスをし、早速返事を書いて、教室の反対側へ送った。

わが愛しのダイアナ――

もちろん、あなたはお母さまの言いつけを守らなければならないのだから、悪く思ったりしません。気持ちがつうじあえればいいのです。あなたのすてきなプレゼントを永遠に大切にします。ミニー・アンドルーズは、とてもいい子です――想像力ゼロだけど――でも、ダイアナの心の友だった私が、ミニーの心の友にはなれません。字をまちがえていたら、おゆるしください。かなり進走したのだけれど、まだまちがえが多いのです。

死が二人を分かつまであなたのものである
アン、またの名をコーディーリア・シャーリー

追伸
今夜はあなたのお手紙を枕の下に入れて眠るわ。

A・S別名C・S

マリラは、アンが学校に再び行きだしてからもっと面倒が起こるだろうと戦々恐々としていたのだが、何も起こらなかった。たぶんアンは、ミニー・アンドルーズから「模範生」の精神をつかみとったのだろう。少なくとも、その後はフィリップス先生と大変うまくいった。アンは勉学に心を打ち込み、どの学科でもギルバート・ブライスに負けまいと頑張った。二人が競い合っていることは、すぐにはっきりとした。ギルバートのほうは、まったく悪気がなかったのだが、残念ながらアンのほうはそうではなく、いつまでもしつこく恨みを忘れなかったのだ。アンは人一倍愛情が強い分、憎しみも強い子だった。学業でギルバートと張り合っていることすら認めようとしなかったのだが、それは徹底的に無視しているギルバートの存在を認めることになってしまうからだ。しかし、張り合っていることは事実で、互いに一位を取り合っていた。綴《つづ》りの授業でギルバートが一番になると、今度はアンが、長い赤毛のお下げを振りまわして、一番になってみせるのだ。ある朝、ギルバートが計算を全部正しく終えて、黒板に優秀者として名前を書き出されると、次の朝には、前の晩に必死になって小数にとり組んだアンが一番になるという具合だ。またある日には、二人は同点となり、名前を並べて書き出されるなんていうひどいこともあった。「注目」と書かれるのと同じぐらいひどいことで、アンが口惜《くや》しがったことは、ギルバートがよろこんだのと同じぐらいはっきりしていた。毎月の末の筆記試験が行われると、結果がわかるまで緊張が高まった。最初の月にギルバートが三点上になり、翌月にはアンが五点勝ち越した。しかし、ギルバートが全校生徒の前でアンに心からおめでとうと言ったので、アンの勝利も台なしになってしまった。負けて口惜しがってもらったほうが、アンとしては、ずっとよかったのだ。

フィリップス先生は、あまりよい先生ではなかったかもしれないが、アンほど意固地になって学業にかじりつく生徒なら、どんな先生に教わっても、進歩しないわけはなかった。学期が終わる頃には、アンとギルバートはともに『読本』の五巻めに進み、「特別科目」の初歩に入った――「特別科目」とは、ラテン語、幾何、フランス語、代数のことだ。幾何では、アンは大敗を喫した。

「まったくひどい科目なのよ、マリラ」とアンはうめいた。「ちんぷんかんぷんで、全然わかんない。想像力を働かせる余地が全然ないんですもの。フィリップス先生は、幾何でこれほどできない生徒は見たことがないっておっしゃるの。しかも、ギル……いいえ、ほかの子は幾何がすごく得意だったりするの。ものすごく屈辱的よ、マリラ。ダイアナでさえ、あたしよりできるんですもの。でも、ダイアナに負けるのなら、かまいやしない。今はもう赤の他人のように振る舞っているけど、今でも不滅の愛でもって愛してるもの。あの子のことを思うとときどき悲しくなるわ。でもね、マリラ、こんなにおもしろい世界に生きてるんですもの、そういつまでも悲しんでなんかいられないわね？」

第18章　アン、救助に駈《か》けつける

大事件でも、みんな、些細《ささい》なことから始まるものだ。あるカナダの首相が遊説先にプリンス・エドワード島を含めるかどうかなどということは、緑破風《グリーン・ゲイブルズ》の家の小さなアン・シャーリーの運命にあまり、というより一切、関係がないように一見思える。ところが、そうではなかったのだ。

シャーロットタウンで開かれた大規模な政治集会で、首相が熱心な支持者たちや、わざわざ集まった反対派に向かって演説するためにやってきたのは、一月のことだった。アヴォンリーの人たちは大抵首相に味方していた。そのため、集会のある夜、アヴォンリーの男性はほぼ全員、女性も大勢、三十マイル離れた町まで出かけていた。レイチェル・リンド夫人も行った。レイチェル・リンド夫人は、筋金入りの政治家で、この政治集会が自分なしでうまくいくはずがないと思い込んでいた。ただし、夫人は反対派だったのだけれども。そこで、夫人は、夫のトマス——馬の世話をさせるのに役に立つので——とマリラ・カスバートを連れて町へ行ったのだ。マリラも、人には言わないが、実は政治には興味があり、本物の首相を直《じか》に見る機会なんて、もうないかもしれないと思って、この機会に飛びついた。翌日戻ってくるまで、留守はアンとマシューに頼んだ。

こうして、マリラとリンド夫人が大政治集会で大いに楽しんでいるあいだ、アンとマシューは緑破風《グリーン・ゲイブルズ》の家の居心地のよい台所を二人だけで占領していた。旧式のウォータールー・ストーブ〔やかんやなべをかけるコンロや料理用オーブンのついた大型ストーブ〕には明るい火がパチパチと燃え、窓ガラスには青白い霜の結晶が光っていた。マシューはソファーで雑誌『農家の友』を開いたまま、うつらうつらしていて、テーブルで勉強をしていたアンは、決意のほどが窺《うかが》われる難しい顔をしていたが、時計の棚をちらちらと、ものほしそうに眺めていた。その日ジェーン・アンドルーズが貸してくれた新しい本が置いてあったのだ。はらはらどきどきすることまちがいなしよと、ジェーンが請け合うものだから、アンはその本に手を伸ばしたくてうずうずしていたのだ。しかし、そんなことをしては、明日《あした》はギルバート・ブライスに勝利を奪われてしまう。アンは時計の棚に背を向けて、そこに本がないと思おうとした。

「マシューは学校に通ってたとき、幾何を勉強した？」

「そうさな、いや、しなかったね」マシューは居眠りからハッと目を覚まして言った。

「してたらよかったのに」アンは溜《た》め息《いき》をついた。「そしたら、あたしのこと、同情してくれたのに。勉強してないんじゃ同情してもらえないもの。幾何のせいで、わが全生涯に暗雲が垂れ込めるのよ。どうしようもなく苦手だわ、マシュー」

「そうさな、どうだろうか」マシューは慰めるように言った。「おまえは、何だってうまいことやるじゃないか。先週カーモディのブレアの店でフィリップス先生に会ったが、おまえが学校一、頭がよくて、目覚ましい進歩をしているとおっしゃってたぞ。『目覚ましい進歩』と、まさにそうおっしゃっていた。テディ・フィリップスをこき下ろして大した教師じゃないと言うやつらもいるが、わしは立派な先生だと思うよ」

アンのことをほめる人なら誰でも「立派」だと、マシューには思えるのだろう。

「先生が記号を変えなければ、幾何がもっとできるようになると思うんだけどな」とアンは不満をもらした。「定理を丸暗記するでしょ。すると先生は黒板に図形を描いて、教科書とちがう記号を書くから、あたし、わけがわからなくなるの。先生がそんなひどいこと勝手にしちゃいけないと思わない？　今はね、学校で農業の勉強もしていてね、とうとう道が赤くなる理由がわかったわ。ものすごくほっとした。マリラとリンドさんは楽しんでいるかなあ。リンドさんが言うには、今の政府のやり方じゃカナダはだめになってしまうから、選挙で投票する人はよくよく考えなきゃいけないんですって。女性も投票を許されたら、すばらしい変化が起こるのにっておっしゃってるわ。マシューは、どっちに投票するの？」

「保守党だ」マシューはさっと答えた。保守党に投票するのは、マシューにとって、宗教のようなものだった。

「じゃあ、あたしも保守党」アンはきっぱりと言った。「よかった。だって、ギル……だって、学校の男の子の中には自由党を支持する人がいるんですもの。フィリップス先生も自由党だと思うわ。プリシー・アンドルーズのお父さんが自由党だから。ルービー・ギリスが言うには、男の人って女の子を口説くときは、女の子のお母さんの宗教とお父さんの政治に合わせなきゃいけないんですって。そうなの、マシュー？」

「そうさな、どうだろうね」とマシュー。

「マシューって、女の人を口説いたことある？」

「そうさな、いや、ないね」生まれてこのかた、そんなことを考えたこともなかったマシューは言った。

アンは、両手で頬杖《ほおづえ》をついて、考えた。

「そういうのって、おもしろいんでしょうね、マシュー？　ルービー・ギリスが言うには、大きくなったら、たくさんボーイフレンドを作って、みんな夢中にさせちゃうんですって。でも、そんなことになったら、ちょっとどきどきしすぎるわね。あたしなら、まともな人が一人いればいいわ。でも、ルービー・ギリスは、お姉さんがたくさんいるから、その手のことにかけちゃいろいろ知ってて、リンドさんに言わせると、ギリス家の女の子たちは飛ぶようによく売れるんですって。フィリップス先生は、毎晩のようにプリシー・アンドルーズに会いに行くのよ。勉強を見てあげるんだって言うけど、ミランダ・スローンだってクイーンの試験勉強をしてるのよ。プリシーなんかよりずっとおばかさんだから、勉強を見てあげるんだったら、ミランダのほうを見てあげなきゃいけないのに、先生はミランダのところへ行ったりなさらないの。この世にはあたしにはよくわからないことが多すぎるわ、マシュー」

「そうさな、わしにも、よくわからんな」マシューは認めた。

「とにかく、勉強を終えなくちゃ。終わるまではジェーンが貸してくれた新しい本を開けちゃいけないと思うの。でも、ものすごい誘惑よ、マシュー。こうやって背中を向けていても、そこにあるのがはっきり目に見えるんだわ。ジェーンは、あれを読んで気分が悪くなるほど泣いたんですって。あたし、泣ける本って大好き。でも、あの本は居間に持っていって、ジャムの戸棚に入れて鍵《かぎ》をかけて、鍵はマシューに預けておくわ。勉強が終わるまでは、絶対あたしに鍵を渡さないでね、マシュー。たとえあたしが土下座して頼んでも、だめよ。誘惑に打ち克《か》ちましょうなんて口で言うのはたやすいけど、鍵が手に入らなければ打ち克つのも楽だもの。それから、地下室へ下りていって、ラセット・アップル〔梨のような色のりんご〕を取ってきましょうか、マシュー？ ラセット・アップル、食べない？」

「そうさな、もらってもいいかな」いつもはラセット・アップルを食べないマシューは、アンの大好物だと知っていたので、そう言った。

アンが皿にいっぱいラセット・アップルを載せて地下室から意気揚々と上がってきたちょうどそのとき、外の冷たい板敷き道をあわただしく駈けてくる足音が聞こえたかと思うと、次の瞬間、台所のドアがパッと開いて、真っ青な顔をしたダイアナが、頭にショールをさっと巻いただけの恰好《かっこう》で息を切らして飛び込んできた。とたんにアンは、驚いて蠟燭《ろうそく》と皿を取り落としてしまった。皿と蠟燭は、りんごと一緒になって地下室のはしごをガラガラと落ちていった。翌日、溶けたロウに埋もれた皿とりんごが地下室の床にあるのを発見したマリラは、拾いあげながら、よくもまあ火事にならなかったものだと神さまに感謝したのだった。

「一体どうしたの、ダイアナ?」アンは叫んだ。「お母さんが、とうとう許してくれたの?」

「ああ、アン、すぐに来て」ダイアナはいらいらした様子で懇願した。「ミニー・メイが、ものすごく具合が悪いの――急性喉頭《こうとう》炎だって、メアリー・ジョーが言うの――お父さんとお母さんは町へ出ていていないから、お医者さんを呼ぶ人がいないの。ミニー・メイはひどく具合が悪いのに、メアリー・ジョーはどうしていいかわからないの――ああ、アン、あたし、怖いわ!」

マシューは、ひと言も言わずに帽子とコートに手を伸ばすと、ダイアナの脇をすり抜けて、暗い庭へと出ていった。

「マシューは馬車に馬をつけに行ったのよ。カーモディまでお医者を呼びに行くために」自分も急いでフードのついた上着を着ながら、アンは言った。「そう言わなくたってわかるの。マシューとあたしは〝魂の響きあう友〟だから、言葉なんて使わなくても考えがわかるのよ」

「カーモディへ行ってもお医者さんは見つからないわ」とダイアナはすすり泣いた。「ブレア先生はシャーロットタウンへお出かけだし、スペンサー先生も行ってらっしゃると思うの。メアリー・ジョーは急性喉頭炎に罹《かか》った人を見たことがないし、リンドさんもいらっしゃらないし。ああ、アン!」

「泣かないで、ダイアナ」アンは元気に言った。「急性喉頭炎なら、どうしたらいいのか、あたしちゃんと知ってるから。ハモンドさんには双子が三組いたって話忘れた? 双子を三組もお世話したら、自然といろいろ経験するのよ。みんな、順番に急性喉頭炎に罹ったわ。吐根《とこん》〔たんを吐かせる薬〕の瓶を取ってくるから待ってて——あなたのお家《うち》にはないでしょうから。さあ、行きましょう」

二人の少女は手に手を取って大急ぎで〝恋人の小道〟を抜けて、硬く凍った野原を駈《か》けていった。雪が深くて森の近道を通るのは無理だったからだ。アンは、ミニー・

メイのことを心から可哀想に思ったが、この状況がロマンチックであることを感じないわけにはいかず、それを〝魂の響きあう友〟ともう一度分かち合うすばらしさに感動していたのだった。

夜空は晴れていて凍える寒さだった。真っ黒な影の中に雪の斜面が銀色に浮かび、大きな星がいくつも静かな野原の上で瞬いていた。雪化粧の樅《もみ》の木があちこちで暗く天を突き、風が枝を鳴らして吹き抜けた。こんな神秘的ですてきな世界を、ずっと離れ離れだった心の友と一緒に駆け抜けていくなんて、本当にすてきだとアンは思った。

三つになるミニー・メイは、確かにとても苦しんでいた。台所のソファーに横になって熱っぽく落ち着かず、ぜいぜいという息遣いは家じゅうに響いていた。バリー夫人が留守番に雇った、ぽっちゃりして顔の大きなフランス娘のメアリー・ジョーは、おろおろして役に立たず、どうしたらいいか考えることもできず、たとえ考えついたところで、それを実行に移すこともできなかっただろう。

アンは、てきぱきと仕事にかかった。

「ミニー・メイは確かに急性喉頭炎だわ。かなり悪いけど、あたしはもっと悪いのも見たことがある。まず、たくさんお湯が必要ね。まあ、ダイアナ、おやかんにコップ一杯分しかないじゃない！　ほら、いっぱいにしたから、メアリー・ジョー、あなた、ストーブに薪《まき》をくべて頂戴《ちょうだい》。あなたの気持ちを傷つけたくないけど、少しでも想像力がありば、こんなこと、もっと早く思いついているはずよ。さあ、ミニー・メイの服を脱がして、ベッドに寝かせるわ。あなたは、柔らかいフランネルの布を探してきて頂戴、ダイアナ。まずは、吐根をひと口飲ませるわ」

ミニー・メイは、吐根をすんなり飲もうとはしなかったが、アンもだてに三組の双子を育ててきたわけではなかった。吐根は一度ならず、長く心配な夜のあいだに何度も飲ますことができ、二人の少女は苦しんでいるミニー・メイを辛抱強く看病した。何でもできることはやりますと必死になったメアリー・ジョーは、ストーブの火をごうごうと燃やして、急性喉頭炎の赤ん坊がたくさんいる病院でも使い切れないほどのお湯を沸かした。

マシューが医者を連れてきたのは、夜中の三時だった。はるばるスペンサーベイルの町まで行かなければ医者がいなかったので、遅くなったのだ。しかし、差し迫った手当ての必要は、もうなくなっていた。ミニー・メイはずっとよくなり、すやすやと眠っていたのだ。

「もう少しで絶望してあきらめるところでした」アンは医者に説明した。「どんどん悪くなっていって、ハモンドさんのお宅の双子の三組めよりもひどくなってしまって、息を詰まらせて死んでしまうんじゃないかと思ったほどです。あたし、あの瓶に入ってた吐根を全部飲ませたんですけど、最後のひと口を飲ませたとき、自分にこう言ったんです——ダイアナやメアリー・ジョーにはこれ以上心配させたくなかったから、そっと自分にこう言って気持ちを落ち着かせようとしたんです——『これが最後の頼みの綱だけれど、だめかもしれない』〔フェリシア・ドロシア・ヘマンズの詩「ヴァレンシアの包囲戦」（一八二三）にある言葉〕って。でも、三分ほどすると、咳《せき》と一緒に痰《たん》を吐き出してくれて、すぐに快方に向かったんです。先生、どんなにかあたしがほっとしたか想像してみてください。とても言葉では表せません。言葉にできないものって、あるでしょう」

「そうだね」先生はうなずいた。先生は、まるで言葉では言い表せないアンの何かについて考えているかのように、アンを見つめた。しかし、後に先生は、それをバリー夫妻にこう伝えた。

「あのカスバートさんのところの赤毛の子は、さすがカスバートさんたちの躾《しつけ》ができていて、実に賢い子です。あの幼子の命を救ったのは、あの子なんですよ。あの子がいなければ、私が着いたときには手遅れになっていたところでした。あの年頃の子には珍しく、看護の腕前といい、冷静な対処といい、まったく驚くべき子ですな。容態を私に説明してくれたときの、あの子の目といったら、あんな目は見たことがない」

すばらしい白い霜で覆われた冬の朝、お家《うち》への帰り道、アンは寝不足で目をとろんとさせながらも、マシューと二人でどこまでも真っ白な野原を越えて、〝恋人の小道〟のきらきら輝く楓《かえで》の、夢のようなアーチの下を歩いていくあいだじゅう、疲れを知らずにマシューにしゃべり続けた。

「ああ、マシュー、すばらしい朝じゃない？　まさに神さまが今ご自分の楽しみのために想像なさった世界みたいじゃなくって？　あの木なんて、ひと息で吹き飛ばせそうに見えるわ――ふぅーっ！　白い樹氷がある世界に生きていられてうれしいわ。そう思わない？　そして、ハモンドさんのところに双子が三組いて、やっぱりよかった。そいなかったら、ミニー・メイに何をしてあげればいいのかわからなかったところだわ。ハモンドさんに双子が多すぎるなんて文句を言ったりして、ほんと、申し訳ないことをしたわ。でも、ああ、マシュー、あたし、すっごく眠い。学校には行けないわ。目を開けていられないの。頭がぼうっとして。でも、口惜《くや》しいわ、学校を休んだら、ギル……ほかの子たちがクラスで一番になってしまうし、またトップに躍り出るのはとっても難しいの――でも、もちろん、難しければ難しいほど、躍り出たときに一層満足できるけど。そうでしょ？」

「そうさな、おまえなら、うまくやるさ」マシューは、アンの白い小さな顔と目の下の隈《くま》を見ながら言った。「すぐベッドに入って、よくお眠り。家事はわしがするから」

アンは、言われたとおりにベッドに入り、長いことぐっすり眠ったので、目が覚めて台所に下りてきたときには、白くてバラ色の冬の午後遅くになっていた。家に帰っていたマリラは、坐《すわ》って編み物をしていた。

「ああ、首相を見た？」すぐにアンは叫んだ。「どんな顔してた、マリラ？」

「まあ、顔のおかげで首相になったわけでもないでしょうよ」とマリラ。「へんな鼻をしてたわ！　でも演説はじょうずね。保守党支持派として、私は誇らしかったですよ。レイチェルは、もちろん自由党だから、首相なんかどうでもいいんでしょうけどね。お昼がオーブンに入ってるわよ、アン。戸棚からブルー・プラムのプリザーブを自分で出して食べなさい。お腹が空《す》いたでしょう。マシューが昨夜《ゆうべ》のことを話してくれたよ。どうしたらいいか知っていてよかったわねえ。私は急性喉頭《こうとう》炎なんて見たこともないから、私だったらお手上げだわよ。ほらほら、お昼を食べてしまうまで、おしゃべりしようとしなさんな。話したくてうずうずしていることは、その顔を見ればわかるけど、話すことは消えやしませんよ」

マリラはアンに言うことがあったのだが、そのときは話さなかった。話したら、アンが興奮して、食欲とか昼食とかといった即物的なことなど、どうでもよくなるぐらい、舞い上がってしまうことがわかっていたからだ。アンがブルー・プラムの皿をたいらげてしまうと、ようやく次のように話した。

「昼すぎにバリーさんの奥さんがいらしてね。アンに会いたいって言うんだけど、私は起こしたくなかったの。奥さんは、アンはミニー・メイの命の恩人で、スグリ酒の事件ではあんな態度をとってしまって本当に申し訳なかったって言うのよ。今になって、わざとダイアナを酔わせたんじゃないってわかったから赦《ゆる》してほしいって。そしてまたダイアナとお友だちになってほしいってよ。よかったら、今日の夕方、向こうのお宅に来てほしいんですって。ダイアナは昨夜ひどい風邪をひいてしまって、外へ出られないから。さあさ、アン・シャーリー、お願いだから、空へ舞い上がらないで頂戴よ」

そんな注意をしたのも意味がないわけではなかった。アンがパッと立ち上がったときの表情と態度には、天にも昇らんばかりの勢いがあり、その顔は歓《よろこ》びの炎で輝いていたのだ。

「ああ、マリラ、今すぐ行ってもいい？——お皿を洗わないで？　帰ったら洗うから。こんなにわくわくしているときに、お皿洗いなんてロマンチックじゃないことに自分を縛りつけてはおけないわ」

「いいよ、いいよ、走っていっておいで」マリラは甘やかして言った。「アン・シャーリー——正気かい？　すぐ戻ってきて何か上に着なさい。まったく、風に呼びかけてるようなもんだね。帽子もショールもつけずに行ってしまったよ。ほら、ごらんよ、髪をたなびかせて果樹園を駈《か》け抜けていく。あれで死ぬほど風邪をひかなきゃ、奇蹟《きせき》だね」

アンは、紫色の冬の黄昏《たそがれ》の中、雪景色の向こうから躍りながら帰宅した。南西の遠くには、薄い金色と淡いバラ色の夜空に宵の明星が大きく真珠のように輝いていて、その下には、きらめく雪景色と暗い唐檜《とうひ》の谷が広がっていた。雪の丘を走るそりのシャンシャンという鈴の音が凍《い》てつく空気の中で小妖精《ようせい》のチャイムのようにさえ渡ったが、そんな音楽よりも、アンの心の中で鳴り響き口ずさまれている歌のほうがずっとすてきだった。

「あなたの前にいるのは完璧《かんぺき》な幸せ者よ、マリラ」とアンは宣言した。「最高に幸せ──そう、赤毛であってもね。今、赤毛なんかどうでもいいんだわ。バリーのおばさまが、あたしにキスして、泣いて、ごめんなさいって謝って、お礼のしようがないっておっしゃったの。あたし、恐ろしくどぎまぎしてしまったわ、マリラ。でも、できるだけ丁寧に言ったわ。『バリーのおばさま、恨みに思ったりはしておりません。ただ、ダイアナを酔わせるつもりはなかったと、はっきり申し上げて、これからは過去を忘却の覆いで隠すことにしましょう』〔F・D・ヘマンズの詩「ジェノヴァの夜景」（一八二四）にある言葉〕って。ちょっとした威厳のある言い方でしょ、マリラ？　あたし、仇《あだ》に報いるに徳をもってして、バリーのおばさまを恥じ入らせたってとこね。そしてダイアナとあたしは、すてきな午後を過ごしたの。ダイアナは、カーモディのおばさまから教わった新しいかわいいかぎ針編みを教えてくれたの。あたしたち以外、知ってる人は誰もアヴォンリーにいないのよ。だから、あたしたち、絶対誰にも教えないって、厳かな誓いをたてたの。ダイアナは、バラの花輪がついてる美しいカードをくれたわ。こんな詩が書いてあるの。

私があなたを愛するように、私を愛してくれるなら
二人の仲は永遠よ。死だけが言える、さようなら

そのとおりよ、マリラ。あたしたち、フィリップス先生に、また学校で一緒の席にしてくださいってお願いするつもりなの。ガーティー・パイはミニー・アンドルーズと坐ればいいもの。それから、エレガントなお茶を頂いたわ。バリーのおばさまは、まるであたしがほんとのお客さまみたいに、とっておきのティー・セットを出してくださったの。もうどれほどぞくぞくしたか言えないくらい。あたしのために、とっておきのティー・セットを出してくれる人なんていなかったもの。ねえ、マリラ、あたしたち、フルーツケーキとパウンドケーキとドーナッツと二種類のプリザーブを頂いたのよ。そしたら、バリーのおばさまが、あたしにお茶はいかがっておっしゃって、『パパ、ビスケット〔イギリスのスコーンに似た菓子〕をアンにまわしてくださらない？』っておっしゃったの。大人扱いされるだけで、こんなにすてきなんですもの、マリラ、大人になったら、さぞかしすばらしいにちがいないわ」

「どうかしらね」とマリラは短い溜《た》め息《いき》をついて言った。

「とにかく、あたしが大人になったら」アンは断言した。「小さな女の子たちに話すときも、大人のように話しかけてあげるの。そして、その子たちが大げさな言葉を使っても笑ったりしないわ。笑われるとどんなに傷つくか、あたし、悲しい経験から知っているもの。お茶のあとで、ダイアナとあたしは、タフィー〔砂糖やバターなどを煮つめて冷やして固めた菓子〕を作ったの。うまくできなかったわ。ダイアナもあたしも、今まで作ったことがないせいね。ダイアナは、お皿にバターを塗るあいだ、あたしにかき回してるように言ったのに、あたし忘れて、焦がしてしまったの。それから台に載せて冷ましているときにネコが歩いたもんだから、そのお皿のは捨てなきゃならなかったの。でも、作るのはとっても楽しかった。それから、お家《うち》に帰るとき、バリーのおばさまが、いつでもいらしてねって言ってくださって、あたしが〝恋人の小道〟を歩いていくあいだ、ダイアナはずっと窓から投げキッスをしてくれた。マリラ、あたし今晩はお祈りをしたい気分よ。今日のことを記念して、とびっきり特別な新品のお祈りを考えだすわ」

第19章　コンサート、混迷困惑、そして告白

「マ、リ、ラ、ちょっとダイアナに会ってきてもいい?」ある二月の夕方、アンは東の破

風の部屋から息せき切って下りてきながら尋ねた。

「暗くなってから、なんだってぶらぶら出ていくの？」マリラは、そっけなく言った。「あんたとダイアナは、学校から一緒に帰ってきて、それからそこの雪の中でもう三十分立ち話をして、そのあいだじゅうずっとあんたの舌は、ぺちゃくちゃ止まらないじゃないの。また、わざわざ会いに行かずともいいんじゃないの？」

「でも、ダイアナが会いたがってるの」アンは、せがんだ。「何か大切なことを伝えたいんですって」

「どうして、それがわかるの？」

「今、窓から合図をよこしたのよ。あたしたち、蠟燭《ろうそく》とボール紙で合図を送る方法を示し合わせてるの。窓に蠟燭を置いて、その前にボール紙をパッパッと出したりひっこめたりするの。何回パッパッとすると、どういう意味かって決めてあるの。あたしが考えたのよ、マリラ」

「そりゃそうでしょうね」マリラは語気を強めて言った。「その次は、そのばかな合図のせいでカーテンに火をつけるのが落ちでしょ」

「ああ、すごく気をつけてるわ、マリラ。それに、とってもおもしろいのよ。二回パッパッてすると『そこにいる？』っていう意味で、三回は『イエス』、四回は『ノー』なの。五回は『大切なことを知らせたいから、すぐにきて』ってこと。ダイアナが今五回合図をしたから、何なのか知りたくてたまらないの」

「もうたまらない思いはしなくてもいいわよ」マリラは皮肉を言った。「行ってもいいけれど、十分で戻ってきなさい。忘れないように」

アンは忘れなかった。決められた時間内に戻ってきたが、たった十分間でダイアナの重要な知らせを聞いてくるのにどれほどの苦労があったのか誰にもわからない。しかし、少なくともアンはその十分間を最大限に利用したのだ。

「ああ、マリラ、何だと思う？　明日《あした》はダイアナの誕生日なの。それで、お母さまがダイアナに、学校からあたしと一緒に帰ってきて、そのままひと晩あたしにお泊まりするように言ってもいいわよって言ってくださったんですって。それから、ニューブリッジからダイアナのいとこたちが大きな一頭立てのそりに乗ってやってきて、明日の夜、公会堂での討論クラブのコンサートに連れてってくれるの──もちろん、マリラが許してくれたらだけど。いいわよね、マリラ？　ああ、あたし、すごくわくわくする」

「じゃあ、ちょっと落ち着きなさい。行くことはありませんから。お家《うち》にいて、自分のベッドに入っていなさい。そのクラブ・コンサートっていうのは、まったくばかげたものです。あんなところに、小さな女の子が行くものじゃありません」

「討論クラブは、とてもきちんとしたものだと思うけど」アンは訴えた。

「そうじゃないなんて言っていませんよ。でも、コンサートへ行って、夜通しほっつき歩くようなまねを始めてもらいたくはありません。子供にそんなことはさせられません。バリーさんは、よくダイアナを行かせる気になったもんだわ」

「でも、とっても特別な機会なのよ」アンは泣きだしそうになって、うめいた。「ダイアナのお誕生日は、年に一度しかないの。お誕生日って、ありきたりのことじゃないわよ、マリラ。プリシー・アンドルーズは、『今宵は晩鐘を鳴らすなかれ』っていう詩〔ローズ・ハートウィック・ソープの詩〕を朗唱するのよ。それって、とても道徳的な詩よ、マリラ。聞くだけで、どれほどためになるか知れないわ。それから合唱隊が、ほとんど讃美歌《さんびか》と同じくらいすてきで悲しい歌を四曲歌うの。そして、ああ、マリラ、牧師さまもいらっしゃるのよ。そう、ほんと、いらっしゃるの。ご挨拶《あいさつ》の言葉があるのよ。それって、ほとんどお説教と同じよ。お願い、行っちゃだめ、マリラ？」

「さっき私が言ったことが、聞こえなかったの、アン？　さっさとブーツを脱いで、ベッドへ行きなさい。もう八時すぎです」

「もうひとつあるの、マリラ」とアンは、最後の切り札を出すかのように言った。「バリーのおばさまは、ダイアナに、あたしたちはお客さま用のベッドで寝てもいいって言ってくださったの。あなたのかわいいアンがお客さま用のベッドに寝るという名誉を考えてもみてよ」

「そんな名誉は、なくてもやっていけますよ。寝なさい、アン。そして、もうひと言も言ってはいけません」

アンが涙をぼろぼろ流しながら悲しげに二階にあがると、これまでの会話のあいだ長椅子でぐっすり眠っていたかのように見えたマシューが、目を開けて意を決したように言った。

「そうさな、マリラ、アンを行かせてやるべきだと思うがな」

「私はそうは思いません」マリラは言い返した。「あの子を育ててるのは誰ですか、マシュー。兄さんですか、私ですか？」

「そうさな、おまえだ」

「じゃあ、よけいな口をはさまないでください」

「そうさな、口をはさんじゃいないさ。おまえがおまえなりの意見を持つのはかまわん。わしの意見は、アンを行かせてやるべきだということだ」

「あの子が月に行きたいと言ったら、行かせてやるべきだっていうのが兄さんの意見なんでしょうね、きっと」というのが、マリラのやさしい返事だった。「ダイアナとひと晩過ごさせるだけなら、かまやしないとは思いますがね。でも、このコンサートってのは反対です。そんなところへ行ったら、風邪でもひくのが関の山です。ばかなことを頭いっぱい詰め込んで興奮して帰ってきますよ。一週間は手がつけられなくなるでしょう。あの子の性格はわかっています。何があの子にいいのかも、兄さんよりも、わかってるつもりですよ」

「アンを行かせてやるべきだと思うがな」マシューは頑固に繰り返した。議論は得意ではなかったが、自分の意見を頑として譲らないという点ではマシューは強いのだ。

マリラは、いい加減にしてくれというふうに息を呑《の》むと、黙り込むよりほかなかった。

あくる朝、アンが台所で朝食の皿を洗っていると、マシューが納屋へ出がけに立ち止まって、またマリラへこう言った。

「アンを行かせてやるべきだと思うがな、マリラ」

その瞬間、マリラは、とても表現できないようなものすごい顔をしたが、どうしようもないとあきらめて、ぴしゃりと言った。

「わかりました。行かせますよ。そうしなきゃ、兄さんの気がすまないんでしょ」

アンは、ぽたぽた水の滴るふきんを持ったまま、台所から飛び出してきた。

「ああ、マリラ、マリラ、そのありがたい言葉をもう一度言って頂戴《ちょうだい》」

「一度でじゅうぶんでしょ。これはマシューの責任ですから、私はどうなっても知りませんよ。初めてのベッドで眠ったり、真夜中に暑い公会堂から寒い外に出ていって肺炎に罹《かか》ったりしても、私のせいじゃありませんから、マシューを責めなさいよ。アン・シャーリー、あなた、油じみた水を床じゅうに撒《ま》き散らしてるじゃないの。そんな不注意な子、見たことありませんよ」

「ああ、あたしがあなたのお荷物になってることはわかってるわ、マリラ」とアンは、申し訳なさそうに言った。「まちがいばっかりして。でも、あたしがしたかもしれないけどしなかったまちがいのことも考えてみてね。汚したところは砂をかけて、学校に行くまでに拭《ふ》き取っておくわ。ああ、マリラ、あたしの心は、そのコンサートに行くことで、もう夢中よ。あたし、生まれてこのかたコンサートって行ったことがないの。ほかの子たちが学校でその話をすると、いつも、つまはじきにされた気がしてたのよ。それがどんな気分かマリラにはわからなかったでしょうけれど、マシューはわかってくれた。マシューはいつもあたしのことを理解してくれる。誰かにわかってもらえるのってすてきなことよ、マリラ」

アンはあまりにも興奮していて、その朝、学校での学業でも思うように力が出せなかった。ギルバート・ブライスが綴《つづ》りでアンよりも高得点を取り、暗算ではアンを足《あし》許《もと》にも寄せつけなかった。しかし、コンサートやお客さま用のベッドのことが頭にちらついていたので、さほど屈辱に感じなかった。アンとダイアナは一日じゅうそのことをしゃべり続けていたから、フィリップス先生がもっと厳しい先生だったら、きっとひどいお目玉を食らっていたにちがいない。

その日は一日、学校じゅうがコンサートの話でもちきりだったので、アンはもし自分がコンサートへ行くのでなかったら、とても耐えられないところだったと思った。アヴォンリー討論クラブは、冬のあいだ二週間に一度会合を開いていたが、入場無料の小さなお楽しみ会をときどき催していた。しかし、今度のは図書館を支援するための大きなイベントなので、入場料が十セントかかった。アヴォンリーの若者たちは何週間もかけて練習し、学校の生徒たちは、お兄さんやお姉さんが参加するので、特に興味をもっていた。学校じゅうの九歳以上の子はみんな行くのを楽しみにしていた。ただし、キャリー・スローンだけは例外で、キャリーの父親は、女の子が夜のコンサートに行くなんてとんでもないというマリラと同意見だったのだ。キャリー・スローンは、その日の授業時間中ずっと文法書の陰で泣いていて、生きていても仕方がないと感じていたのだった。

アンの興奮は、学校が終わるといよいよ本格的になり、どんどんと高まって、ついにコンサートに行ったときには、有頂天の極致に達した。まずはダイアナの家でみんなで「完璧《かんぺき》にエレガントなお茶」をして、それから二階のダイアナの小さなお部屋で楽しいお召し替えをした。ダイアナはアンの前髪を新型のポンパドール・スタイルに結い、アンはダイアナのリボンをアンにしかできないやり方で結んであげた。それから二人は、うしろ髪を整えるのに、少なくとも六通りのスタイルを試してみた。とうとう準備が整うと、二人は頬を赤らめ、興奮で目を輝かせていた。

確かにアンは、自分が見栄えのしない黒のタモシャンター帽〔頭のてっぺんにポンポンがついている大型ベレー帽〕や、袖《そで》のきつい自家製の不恰好《ぶかっこう》なグレーのコートを着ているのに、ダイアナはスマートな毛皮の帽子をかぶって、小粋《こいき》な小さめのジャケットを着ているのを見ると、少し胸が痛んだ。でも、そのうちに、自分には想像力があって、それを使えばいいのだと思い出した。

やがて、ダイアナのいとこにあたるマレー家の人々がニューブリッジから到着した。みんなで、藁《わら》を敷いた大きな一頭立てのそりにぎゅうぎゅうになって乗りこみ、毛皮の膝掛《ひざか》けをかけた。アンは公会堂までのそりの旅を大いに楽しんだ。つるつるした絹のサテンのようになめらかな雪道をすべっていくと、そりの下で雪がキュッキュッと鳴った。

すばらしい夕焼けだった。雪の丘一面の白と、セント・ローレンス湾の深い青の上に浮かび上がった夕陽は、まるで真珠とサファイアでできた巨大な器に縁まで注がれたワインと交ざる炎のように見えた。シャンシャンというそりの鈴の音と、遠くの笑い声が、森の妖精《ようせい》の陽気な騒《ざわ》めきのように、あちこちから響いていた。

「ああ、ダイアナ」アンは、毛皮の外套《がいとう》の中にあるダイアナのミトンをはめた手を握りしめて、ささやいた。「まるで美しい夢みたいじゃない？　ほんとにあたし、いつもと同じに見える？　あたし、何だか自分じゃない気がするわ。そんな顔をしてるんじゃないかしら」

「あなたは、とってもすてきよ」ダイアナはたった今、いとこの一人からお世辞を言われたばかりだったので、アンにも言ってあげようと思ったのだ。「とってもきれいな顔色をしてるわ」

その晩のプログラムは、少なくとも観客の中の一人の女の子にとって、「わくわく」の連続だった。そして、「次の出しもののほうが、さっきのよりわくわく度が増すね」とアンはダイアナに言った。新調したピンクの絹のドレスを着たプリシー・アンドルーズは、すべすべした白い首に真珠のネックレスをして、髪には本物のカーネーションをつけていた——先生が彼女のためにわざわざ町から取り寄せたという噂がささやかれていた——そして、プリシーが『今宵は晩鐘を鳴らすなかれ』の中の「ひと筋の光だになき闇の中、ぬめる梯子《はしご》をのぼりて」の一節を朗唱したとき、アンは、うっとりと感じ入って震えた。聖歌隊が「やさしきヒナギクの遙《はる》か上に」を歌ったときは、天井に天使たちのフレスコ画が描かれているかのように天井を見上げ、サム・スローンが「ソカリーがいかにしてめんどりに卵を抱かせたか」を絵入りで話し始めるとアンは大笑いした。近くに坐《すわ》っていた人たちも笑い出したが、それはアンにつられてのことであって、話それ自体はアヴォンリーでも受けないような古臭いものだった。フィリップス先生が、シーザーの遺体を前にしてマーク・アントニーが演説する場面を実に感動的な名調子で——一文言い終わるごとにプリシー・アンドルーズに目をやりながら——朗唱すると、アンは、ローマ市民が一人でも先頭に立ってくれるなら、今その場で立ち上がって暴動に加わってもいいという気持ちになった。プログラムのうちひとつだけ、アンの興味を惹《ひ》かないものがあった。ギルバート・ブライスが「ライン河畔の町ビンゲン」を朗唱すると、アンはローダ・マレーが図書館から借りてきた本を開いて、朗唱が終わるまで読んだ。終わったときも、ダイアナは手がひりひりするまで拍手をしたのに、アンは体をこわばらせ、身じろぎもせずに坐っていた。

家に帰ったのは十一時だった。さんざん遊んで満足したが、それを一から語り合うというすごい楽しみが待っていた。みんな寝てしまったらしく、家の中は暗く、ひっそりしていた。アンとダイアナは、応接間に忍び足で入ってきた。細長い部屋で、そこからお客さま用寝室へ入るのだ。暖炉の残り火のおかげで、お部屋は心地よく暖かく、ぼんやりと明るくなっていた。

「ここで着替えましょう」とダイアナ。「ちょうどいい感じに暖かいわ」

「楽しかったわねえ」アンはうっとりして溜《た》め息《いき》をついた。「舞台に上がって朗唱したら、すごいでしょうねえ。あたしたち、いつか出演を頼まれるかしら、ダイアナ？」

「ええ、もちろん、いつかね。いつも上級生が朗唱するのよ。ギルバート・ブライスはしょっちゅうやってるけど、あたしたちより二年しか上じゃないのよ。ああ、アン、あなた、よくもあの人のを聞かないふりができたわね？『別の女《ひと》あり、そは妹にあらず』〔想い人〕という台詞《せりふ》を言うとき、あの人、まっすぐあなたのことを見てたのよ」

「ダイアナ」アンは威厳をもって言った。「あなたは私の心の友だけど、あの人のことをあたしに話すのだけは許せないわ。ベッドに入る支度できた？　どっちが先にベッドに入るか競争しましょう」

この提案をダイアナはおもしろいと思った。白い子供用ネグリジェを着た二人の少女たちは、長い部屋を駈《か》け抜けて、寝室のドアを通り、同時にベッドに飛び込んだ。そのとき——何かが——二人の下で動き、息を呑《の》む声と悲鳴がして——誰かが、くぐもった声で言った。

「なんてこと！」

アンとダイアナは、どうやってそのベッドから出て、お部屋から逃げ出したかわからない。ただ無我夢中で駈け出したあと、気づいてみれば、震えながら爪先立って二階へ上がっていたのだ。

「ああ、今の誰——というか、何？」アンは、寒さと恐怖で歯をがちがちいわせながら、ささやいた。

「ジョゼフィーヌおばさまよ」ダイアナは笑いころげながら言った。「ああ、アン、どうしてあの部屋にいらしたのかしらないけど、あれはジョゼフィーヌおばさまよ。ああ、おばさま、きっとかんかんに怒るでしょうよ。怖い人なのよ——ほんと、怖いの。でも、こんなにおかしいことってある？　アン」

「ジョゼフィーヌおばさまって、どなた？」

「お父さんのおばさまで、シャーロットタウンに住んでるの。すごいお年で、七十いくつか——あの人が小さかったときなんか絶対なかったと思う。うちにいらっしゃるとは聞いてたけど、こんなに早くいらっしゃるとは思わなかったわ。ものすごく気取っていて几帳面《きちょうめん》だから、今のことであたしたち、こっぴどく叱られるわ。まあ、ミニー・メイと一緒に寝なきゃならないわね——あの子、蹴《け》るったらないのよ」

ジョゼフィーヌおばさまは、あくる朝早くの朝食に姿を見せなかった。バリー夫人は、少女二人にやさしく微笑んだ。

「昨夜《ゆうべ》は楽しかった？　ジョゼフィーヌおばさまがいらしたから、あなたたちには結局上の部屋で寝てもらわなきゃならなくなったって伝えようと、あなたたちが帰ってくるまで起きているつもりだったんだけれど、疲れて寝てしまったの。おばさまのお邪魔をしなかったでしょうね、ダイアナ」

ダイアナは賢明にも沈黙を守ったが、ダイアナとアンはテーブル越しに、こっそりと舌を出して微笑みを交わした。朝食のあと、アンは急いでお家《うち》に帰り、やがてバリー家で起こったもめごとを何も知らないまま夕方になると、マリラのためにリンド夫人のお宅までお使いに出た。

「じゃあ、あなたとダイアナは昨夜、可哀想なバリーのおばさまを死ぬほどおびえさせてしまったというわけね？」リンド夫人は厳しい口調で言ったが、目は笑っていた。「バリーの奥さまがカーモディへお出かけになる途中、ついさっきまでここにいらしたのよ。今回のことで、ひどく困っていなさったわ。バリーのおばさまは今朝起きたとき、もうかんかんだったんですって――そして、ジョゼフィーヌ・バリーの癇癪《かんしゃく》は、冗談じゃすまないのよ、ほんと。ダイアナにまったく口をきこうともなさらないんですって」

「ダイアナが悪いんじゃないの」アンは悲しそうに言った。「あたしのせいなの。どっちがベッドに最初に入るか競争しようって言ったの」

「やっぱりね！」リンド夫人は、自分の思ったとおりだと勝ち誇るように言った。「どうせ、あなたが思いついたことだろうと思ったわ。とにかく、大変な騒ぎにしてくれたものねえ、まったくもって。ミス・バリーはひと月滞在しにいらしたんだけど、もう一日たりとて泊まらないって、明日《あした》、日曜だろうが何だろうが町へ帰るって言い出したそうよ。送ってもらえたら、今日にでも行こうっていう勢いでね。ダイアナの音楽のレッスン代を一期分払うっていう約束だったのに、あんなおてんば娘には何もしてやらないっておっしゃってるって。ああ、今朝はバリー家では、さぞかしにぎやかだったでしょうね。バリー家は弱り切っていることでしょうよ。ミス・バリーはお金持ちだから仲良くしておきたいのよ。もちろん、バリーの奥さまはそんなことをおっしゃらないけど、人の気持ちは、私にはお見通しですからね、まったくもって」

「あたし、ほんとに不幸せな子だわ」とアンは嘆いた。「いつだって面倒なことを惹《ひ》き起こして、親友も――命を捧《ささ》げてもいいと思っている人まで――同じようにひどい目に遭わせてしまうんですもの。どうしてそうなるのか教えてくださるかしら、リンドさん？」

「それは、アン、あなたがおっちょこちょいで、思い立ったらすぐ動いてしまうからでしょ、まったくもって。あなた、立ち止まって考えたりしないでしょ――何でも頭に浮かんだら、一瞬も考えもせずに言ったりやったりするからよ」

「あら、だって、それがいいんじゃないの」アンは抗議をした。「何かすごくわくわくするようなことが頭にパッとひらめいたら、それをやらないではすまされないわ。止まってよくよく考えたりしてたら、台なしになってしまうわ。そんなふうに感じたことはないの、リンドさん？」

いや、リンド夫人は、そんなふうに感じたことはなかった。夫人は、賢者のごとく、首を振った。

「あなたも少しは考えるようにしなくちゃ、アン、まったくもって。あなたが守らなきゃならない諺《ことわざ》は〝飛ぶ前に見ろ〟というやつね――とくにお客さま用寝室に飛び込むときはね」

リンド夫人は、自分の何気ない洒落《しゃれ》に気をよくして笑ったが、アンは考え込んでいた。アンにとって何もおかしいことはなく、むしろかなり深刻に思えた。リンド夫人のお宅を出ると、アンは凍った道を歩いて果樹園の坂《オーチャード・スロープ》へ向かった。ダイアナが台所のドアに出てきた。

「あなたのジョゼフィーヌおばさま、とっても怒っていらっしゃるんでしょう？」アンは、ささやいた。

「ええ」ダイアナは、閉まった居間のドアを肩越しにちらりと心配そうに振り返って、忍び笑いを抑えながら言った。「怒りで地に足もつかないみたいよ、アン。そりゃあものすごく叱りつけられたもの。あたしみたいな悪い子、見たことがないって言って、うちの両親はあたしの育て方を恥ずかしいと思うべきだって。もうこんな家にはいられないって言うんだけど、勝手にすればいいわ。でも、お父さんとお母さんは、困ってる」

「どうしてあたしのせいだって言わなかったの？」アンは尋ねた。

「あたしがそんなことをすると思ってるの？」ダイアナは信じられないというように

言った。「あたしは、告げ口屋じゃありませんからね、アン・シャーリー。それに、あたしだって半分はいけないのよ」

「じゃあ、あたしが自分で言いに行くわ」アンはきっぱりと言った。

ダイアナは目をまるくした。

「アン・シャーリー、だめよ、そんなこと！　だって――あなた、生きたまま食べられちゃうわ！」

「これ以上怖がらせないでよ」アンはお願いした。「大砲の口に向かって歩いていくほうがましね。でも、やらなきゃ、ダイアナ。あたしのせいだったんだから、正直にそう言わなきゃ。幸いなことに、あたし、告白なら慣れてるから」

「じゃあ、おばさまは、お部屋よ」とダイアナ。「行くなら行けばいいわ。あたしだったら、やめとくけど。何の役にも立ちゃしないわよ」

こんな励ましを受けて、アンは〝虎穴〟に入った――つまり、居間のドアまで決然として歩いていって、そうっとドアを叩《たた》いた。鋭い「お入り」という声がした。

痩《や》せて、気取って、堅苦しいミス・ジョゼフィーヌ・バリーは、暖炉のそばで猛烈な勢いで編み物をしていた。怒りはまだおさまらず、金縁眼鏡の向こうからぎょろりと目がにらみつけた。椅子に坐《すわ》ったままこちらをむいたミス・バリーは、ダイアナがいるものとばかり思っていたのに、真っ白な顔をした少女が絶望的な勇気と縮みあがるような恐怖でいっぱいになった大きな目をして立っているではないか。

「誰だね?」ミス・ジョゼフィーヌ・バリーは、挨拶《あいさつ》抜きで尋ねた。

「グリーン・ゲイブルズのアンです」小さな訪問客は、いつもやるように両手を握りしめて震えながら言った。「告白をしに参りました」

「告白? 何のだね?」

「昨夜、おばさまのベッドに飛び込んだのは、すべてあたしのせいだということをです。あたしがやろうって言ったんです。ダイアナはそんなこと思いついたりしません、ほんとに。ダイアナは、とっても貴婦人みたいな子ですから、バリーのおばさま。だから、あの子を責めるのは筋ちがいだとわかっていただかなければなりません」

「おや、なりませんだって、ええ? ダイアナだって少なくとも一緒に飛び込んだんじゃないのかね。きちんとした家で、あんないたずらをするなんて!」

「でも、あたしたち、ただ、ふざけてただけなんです」アンは食い下がった。「許してくださらなければならないと思います、バリーのおばさま。あたしたち、お詫《わ》びをしているんですもの。それに、どうかダイアナを許して、音楽のレッスンを受けさせてあげてください。ダイアナは音楽のレッスンがやりたくてたまらないんです、バリーのおばさま。あたし、やりたくてたまらないことをやらせてもらえないと、どんな気持ちかとってもよく知っています。誰かを怒るなら、あたしに怒ってください。あたしなら、昔、みんなから怒られてばっかりだったので、ダイアナよりもずっと我慢ができますから」

このときまでに、老婦人の目からは険悪な色がほとんど消えていて、代わりに、おもしろそうだという光が浮かんでいた。しかし、婦人はまだ厳しい口調で言った。

「ふざけてやったと言うのでは、何の言い訳にもならないね。私が小さい頃は、女の子はそんなことでふざけたりしなかったよ。大変な長旅で疲れて、ぐっすり眠っているところを、大きな女の子二人にどすんどすんと飛びかかられて起こされるのがどんなことか、おまえは知らないだろ」

「知らないけれど、想像することはできます」アンは熱心に言った。「とっても嫌な気がするにちがいないと思います。でも、あたしたちのことも考えてみてください。バリーさんには想像力がありますか？　もしあれば、あたしたちの立場に立ってみてください。あたしたちは、あのベッドに誰かがいるなんて知らなかったし、あなたがいらしたので、死ぬほどびっくりしたんです。もう、とっても怖かったんですよ。それに、客間で寝てもいいというお約束だったのに、客間で寝ることはできなくなってしまいました。あなたはきっと客間で寝るのに慣れていらっしゃるでしょうけれど、もしあなたが、客間で寝てもいいなんていう栄誉に浴したことがない小さな孤児《みなしご》の女の子だったら、どんなにがっかりするか想像してみてください」

このころには、老婦人の怒りはすっかり消えていた。実のところ、ミス・バリーは声をたてて笑ったのだ――その声を聞いて、外の台所で心配で声も出せずに待っていたダイアナは、ほっとして大きな溜《た》め息《いき》をもらした。

「私の想像力は少し錆《さ》びついているようだね――もう随分使っていないから」老婦人は言った。「こっちばかりじゃなく、そっちにも同情に値する事情があったというわけだね。すべては物の見方によるからね。ここに坐って、身の上話をしてごらん」

「ごめんなさい。できないんです」アンはきっぱり言った。「あなたはおもしろそうな方だし、そうは見えないけど〝魂の響きあう友〟かもしれないから、そうしたいんですけど。でも、ミス・マリラ・カスバートの家に帰らなくてはいけないんです。ミス・マリラ・カスバートはとても親切な婦人で、あたしを引き取って、ちゃんと育ててくれてるんです。できるかぎりのことをしてくれてるんですけど、私のせいでがっかりすることばかりなんです。あたしがベッドに飛び乗ったからって、マリラを責めたりなさらないでください。でも、あたしが行く前に、ダイアナを許して、当初のご計画どおりにアヴォンリーに長く滞在なさるって言ってくださいませんか」

「そうしようかね。もしあんたがやってきて、ときどき話をしてくれるのなら」とミス・バリーは言った。

その晩、ミス・バリーは、ダイアナに銀の腕輪を与えて、大人たちには「帰るつもりだったが、荷物をもう一度ほどいた」と言った。

「もう少しいることにしたのは、あのアンとかいうお嬢さんともっと知り合いになりたいためだけだよ」ミス・バリーはざっくばらんに言った。「あの子といると楽しいね。あたしぐらいの年になると、一緒にいて楽しくなる人には、なかなかお目にかかれないもんだからね」

この騒ぎを聞いたときのマリラの反応は、ただひと言「だから言わんこっちゃない」だけだったが、これはマシューへの当てつけだった。

ミス・バリーは、予定のひと月以上滞在した。アンがお相手をしてご機嫌だったため、ミス・バリーはいつもよりもずっと気持ちよくお客になっていた。

ミス・バリーが出ていくとき、こう言った。

「憶《おぼ》えておおき、アン嬢ちゃん。町へ来たら、私を訪ねなさい。そしたら、うちの一番いいお客さん用のベッドに寝かせてあげる」

「バリーのおばさまは、やっぱり〝魂の響きあう友〟だったわ」とアンはマリラに打ち明けた。「見ただけではそうだとわからないけど、やっぱりそうなのよ。マシューのときのように最初からすぐにはわからなかったけど、だんだんわかるようになるの。〝魂の響きあう友〟って、思ってたほど少なくないんだわ。世の中に、そういう人がたくさんいるってわかるのは、すばらしいわね」

第20章　暴走した想像力

　緑破風《グリーン・ゲイブルズ》の家に再び春がやってきた――美しく気まぐれなカナダの春は、四月から五月にかけてぐすぐずとやってきて、甘い香りが漂ったり、さわやかに晴れ渡ったりする日があるかと思えば、肌寒い日もあって、のっそりと日々が過ぎてゆく。夕空はピンクに染まり、何もかも魔法のように蘇《よみがえ》り、成長していく。〝恋人の小道〟の赤い楓《かえで》が芽を吹き、〝妖精《ようせい》の泉〟のまわりでは葉の先が小さく縮れた羊歯《しだ》が頭をもたげていた。サイラス・スローン家の裏手の荒れ地では、岩梨《メイフラワー》がピンクや白の星のようなやさしい花をつけ、褐色の葉の下から顔を覗《のぞ》かせていた。黄金の光に満ちた午後、学校じゅうの女子も男子も、そろってこの花を摘みに行き、籠《かご》いっぱいに花を入れたり腕に抱えたりして、声の響く澄んだ夕暮れのなかを家へ帰っていった。

「岩梨《メイフラワー》がないところに住んでる人は、可哀想ねえ」とアンは言った。「ダイアナは、そういう人にはもっといいものがあるかもしれないって言うんだけど、岩梨《メイフラワー》よりもいいものなんてあるかしら、マリラ？　それからダイアナは、岩梨《メイフラワー》がどんなものか知らなければ岩梨《メイフラワー》がなくても残念に思わないいんじゃないかとも言うんだけど、そこが一番悲惨よね。岩梨《メイフラワー》がどんなものか知らなくて、なくても何とも思わないなんて、それこそ悲劇的だと思わない、マリラ？　あたしが岩梨《メイフラワー》の正体を何だと思ってるか知ってる、マリラ？　岩梨《メイフラワー》って、こないだの夏に死んでしまったお花たちの魂なのよ。そして、この花束は、お花たちの天国。それにしても、今日はとっても楽しかったわ、マリラ。苔《こけ》が生えてる広い窪地《くぼち》の古い井戸のそばでお弁当を食べたの――とってもロマンチックな場所なのよ。チャーリー・スローンがアーティー・ギリスにその井戸を飛び越えてみろって言って、アーティーは負けるのが嫌だから飛び越えたの。学校じゃ、けしかけられると、みんなやってみせるのよ。やってみろって誰かに言うのが今はやりなの。フィリップス先生が自分で摘んだ岩梨《メイフラワー》を全部プリシー・アンドルーズにあげて『美しいものは、美しい人へ』って言ってるの、聞いちゃった。それって本にある台詞《せりふ》なの。あたし知ってる。でも、先生にも想像力があるってわかったわ。あたしにも岩梨《メイフラワー》をくれる人がいたんだけど、あたし、ばかにして受けとらなかった。その人の名前は言えないわ。その名前を二度と口にするものかって誓ったから。みんなで岩梨《メイフラワー》の花輪を作って帽子につけて、帰りは街道を二人ずつ並んで行進しながら、花束や花輪を持って『丘の上のわが家』を歌ったの。ああ、とっても楽しかったわ、マリラ。サイラス・スローン家の人たちがあたしたちを見に飛び出してくるし、街道で出会った人たちは立ち止まって、あたしたちのことじろじろ見てたわ。ほんと、あたしたち、一大センセーションを惹《ひ》き起こしたみたい」

「そりゃあ、じろじろ見られて当たり前ですよ！　そんなばかなことをしてたら！」

というのがマリラの反応だった。

岩梨《メイフラワー》の次は、すみれだった。〝すみれの谷〟は、すみれで紫一色に染まった。アンは学校へ行くとき、聖なる地を歩くように厳かな足取りで、うやうやしい崇拝の気持ちに満ちた目をして、そこを通った。

「どういうわけか」アンはダイアナに言った。「ここを通っていると、クラスでギル……誰かに一番になられてもいいやっていう気がしてくるの。でも、学校に着くと、そんなことなくなって、気になって仕方なくなる。あたしの中に、いろんなアンがたくさんいるんだわ。だからあたしってこんなに面倒を起こすんだろうなって、ときどき思うの。あたしがいつも一人のアンだったら、ずっと楽でしょうね。でも、そしたら、半分もおもしろくないだろうな」

果樹園に再びピンクの花が咲き誇った、ある六月の夕べのことだった。〝きらめきの湖〟の上手の沼地ではカエルが澄んだきれいな声で鳴いており、クローバーの野原の香りや樅《もみ》の森の香りがあたりにたちこめるなか、アンは自分の部屋の窓辺に坐《すわ》っていた。学校の勉強をしていたのだが、暗くなって本が読めなくなったので、目を開いたまま空想に耽《ふけ》りだし、〝雪の女王〟の枝の向こうに目をやった。すると、この桜の木には、再び花が咲き乱れているのだった。

この小さな破風の部屋は、基本的に何も変わっていなかった。壁は相変わらず白く、針山も依然として硬く、椅子もやはり前と同じように硬くて黄色でまっすぐ立っていた。でも、部屋全体の様子が変わっていたのだ。部屋には、それまでなかった元気に脈打つ個性があふれていた。それは、教科書や女の子の服やリボンがあるからでもなければ、テーブルの上にりんごの花でいっぱいの、縁の欠けた青い水差しがあるからでもなかった。まるで潑剌《はつらつ》としたこの部屋の主が寝ても覚めても見る夢が、形にはならないけれど目に見えるものとなって、がらんとしたこの部屋を虹《にじ》と月光でできた薄い膜で飾りつけたかのようだった。やがてマリラが、アイロンをかけたばかりのアンの学校用のエプロンを何枚も持って、きびきびと入ってきた。マリラはそれを椅子にかけると、短い溜め息をついて坐った。その日の午後ずっといつもの頭痛がしていて、ようやくおさまったのだが、元気が出ず、マリラの言い方を借りれば「くたくた」だったのだ。アンは思いやりの気持ちをこめて、澄んだ目でマリラを見つめた。

「マリラのかわりに頭痛になってあげられたらいいのに。マリラのためなら、よろこんで頭痛に耐えるわ」

「あんたに家事を手伝ってもらったおかげで、こっちはひと休みできたよ」とマリラは言った。「随分はかどるようになって、失敗も少なくなったね。もちろん、マシューのハンカチに糊《のり》をつける必要はなかったけれど！　それから、大抵の人は、お昼にオーブンでパイを温めるときは、あったまったら、取り出して食べるんですよ。カリカリに焦げるまでほうっておいたりしないでね。あんたはどうやら取り出さない主義のようだけど」

頭痛がすると、いつもマリラは少し皮肉っぽくなるのだった。

「ああ、ほんとにごめんなさい」アンは後悔して言った。「パイのこと、オーブンに入れたっきり、今の今まですっかり忘れてたわ。お昼の食卓に何かが足りないってことは本能的にわかってたんだけど。今朝、準備を任されたとき、今日は目の前のことに集中して、よけいなことを想像しないようにしようって決心してたの。パイを入れるところまではかなりうまくいってたんだけど、それからあたし、魔法をかけられてさびしい塔に閉じこめられたお姫さまで、ハンサムな騎士が真っ黒な馬に乗って助けにきてくれるっていう想像がしたくてしたくてたまらなくなってしまったの。そんなわけで、パイのことは忘れてしまいました。ハンカチに糊をつけたことは知りませんでした。だって、アイロンをかけてる最中、ダイアナと一緒に小川で見つけた新しい島に名前をつけようとずっと考えてたんだもの。もう、うっとりするような場所なんだから、マリラ。その島には二本の楓の木が立っていて、小川がその島のまわりを抜けて流れていくの。それで島を見つけたのはヴィクトリア女王陛下のお誕生日だったから、〝ヴィクトリア島〟ってつけたらすてきだって、ついに思いついたのよ。ダイアナもあたしも、とっても女王さまびいきだから。でも、パイとハンカチのことは、ごめんなさい。今日は記念日だから、とりわけいい子になりたかったのに。マリラ、去年の今日、何があったか、憶《おぼ》えてる？」

「いいえ、何も特別なことは思いつきませんね」

「ああ、マリラ、あたしがグリーン・ゲイブルズに来た日なのよ。あたし、絶対忘れないわ。あたしの人生の転換点ですもの。もちろん、マリラにはそれほど大事じゃないでしょうけど。ここにきて一年、あたし、とっても幸せだった。もちろん、嫌なこともあったけど、嫌なことは我慢できるものだわ。あたしをここにおいて後悔してる、マリラ？」

「いいえ、後悔してるとは言えないね」そう言うマリラは、アンが緑破風《グリーン・ゲイブルズ》の家に来る前はどうやって生きていたのだろうと、ときどき思っていたのだった。「いいえ、まあ後悔してるなんてことはないよ。勉強が終わったら、アン、ひとっ走り行って、バリーさんの奥さんに、ダイアナのエプロンの型紙を貸してくれないか聞いてきて頂《ちょう》戴《だい》」

「あら――でも――もう暗すぎるわ」とアンは叫んだ。

「暗すぎる？　なあに、まだ薄暗いだけよ。それに、今までだって、あんた暗くなってから何度外へ出ていったか知れやしないじゃないの」

「明日《あした》の朝早く行ってくるわ」アンは熱心に言った。「日の出とともに起きて行ってくるから、マリラ」

「今度は何を考えているの、アン・シャーリー？　今晩あんたの新しいエプロンを作るのに、あの型紙がいるのよ。さっさと行っといで」

「じゃあ、街道を通ってまわり道して行かなきゃ」アンは、しぶしぶ帽子を取りながら言った。

「街道を通って三十分もむだにするつもりなの！　気が知れないね」

「だって、〝お化けの森〟を通って行けないもの、マリラ」アンは絶望して叫んだ。

「〝お化けの森〟だって！　気は確かかい？　〝お化けの森〟なんてどこにあるの？」

「小川の向こうの唐檜《とうひ》の森のことよ」アンはささやいた。

「ばかなことを！　〝お化けの森〟なんてどこにもありゃしませんよ。そんなこと、誰に言われたの？」

「誰に言われたんでもないわ」アンは告白した。「ダイアナとあたしで、あの森にはお化けが出るって想像したの。このあたりはどこもあんまり……あんまり……ありきたりでしょ。だから〝お化けの森〟だってことにして、おもしろくしたの。四月からそうしてるのよ。お化けが出る森って、とってもロマンチックだもの、マリラ。唐檜の森ってすごく暗いから、あそこにお化けが出ることにしたのよ。ああ、ものすごく怖い想像をしたわ。白い服を着た女の人が、ちょうど夜のこの時間帯に小川のほとりを歩いていて、両手を揉《も》み絞って、ううって泣いてるの。この人が現れると、家族の誰かが死ぬのよ。それから、殺された小さな子の幽霊が森の隅の荒野楽園《アイドルワイルド》あたりに出てきて、うしろからそっと忍び寄ってきて冷たい指でしがみついてくるのよ――こんなふうに手をつかまれるの。だからああ、マリラ、思っただけで身の毛がよだつわ。それから、首のない男が小道を行ったり来たりしていて、枝のあいだから骸骨《がいこつ》がにらみつけるのよ。ああ、マリラ、どんなことがあっても、暗くなってから〝お化けの森〟を通るのは嫌よ。白いものが木のうしろから手を伸ばしてきて、あたしをひっつかまえるわ」

「そんな話、聞いたこともないよ！」仰天して口もきけなかったマリラは叫んだ。「アン・シャーリー、そんなばかばかしいでっちあげを本気で信じているわけじゃないでしょうね？」

「ほんとに信じているわけじゃないわ」アンはしどろもどろになった。「少なくとも、明るいときには信じてないわ。でも、暗くなるとね、マリラ、ちがうの。お化けが出るのよ」

「お化けなんてものは、いませんよ、アン」

「あら、でも、いるのよ、マリラ」アンは熱心に叫んだ。「お化けを見た人たちを、あたし知ってるもの。それも、ちゃんとした人たちよ。チャーリー・スローンが言ってたけど、一年前に埋められたはずのおじいさんが、ある夜、牛の群れを家へ追い立てているのを、おばあさんが見たんですって。チャーリー・スローンのおばあさんって、嘘をついたりしない人でしょ。とっても信心深い人だわ。それにトマスさんのお父さんは、ある夜、切られた首が皮一枚でぶらさがっている火だるまの羊に追われて、お家《うち》に逃げ帰ったそうよ。お父さんは、あれはお兄さんの霊で、自分が九日のうちに死ぬという警告なんだって言ったんだって。お父さんは九日のうちに死ななかったけれど、二年後に死んだの。だから、ほんとだったのよ。それに、ルービー・ギリスが言うにはね……」

「アン・シャーリー！」マリラは、きっぱりと口をはさんだ。「そんな話は二度と聞きたくありません。あんたのその想像力についちゃ、今までずっと問題だと思ってたけれど、それがこういうことになっているなら、もう大目に見られませんよ。今すぐバリーさんちへ行きなさい。それも、あんたへの教訓にも戒めにもなるから、あの唐檜の森を通っていきなさい。そして、もう二度とお化けの森の話なんて口にするんじゃありません」

アンは、その気になれば泣いて訴えることもできる子だった――そして、実際そうした。なにしろ本当に怖がっていたのだ。想像力につき動かされて、夜になってからは唐檜の森が死ぬほど恐ろしくてたまらなかったのだ。

でも、マリラは絶対に許してくれなかった。お化けが怖いと尻込《しりご》みするアンを泉のところまで大股《おおまた》で連れていき、そのまま橋を渡って、その向こうの泣き叫ぶ女の人や首なしお化けがいる暗闇へ入っていくように命じたのだ。

「ああ、マリラ、どうしてそんなに残酷なの？」アンはすすり泣いた。「白いものがあたしをさらっていってしまったら、どうするの？」

「試してみようじゃないの」マリラは無表情に言った。「私がこうと言ったら絶対だということは知ってるでしょ。居もしないお化けを想像してしまう病気を治してあげようじゃないの。さあ、行きなさい」

アンは行った。すなわち、橋でけつまずき、その先の恐ろしい暗い小道をびくびくしながら進んでいったのだ。このときのことは、いつまでも決して忘れられなかった。アンは、想像力を思う存分ふくらませてしまったことを深く後悔した。近くの物陰には、居もしない想像上のお化けが潜んでおり、その冷たいがりがりの手を伸ばしてきて、お化けを自分で生みだしてしまっておびえている少女をつかもうとした。白樺《しらかば》の樹皮がはがれて、窪地《くぼち》から風に吹かれて森の茶色い地面に落ちてくると、心臓が止まりそうになった。古い大枝がぎしぎしとこすれ合って、長いうめき声のような音を出すと、アンの額《ひたい》に玉のような汗が浮かんだ。頭上の暗闇から飛び下りてくるコウモリの翼は、この世のものとは思えなかった。ウィリアム・ベルさんの農場に着くと、アンはまるで大勢の白いものに追われているかのように農場を駆《か》け抜け、バリーさんの家の勝手口に着いたときには息を切らしてぜいぜい言うばかりで、エプロンの型紙を貸してくださいと、ちゃんと言うこともできなかった。ダイアナは留守だったので、いつまでもお邪魔しているわけにはいかず、すぐに恐ろしい帰り道につかなければならなかった。アンは、白いお化けを見るくらいなら、大枝にぶつかって脳みそが飛び出したほうがいいと思って、目をつぶって駆けだした。ようやくつんのめるようにして丸木橋を渡りきったとき、アンはほっとして長く震える溜《た》め息《いき》をついた。

「おや、お化けには、つかまらなかったのかい?」マリラは冷たく言った。

「ああ、マ……マリラ」アンは、がちがち震えながら言った。「こんな目に遭うくらいなら、あの森は、あ……あ……ありきたりの場所で、か……か……かまわないわ」

第21章　新しい奇抜な味付け

「あーあ、リンドさんがおっしゃるとおり、この世は出会いと別ればかりだわ」

学年末となる六月の最後の日に、アンは台所のテーブルに石盤と教科書を置いて、涙でぐしょぐしょのハンカチで赤く泣きはらした目を拭《ぬぐ》いながら悲しげに言った。

「今日、あたし、学校に予備のハンカチを持っていってよかったと思わない？　マリラ。なんとなく要《い》るような気がしたのよ」

「あんたがそんなにフィリップス先生のことを好きだったとは思ってもみなかったわ。先生が学校を去るからといって、涙を拭《ふ》くのにハンカチ二枚も使うなんて」とマリラ。

「あたし、先生のことがとっても好きだから泣いてたんじゃないと思うの」アンは考えながら言った。「みんなが泣いたから泣いただけなの。最初に泣きだしたのはルービー・ギリスだったわ。あの子、フィリップス先生が大嫌いだって言ってたくせに、先生がお別れの挨拶《あいさつ》をしようと立ち上がっただけで、わっと泣きだしたのよ。そしたら、女の子が次から次に泣きだしたの。あたしは泣くまいと頑張ったのよ、マリラ。先生があたしをギル……男の子の隣に坐《すわ》らせたときのこととか、黒板にあたしの名前をeをつけずに書いたこととか、こんなに幾何ができないばかな子は見たことがないって言ったこととか、あたしの綴《つづ》り方を笑ったこととか、ぞっとするような皮肉を先生が言ったときのことを全部思い出そうとしたんだけど、どういうわけかできなかったのよ、マリラ。それで、泣いてしまったの。ジェーン・アンドルーズなんか、フィリップス先生がいなくなったらせいせいするって一か月前から言い続けてて、涙なんか流すもんかって言ってたのに、だれよりもひどく泣いて、お兄さんからハンカチを借りなきゃならなかったほどなのよ――もちろん、男の子たちは泣かなかったわ――ジェーンは泣くつもりじゃなかったから、ハンカチを持ってきてなかったの。ああ、マリラ、フィリップス先生が『お別れの時が来ました』で始まるとても美しい別れの言葉をおっしゃったとき、胸が張り裂ける思いだったわ。すごく感動的だった。先生も目に涙を浮かべてらしたのよ、マリラ。ああ、学校で先生の悪口を言ったり、石盤に先生の似顔絵を描いたり、先生とプリシーのことをからかったりなんかしたのが、とっても申し訳なくって、ミニー・アンドルーズみたいな模範生になっていればよかったのにと思ったわ。ミニーなら、何のやましいところもないわけだもの。女の子たちは学校からの帰り道ずっと泣いてた。キャリー・スローンったら、数分おきに『お別れの時が来ました』なんて言い続けるもんだから、あたしたち、笑顔を取り戻しかけるたびに、またどっと泣きだしてしまうのよ。すごく悲しかったわ、マリラ。でも、これから二か月、夏休みがあるってときに絶望のどん底にはいられないわね、マリラ？　それに、あたしたち、新しい牧師さんとその奥さまが駅からいらっしゃるのに出会ったのよ。フィリップス先生がいなくなってしまうのをこんなに悲しく感じていても、新しい牧師さんにも少しは興味が湧くものでしょ？　奥さまは、とってもきれいな人。もちろん、女王さまみたいに美しくはないわよ――女王さまみたいに美しい奥さまが牧師さんにいたりしたら、悪いお手本になるからよくないと思うわ。リンドさんがおっしゃるには、ニューブリッジの牧師の奥さまは、あまりにもおしゃれな服を着ていらして、とても悪いお手本だったんですって。あたしたちの新しい牧師の奥さまは、すてきなパフスリーブつきの青いモスリンの服を着ていらして、バラの縁飾りのついた帽子をかぶっていらしたわ。ジェーン・アンドルーズは、パフスリーブは牧師の妻が着るには俗っぽすぎるって言うんだけど、あたしはそんな思いやりのないことは言わなかったわ、マリラ。だって、パフスリーブが着たいって思う気持ち、あたしにはわかるもの。それに、あの方は牧師の妻になったばかりだから、大目に見てあげなきゃいけないと思わない？　お二人は、牧師館の用意ができるまで、リンドさんのお宅に泊まるんですって」

その日の夕方、マリラは前の冬に借りたキルティングの型枠を返しにリンド夫人のお宅へ行ったが、実はそれは口実で、ほかに理由があったのだ。マリラにも、アヴォンリー村の人たちなら大抵もっている好奇心という微笑ましい欠点があったのだった。リンド夫人はいろいろなものを貸し出して、ときには返してもらえないかもしれないと思っていたのだが、その夜はみんながいろんなものを返しにやってきた。新しい牧師、それも奥さんを連れた牧師であれば、めったに騒ぎの起こらない静かで小さな田舎では、大いに好奇心の的となったのである。

想像力に欠けているとアンに言われた老牧師のベントレーさんは、アヴォンリー村の主任司祭を十八年勤めていた。ここに赴任してきたときは、奥さんを亡くして独身だったため、毎年「あの人と結婚したんですってよ」、「この人と結婚したのよ」、「ほかの人と結婚したんだって」と常に噂されていたのだが、やはりずっと独身だった。去る二月に司祭を辞任し、人々に惜しまれながらの訣別《けつべつ》となった。説教がへたであるという欠点があるにもかかわらず、人々は長いつきあいのある善良な牧師のことが好きだったのだった。

それ以来、アヴォンリーの教会では、多種多様な牧師候補や「補欠」が日曜日ごとに次々やってきて試しに説教を披露したので、みんなはちょっとした気晴らしを楽しめた。こうした候補者たちは、アヴォンリーの教会のお偉方によって、可否を吟味されていたが、教会の古いカスバート家の席の隅におとなしく坐る赤毛の少女もまた自分の意見を持っていて、マシューを相手に大いに論じていた。マリラは、どんなやり方にせよ、牧師さまを論《あげつら》ってどうこう言うなんて主義に反すると言って、いつも参加しなかったけれども。

「スミスさんじゃだめよ、マシュー」というのが、アンの最終結論だった。「リンドさんは、スミスさんはお説教がへただっておっしゃるけど、一番の欠点はベントレーさんと同じ──想像力がないのよ。テリーさんには、ありすぎ。あたしが〝お化けの森〟のことで想像力を暴走させてしまったように、あの人も暴走するわ。それに、リンドさんは、あの人の神学は健全じゃないっておっしゃってるわ。グレシャムさんはとてもいい人で、とても信心深いけれど、あんまりおかしなお話ばかりなさって、教会のみんなを笑わせて威厳がないのよ。だけど、牧師さんって威厳がなきゃだめでしょ、マシュー？　マーシャルさんはまちがいなく魅力的だと思ったけど、あの方は結婚もしてなければ婚約もしてないってリンドさんはおっしゃるの。とくにあの方の身辺調査をなさったんですって。アヴォンリーに若い未婚の牧師がきてもらうのは困る、会衆の中の女性と結婚したら、面倒なことになるからって言うのよ。リンドさんって、ほんと、ずっと先のことまでお考えになるわよね、マシュー？　あたし、アランさんが呼ばれてとってもうれしいわ。あの方のお説教はおもしろくて、お祈りも、惰性でするのではなくて、心をこめてなさるから好きなの。リンドさんに言わせれば、アランさんは百点満点じゃないけど、年俸七百五十ドルじゃ百点満点の牧師には来てもらえないんですって。それに宗教上のあらゆる点について徹底的に質問したら、あの方の神学は健全だったんですって。リンドさんは、あの方の奥さまのお家《うち》の方々をご存じなんだけど、とっても立派な人たちで、女性はみんなきちんとした主婦なんですって。男の人がしっかり神学を理解していて、女の人がしっかり家を守るというのが、牧師の家族では理想的な組み合わせだって、リンドさんはおっしゃってたわ」

こうして新しい牧師に選ばれたアランとその妻は、まだ新婚ほやほやの快活な若夫婦で、自ら選んだ一生の仕事に対する善良で美しい熱意に満ちあふれていた。アヴォンリーの人たちは、最初から二人に心を開いた。高い理想を持つ、この気さくで陽気な若者と、牧師館の主婦となった明るくてやさしい小柄な奥さんのことを、みんな好きになったのだ。アンもアランの奥さんのことが、たちまち大好きになった。また一人、〝魂の響きあう友〟を見つけたのだ。

「ミセス・アランって、完璧《かんぺき》にすてきだわ」ある日曜の午後、アンは言った。「あたしたちの日曜学校のクラスを受け持ってくださることになったんだけど、すばらしい先生なの。先生ばかり質問をするのは公平とは思わないと真っ先におっしゃったのよ。それって、マリラ、まさにあたしがいつも思ってたことだわ。みなさんも何でも質問してくださいっておっしゃって、あたし、たっくさん質問したわ。質問するの、あたし得意だから、マリラ」

「そりゃそうでしょうね」マリラは語気を強めて言った。

「ほかに質問したのは、ルービー・ギリスだけ。今度の夏には日曜学校のピクニックはあるんですかって聞いたの。そんなこと、授業と何の関係もないのよ——授業では、聖書の、獅子《しし》の穴に入れられたダニエルのお話〔『旧約聖書』「ダニエル書」6：16〜23〕を読んでたんだから——だから、あんまりいい質問じゃないと思ったけど、ミセス・アランはにっこりなさって、あると思うわっておっしゃったの。ミセス・アランって笑顔がすてき。ほっぺに何とも言えないい優雅なえくぼができるの。マリラ、あたしも、えくぼができたらいいんだけどなあ。あたし、ここにきたときみたいながりがりじゃなくなったけど、まだえくぼはできないわ。もしできたら、あたしだって、人にいい影響を与えられると思うわ。ミセス・アランは、私たちはいつも人によい影響を与えるよう努めなければなりませんっておっしゃったの。何をお話しになっても、すてきな方だわ。宗教がこんなに楽しいものだなんて知らなかった。何か陰気なものとばかり思ってたんだけど、ミセス・アランはそうじゃない。あたし、ミセス・アランみたいになれるなら、キリスト教徒になりたいな。ベル校長先生みたいにはなりたくないけど」

「校長先生のことをそんなふうに言うもんじゃありません」マリラは厳しく言った。「校長先生は、とてもよいかたです」

「そりゃもちろん、よいかたよ」アンは同意した。「でも、全然楽しそうじゃないんですもの。もしあたしがよい人だったら、それだけでうれしくって、一日じゅう踊ったり歌ったりするわ。ミセス・アランはもう大人だから、踊ったり歌ったりはなさらないし、牧師の妻がそんなことしちゃいけないのはもちろんよ。でも、ミセス・アランはキリスト教徒であることをよろこんでいらして、キリスト教徒でなくても天国に行けるとしても、キリスト教徒でありたいって思ってらっしゃることがわかるの」

「近々、アラン夫妻をお茶にお招きしなくちゃね」マリラは考えながら言った。「あちこちにお呼ばれなさってるのに、うちだけがまだだからね。そうねえ。今度の水曜日なら、ちょうどいいんじゃないかしら。でも、マシューには内緒ですよ。お二人がいらっしゃるって知ったら、何か口実を作ってその日いなくなろうとするからね。ベントレー牧師とはお馴染《なじ》みになれたからだいじょうぶだったけれど、新しい牧師さんと知り合いになるのは億劫《おっくう》だろうし、新しい牧師さんの奥さんと会うとなったら、死ぬほどおびえちまうだろうからね」

「死人のように口を閉ざしておくわ」アンは約束した。「でも、ああ、マリラ、そのとき、あたしにケーキを作らせてくれない？　ミセス・アランのために何かしてさしあげたいし、あたしもう、かなりじょうずにケーキが作れるようになったでしょ」

「レイヤーケーキ〔ジャムなどをはさんで層にしたケーキ〕を焼いてもいいわ」とマリラは約束してくれた。

月曜日と火曜日、緑破風《グリーン・ゲイブルス》の家ではその準備で大わらわだった。牧師夫婦をお茶にお呼びするのは、大ごとなのだ。マリラは、ほかのアヴォンリーのお宅にひけをとるまいと決意を固めていた。アンはわくわくして、うれしくて、居ても立ってもいられなくなっていた。火曜日の黄昏《たそがれ》時、アンはダイアナと一緒に〝妖精《ようせい》の泉〟のほとりの大きな赤い岩に坐《すわ》って、樅《もみ》のヤニに浸した小枝で水面に油の膜の虹《にじ》を作りながら、何もかもダイアナに話して聞かせた。

「準備万全よ、ダイアナ、ケーキ以外はね。ケーキは、あたしが当日の朝、作るの。それから、ベイキング・パウダーを使ったビスケットは、マリラがお茶の時間の直前に焼くわ。ほんとよ、ダイアナ、マリラとあたし、この二日間すっごく忙しかったんだから。牧師夫妻をお茶にお招きするって大変な責任だもの。あたし、こんな経験したことなかったわ。うちの台所を見てほしいな。なかなかの見ものなのよ。チキンのゼリー寄せとコールドタン〔冷やした牛の舌肉〕をお出しするの。ゼリーは二種類、赤いのと黄色いの、それからホイップ・クリーム添えのレモンパイにチェリーパイ、クッキー三種類にフルーツケーキ。マリラがとくに牧師さん用にとっておいたご自慢の黄色いプラムのプリザーブ、それとパウンドケーキにレイヤーケーキ、さっきも言ったビスケット。それから新しいパンと古いパン──牧師さんが消化不良で新しいパンを召し上がれないときのために。リンドさんがおっしゃるには、牧師さんって大抵消化不良なんですって。でも、アラン牧師は、そんなに長いこと牧師をなさっていないから、きっとだいじょうぶね。あたし、レイヤーケーキのことを考えると恐ろしくなってしまうわ。ああ、ダイアナ、おいしくできなかったらどうしよう！　昨夜《ゆうべ》、大きなレイヤーケーキの頭をした怖いお化けに追いかけまわされる夢を見たわ」

「おいしくできるわよ、だいじょうぶよ」とダイアナは言ってくれた。こういう友だちがいると、とても気が休まるものだ。「二週間前にあなたが作って荒野楽園《アイドルワイルド》でお昼に頂いたケーキなんて、完璧にエレガントだったわ」

「ええ、でも、ケーキって、とくにじょうずにできてほしいときにかぎって、失敗するじゃない？」アンは溜《た》め息《いき》をついて念入りにヤニをつけた小枝を水に浮かべた。

「それでも運を天にまかせて、あたしはあたしで小麦粉を入れるように気をつけるしかないわ。わぁ、見て、ダイアナ、水にきれいな虹ができたわ！　あたしたちが帰ったあとで、泉の妖精が来て、これを持っていってスカーフにするかしら？」

「妖精なんていないこと、わかってるくせに」

ダイアナがこんなふうに言うのは、ダイアナのお母さんが〝お化けの森〟のことを聞きつけて、ものすごく怒ったからだった。その結果、ダイアナはもう想像力の翼を広げることはやめて、害のない妖精のようなものさえ信じるのは賢明ではないと思うことにしたのだった。

「でも、いるって想像するのは、とても簡単なことよ」とアン。「毎晩、寝る前に、窓の外を見て、妖精がほんとにそこに坐って、泉を鏡にして髪を梳《す》いてるんじゃないかしらって思うの。朝、露の中に妖精の足跡を探すこともあるわ。ああ、ダイアナ、妖精を信じる心を失くしちゃだめよ！」

水曜の朝がやってきた。アンはどきどきして眠れなかったので、日の出とともに起きた。前の晩、泉で水遊びしたために、ひどい風邪をひいたのだが、肺炎にでも罹《かか》らないかぎり、料理を頑張ろうとするその朝のアンのやる気をそぐことはできなかった。朝食のあと、アンはケーキ作りに取りかかった。そしてようやくケーキを入れたオーブンのドアを閉めたとき、アンは長い溜め息をついた。

「今度は何にも忘れてないはずよ、マリラ。でも、ふくらむかしら？　新しい瓶のを使ったんだけど。リンドさんがおっしゃるには、最近は何もかも添加物だらけで、ちゃんとしたベイキング・パウダーがおかしくなってたら、どうしよう？　リンドさんは、政府がこの件を取り上げるべきだっておっしゃるけど、保守党の政府がそんなことをしてくれる日は決してやってこないんですって。マリラ、ケーキがふくらまなかったら、どうしよう？」

「これがだめでも、ほかのがたくさんありますよ」というのが、マリラの落ち着いた見解だった。

しかし、ケーキはふくらみ、黄金のあわのようにふわふわになってオーブンから出てきた。アンは、うれしくて顔を赤らめ、真っ赤なゼリーを何段にもはさんだ。そして、ミセス・アランがそれを召し上がって、ひょっとしておかわりをご所望になるかもしれないと想像したのだった！

「もちろん、極上のティー・セットを使うのよね、マリラ」とアン。「テーブルを羊歯《し　だ》や野バラで飾ってもいい？」

「そんなの、ばかげていますよ」マリラは、フンと鼻を鳴らした。「私に言わせれば、重要なのは食べ物であって、くだらないお飾りじゃありません」

「バリーのおばさまのところでは、テーブルを飾ったんですってよ」エデンの園でイヴを誘惑したヘビの知恵を、アンは持ち合わせていないわけではなかった。「牧師さまが、優雅なほめ言葉をくださったんですって。口のみならず目にもご馳走ですって、おっしゃったのよ」

「まあ、好きにするがいいわ」バリー夫人にであれ誰にであれ負けたくないマリラは言った。「ただし、お料理を並べる場所は、あけておいて頂戴《ちょうだい》よ」

アンは、バリー夫人など目じゃないぐらいの、すばらしい飾りつけをした。バラと羊歯をふんだんに用い、アン自身のとても芸術的な感性を活《い》かして、テーブルをそれは美しく設《しつら》えたので、牧師夫妻は、テーブルに着くや、そのすばらしさに声をそろえて感嘆したのだった。

「アンがやったんですのよ」マリラは、にこりともせずに言った。アンは、ミセス・アランに「えらいわね」というように微笑みかけてもらって、天にも昇る思いだった。

マシューもそこに同席していたが、一体どうしてそんなことができたのかは、神さまとアンだけが知っていることだった。マシューはあまりにも人見知りをしてそわそわするので、マリラはすっかりあきらめていたのだったが、アンがじょうずになだめすかしたため、今は一番上等の晴れ着を着て白い襟《えり》カラーをつけ、それなりに興味をもって牧師さんに話しかけているのだった。ミセス・アランへはひと言も声をかけなかったが、そこまで期待するのは無理というものだろう。

アンのレイヤーケーキが出されるまでは、すべては婚礼の鐘のごとく愉快〔バイロンの『チャイルド・ハロルドの巡礼』第三篇第二十一節にある言葉〕だった。ミセス・アランは、お腹がびっくりするほどいろいろ食べたので、レイヤーケーキを断ったのだ。ところが、マリラは、アンの顔に浮かんだ失望を見て、にこやかに言った。

「あら、これはぜひ召し上がってくださらなければ、ミセス・アラン。アンが、わざわざ、奥さまに召し上がっていただこうと作ったんですのよ」

「そういうことだったら、お味見をさせていただくわ」とミセス・アランは笑って、三角に切りわけたふっくらしたひと切れを自分の皿に取った。牧師さんとマリラも同じようにした。

ひと口食べると、ミセス・アランの顔になんとも言えない表情が浮かんだ。ところが、ひと言も言わないで、そのまま食べ進めた。マリラはその表情を見て、急いで自分のを食べた。

「アン・シャーリー！」マリラが叫んだ。「一体ケーキに何を入れたの？」

「レシピどおりのものだけよ、マリラ」アンは苦悩の表情を浮かべて叫んだ。「ああ、おいしくないの？」

「おいしいですって！　ひどいわよ。ミセス・アラン、どうぞ召し上がろうとなさらないでください。アン、自分で食べてごらんなさい。どんな香料を使ったの？」

「バニラ」と言ったアンの顔は、ケーキを食べたあと、口惜《くや》しさで真っ赤になった。

「バニラだけよ。ああ、マリラ、ベイキング・パウダーがいけなかったんだわ。あのベイキング・パ……」

「何がベイキング・パウダーですか！　あんたが使ったバニラの瓶をここへ持っていらっしゃい」

アンは台所へ飛んでいって、「極上バニラ」と書かれた黄ばんだラベルのついた、茶色の液体が少し入った小瓶を持ってきた。

マリラは、それを受けとると、栓をとり、匂いを嗅《か》いだ。

「なんてことだろうね、アン、あんたは痛み止めの塗り薬でケーキを味付けしてしまったのよ。私が先週薬瓶を割ってしまって、残りをバニラの古い空き瓶に入れておいたんだわ。これは、なかば私がいけないね……あんたに教えておくべきだった……だけど、なんだって、匂いを嗅がなかったの？」

アンは、この二重の屈辱に、どっと涙にくれた。

「嗅げなかったのよ……ひどい風邪をひいてたんだもの！」そう言うと、アンは破風の部屋へ逃げ込み、ベッドに身を投げると、誰にも慰めてもらいたくないというふうに泣いた。

やがて、軽やかな足音が階段から聞こえ、誰かが部屋に入ってきた。

「ああ、マリラ」とアンは顔を上げずに言った。「あたし、永遠に取り返しのつかないことをしてしまったわ。もう立ち直れない。このことはみんなに知れ渡るわ――アヴォンリーじゃ、何もかも噂になるもの。ダイアナにケーキはどうだったって聞かれたら、ほんとのことを言わなきゃならないもの。あれが痛み止めの塗り薬でケーキを味付けした女の子だよって、ずっとうしろ指をさされることになるんだわ。ギル……学校の男の子たちは、いつまでも大笑いするわ。ああ、マリラ、キリスト教徒としての憐《あわ》れみがほんの少しでもあったら、こんなことがあったあとで、下りてきてお皿を洗えなんて言わないで頂戴。牧師さん夫妻がお帰りになったら洗うわ。でも、もう二度とミセス・アランのお顔は見られない。ひょっとしたら、毒殺しようとしたとお思いになるかもしれないわ。リンドさんは、お世話してくださった方を毒殺しようとした孤児《みなしご》の女の子を知っているんですって。でも、塗り薬は毒じゃないわ。体に吸収させるものですもの……ケーキには入れないけど。ミセス・アランにそう言ってくれない、マリラ？」

「あなたが体を起こして、自分で言ったらどう？」陽気な声が言った。

アンは飛び上がった。ミセス・アランがベッドのそばに立っていて、にこやかな目でこちらを見つめていた。

「いい子だから、そんなに泣いちゃだめよ」ミセス・アランは、アンの悲痛な顔つきに困り果てて言った。「だって、誰だってやりそうなおかしな失敗じゃないの」

「そんなことありません。あたしだから、こんな失敗をするんです」アンは悲しそうに言った。「それに、あのケーキは、ミセス・アランにおいしく召し上がっていただきたかったんです」

「ええ、わかるわ。それにね、あなたの親切と思いやりは、とてもありがたく思うわ。ケーキがじょうずにできたのと同じぐらいにね。さ、もう泣かないで。私と一緒に階《し》下《た》へ下りて、あなたの花壇を見せて頂戴。カスバートさんから、あなたはちょっとした自分の花壇を作っているって伺ったわ。見せてほしいな。お花にはとても興味があるの」

アンは、言われるままに下へ連れられていき、慰めてもらって、ミセス・アランが〝魂の響きあう友〟であったことはほんとに神さまのお助けだと思った。痛み止めケーキのことはそれきり話題にのぼることもなく、お客さまが帰ったあと、アンは、あんなひどい事件があったにしては、思った以上に楽しく過ごせたことに気がついたのだった。それでも、アンは深く溜《た》め息《いき》をついた。

「マリラ、明日《あした》が、まだ失敗をしていない新しい日だと思うと、ありがたいわね？」

「明日になっても、あんたなら失敗をいっぱいするでしょうよ」とマリラ。「あんたみたいに失敗ばかりする子は見たことないもの、アン」

「ええ、わかってるわ」アンは嘆くように認めた。「でも、あたしにひとつ偉いところがあるの、知らなかった、マリラ？　あたし、同じ失敗は二度としないの」

「新しい失敗をしょっちゅうしてるんだから、同じじゃなくても、ほめられたもんじゃないわ」

「あら、わからない、マリラ？　一人の人ができる失敗にはかぎりがあるはずで、失敗をやりつくしたら、もうやらなくなるってことよ。そう考えると、とても慰められるわ」

「とにかく、あのケーキを豚にやっておいで」とマリラ。「人間さまの食べる代物じゃないからね。がつがつ食べるジェリー・ブートだって、ごめんでしょうよ」

第22章　アン、お茶に招かれる

「そんなに目を見開いて、今度は何が起こったんだい？」アンが郵便局へ走っていって帰ってきたとき、マリラが尋ねた。「また〝魂の響きあう友〟でも見つかったの？」

アンは興奮に身を包み、目を輝かせ、顔じゅうを燃えたたせていた。八月の夕方の柔らかな陽光と、けだるい影の中を、アンはまるで風に吹かれる妖精《ようせい》のように小道を躍りながらやってきたのだった。

「いいえ、マリラ、ああ、何だと思う？　あたし、明日の午後、牧師館のお茶にお呼ばれしたのよ！　ミセス・アランがあたし宛ての手紙を郵便局に置いておいてくださったの。見てみてよ、マリラ。『グリーン・ゲイブルズ、ミス・アン・シャーリーさま』ってあるわ。あたし〝ミス〟って呼ばれたの、初めて。すっごくぞくぞくするわ！　とっておきの宝物として、一生大事にとっておこうっと」

「ミセス・アランは、日曜学校の生徒全員を順番にお茶に呼ぶつもりだとおっしゃってたわよ」このすばらしい出来事を、マリラはひどく冷めた目でとらえて言った。「そんなに大騒ぎすることじゃないよ。物事を冷静にとらえるようになりなさい、アン」

アンが物事を落ち着いてとらえるようになるには、その性格が変わらなければならなかっただろう。「精と炎と露」〔訳者あとがき参照〕からできているようなアンには、人生の歓《よろこ》びもつらさも、三倍の強さで感じられるのだ。マリラにはそれがわかっていて、何もかも衝動的に強烈に感じてしまうこの子には、人生の浮き沈みはさぞつらいことだろうと、それとなく心配していたのだが、歓びを感じる力も強いのだから、それで埋め合わせて余りあるということがよくわかっていなかった。

マリラは、アンを落ち着いた性格に変えるのは自分の義務だと思っていたのだが、そんなことは、川の浅瀬できらきら躍っている陽光に落ち着きを教えるのと同じぐらい不可能で的はずれだった。なかなか思うように躾《しつけ》られないことは、残念ながら認めなければならない。楽しみにしていたことがだめになると、とたんにアンは〝絶望のどん底〟へ落ちる。逆に、実現すると、舞い上がって大歓びする。こんな根なし草のような子を、おとなしくて、取り澄ました物腰の模範的な子に作り変えようなんて無理なのだと、マリラもあきらめかけていた。それに自分でも気づいていなかったが、実は、今のままのアンのほうがずっと好きなのだった。

その夜、「風が北東へまわったから、明日は雨だな」とマシューが言ったので、アンは言葉を失って、みじめな気持ちでベッドに入った。家のまわりでポプラの葉がガサゴソいう音が気になって、まるでパタパタいう雨だれのように聞こえてきたし、遠くにザザーと響く湾《いりえ》の波音も、ほかのときだったらよろこんで耳を傾けて心にいつまでも残るその不思議な音を楽しむのだが、今は「明日はどうしても晴れてほしい」と願う少女にとって、嵐や災害の前触れのように思えてならないのだった。朝は決してやってこないように思われた。

しかし、あらゆることには終わりがあり、牧師館のお茶へお呼ばれに行く日の前夜もやはり白々と明けるのだった。マシューの予報とはうらはらに、朝は晴れ渡り、アンの気分は最高に舞い上がった。「ああ、マリラ、今日は、出会う人誰だって大好きになってしまいそうな気分だわ」朝食の皿を洗いながらアンは叫んだ。「あたしがどんなに気分がいいか、わからないでしょうね！　このままずっとこの気分が続いたらいいのになあ。あたし、毎日お茶に呼ばれたら、模範的な子になれるって自信があるわ。でも、ああ、マリラ、お茶ってきちんとしたお作法があるでしょ。すごく心配。ちゃんとお作法どおりにできなかったらどうしよう？　あたし、牧師館のお茶なんて初めてだから、お行儀の規則が全部わかってるか不安だわ。ここにきてからずっとファミリー・ヘラルド紙の『エチケット』欄を読んで勉強してたんだけど。何かばかなことをやらかすか、やるべきことを忘れちゃうんじゃないかしら。とってもおいしかったら、おかわりするって、お行儀が悪いのかしら？」

「あんたの問題はね、アン、自分のことばかり考えすぎるってことです。ミセス・アランのことを考えて、どうしてさしあげれば一番気持ちよく過ごしていただけるか、気をくばりなさい」

これは、マリラにしては、とても要を得た忠告だった。アンは、なるほどと悟った。

「そのとおりね、マリラ。あたし、自分のことは全然考えないようにする」

アンは大変なエチケット違反もせずに無事に牧師館でお茶を頂けたらしく、夕暮れの中、サフラン色やバラ色の雲がたなびく高い空の下、うっとりとして帰ってきて、台所のドアの前にある大きな赤い砂岩のベンチに坐《すわ》り、格子柄の服を着たマリラの膝《ひざ》に、疲れた巻き毛の頭を載せて、うれしそうに何もかも話したのだった。涼やかな風が、樅《もみ》の木が並ぶ西の丘の麓《ふもと》から、収穫を終えた長い畑の上を通って、ポプラの葉のあいだを吹き抜けた。果樹園の上に明るい星がひとつ出て、〝恋人の小道〟では羊歯《しだ》やさらさら揺れる枝のあいだをホタルが飛びかっていた。アンは、話をしながらその様子を見守り、風と星とホタルがひとつに溶け合って、何か言葉にできないほどすてきでうっとりするものになっているように感じた。

「ああ、マリラ、すごく魅惑的な時間だったわ。今まで生きてきた人生はむだじゃなかったって思えた。かりにもう二度と牧師館のお茶に呼ばれることがないとしても、この気持ちは消えないわ。着いたら、ミセス・アランが出迎えてくださったの。薄いピンクのオーガンジー〔透けていて張りのある上品な生地〕のかわいらしいドレスを着てらした。フリルがいっぱいついていて、半袖《はんそで》で、まるで天使みたいなの。あたし、大きくなったら、牧師さんの奥さまになりたいって、本気で思うわ、マリラ。牧師さんだったら、あたしの赤毛なんか気にしないでしょ。そんな世俗のことなんか考えないものね。でも、もちろん、それには生まれつきの善人でなければ無理。あたしはそうじゃないから考えてもむだね。生まれつきの善人もいれば、そうじゃない人もいる。あたしは、そうじゃないほう。リンドさんは、あたしには原罪がいっぱいあるっておっしゃるのよ。だから、どんなにいい子になろうと頑張ったって、生まれつきいい子みたいにうまくいかないんだわ。幾何と同じで、あたしにはどうにもならない。でも、一所懸命頑張るっていうのも大切なことだと思わない？　ミセス・アランは、生まれつきの善人。あたし、あの方を心から愛してしまうわ。マシューとかミセス・アランみたいに、何の問題もなくすっと愛せる人もいれば、リンドさんみたいに、そうじゃなくて、なかなか愛せない人もいるのよね。リンドさんはなんでもご存じだし、教会でもあれこれとご活躍なんだから、愛さなければいけないとわかってはいても、しょっちゅう自分にそう言い聞かせていないと忘れてしまうの。牧師館にはもう一人女の子がお茶に招かれていたわ。ホワイト・サンズ日曜学校からきた子。名前はローレッタ・ブラッドリーっていって、とても感じのいい子だった。〝魂の響きあう友〟ってわけじゃなかったけど、それでもとってもすてきな子よ。エレガントなお茶だったわ。あたし、お作法はすべてきちんと守ったんじゃないかしら。お茶のあと、ミセス・アランがピアノを弾いてお歌いになって、ローレッタとあたしにも歌うようにおっしゃったの。ミセス・アランったら、あたしは声がいいから、これからは日曜学校の合唱隊で歌いなさい、ですって。考えただけで、ぞくぞくしちゃう。あたし、ダイアナみたいに日曜学校の合唱隊で歌ってみたくてたまらなかったけど、でも、あたしなんか絶対無理だと思ってたの。ローレッタは、今晩ホワイト・サンズ・ホテルで大きなコンサートがあって、お姉さんがそこで詩の朗唱をするからって、早めに帰ったわ。ローレッタが言うには、ホテルにいるアメリカ人たちがシャーロットタウン病院を援助するために、二週間に一度コンサートを開いていて、ホワイト・サンズの大勢の人たちの前で朗唱してほしいって声をかけるんですって。ローレッタは、そのうち自分にも声がかかると思うって言うから、あたし、感心してその子をただただ眺めてしまったわ。その子が帰ってから、ミセス・アランとあたしは、心と心を通わせるお話をしたの。あたし、何もかもお話ししたわ――トマスのおばさんのこと、双子のこと、ケイティ・モーリスのこと、ヴィオレッタのこと、グリーン・ゲイブルズに来たこと、幾何ができないこと。そしたら、信じられる、マリラ？　ミセス・アランも、幾何がからきしだめだったんですって。どんなに勇気づけられたか知れやしないわ。あたしがさようならするところにリンドさんがちょうどいらして、どう思う、マリラ？　理事会が新しい先生を雇って、それが女の先生なんですって。名前は、ミス・ミューリエル・ステイシー。ロマンチックな名前じゃない？　リンドさんは、これまでアヴォンリーに女の先生が来たことは一度もないから、これは危険な改革だとおっしゃるの。だけど、女の先生ってすてきだわ。学校が始まるまでの二週間が待ち遠しくて、どうやって過ごしたらいいかわからないくらい。その先生にお会いしたくてたまらないんですもの」

第23章　アン、名誉をかけて痛い目に遭う

先生とお会いするのに二週間よりもっとかかることになった。痛み止めケーキ事件から約ひと月が経とうとしており、そろそろアンが何か新たな事件を起こしてもいい頃ではあった。とは言っても、鍋《なべ》のスキムミルクを豚のバケツに注ぐ代わりに台所にあった毛糸の籠《かご》に、ぼうっとして注いでしまったり、想像の夢に包まれて丸木橋の端からそのまま川へ落っこちたりといったような、ちょっとしたいつもの失敗は、わざわざ数え上げるまでもない。牧師館でのお茶から一週間経って、ダイアナ・バリーがパーティーを催した。

「こぢんまりとした内輪の会よ」アンはマリラに言った。「うちのクラスの女の子だけが集まるの」

とても楽しい会だった。お茶のあと、ゲームにも飽きてバリー家の庭に出てくるまでは、とくに問題は起こらなかった。何かいたずら心を招くような、おもしろいことはないかしらという気分になっていたみんなは、〝やってみろごっこ〟を始めた。

〝やってみろごっこ〟というのは、そのころのアヴォンリー村の子供たちのあいだで

流行《はや》っていた遊びで、最初は男の子が始めたのだが、やがて女の子にも広まり、その夏アヴォンリーで「やってみろ」と言われて行われたばかげたことを書きとめたら、一冊の本ができるくらいだった。

まずキャリー・スローンが、ルービー・ギリスに、玄関の前の巨大な古い柳の木に登ってみろと言った。ルービー・ギリスは、この木にいっぱいいると言われている太った緑の毛虫が死ぬほど嫌いだったし、「新しいモスリンの服を破ったりしたらどんなに叱られるかしら」とお母さんの怖い顔を思い浮かべたのだが、それでも、するすると登っていったので、挑戦したキャリー・スローンの負けとなった。

それから、ジョウジー・パイが、ジェーン・アンドルーズに、左足だけでけんけんをして、一度も止まらずに右足を地面につけないで庭を一周できるかと言った。ジェーン・アンドルーズは勇ましく頑張ったが、三つめの角で右足をついてしまって、負けを認めた。

ジョウジーがしつこく「勝った、勝った」と、はしたなく騒ぐので、アン・シャーリーはジョウジーに庭の東側の板塀の上を歩いてみろと言った。さて、板塀の上を〝歩く〟には、やったことのない人にはわからないほどの技術と、頭とかかとの安定が必要だった。しかし、ジョウジー・パイは、クラスの人望はなくても、板塀の上を歩く才能には生まれつき恵まれていて、しかもいつもその才能に磨きをかけていたのだった。ジョウジーはバリー家の塀の上を、あまりにもやすやすと歩いたので、そんなことは「やってみろ」と言われるまでもないかのように思えた。みんなしぶしぶジョウジーをすごいと認めた。というのも、大抵の子は塀を歩こうとしてあちこち怪我したことがあったので、ジョウジーがじょうずであることがわかったからだ。ジョウジーは、勝利に顔を紅潮させながら塀から下りてくると、アンに向かって「どんなもんだい」とにらみつけた。

アンは、赤毛のお下げを振り上げた。

「こんなちっぽけな低い板塀の上を歩くなんて大したことじゃないわ」アンは言った。「メアリズヴィルの女の子なんか、屋根のてっぺんの棟木を歩いたんだから」

「嘘よ」とジョウジーはぴしゃりと言った。「屋根のてっぺんなんて歩けるはずないわ。少なくとも、あんたにはできやしないわ」

「あたしに、できないですって?」アンは、カッとなって叫んだ。

「それじゃあ、あなたにやってみろって言うわ」ジョウジーは、挑みかかるように言った。「バリーさんちの台所の屋根に登って、てっぺんの棟木を歩いてみせなさいよ」

アンは真っ青になったが、こうなったらやるしかない。台所の屋根にはしごがかかっていて、アンはそこへ向かって歩いていった。五年生の女の子たちは興奮しながらも、どうしていいかわからなくて、「おお!」と言った。

「やっちゃだめよ、アン」ダイアナが頼んだ。「落ちたら死ぬわ。ジョウジー・パイのことなんか気にしなくていいのよ。そんな危険なことをやってみろって言うなんて、ひきょうだわ」

「やらなきゃ。あたしの名誉がかかってるんだもの」アンは厳かに言った。「あの棟木を歩いてみせるわ、ダイアナ、さもなきゃ失敗して死ぬわ。あたしが死んだら、あたしの真珠のビーズの指輪、あなたにあげる」

みんなが息を呑《の》んで静まり返るなか、アンははしごを登って棟木にたどりつき、足場の悪いところをまっすぐ立ってバランスをとり、横木に沿って歩きだしたのだが、自分がとんでもなく高いところにいると思うと、気持ちがふらふらしてきた。そして、棟木を歩くときは想像力も大して役に立たないものだと気がついたのだった。それでもなんとか大惨事になる前に数歩は歩いたのだが、とうとうふらりとしてバランスを失い、つまずいて、よろめいて倒れた。そして、太陽に焼かれた屋根の上をすべって落ちていき、下に生えたアメリカヅタの茂みへと突っ込んでいった……下でうろたえていた連中が、おびえて金切り声をあげる間もないほどの一瞬の出来事だった。

アンがよじ登ったほうの屋根をすべり落ちたとしたら、ダイアナはその場で真珠のビーズの指輪の相続人となっていたところだったが、幸いなことにアンは反対側へ落ち、そこは屋根が玄関のポーチへ張り出してかなり地面に近いところまで延びていたので、そこから落ちても大したことはなかった。しかし、ダイアナとほかの少女たちが大騒ぎをして家の反対側へ駈《か》けつけたとき――ヒステリーを起こしたルービー・ギリスだけは、地面に根が生えたかのように動けなくなってしまったが――みんなは、めちゃくちゃになったアメリカヅタの茂みの中に、アンが真っ青な顔をして、ぐったり倒れているのを見つけた。

「アン、死んじゃったの？」ダイアナが親友の隣にぺったり膝《ひざ》をついて金切り声を出した。「ああ、アン、大好きなアン、何か言って。死んじゃったのか言って」

少女たち全員が大変ほっとしたことに――とりわけジョウジー・パイは、いかに想像力がないとはいえ〝アン・シャーリーの時ならぬ悲劇的な死を惹《ひ》き起こした少女〟として一生うしろ指をさされ続けるという恐ろしい自分の将来が見えていたので、とくにほっとしたのだが――アンはふらふらしながら上半身を起こし、ぼんやりとこう答えたのだ。

「いいえ、ダイアナ、あたし死んでないわ。でも、意識が混濁したように思う」

「どのへんが？」キャリー・スローンはすすり泣いた。「どのへんがそうなの、アン？」

アンが答える前に、バリー夫人が現れた。夫人を見たアンは、なんとか立ち上がろうとしたが、鋭い痛みの叫びを小さくあげて、また坐《すわ》り込んだ。

「どうしたの？　どこを怪我したの？」バリー夫人が尋ねた。

「足首です」アンは、うめいた。「ああ、ダイアナ、お父さんを呼んできて、あたしをお家《うち》へ連れていってとお願いして頂戴《ちょうだい》。自分じゃとても歩けないの。ジェーンがお庭をけんけんでまわれなかったくらいなんだから、あたしも片足でそんなに遠くまで行けないわ」

夏りんごを鍋いっぱいに捥《も》いでいたマリラは、バリー氏が丸木橋を渡って坂道を上がってくるのを目にした。そばにはバリー夫人がおり、うしろからぞろぞろと少女たちが大行進をしてくる。アンがバリーさんに抱きかかえられており、アンの頭は、ぐったりと彼の肩にもたれている。

その瞬間、マリラは天からの啓示を受けた。突然心臓をぐさりと貫いた恐怖によって、自分にとってアンがどんなに大切な存在なのか、ハッと気がついたのだった。アンが好きであること、いえ、大好きであることはまちがいない。しかし、今、死にものぐるいになって坂道を駈け下りながら、マリラにはわかったのだ——アンが自分にとって、この世の何よりも大切なのだと。

「バリーさん、アンに何があったんですか？」これまで何年も落ち着いていて分別を失うことのなかったマリラが、真っ青になって震えて、あえぎながら言った。

アン自身が、頭を上げて答えた。

「だいじょうぶよ、マリラ。あたし、屋根を歩いてて落ちたの。足首を捻挫《ねんざ》したんだと思う。でもね、マリラ、首を折ってたかもしれなかったのよ。物事の明るい面を見ましょう」

「パーティーに出してやったとき、こんなことをしでかすんじゃないかって、わかってたてもよさそうなもんだったわね」マリラはすっかり安堵《あんど》して、がみがみときつく言った。「バリーさん、アンを中へ運んでソファーに寝かせてください。あらまあ、この子ったら気を失ったわ」

そのとおりだった。怪我の痛みに耐えかねて、アンの望みがもうひとつかなえられることになったのだ――気絶したのである。

刈り入れをしていた畑から大急ぎで連れ戻されたマシューは、すぐに医者を呼びに飛び出した。やがてやってきた医者は、怪我がみんなが思っていたよりも重傷であると診断した。足首が折れていたのだ。

その夜、マリラが東の破風の部屋に上がっていくと、青白い顔をした少女はベッドから訴えかけるような声をあげた。

「あたしのこと、とても可哀想だと思うでしょ、マリラ？」

「自業自得だわね」マリラは、ブラインドをぐいぐい下ろして、ランプに灯《あか》りをともしながら言った。

「だからこそ、あたしのこと、可哀想だと思うでしょ」アンは言った。「だって、何もかもあたしがいけなかったと思うと、いっそうつらくなるもの。誰かのせいにできるなら、気も楽になるわ。だけど、屋根のてっぺんの棟木を歩いてみろって言われたら、マリラならどうする？」

「不動の大地に足をつけたまま、勝手に言わせておきますよ。まったくばかなことを！」とマリラ。

アンは溜《た》め息《いき》をついた。

「マリラは意志が強いけど、あたしはそうじゃないもの。ジョウジー・パイにばかにされて、どうしても我慢できなかったの。我慢してたら、あの子、あたしが死ぬまで大きな顔をするに決まってるもの。それに、あたし、じゅうぶんにばちが当たったから、マリラ、もうあんまり叱らないでね。気絶するのって、そんなにすてきじゃなかったわ。それにお医者さまは、あたしの足首に添え木を当てるとき、ひどく痛くなさったのよ。六、七週間は外に出られなくて、新しい女の先生にも会えないし、お会いできるころにはもう新しい先生じゃなくなってしまうわ。しかも、ギル……クラスのみんなに勉強で先を越されてしまうだろうし。ああ、あたしは苦悩する弱き人間。でも、マリラがあたしに怒らないでいてくれるなら、勇敢に耐えてみせるわ」

「よしよし。怒っていませんよ」マリラは言った。「ついてない子だね、それはまちがいないわ。でも、あんたの言うとおり、それで苦労するのは自分ですよ。さあさ、夕飯をおあがり」

「あたしに想像力がいっぱいあってよかったと思わない？」とアン。「おかげでみごとに耐えられそうよ。想像力がない人って、骨折したらどうするのかしらね、マリラ？」

それからの七週間じっとしていなければならない退屈をまぎらわすのに、想像力があってよかったとアンはつくづく思ったのだった。でも、想像力ばかりに頼っていたわけではない。見舞い客がたくさんあって、学校の女の子の一人か数人が花や本を持ってやってこない日はなかった。アンは、アヴォンリーの子供の世界での出来事すべてを教えてもらえたのだ。

「みんな、とっても親切でいい子だわ、マリラ」アンは、足を引きずりながらも歩けるようになった日に、幸せそうに溜め息をついた。「寝てなきゃならないのって、あんまり楽しくないけど、いい面もあるのよ、マリラ。お友だちがどれだけいるか、わかるもの。だって、ベル校長先生もいらしてくださったんですもの。とても立派な方だわ。もちろん〝魂の響きあう友〟じゃないけど、それでも好きよ。先生のお祈りのことを悪く言ったのは、ほんとに申し訳なかった。今となっては、先生は心がこもっていないふうにお祈りする癖があるだけで、ほんとは心がこもっているんだと思うわ。

少し気をつければ直るのに。あたし、とてもはっきりとヒントをさしあげたのよ。自分自身のちょっとしたお祈りをおもしろくするのにどんな工夫をしているか話してさしあげたの。先生は、子供のころ足首を折ったときのことをすっかり話してくださったんだけど、ベル校長先生に子供時代があったなんて不思議よねえ。そればっかりは想像できない。あたしの想像力の限界ね。子供だった先生を想像しようとしても、グレーの口ひげを生やして、眼鏡をかけたいつもの日曜学校でのお顔しか思い浮かばないの。ただ小さいだけで。でも、ミセス・アランの子供時代は、想像しやすいわ。ミセス・アランは、十四回もお見舞いにきてくださったのよ。それって、自慢してもいいんじゃないかしら、マリラ？　牧師さまの奥さまが、そんなに時間を割いてくださるなんて！　それにミセス・アランにお見舞いにきていただくと、とっても元気づけられるの。『自業自得だ、これに懲りて、もっといい子になりなさい』なんて、絶対おっしゃらないもの。リンドさんは、お見舞いのたびにそうおっしゃるけど。しかも、『いい子になるよう、願ってるけど、どうせ無理でしょ』っていう口ぶりなのよ。ジョウジー・パイまでがお見舞いにきてくれたわ。あたしに棟木を歩いてみろなんて言ったことを後悔してるんだろうなと思ったから、できるだけ丁寧にお迎えしてあげたわ。もしあたしが死んだりしたら、あの子、一生、後悔の暗い重荷を背おうことになるものね。ダイアナは、やっぱり親友だわ。毎日、あたしのさびしい枕元へ元気づけにきてくれたもの。でも、ああ、学校に行けるようになったら、うれしいだろうなあ。だって、新しい先生についてすごいこと、いっぱい聞いてしまったんですもの。女の子たちはみんな、先生は完璧《かんぺき》にすてきだって思ってるの。先生には最高にかわいい金髪の巻き毛があって、魅力的な目をしてるってダイアナが言ってた。着こなしも美しくて、パフスリーブは、アヴォンリーの誰よりも大きいんですって。二週に一度、金曜の午後、詩の暗唱をみんなにやらせて、みんな詩を読んだり、対話劇を演じたりするんですって。ああ、考えただけでもすばらしいわ。ジョウジー・パイは暗唱が嫌いだって言うけど、そんなのジョウジーに想像力が足りないからだわ。ダイアナとルービー・ギリスとジェーン・アンドルーズは、今度の金曜のために『朝の訪問』っていう対話劇を稽古《けいこ》してるの。そして、暗唱がない金曜の午後は、ミス・ステイシーは〝野外研究〟のために森へ連れていってくださって、みんなで羊歯《しだ》やお花や鳥の研究をするんですって。朝と夕方には体操をするのよ。リンドさんは、そんなやり方は聞いたことがない、女の先生なんか連れてくるからそうなるんだって言うの。でも、すてきなことだと思うし、きっとミス・ステイシーは〝魂の響きあう友〟なんだろうなって思うのよ」

「ひとつだけはっきりしてることがあるわね、アン」マリラは言った。「それは、バリーさんちの屋根から落ちても、あんたの舌には傷ひとつつかなかったってことだわ」

第24章　ステイシー先生と生徒たちはコンサートを開く

再び十月となり、アンが学校に戻る準備が整った——何もかもが紅《あか》や金色に染め抜かれた輝かしい十月だ。のどかな朝には、紫水晶の色、真珠色、銀色、バラ色、くすんだ青と、色とりどりにきらめく細かな靄《もや》が谷間に満ち、まるで秋の精が太陽に飲み干してもらおうと飲み物を注ぎ込んだようだった。露で濡《ぬ》れそぼった野原は銀の布地のように輝き、鬱蒼《うっそう》とした森の窪地《くぼち》にはガサゴソいう落ち葉が山と積もって、駈《か》け抜けると気持ちのよい音をたてた。〝樺《かば》の道〟では色づいた葉が黄色く空を覆い、道端には、しおれた羊歯が茶色くなっていた。空気はぴりっとしていて、かたつむりのようにのろのろどころか、すばやく元気に学校へ駈けて行く少女たちの心をはずませた。ダイアナの隣の小さな茶色の机に戻ってくるのは、本当にうれしいことだった。通路の向こうからはルービー・ギリスがこちらにうなずいてみせ、キャリー・スローンはメモをまわしてよこし、ジュリア・ベルはうしろのほうの席から松ヤニのチューイング・ガムを送ってよこした。アンは、鉛筆を削り、机の中の絵のカードを整理しながら、幸せいっぱいに息を大きく吸い込んだ。人生は確かにとてもおもしろい。

新しい先生は、アンにとって、もう一人の、力になってくれる真の友だとわかった。ステイシー先生は、明るく思いやりのある若い女性で、生徒に好かれ、生徒の学力や道徳面のよいところを引き出す才能に幸運にも恵まれていた。アンは、この健全な感化を受けて花のように伸びていき、お家《うち》に帰ると、感心するマシューと批判的なマリラに、学校での勉強や目標について滔々《とうとう》と説明するのだった。

「ミス・ステイシーって、大、大、大好きよ、マリラ。とても上品で、すてきな声をしているの。あたしの名前を発音なさるとき、eをつけておっしゃってるって、あたし本能的にわかるのよ。今日の午後は詩の暗唱だったんだけど、あたしが『スコットランドの女王メアリ』〔ヘンリー・G・ベルの詩〕を朗唱するのを聞かせたかったわ。精一杯心をこめてやったの。ルービー・ギリスは、あたしが『今よりは、父の力よ、我にあれ、と姫言えり　女の心よ、いざさらば』ってくだりを言ったとき、血の凍る思いがしたって、帰りがけに教えてくれたわ」

「そうさな、そのうち、納屋でそいつをわしのために暗唱してくれんかね」とマシューが言った。

「もちろん、いいわよ」アンは考え込みながら言った。「でも、今日ほどじょうずにはできないわ。全校生徒がずらりと並んで、息を呑《の》んであたしのひと言ひと言に聞き耳をたてているのを目の前にしたときほど緊張しないと思うから。マシューに血の凍る思いはさせてあげられないわ」

「リンドさんは、こないだの金曜、男の子たちがベルさんの丘の大きな木のてっぺんに登ってカラスの巣を取ろうとしていたのを見て、血の凍る思いだったたっておっしゃってたわ」マリラは言った。「そんなことをさせるステイシー先生の気が知れないよ」

「だけど、自然研究にカラスの巣が必要だったのよ」アンは説明した。「それは、午後の野外研究のときのことだわ。午後の野外研究って、すごいのよ。ミス・ステイシーは、何だってそれはみごとに説明してくださるんだから。午後の野外研究のことは作文に書かなきゃいけないんだけど、あたしがクラスで一番じょうずに書けるのよ」

「だとしても、そんなことを自分から言ったりするのはうぬぼれですよ。先生が言ってくださるならともかく」

「だって、先生がそうおっしゃったんだもの。それに、あたし、うぬぼれたりしてないわ。そんなはずないでしょ、こんなに幾何ができないあたしが？　ただ、少しはわかってきたような気がするな。ミス・ステイシーがとてもわかりやすく教えてくださるの。でも、できるようには、どうしてもなれないわ。これって謙虚な考えでしょ。でも作文は大好きよ。大抵ミス・ステイシーは、好きなことを書きなさいっておっしゃるの。だけど来週は立派な人について書くことになってるのよ。これまでたくさんいた立派な人の中から選ぶのは難しいわね。立派になって、死んだあとに作文に書かれたら、すばらしいでしょうねえ。ああ、立派な人になりたい。あたし、大きくなったら、看護婦になって、赤十字に入って慈愛の使者として戦場へ行くわ。宣教師にならないならね。宣教師ってロマンチックだけど、宣教師になるにはとても善人じゃなければだめで、そこがつまずきの石だわ。毎日、体操もやってるのよ。体操をすると、優雅になって、消化が促進されるの」

「何が促進ですか！」体操なんてばかげていると本気で思っていたマリラは、言った。

ところが、午後の野外研究も、金曜の暗唱も、体操で体をねじるという新機軸も、ステイシー先生が十一月にうち出した新しい計画の前では影がうすくなった。それは、アヴォンリー学校に立てる国旗を購入する資金を調達するという立派な目的のために、全校生徒でクリスマスの夜に公会堂でコンサートを催すという計画だった。生徒は挙《こぞ》ってこの計画に賛成し、直ちにプログラムを決める準備が始まった。出演者に選ばれた者の中でも、アン・シャーリーほど興奮した人はいなかった。アンは、すっかりその気になっていたが、マリラの反対にあってしまった。マリラは、こんなことはまったくもってくだらないばかげたことだと思ったのだ。

「ばかげたことで頭をいっぱいにして、勉強に費やすべき時間をむだにするだけのことですよ」マリラはぶつぶつ言った。「子供たちがコンサートを開いて、練習にかけずりまわるなんて感心しませんね。うぬぼれが強くなって、生意気になって、遊び歩きたがるようになるだけですよ」

「でも、計画は立派よ」アンは訴えた。「旗は愛国心を育ててくれるわ、マリラ」

「ばかばかしい！　あんたたちの誰も愛国心なんて持っていやしないじゃないの。ただ楽しみたいだけでしょ」

「愛国心と楽しみとを結びつけられるなら、いいんじゃないの？　もちろんコンサートを開くことはとてもすてきだわ。合唱が六曲あって、ダイアナはソロを歌うのよ。あたしは、ふたつの対話劇に出るの――『ゴシップ撲滅協会』〔当時学校でよく上演されたT・S・デニソン作の対話劇〕と『妖精《ようせい》女王』よ。男の子たちも対話劇に出るわ。それから、あたしは暗唱がふたつあるのよ、マリラ。考えただけで震えちゃうけど、それってすてきな感じの震えなのよ。それに、最後には活人画っていって、絵の中の人物みたいに扮装《ふんそう》してポーズをとって動かない出しものがあるの――『信仰、希望、慈愛』という題でね、ダイアナとルービーとあたしが出演するの。白い布をまとって、髪をたらすの。あたしは希望で、両手を組み合わせて――こんなふうに――目を上に向けるの。あたし、暗唱の練習は屋根裏でやるわ。あたしがうめいていても驚かないでね。ある詩では、胸が張り裂けそうなうめき声をあげなきゃならないから。じょうずに芸術的うめき声をあげるのって、ほんとに難しいのよ、マリラ。ジョウジー・パイは、対話劇で自分がやりたかった役をもらえなかったって、すねてるの。妖精の女王になりたかったのよ。そんなのばかげてるでしょ。ジョウジーみたいに太った妖精の女王なんて聞いたことないもの。妖精の女王はすらりとしてなきゃね。ジェーン・アンドルーズが女王で、あたしはその侍女の一人。赤毛の妖精だって太った妖精と同じくらいばかげてるわってジョウジーは言うけど、あの子の言うことなんて気にしないんだ。あたし、白バラを髪に飾って、ルービー・ギリスから室内履きを借りるの。あたし、持ってないから。妖精は室内履きを履かなきゃならないのよ。ブーツを履いた妖精なんて、想像できないでしょ？　しかも、爪先に銅がついてるブーツなんてね？　あたしたち、唐檜《とうひ》の葉と樅《もみ》の葉で作った文字に、ピンクの薄紙で作ったバラをつけて、公会堂を飾るのよ。そして、お客さまが席に着いたら、エマ・ホワイトがオルガンで行進曲を演奏して、みんなで二人ずつ並んで行進して入場よ。ああ、マリラ、あたしみたいに夢中になってないのはわかるけど、あなたのかわいいアンに、立派にやってほしいって思わない？」

「行儀よくしてくれさえすればいいわ。この騒ぎが早く終わって、落ち着いてくれたほうがずっとうれしいね。今あんたは、対話劇やら、うめきやら、活人画やらで頭をいっぱいにして、何の役にも立たなくなっちまってるからね。あんたの舌が、すっかりすりきれてしまわないのが不思議なくらいよ」

アンは、溜《た》め息《いき》をついて裏庭へ出た。青りんご色の西の空にかかる細い月が、ポプラの裸の枝の向こうから顔を出し、その下でマシューが薪割《まきわ》りをしていた。アンは材木の上に腰かけて、マシューにコンサートの話を聞いてもらったが、少なくとも今度は感心したり同情したりしてもらえるはずだった。

「そうさな、そいつは、かなりいいコンサートになりそうだな。それに、おまえは、自分の役をじょうずにこなすだろうよ」とマシューは、アンの元気いっぱいの小さな顔に微笑みかけながら言った。アンはマシューに微笑みを返した。二人は大の仲良しであり、マシューは自分がアンの躾《しつけ》に手を焼かなくてよいことを何度も星に感謝したものだった。それはマリラだけにまかせておけばよいのだ。もし自分がやらなければならなかったとしたら、アンにいい顔をしたい気持ちと、厳しく躾なければならない義務とのあいだで何度も苦しむことになっただろう。そんな立場に身を置かずにすんだマシューは――マリラの言い方を借りれば――「アンを甘やかしてだめにする」ことがいくらでもできたのだ。それは結局、さほど悪い取り決めではなかった。ときどき少し「すごいね」とほめてやったほうが、一所懸命「躾る」よりも効果覿面《てきめん》なのだ。

第25章　マシューはパフスリーブにこだわる

マシューは十分間というもの嫌な思いをしていた。寒くどんよりとした十二月の黄《たそ》昏《がれ》の中、マシューは、アンと大勢の同級生たちが居間で『妖精女王』の稽古《けいこ》をしていると気がつかずに台所に入ってきて、薪箱《まきばこ》の隅に腰かけて重たい長靴を脱ごうとしていたところだった。そこへ少女たちがどやどやと、廊下を通って、笑ったり陽気におしゃべりしたりしながら台所へ入ってきた。マシューは、長靴と、長靴を脱ぐ道具をそれぞれの手に持ったまま恥ずかしそうに縮こまって、薪箱の向こうの陰へ身を隠したので、女の子たちには気づかれなかった。そしてマシューは、先ほど言った十分のあいだ、少女たちが帽子や上着を身に着けながら対話劇やコンサートの話をする様子を、身を隠して見守っていたのだった。アンは少女たちの中に交ざって、みんなと同じくらい目を輝かせて、いきいきとしていた。ところがマシューは、ふとアンにはどこか友だちとちがうところがあることに気づいたのだ。マシューが妙に気になったのは、そのちがいが、あってはならないもののように思えたからだ。アンは誰よりも明るい顔をして、みんなより大きな星のような目をして、顔の作りも繊細だ。恥ずかしがりやで、気のきかないマシューでさえ、こうしたことはわかるようになった。しかし、マシューが気にしたちがいというのは、そうしたところにはなかった。では、どこがちがうというのだろう？

マシューは、少女たちがいなくなったあともずっとこの問いが気になって気になって仕方がなかった。少女たちは腕を組みながら、凍った長い小道の向こうに消えていき、アンは自分の読書に戻った。このことをマリラに言うわけにもいかない。マリラなら、きっと鼻で笑って、アンとほかの女の子がちがっているのは、ほかの子はときどき黙るけど、アンは絶対黙らないところだけですよと言うことだろう。そんなことを言われても何の足しにもならないと、マシューは思った。

マシューは、その晩、この問題をじっくり考えるためにパイプに手を伸ばし、マリラにものすごく嫌な顔をされた。二時間煙をくゆらせて、ついに結論に達した。アンは、ほかの子のような服を着ていないのだ！

考えれば考えるほど、アンがこれまでずっと、ほかの子とちがった恰好《かっこう》をしてきたことはまちがいないと思われた——アンが緑破風《グリーン・ゲイブルズ》の家に来てからずっとそうだったのだ。マリラは、アンに質素な暗い色の服を着せている。どの服も、代わり映えのしない同じ型紙で作られたものだ。服には流行なるものがあるということをマシューが知っていたとしても、具体的に何が流行しているのかなどは一切知らなかった。それでも、アンの袖《そで》が、ほかの子の袖と全然似ていないことは確かだと思ったのだ。その日の夕方、アンのまわりにいた子たちを思い出してみた——赤や青やピンクや白の華やかなブラウスを着ていた——それなのになぜマリラは、あんなに質素で地味な服をいつもアンに着せるのだろう。

もちろん、それでよいにちがいない。マリラは物事がよくわかっていて、マリラがアンを育てているのだから。恐らく、そこには説明しがたい賢明な動機が働いているのだろう。しかし、アンにかわいい服を――ダイアナ・バリーがいつも着ているようなのを――ひとつぐらいあげたって害にはならないはずだ。マシューは、自分からアンに一着進呈しようと決心した。そうしても、よけいな口を出したと反対されることはないだろう。クリスマスはもう二週間先に迫っている。すてきな新しい服は、プレゼントには最適だ。マシューは満足の溜め息をついて、パイプをしまってベッドに入り、一方、マリラは家じゅうのドアを開けて、空気の入れ替えをした。

まさに次の日の夕方、マシューは服を買うためにカーモディへ行き、一番手ごわい仕事をさっさとすませてしまおうと決意していた。これはちょっとやそっとの試練ではないとマシューにはわかっていたのだ。マシューにだって自分で買えるものもあり、なかなかじょうずな買い物をすることもできる。しかし、女の子の服を買うとなると、お店の人の言いなりになるしかないだろう。

あれこれ考えたあげく、マシューはウィリアム・ブレアの店ではなくサミュエル・ローソンの店に行くことにした。確かに、カスバート家では、いつもウィリアム・ブレアの店で買っており、ブレアの店で買うというのは、ちょうど長老派の教会へ通ったり保守党へ投票したりするのと同じくらい、一家の信条に関わることだった。ところが、あの店の店頭ではウィリアム・ブレアの二人の娘がよくお客の応対をしており、マシューはこの二人をひどく恐れていたのだった。何がほしいかはっきりわかっていて、これだと指をさすことができるなら、この二人が相手でも何とかなるかもしれないが、今回の場合は説明や相談をしなければならず、マシューはカウンターの向こうに男性がいてくれたほうが安心できると思ったのだった。そこで、ローソンの店に行くことにした。そこならサミュエルかその息子が応対に出てくれるからだ。

でも、残念！　サミュエルが最近事業を拡大して女性店員も置くようになったということをマシューは知らなかった。その店員はサミュエルの妻の姪《めい》で、とても派手な若い女性だった。あまりにも巨大なポンパドールに結い上げた髪は垂れ下がってきそうで、大きなくりくりした鳶色《とびいろ》の目をして、こちらがまごつくほどニカァーと微笑むのだ。かなりしゃれた服を着て、いくつも腕輪をつけており、手を動かすたびにそれがジャラジャラ鳴り、きらきら光る。マシューは、店にこの女性がいるのを見てすっかりまごついてしまい、腕輪の音の一撃で頭の中が真っ白になってしまった。

「いらっしゃいませ、カスバートさま、今日は何をお求めでしょう？」ミス・ルシラ・ハリスはてきぱきと、ご機嫌をとるように尋ねて、両手でカウンターをコツコツと叩《たた》いた。

「あのう……あの……あの……そうさな、く、熊手はあるかな？」マシューは口ごもりながら言った。

十二月の中旬に熊手を求める人がいるなんてと、当然ながらミス・ハリスは少し驚いたようだった。

「一本か二本、残っていたと思いますわ」とミス・ハリス。「でも、二階の物置きにありますの。見てまいりますね」ミス・ハリスがいないあいだ、マシューは、これではいかんと、やり直すべく、気を静めようとした。ミス・ハリスが熊手を持って戻ってきて、快活に「ほかにご入り用なものはございますか、カスバートさん？」と尋ねたとき、マシューは思いきって、こう答えた。

「そうさな、それじゃ……少し……その……見せ……もらおうかね……干し草の種を」

マシュー・カスバートが変わり者だという話は聞いていたが、これはいよいよおかしいぞとミス・ハリスは思った。

「干し草の種は、春しかございませんので」ミス・ハリスはつんとした調子で言った。「あいにく今はございません」

「ああ、そりゃそうだ……そりゃそうだ……そのとおりだ」と可哀想なマシューは口ごもり、熊手をつかむとドアのほうへ行った。戸口まで来ると金を払っていなかったことを思い出して、みじめな気持ちで戻って金を払った。ミス・ハリスがおつりを数えているあいだ、マシューは最後の力をふりしぼって、死に物狂いになって言った。

「そうさな……もし、お手間でなければ……できたら、その……つまり……見てみたいんだ……その……お砂糖を」

「白砂糖でしょうか、ブラウン・シュガーでしょうか」ミス・ハリスは、いらいらと尋ねた。

「ああ……そうさな……ブラウンを」マシューは弱々しく言った。

「そちらに樽《たる》がございます」ミス・ハリスは、樽に向かって腕輪をがちゃつかせながら言った。「ブラウン・シュガーは、その一種類のみでございます」

「それじゃ……二十ポンド〔約九・〇七キログラム〕もらおう」とマシューは、額《ひたい》に玉の汗をかきながら言った。

マシューは、馬を家へ向けて半分ほどの道のりを走らせたあたりで、ようやく我に返ることができた。身の毛のよだつ経験をしてしまったのは、信条に反していつもとちがう店に行ったりして、ばちが当たったんだと思った。家に着くと、熊手を道具小屋に隠したが、お砂糖はマリラに渡した。

「ブラウン・シュガーじゃないの！」とマリラは叫んだ。「なんだってこんなにたくさん買ったの？　うちじゃ、ブラウン・シュガーなんて、雇い人のお粥《かゆ》かブラック・フルーツケーキ以外使わないって知ってるでしょ。ジェリーは出ていったし、ケーキは随分前に作ったし。しかも、あんまりいい砂糖じゃないわよ——粒が粗くて黒いわ——ウィリアム・ブレアさんとこじゃ、こんなのはいつも置いてないけどね」

「あ……あると便利だったりするかなと思ったんだよ」マシューは何とか言い逃れた。

よくよく考えてみれば、この状況に対処するのはどうしても女性でなければならない、とマシューは結論づけた。マリラには、もちろん頼めない。こちらの計画にけちをつけるに決まっている。となると、リンド夫人しかいない。アヴォンリーで、マシューが意見を聞ける女性はリンド夫人以外にはいなかったのだ。そこでマシューはリンド夫人のもとへ行き、善良なるリンド夫人はすぐにこの件を、悩める男性の手からひき受けたのだった。

「あなたからアンにプレゼントする服を選ぶんですって？　もちろん、ようございますとも。明日《あした》カーモディまで行って見てまいりましょ。何かお考えの服はありますか？　ない？　それじゃ、私の見立てにまかせてもらいますよ。すてきな濃い茶色なんて、アンにぴったりだと思うわ。ウィリアム・ブレアのお店じゃ、とってもかわいい新しいグロリア生地が入ったのよ。ひょっとすると私が仕立てたほうがいいかしらね。マリラがやったら、たぶんアンに嗅《か》ぎつけられて、びっくりの贈り物がびっくりじゃなくなってしまいますものね。ええ、私が仕立てますよ。いえ、ちっとも手間じゃございません。縫い物は好きですからね。姪のジェニー・ギリスに合わせて作りましょう。姪とアンは、背恰好だけはうりふたつですから」

「そうさな。実に助かるよ」とマシュー。「それから……それから……よくわからんが……できれば……最近じゃ、袖を、昔とはちがったふうに作るみたいで……もしできれば……新しいふうに作ってもらいたいんだ」

「パフかしら？　もちろんよ。ちっとも心配要らないわ、マシュー。最新流行ので作りましょう」リンド夫人はそう言ってくれた。マシューが帰ったあと、夫人は自分にこう言い添えた。

「あの可哀想な子に、一度くらいはまともなものを着せてやれたら、ほんとにうれしいことだわ。マリラが着せているものなんて、お話にもなりゃしない、まったくもって。そうはっきり言ってやろうかと何度も思ったものだわ。でも、黙ってた。だって、マリラはあれこれ言われたくない人だし、結婚したこともないくせに、子育てにかけちゃ私よりもわかってるつもりなんですもの。でも、そんなものね。子育ての経験がある人なら、どの子にも当てはまるような万能の子育て法なんかないってわかってるけれど、経験がない人は、比率の計算みたいにすっきりいくと思ってるんだわ――三つの値をこう入れれば、はい、答えはこうです、みたいな。でも、生きた人間は算数のようにはいかないし、そこのところをマリラ・カスバートはまちがえてるのよ。あんなふうな服を着せてアンに謙虚な心を植えつけようとしてるんでしょうけれど、あれじゃ、うらやましいという気持ちと不満しか植えつけられないわ。アンだって自分の服とほかの子の服のちがいぐらいわかってるはずだもの。だけど、そこに気づくのがマシューとはねえ！　あの人も、ついに六十年の眠りから覚めたってわけね」

マリラはそれから二週間というもの、マシューが何かたくらんでいることに気づいていたが、それが何なのかは、クリスマス・イヴの日、リンド夫人が新しい服を持ってやってくるまでわからなかった。マリラは、そのときのリンド夫人の話をふんふんと聞いていたが、「マリラが服を作ったらアンに気づかれてしまうとマシューが心配したから、私が代わりに作ったのよ」というリンド夫人の外交的な説明を恐らくは信じていなかっただろう。

「この二週間、兄がずっとこそこそして、独りでにやにやしてたのは、そういうわけだったのね？」マリラは、少し硬い表情で、しかし反対しているわけではないという調子で言った。「兄が何かばかなことをたくらんでることはわかってたんですよ。アンにこれ以上服が必要だとは思いませんけれどね。三着きちんとした暖かい実用的な服をこの秋に作ってやったから。それ以上は、単なる贅沢《ぜいたく》ですよ。この袖《そで》の生地だけでもブラウスができるほどじゃありませんか。アンを甘やかして、ますます見栄っ張りにさせるだけですよ、マシュー。今だってクジャクみたいに見栄っ張りだっていうのに。でもまあ、これであの子も満足することでしょうよ。このばかげた袖が流行りだしてからというもの、ずっとほしがっていましたからね。一度ねだったきり、二度と言わなかったけど。袖はどんどん大きくなって、ますますばかげたものになってしまったし。今じゃ風船ほど大きいじゃないの。来年は、こんなのを着てたら、横歩きしなきゃドアも通れないでしょうね」

クリスマスの朝は、美しい白銀の世界になっていた。とても穏やかな十二月だったので、雪のない緑《グリーン》のクリスマスになりそうだと思われていたのだが、その夜アヴォンリーを一変させるだけの雪がしんしんと降ったのだった。アンは、霜で覆われた破風の窓から、うれしそうに外を覗《のぞ》いた。〃お化けの森〃の樅《もみ》の木は、すっかりふんわりと雪をかぶって美しく、樺《かば》と野生の桜の木には真珠のような玉がついている。耕された畑には雪のえくぼが広がっており、空気はぴりっと冴《さ》え渡っていた。アンは歌いながら階段を駈《か》け下りていって、緑破風の家《グリーン・ゲイブルズ》じゅうに声がこだまするまで歌い続けたのだった。

「メリー・クリスマス、マリラ！　メリー・クリスマス、マシュー！　すてきなクリスマスじゃない？　真っ白で、あたし、ほんとにうれしい。ホワイト・クリスマス以外のクリスマスなんてありえないわね？　グリーン・クリスマスって、あたし好きじゃないの。緑じゃないもの――ただ、きたない色あせた茶色と灰色だもの。どうしてグリーンって言うのかしら？　なんで……あらまあ……マシュー、それ、あたしに？　ああ、マシュー！」

マシューは、おどおどと包み紙から服をとり出すと、申し訳なさそうにマリラをちらりと見ながら、アンに差し出した。マリラは、軽蔑《けいべつ》しているかのようにティーポットにお湯を注いでいるふりをしたが、実は目の端で、かなり興味津々に様子を窺《うかが》っていたのだった。

アンは服を受けとると、恭しく口をつぐんで服を見ていた。まあ、なんてかわいらしい服――すてきな柔らかい茶色のグロリア生地に織り込まれた絹糸のきらきらしていること！ スカートには、しゃれたフリルがついて、シャーリング〔ギャザーをよせた飾り〕になっている。ブラウスには最新流行のピンタックが巧みに施されていて、首まわりには薄いレースの小さなひだ飾りがついている。でも、袖が――なによりも美しくみごとだった！ 袖口からひじまで長いカフスがあって、その上にふたつの美しいパフがあり、パフとパフのあいだは何列ものシャーリングで絞られ、茶色の絹のリボンできゅっとくびれていた。

「それは、おまえへのクリスマス・プレゼントだよ、アン」マシューが恥ずかしそうに言った。「あれ……あれ……アン、気に入らないのかい？ そうさな……そうさな」

というのも、アンの目にふいに涙があふれてきたからだ。

「気に入るかですって！ ああ、マシュー！」アンは服を椅子に掛けて、両手を握り合わせた。「マシュー、こんなすてきな服はないわ。ああ、なんてお礼を言っていいのかわからない。この袖を見て！ ああ、幸せな夢を見ているんじゃないかしら」

「まあまあ、朝ご飯にしましょう」マリラが口をはさんだ。「私はね、アン、そんな服はあなたに必要ないと思ってるんですよ。でも、マシューがあなたに買ってくれたんですから大切になさい。リンドさんがあなたに髪のリボンを置いてってくださったからね。服に合わせて茶色ですよ。さあ、お坐《すわ》りなさい」

「あたし、朝ご飯なんてとてもじゃないけど食べられない」アンはうっとりして言った。「朝ご飯なんて、こんなにわくわくしてるときに、あまりにもありきたりすぎるわ。あたしはむしろ、この服を眺めて、目にご馳走《ちそう》を食べさせてあげる。パフスリーブがまだ流行っていてよかったわぁ。自分がパフスリーブの服を着ないうちに流行がすぎたりしたら、あきらめきれなくて絶対立ち直れなかったと思う。リボンもくださるなんて、リンドさんっていい方ね。これからはほんとにいい子にならなきゃって思うわ。自分が模範生でないってことを残念に思うのは、こういうときよね。これからはいい子になろうっていつも思うんだけど、どういうわけか、どうしようもない誘惑がくると決心が鈍るのね。でも、これからは、よりいっそう頑張るわ」

ありきたりの朝食が終わったところで、真っ赤な厚手のアルスターコートを着た陽気な小さな姿が窪地《くぼち》の白い丸木橋を渡ってくるのが見えた。ダイアナだ。アンは、坂道を駈け下りていって出迎えた。

「メリー・クリスマス、ダイアナ！　そして、ああ、すばらしいクリスマスよ。あなたに見せたいすごいものがあるの。マシューがあたしに最高にすてきな服をくれたのよ、すごい袖がついてるの。あれよりいいものなんて想像できないわ」

「あたしも見せたいものがあるのよ」ダイアナは息をはずませて言った。「ほら――この箱よ。ジョゼフィーヌおばさまが、そりゃもういろんなものが入った大きな箱を送ってくださったの――そして、これはあなたにって。昨夜《ゆうべ》持って来たかったんだけど、暗くなるまで届かなかったの。暗くなってからじゃ〝お化けの森〟を抜けていくのは、あまり気持ちのいいものじゃないから」

アンは箱を開けて中を覗いた。まず「アン嬢ちゃんへ、クリスマスおめでとう」と書かれたカードがあった。それから、とてもかわいらしい小さな子ヤギ革の室内履きが入っていた。爪先にはビーズの刺繡《ししゅう》がしてあり、サテンのリボンと光るバックルがついていた。

「まあ」とアン。「ダイアナ、これ、すてきすぎるわ。夢を見てるんじゃないかしら」

「あたしなら、神さまのお恵みって言うわ」とダイアナ。「これでルービーの室内履きを借りなくてすむわね。それって、ほんとによかったわよね。だって、ルービーのは、あなたにはふたサイズも大きすぎるんですもの。妖精《ようせい》がパタパタ足を引きずる音なんてたてたら最悪よ。そんなことしたら、ジョウジー・パイがよろこぶだけね。ねえ、ロブ・ライトは、おとといの晩、練習のあと、ガーティー・パイと一緒に帰ったんですって。そんな話、聞いたことある？」

その日、アヴォンリーの学校じゅうの生徒たちは大興奮していた。というのも、いよいよ公会堂に飾りつけをして、最後の本格的な舞台稽古《げいこ》をしたからだ。夕方にはコンサートの本番が始まり、大成功となった。小さな公会堂は満員で、出演者は全員じょうずにできたが、アンこそがこのときひと際明るく輝く星《スター》だった。ねたんでばかりのジョウジー・パイでさえ、しぶしぶ認めたほどだった。

「ああ、すばらしい夕べだったわね？」何もかも終わって、ダイアナと一緒に暗い星空の下の帰り道を歩いているとき、アンは溜《た》め息《いき》をついた。

「何もかもうまくいったわ」ダイアナは実務的に言った。「十ドルぐらい稼いだと思うわ。あのね、アラン牧師が、シャーロットタウンの新聞に、今日のこと、記事にして送るんですって」

「ああ、ダイアナ、あたしたちの名前が活字になるってこと？　考えただけでぞくぞくするわ。あなたのソロは完璧《かんぺき》にエレガントだったわよ、ダイアナ。アンコールを求められたとき、あたし、あなたよりも鼻が高かったわ。『こんなにほめられてるのは、あたしの大切な心の友なんだ』って、あたし思ってたわ」

「あら、あなたの暗唱だって、拍手大喝采《かっさい》だったじゃない、アン。あの悲しい詩は、ほんとにすてきだったわ」

「ああ、あたし、とってもあがってたの、ダイアナ。アラン牧師があたしの名前を呼んだとき、どうやって舞台に上がったかわからないくらいだもの。百万もの目がこちらを見てて、あたしの奥まで見透かしてるみたいで、ひとつも声が出ないって思った恐ろしい一瞬があったのよ。そのとき、あたし、すてきなパフスリーブのことを思い出して勇気を出したの。パフスリーブに見合うだけのことはしなきゃいけないって思ったのよ、ダイアナ。それで声が出たの。あたしの声、どこかずっと遠くのほうから聞こえてくるようだったわ。自分がオウムになった気分。屋根裏で何度も何度も暗唱を練習しておいたのは神さまのお導きよ。さもなきゃ、最後までやり通せなかったもの。うなるとこ、だいじょうぶだった？」

「ええ、ほんとに、すてきなうなりっぷりだったわよ」とダイアナは請け合った。

「スローンのおばあさまが涙を拭《ふ》いていらっしゃるのが、坐るとき見えたわ。誰かを感動させたって思うと、うれしいわ。コンサートに参加するのって、すごくロマンチックよね？　ああ、ほんとに、とっても思い出に残る一夜だったわぁ」

「男の子たちの対話劇、よかったでしょ？」とダイアナ。「ギルバート・ブライスは、ほんとすばらしかった。アン、あなたのギルに対する態度、ちょっとひどいと思うわ。だめ、聞きなさいよ。妖精の対話劇のあとであなたが舞台から走って引っ込んだとき、あなたが髪につけてたバラのひとつが落ちたの。ギルがそれを拾って胸のポケットにつけたの、あたし見ちゃったんだから。それでギルの気持ちがわかるでしょ。あなたはとってもロマンチックなんだから、そのことはよろこぶべきよ」

「あいつが何をしようが、あたしには関係ないわ」アンは、つんとした口調で言った。「あいつのことを考えるのは嫌なの。それだけよ、ダイアナ」

その夜、二十年ぶりにコンサートに出かけたマリラとマシューは、アンが寝室に上がってから、しばらく台所の火のそばで坐っていた。

「そうさな、うちのアンは、かなりよくやったんじゃないかね」マシューは誇らしげに言った。

「ええ、そうですね」マリラも認めた。「あの子は賢い子ですよ、マシュー。そして、見栄えもとってもよかった。私は何となくこのコンサート計画には反対だったけど、結局のところ、何も悪いところはなかったと思いましたよ。ともかく、今晩私はアンのことを自慢に思いました。あの子にそう言ってやるつもりはないけれど」

「そうさな、わしも自慢だったさ。そして、あの子が二階に上がるまえに、そう言ってやったよ」とマシュー。「そのうち、あの子に何をしてやれるのか考えなきゃなるまいよ、マリラ。やがてはアヴォンリーの学校じゃあ、足らなくなるだろうからな」

「そのことを考えるにはまだ時間がありますよ」とマリラ。「あの子は三月でまだ十三ですよ。ただ今晩は、随分大きくなったものだと思ったけどね。リンドさんは、あの服を少し長く作りすぎたから、アンがひどく背が高く見えたんですよ。あの子は憶《おぼ》えるのも早いから、私たちにしてやれる一番のことは、ゆくゆくはクィーン学院にやることでしょうね。でも、まだ一、二年は、そのことを言いだす必要はありませんよ」

「そうさな、ときおりそのことを考えるぶんにゃ、害はあるまいて」とマシュー。「そういったことは、よくよく考えておいたほうがいいんだ」

第26章　物語クラブ結成

アヴォンリー学校の下級生たちにとって、再び平凡な日常に戻るのは至難の業だった。とりわけアンにとって、何週間も興奮の盃《さかずき》を味わい続けたあとでは、学校生活は疎ましく、腐った、つまらぬ、くだらないものに見えたのだった。コンサートの前の遙《はる》か昔の日々の静かな歓《よろこ》びに戻ることなどできるのだろうか？　最初は、そんなことはとてもじゃないけど無理だと、アンはダイアナに話したのだった。

「あたし、確信してるの、ダイアナ。人生は、あの昔の日々のような静かなものには、二度と戻れないのよ」アンは、まるで少なくとも五十年前のことを言っているかのように嘆いてみせた。「ひょっとすると、しばらくすれば慣れてくるのかもしれないけど、コンサートってものは、人の日常生活をつまらなくしてしまうわ。だから、マリラが反対したのよ。マリラって、ほんと、分別があるもの。分別があるってすごいことだと思うけど、それでも自分が分別ある人間になりたいとは真剣には思わないわ。そういう人ってロマンチックじゃないもの。リンドさんは、あたしがロマンチックじゃない人間になる危険はゼロだっておっしゃるけど予断は許されないでしょう。今だってあたし、もしかしたら分別のある大人になるんじゃないかしらって気がするもの。でも、ひょっとしたら、それはただ疲れてるせいだけかもしれない。昨夜《ゆうべ》は随分長いあいだ全然眠れなかったの。目が冴《さ》えてしまって何度も何度もコンサートのことを繰り返し思い出したわ。こういった出来事って、そこがいいのよね――思い出すのって、とてもすてき」

しかしながら、やがてアヴォンリーの学校は、昔どおりの軌道に戻って、以前の関心を取り戻した。確かにコンサートはその傷痕《きずあと》を残した。舞台上の席順のことで喧嘩《けんか》をしたルービー・ギリスとエマ・ホワイトは、二度と同じ机に着くことはなく、三年間続いた友情は壊れてしまった。「ジュリア・ベルが暗唱するときに立ち上がってするお辞儀って、鶏《にわとり》が頭を突き出すみたいよね」とジョウジー・パイがベッシー・ライトに話して、ベッシーがジュリアに告げ口したので、ジョウジー・パイとジュリア・ベルは三か月のあいだ口をきかなかった。「スローン家の姉妹ばっかりプログラムに出ている」とベル家の姉妹が言って、「ベル家の姉妹はちょっとしたこともちゃんとできないからだ」とスローン姉妹が言い返したために、両家はつきあうことをやめてしまった。最後に、チャーリー・スローンがムーディー・スパージョン・マクファーソンと喧嘩をした。「アン・シャーリーの暗唱は気取っていた」とムーディー・スパージョンが言ったので、チャーリーにぶん殴られたのだ。ムーディー・スパージョンの妹のエラ・メイは、その冬のあいだじゅう、アン・シャーリーと口をきこうとしなかった。こうしたささいないざこざを別とすれば、ステイシー先生の小さな王国は、いつものとおり順調に続いたのだった。

冬の日々が過ぎていった。いつもよりずっと暖かい冬で、雪がとても少ないので、アンとダイアナはほとんど毎日〝樺《かば》の道〟を通って通学できた。アンの誕生日には、二人は軽やかにいつもの道を通り、おしゃべりをしながらもあたりの様子に耳を澄ませたり目を瞠《みは》ったりした。というのも、ステイシー先生がそのうちに「冬の森を歩く」という作文を書いてもらいますよとおっしゃったため、森の様子に気をつけていたからだ。

「考えてもみて、ダイアナ、あたし今日で十三歳なのよ」とアンは畏《おそ》れと驚きのこもった声で言った。「自分がティーンエイジャーになったなんて信じられないわ。今朝起きたとき、何もかもちがってるはずだって思えたの。あなたは十三になってひと月たつから、そんなふうに新鮮には思えないでしょうけれど、人生がぐっとおもしろくなったって気がするの。もう二年もしたら、あたしほんとの大人になるわ。偉そうな言葉を遣っても笑われないと思うと、すごくほっとする」

「ルービー・ギリスは、十五になったらすぐに彼氏を作るって言ってるわ」とダイアナ。

「ルービー・ギリスは、彼氏のことしか考えてないのよ」とアンは軽蔑《けいべつ》したように言った。「あの子、『注目』に名前を書かれるとものすごく怒ったふりをするけど、実はよろこんでるのよ。でも、そんなことを言うのは思いやりがないんだろうな。ミセス・アランが、思いやりのないことを言ってはいけませんっておっしゃったけど、ついつい口をついて出てしまうのよね。ジョウジー・パイの話なんか、思いやりのないことを言わずにはいられないもの。だから、あの子の話はしない。気づいてたでしょ。あたし、できるかぎりミセス・アランみたいになりたいの。だって、ミセス・アランって完璧《かんぺき》だと思うもの。アラン牧師もそう思ってるのよ。リンドさんが、アラン牧師は奥さまが歩いた大地を崇拝してるっておっしゃって、牧師ともあろうものが弱き人間にそんなに愛情を注ぐのはよろしくないなんて考えてらっしゃるんだけど、でもねえ、ダイアナ、牧師だって人間だし、ほかの人と同じように、陥りやすい罪があるのは当然よね。あたし、こないだの日曜の午後、ミセス・アランと、陥りやすい罪について興味深いお話をしたの。日曜に話題にできることってたくさんはないけれど、そういう話ならできるでしょ。あたしの陥りやすい罪は、想像しすぎっていうのと、やらなければいけないことを忘れること。なんとか改めようと、一所懸命頑張ってるんだけど、ほんとに十三になった今、ひょっとすると、うまくいくかも」

「あと四年もしたら、あたしたち髪を結い上げられるわ」とダイアナ。「アリス・ベルは十六なのに髪をアップにしちゃって、ばかみたい。あたしなら十七まで待つわ」

「もしアリス・ベルみたいに鼻が曲がってたりしたら」とアンはきっぱり言った。「あたし、絶対に……あら、いけない！　こんなこと言っちゃ、ひどく思いやりのないことになるからやめとくわ。それに、自分の鼻と比べたりして、うぬぼれよね。あたし、ずっと前にこの鼻をほめてもらって以来どうしてもこの鼻のことばかり考えてしまうの。ほめられてすごくうれしいんですもの。あら、ダイアナ、ほら、うさぎよ。森についての作文に書けるかもよ。森って、夏と同じくらい、冬もすてきよね。真っ白で静か。まるで眠って、すてきな夢を見ているみたい」

「その作文なら、いざとなれば、なんとか書けると思うんだけど」ダイアナは溜《た》め息《いき》をついた。「森のことなら書けるけど、月曜に提出する作文ってあんまりだわ。自分の頭で考えたお話を書きましょうだなんて！」

「あら、そんなの、とっても簡単じゃない」とアン。

「あなたには想像力があるから簡単でしょうけど」とダイアナは言い返した。「生まれつき想像力がなかったら、どうしたらいいのよ？　あなた、きっと作文全部終わってるんでしょうね？」

うなずいたアンは、得意そうに見えないように気をつけたつもりだったが、いかにも得意そうだった。

「こないだの月曜の夜に書いたわ。『嫉妬《しっと》深《ぶか》いライバル、あるいは死んでも別れない』っていう題よ。マリラに読んで聞かせたら、ばかばかしいって言われたわ。それからマシューに読んで聞かせたら、いい話だって。そう言ってくれる批評家のほうがありがたいわ。悲しくて、すてきなお話なの。あたし、書きながら子供みたいに泣いてしまったわ。ヒロインは、コーディーリア・モンモランシーとジェラルディーン・シーモアという二人の美しい乙女で、同じ村に住んでいて、互いにとても心惹《こころひ》かれ合っているの。コーディーリアは小麦色の肌をしていて、真っ黒な髪を冠のように編んでいて、暗く輝く目をしているの。ジェラルディーンは女王さまのように色白で、金髪を編み上げて、ベルベットのような紫の目をしてるの」

「紫の目をしてる人なんて見たことないわ」ダイアナが訝《いぶか》って言った。

「あたしもよ。ただ想像してるだけだもの。普通じゃないふうにしたかったの。ジェラルディーンは、雪花石膏《せっこう》の額をしてるの。雪花石膏の額って、真っ白な額のことだって、あたし知ってるのよ。そういうところが、十三歳になったいいところね。十二でしかなかったころよりも、ずっとたくさんのことを知ってるもの」

「それで、コーディーリアとジェラルディーンはどうなったの？」二人の運命にかなり興味をもち始めたダイアナは尋ねた。

「二人は一緒に美しく成長して、十六になるの。すると、バートラム・ド・ヴィアという若者が二人の村にやってきて、美しいジェラルディーンと恋に落ちて、そして彼女の命を救うの。彼女が馬車に乗っているとき馬が暴走するのよ。彼女は彼の腕の中で気を失って、彼は三マイルも先の彼女の家へ抱いて連れてってあげるの。だって、馬車は粉々になってしまったんですもの。彼が結婚を申し込むところを想像するのは難しかったわ。あたし、そういうの経験ないから。ルービー・ギリスに、男の人ってどういうふうに求婚するのか知ってるか聞いたんだけど――あの子、結婚したお姉さんがたくさんいるから、よく知ってるだろうと思ったのよ――ルービーは、マルカム・アンドルーズがお姉さんのスーザンにプロポーズしたとき、広間の戸棚に隠れて聞いてたんですって。マルカムはスーザンに、パパが農場をくれて彼の名義にしてくれたって話してから、『ねえ君、この秋に一緒にならないか？』って言って、スーザンが『いいわ……だめよ……わからない……どうしよう』って答えて、それであのとおり、二人はあっという間に婚約したってわけ。でも、そういうプロポーズってあんまりロマンチックじゃないから、あたし結局、自分で一所懸命想像するしかなかったわ。とっても美文調にして、詩的にして、バートラムは跪《ひざまず》くの。ルービー・ギリスはそういうのは最近じゃやらないって言うんだけどね。ジェラルディーンは一ページにわたる長い台詞《せりふ》を言って彼を受け入れるの。その台詞を書くのはかなり大変だったわ。五回も書き直したのよ。あたしの最高傑作だと思う。バートラムは彼女にダイヤの指輪とルビーのネックレスをあげて、新婚旅行にはヨーロッパに行こうって言うの。すっごくお金持ちだから。でも、残念なことに、二人の行く手に影が射し込むの。コーディーリアは密《ひそ》かにバートラムに恋していて、ジェラルディーンが二人の婚約の話をすると、かんかんに怒っちゃうの。とくにネックレスとダイヤの指輪を見て、カーッとなるのね。それまでのバートラムへの思いが激しい憎しみとなって、ジェラルディーンとバートラムを結婚させるものかって誓うの。でも、今までどおりジェラルディーンの友だちのふりをするの。ある日の夕方、二人はごうごうと流れる川に架かった橋の上に立っていて、コーディーリアはほかに人がいないと思って、ジェラルディーンを橋の縁《ふち》から突き落として、嘲《あざけ》って『ハ、ハ、ハ』と笑うの。ところが、バートラムがそれを見ていて、すぐに急流に飛び込んで叫ぶの。『今助けます、わが愛《いと》しのジェラルディーン』だけど、悲しいことに、彼は自分が泳げないことを忘れてたの。それで二人は、互いにぎゅっと抱きあったまま、おぼれ死ぬの。二人の死体は、やがて岸に打ちあげられ、ひとつの墓に埋められ、盛大な葬式が執り行われるの。ダイアナ、結婚式よりもお葬式でお話を終えるほうが、ずっとロマンチックよ。コーディーリアはどうなったかというと、悪いことをしてしまったと悔やんで気がへんになって、病院に入れられてしまうの。悪いことをしたんだからそういう報いを受けるのは文学上必要なことだと思うの」

「なんてすてきなお話かしら！」マシューと同じ賞賛型批評家のダイアナは、溜め息をついた。「そんなわくわくするお話をよく自分の頭で思いつけるわね、アン。あたしにも、それぐらいの想像力があったらいいのに」

「想像力を鍛えるといいのよ」アンは快活に言った。「あたし、今、計画を思いついたわ、ダイアナ。あなたとあたしで物語クラブを作って、お話を作る練習をしましょうよ。あなたが自分でできるようになるまで手伝ってあげるから。あなた、想像力を鍛えなくっちゃいけないわ。ミス・ステイシーもそうおっしゃってるもの。ただ、正しいやり方をしなきゃいけないんだわ。〝お化けの森〟のことを先生にお話ししたら、それは想像力の使い方をまちがえていますねって言われたわ」

こうして物語クラブができ上がった。最初はダイアナとアンだけのものだったが、やがて、ジェーン・アンドルーズと、ルービー・ギリスと、それから自分の想像力を鍛えなきゃと思った一人か二人の子も入れてあげ――ルービー・ギリスは男子も入れたほうが楽しいと言ったが、男子は入れないことになった——そして、メンバーはそれぞれ週に一度お話をひとつ書いてこなければいけないのだ。

「ものすごくおもしろいのよ」アンはマリラに語った。「それぞれの子が自分のお話を音読して、それからみんなで話し合うの。お話は大事にとっておいて、あたしたちの孫子の代まで読み伝えるのよ。それぞれペンネームで書いて、あたしのはロザモンド・モンモランシーっていうの。どの子もかなりじょうずよ。ルービー・ギリスは、かなりセンチメンタル。お話に恋愛ばっかり入れるんだけど、多すぎって少なすぎよりも悪いでしょ。ジェーンは、恋愛をひとつも入れないんだけど、それは声に出して読んでみると、ばかみたいに思えるからなんですって。ジェーンのお話はものすごく筋が通っているわ。それからダイアナは、あまりにも殺人を入れすぎ。大抵登場人物をどうしたらいいかわからなくなるから、殺して失くしちゃうんですって。あたしはほとんどいつも、何を書いたらいいか教えてあげないといけないんだけど、大変じゃないの。あたし、何百万とアイデアがあるから」

「物語を書くというのは、これまでで一番ばかばかしいことだわね」とマリラはばかにした。「くだらないことを頭に入れて、勉強に費やすべき時間をむだにしているよ。物語を読むのだって大してよくないのに、それを書くとなると、もっと始末に負えないね」

「でも、どのお話にも教訓を入れるように気をつけているのよ、マリラ」とアンは説明した。「あたしがそうするようにって言ってるの。善人は全員よい報いを受けるし、悪人はそれ相応の罰を受けるのよ。それこそ健全な効果だと思うわ。教訓はすばらしいものよ。アラン牧師がそうおっしゃっているもの。あたし、自分のお話のひとつをアラン牧師とミセス・アランに読んでお聞かせしたんだけれど、お二人とも、教訓がすばらしかったと言ってくださったわ。ただ、笑うところじゃないところで笑ってらしたけど。あたし、泣いてくれたほうがうれしいな。ジェーンとルービーは、あたしが悲しいところを読むと、ほぼいつも泣くわ。ダイアナがジョゼフィーヌおばさまにあたしたちのクラブのことを手紙に書いたら、ジョゼフィーヌおばさまったら、あたしたちの物語をいくつか送ってほしいってお返事をくださったの。だから、あたしたち、一番いい物語を四つ書き写してお送りしたの。ジョゼフィーヌ・バリーおばさまは、こんな愉快なものは読んだことがないってお手紙をくださったわ。どれも悲しいお話で、ほとんど全員死んじゃうのに、へんねって思ったんだけど、ジョゼフィーヌおばさまが気に入ってくださって、あたしうれしかった。それって、あたしたちのクラブが世の中にいいことをしてるってことでしょ。ミセス・アランは、何事においても世の中の役に立つことを目標とすべきですっておっしゃるわ。あたし、ほんとにそれを目標としようとしてるんだけど、楽しくなるとすぐ忘れてしまうの。あたし、大きくなったら少しでもミセス・アランみたいになりたいな。その可能性、あると思う、マリラ？」

「あんまりなさそうね」というのが、マリラの励ましの言葉だった。「ミセス・アランは、あんたのような忘れっぽいおばかさんじゃなかったでしょうからね」

「そりゃそうだけど、ミセス・アランだって、今みたいに、いつもいい子じゃなかったのよ」アンは真剣に言った。「ご自分でそうおっしゃったんだから――つまり、小さいときはひどいいたずらっ子で、失敗ばかりなさってたんですって。それを聞いて、とても励まされたわ。ほかの人が悪いいたずらっ子だったたって聞いて励まされるのって、いけないことかしら、マリラ？　リンドさんは、いけないことだっておっしゃるの。リンドさんは、誰かが昔は悪い子だったなんて話を聞かされると、それがどんなに小さいときの話であろうと、いつもびっくりなさるんですって。リンドさんは、かつてある牧師さんが、少年のときにおばさんの台所からいちごのタルトを盗んだことを告白なさるのを聞いて、もうその牧師さんへの尊敬を失ってしまったんですって。だけど、あたしはそんなふうには思わないな。あたしだったら、告白した牧師さんは偉いと思う。そして、悪いことばかりして申し訳ないと思ってる近頃の小さな男の子たちが、ひょっとしたら自分たちだって牧師になれるかもしれないってわかって、すごく励みになると思うわ。そういうふうに感じるの、マリラ」

「今、私が感じるのはね、アン」とマリラ。「あなたがその皿をもう洗い終わっていてもいい頃じゃないかってこと。おしゃべりばっかりして、三十分もよけいに時間がかかっているよ。まずは仕事を終えてからしゃべりなさい」

第27章　見栄と魂の苦悩

ある四月下旬の夕方、婦人会から歩いて帰途《きと》についたマリラは、冬がすっかり消え去って、心ときめく春がやってきたことに気がついた。春は、陽気な若者のみならず悲しい老人にも必ず歓《よろこ》びをもたらしてくれる。マリラは、自分の考えや気持ちを分析するような人ではなかった。たぶん婦人会のことや宣教師の献金箱のことや礼拝準備室の新しい絨毯《じゅうたん》のことを考えているつもりだったのだろうが、そうしたことを考えながらも、沈みゆく夕陽の中、赤い畑が薄紫がかった靄《もや》の中で煙《けぶ》るように見え、頭のとがった樅《もみ》の木の影が小川の向こうの牧場に落ち、鏡のような森の池のまわりでは楓《かえで》が深紅の芽をつけていることを、どれもこれも意識していたのだ。何もかもが目覚めて、灰色の芝の下では隠れた息吹きが動きだしていた。春はあたり一面に広がっていて、その深く湧き上がる歓びのために、気まじめなおばさんであるマリラの足取りも軽くはずんでいた。

その目は、立ち並ぶ木々の向こうに顔を覗《のぞ》かせているわが家の緑の破風《グリーン・ゲイブルズ》に、愛情いっぱいに注がれた。窓に夕陽が反射して、いくつかの小さなきらめきとなって、栄光の輝きを見せている。マリラは、湿った小道を足場を選んで歩きながら、これから家に帰れば、薪《まき》がパチパチと爆《は》ぜながら燃えていて、すてきな夕食《ティー》の用意ができているテーブルが待っていると思うと、本当によかったと心から感じるのだった。アンがここにくる前は、婦人会の会合がある夜は寒々とした家へ帰っていたものだったが。

そのため、マリラが台所に入って、火が消えて真っ暗で、アンの姿がどこにもないとわかると、当然ながら落胆していらだった。アンにはちゃんと五時に夕食《ティー》の用意をしてねと言ったはずなのに、こうなると二番目によい晴れ着を急いで脱いで、マシューが畑から帰ってこないうちに自分で夕食の支度をしなければならない。

「アンが帰ってきたら、叱ってやらなくちゃ」とマリラは怖い顔で言って、必要以上の力をこめて、焚《た》き付け用の木片を大きなナイフでガッガッと削った。やがて入ってきたマシューは、隅の自分の席に坐《すわ》って、辛抱強く夕食を待った。

「どうせダイアナとどこかをほっつき歩いて、お話を書いたり、対話劇の練習をしたり、そんなばかなまねをして時間を忘れて、やらなきゃいけないことを考えもしないんでしょう。こういったことは金輪際やめさせなきゃいけませんよ。ミセス・アランが、あの子ほど賢くてかわいらしい子は見たことがないとおっしゃったなんて知ったことじゃありませんよ。賢くてかわいいかもしれませんけどね、ばかなことばっかり考えて、今度は何をやらかすかわかったもんじゃない。ようやっと何かの熱がさめたかと思うと、別の熱に取りつかれるんですからね。あらまあ！　私ったら、今日婦人会でレイチェル・リンドにアンのことをひどく言われてあんなにカッとなったっていうのに、それと同じことを自分で言ってるわ。ミセス・アランがアンの弁護をしてくださってほんとにうれしかった。そうじゃなかったら、きっと私、みんなの前でレイチェルにきつすぎることを言ってしまったにちがいないもの。アンは、そりゃあいっぱい欠点はありますよ。それを否定するつもりは毛頭ないけど、あの子を育ててるのは私であって、レイチェル・リンドじゃないんです。あの人にかかっちゃ、天使ガブリエルさまだって、アヴォンリーに住んでらしたら、あれこれ言われちまいますよ。それにしても、アンがこんなふうに家をあけるなんておかしいわ。今日はお留守番をしてねって、あれこれ用事を言いつけておいたのに。あの子の欠点はいろいろあっても、今まで反抗的だったり、信用できなかったりしたことはなかったのに、今になってそういう欠点もあったとわかるのは、ほんとに残念だわ」

「そうさな、どんなもんかな」忍耐強く賢明で、そして何よりも空腹だったマシューは、マリラの怒りの邪魔をしないのが一番だと考えていた。へたに逆らって言い合い

になるようなことさえなければ、マリラは何であれ、いつもよりずっと早く仕事を片
付けてしまうことを経験から学んでいたのだ。「決めつけすぎかもしれんよ、マリラ。
言いつけに背いたとはっきりするまでは、信用できないなんて言うもんじゃない。た
ぶん、それなりの事情があるんだ——アンならじょうずに説明してくれるさ」
「家にいるように言ったのに、いないんですよ」マリラは言い返した。「私が納得で
きるように、その説明をつけるのは難しいでしょうね。もちろん兄さんがアンの肩を
持つのはわかっていましたよ。でも、あの子を育ててるのは私であって、兄さんじゃ
ないんですからね」

夕飯の用意ができたときには外は暗くなっており、まだアンの姿は見えず、約束を
忘れてごめんなさいと息せき切ってかけてくる姿は、丸木橋のほうにも、〝恋人の小
道〟のほうにも、見当たらなかった。マリラは怖い顔をして皿を洗って片付けた。そ
れから、地下室へ下りていくのに蠟燭《ろうそく》が必要だったので、いつもアンのテーブルの上
においてある蠟燭を取りに東の破風の部屋へ上がった。その蠟燭をつけて、振り返る
と、ベッドにアンが寝ているではないか。枕に顔を埋めている。

「なんてこと」驚いたマリラは言った。「寝ていたの、アン？」

「ううん」くぐもった返事があった。

「じゃあ、気分が悪いの？」マリラは心配そうに尋ねてベッドに近づいた。

アンは、永遠に誰からも隠れてしまいたいかのように、一層深く枕のあいだに潜り込もうとした。

「ううん。でも、お願い、マリラ。あっちに行って、あたしを見ないで。あたし、絶望のどん底にいるの。誰がクラスで一番になろうと、一番いい作文を書こうと、誰が日曜学校の合唱隊で歌おうと、もうどうでもいいの。そんな小さなことは、もう大したことじゃないわ。だってあたし、もうどこにも行けやしないもの。あたしの人生は終わったの。どうか、マリラ、あっちへ行って、あたしを見ないで」

「こんなこと、聞いたこともないよ」わけのわからないマリラは知りたがった。「アン・シャーリー、一体どうしたって言うの？　何をしたの？　今すぐ起きて答えなさい。今すぐです。ほらほら、どうしたの？」

アンは、観念してしぶしぶと床にすべり出た。

「あたしの髪を見て、マリラ」アンはささやいた。

言われたとおり、マリラは蠟燭を掲げて、ふさふさと背中に垂れるアンの髪を丁寧に見た。確かに、とても異様に見えた。

「アン・シャーリー、あんた、髪をどうしたの？　まあ、緑色じゃない！」

この世の色と言えるなら、緑と言うこともできただろう――奇妙な、くすんだ青銅色のような緑色で、あちこちに地毛の赤い筋が入っていて、ますます気色の悪い感じがした。このときのアンの髪ほど、気持ちの悪いものをマリラは見たことがなかった。

「そう、緑なの」アンはうめいた。「赤毛ほど嫌なものはないと思ってたけど、今は緑の髪のほうが十倍嫌だってわかったわ。ああ、マリラ、あたしがどんなに情けない気分か、わかってもらえないでしょうね」

「わからないのは、あんたがどうしてこんなことになったかですよ。でも、話してもらいますよ」とマリラ。「すぐに台所へ下りていらっしゃい──ここは寒すぎます──そして、何をやらかしてこうなったのか言うんです。何かまずいことになるだろうとは、ずっと思ってたんですよ。二か月ものあいだ、ごたごたが起きてないから、そろそろだってわかっていましたよ。さあさ、髪をどうしたの?」

「染めたの」

「染めた! 髪を染めたって! アン・シャーリー、それは悪いことだって知らなかったの?」

「ええ、少し悪いとは思ったわ」アンは認めた。「でも、赤毛じゃなくなるためなら、少しくらい悪くてもいいかなって思ったの。先々のことまで考えあわせたのよ、マリラ。それに、その償いに、ほかのことではとりわけいい子になるつもりだったの」

「それにしても」マリラは皮肉っぽく言った。「髪を染めるっていうなら、普通、少なくともちゃんとした色に染めるでしょうに。緑に染めたりしませんよ」

「緑に染めるつもりじゃなかったのよ、マリラ」アンは落ち込みながらも抗議した。「悪いことをしようっていうときは、それなりの理由があるからよ。あたしの髪が美しい黒髪になるって言われたの――絶対なるって。そう言われて疑うなんてできる、マリラ？　疑われるとどんな気持ちになるか知ってるわ。ミセス・アランは、嘘だという証拠がないかぎり、人を疑ったりしてはいけませんって、いつもおっしゃるわ。今なら証拠がある――この緑の髪は誰に見せても動かぬ証拠になるわ。でも、そのときは証拠がなかったから、あの人が言ったことをすんなり信じてしまったの」

「誰が言ったって？　誰のことを言ってるの？」

「今日、うちにきた行商のおじさん。その人から染料を買ったの」

「アン・シャーリー、あの手のイタリア人を家に上げちゃいけないって、何度言ったらわかるんです！　ますますうろつかれるようになりますよ」

「あら、お家《うち》には上げなかったわ。言いつけを守って、外に出て、きちんとドアを閉めて、玄関先の階段のところでその人の品物を見たの。それに、イタリア人じゃなくって、ドイツ系ユダヤ人よ。大きな箱にいっぱいおもしろいものを持ってて、奥さんと子供をドイツから連れてくるために一所懸命働いてお金を稼いでるんですって。ご家族のことをとっても愛《いと》おしげに話すもんだから、あたし、じーんとしてしまったわ。何か買ってあげて、その立派な計画を助けてあげたかったの。そしたらすぐに、髪の染料が見えたの。どんな髪でも美しい緑の黒髪になる保証つきで、洗っても落ちませんよって、おじさんが言うのよ。たちまち、あたし、美しい緑の黒髪になった自分を想像して、たまらない誘惑を感じたの。でも、瓶の値段は七十五セントで、おこづかいは五十セントしか残ってなかったの。おじさんはとてもやさしい人で、お嬢さんが相手じゃしょうがない、五十セントで負けとこう、儲《もう》けにはならないがくれてやるって言ったの。だからあたし買ったの。おじさんが帰ったあとすぐにここに上がってきて、説明書きに書いてあるとおりに古いブラシにつけて塗ってみたわ。瓶を全部使い切って。そしたら、ああ、マリラ、自分の髪が恐ろしい色になったとき、あたし悪いことをしたことを後悔したわ、ほんとよ。それからずっと後悔し続けているの」

「後悔して報われるといいがね」マリラは厳しく言った。「それに、見栄を張るとどういうことになるか、これでよくわかったでしょ、アン。それにしても、どうしたもんかねえ。まずは、ごしごし洗ってみて、少しは落ちるか試してみましょうか」

そこでアンは髪を洗い、石鹸《せっけん》水でごしごし揉《も》んでみたが、ちっとも変化はなく、もとの赤毛をごしごしするのと同じくらい空《むな》しいことだった。行商人は、洗っても落ちないと言ったことについては、確かに嘘はついていなかったのだ。そのほかの点では、嘘つきと呼ばれても仕方なかったが。

「ああ、マリラ、どうしよう？」アンは目に涙を浮かべて尋ねた。「もう二度と立ち直れない。あたしのほかの失敗は——痛み止めケーキも、ダイアナを酔っ払わせたことも、リンドさんに癇癪《かんしゃく》を破裂させたことも——すっかり忘れ去られたけど、こればっかりは、みんな忘れないわ。あたしはちゃんとした娘じゃないと思われるわ。ああ、マリラ、『人を欺かんとして、なんという縺《もつ》れたクモの巣を編んでしまったことか』って詩（サー・ウォルター・スコットの詩「マーミオン」）にあるけど、ほんとのことだわ。ああ、ジョウジー・パイに笑われるわ！　マリラ、ジョウジー・パイに顔を合わせられないわ。あたし、プリンス・エドワード島で最も不幸な女の子だわ」

アンの不幸は一週間続いた。そのあいだ、どこにも行かずに毎日シャンプーばかりしていたのだ。家族以外でこの恐ろしい秘密を知っていたのはダイアナだけで、ダイアナは絶対内緒にすると厳かに約束し、確かに約束を守ったということは今ここで述べておくべきだろう。その週末、マリラは決心したように言った。

「だめだわ、アン。これはどうしたって落ちないわ。髪を切るしかないわよ。そんな頭じゃ、どこにも出られやしないもの」

アンの唇は震えたが、残念ながらマリラの言うとおりだと思った。憂鬱《ゆううつ》な溜《た》め息《いき》をついて、アンは、はさみを取りに行った。

「今すぐ切ってしまって頂戴《ちょうだい》な、マリラ。そして、終わりにして。ああ、胸が張り裂けそう。これはあまりにも非ロマンチックな苦しみよ。本に出てくる少女は、熱病にかかって髪をなくすとか、よいことをするのにお金が必要で髪を売るとかするわ。あたしもそういったことなら髪を失《な》くしたってかまいやしない。でも、自分でおぞましい色に染めてしまったから髪を切ってもらうなんて、何の慰めにもなりゃしないでしょ？　切ってもらってるあいだ、あたし、ずっと泣いてるわ。お邪魔じゃなければ。あんまり悲劇的なことだもの」

それからアンは泣いたが、そのあと、二階へ上がって、鏡を見ると、絶望しながらも穏やかになった。マリラは徹底的に切った。できるだけ短く刈りあげる必要があったのだ。その結果は、かなり控えめな言い方をしても、見られたものではなかった。アンはすぐに鏡を壁のほうへひっくり返してしまった。

「髪の毛が伸びてくるまで、二度と鏡は見ないわ」アンは熱をこめて叫んだ。

それからふいに、鏡をまた元に戻した。

「やっぱり見るわ。そうして悪いことをしたことを反省するわ。部屋に入ってくるたびに、いかに自分が醜いかを鏡で見るわ。そして、醜くない自分を想像したりもしない。自分がよりによって髪のことでうぬぼれてるなんて思わなかったけど、そうだったって今わかったわ。赤毛だけど、長くて、しっかりしていて、巻き毛だったんだもの。今度はあたしの鼻がどうにかなるんじゃないかしら」

アンの短髪は、次の月曜に学校で大事件だと言われたが、誰にもその本当の理由がわからなかったので、アンはほっとした。ジョウジー・パイにさえもわからなかったのだ。ただジョウジーは、アンに「かかしそっくり」と言ってやるのを忘れなかった。「ジョウジーにそう言われても、何も言い返さなかったわ」とアンはその晩、マリラに打ち明けた。マリラは、いつもの頭痛が起きて、ソファーに横になっているところだった。「だって、これは罰であって、あたしはじっと耐えなきゃいけないんだって思ったから。かかしそっくりって言われるのはつらいし、言い返してやりたかったけど、我慢したわ。ただ、ばかにしたような視線を投げてやっただけで、それで赦《ゆる》してやったの。人を赦すって、とても徳高い気持ちになるわよね？　これからはあたし、全力を注いでいい子になるわ。そして、二度と美しくなろうとしたりしないわ。もちろん、いい子のほうがいいに決まってる。それはそうだけど、わかっていても信じることが難しいときもあるのよ。今、本当にいい子になりたいの、マリラ、あなたみたいに、ミセス・アランみたいに、ミス・ステイシーみたいに。そして、大きくなって、マリラに自慢に思ってほしい。ダイアナは、あたしの髪が伸びてきたら、黒いベルベットのリボンを頭にぐるりと巻いて、片側で蝶結《ちょうむす》びにするって言ってるわ。似合うわよって。大きなヘアリボンって呼ぶわ――とってもロマンチックでしょ。それにしても、あたし話しすぎよね、マリラ？　頭に響いたりする？」

「頭はもうだいじょうぶですよ。今日の午後はひどかったけど。私の頭痛はだんだんひどくなるね。お医者さんにみてもらったほうがよさそうだわ。あんたのおしゃべりについちゃ、気になるとは思いませんよ――慣れっこになっちまったから」というのは、マリラ流の言い方で、アンのおしゃべりを聞くのが好きだという意味だった。

第28章　幸《さち》薄き白百合《しらゆり》の乙女

「もちろん、あなたがエレーヌをやらなきゃだめよ、アン」ダイアナが言った。「あたしにはとても、あそこまで流れていく勇気はないわ」

「あたしも」ルービー・ギリスが震えながら言った。「ボートに二、三人いて、みんな起きているんなら流れていくのはかまわないわ。それならおもしろいと思うけど。でも、横になって死んだふりしてなんて……できないわ。怖くてほんとに死んじゃう」

「もちろんロマンチックだとは思うわ」ジェーン・アンドルーズは認めた。「でも、あたし、じっとしていられない。しょっちゅう今どこにいるか、遠くに来すぎてやしないか、顔を上げて見てしまうわ。そしたら、アン、台なしになってしまうでしょう」

「でも、赤毛のエレーヌなんて、ばかげてるわ」アンは嘆いた。「流れていくのは怖くないし、エレーヌにはすごくなりたいわ。でも、やっぱり、ばかげてるわよ。ルービーがエレーヌになるべきよ。とっても色白で、すごくすてきな長い金髪をしているんだから――エレーヌは『輝ける髪は流れるように垂れ』ってあるでしょ。それにエレーヌこそが白百合の乙女なんだから。赤毛じゃ白百合の乙女になれないわ」

「あなたの肌はルービーと同じくらい白いわ」ダイアナは真剣に言った。「それにあなたの髪は、切る前よりもずっと色が濃くなったわよ」

「あら、ほんとにそう思う？」アンは、うれしくて、ポッと顔を赤らめて叫んだ。「自分でもそうかなって思ってたんだけど……でも、そんなことないって言われるのが怖くて、誰にも聞けなかったの。これ、赤褐色《オーバーン》って言えるかしら、ダイアナ？」

「ええ、ほんとにきれいだと思うわ」絹のような短い巻き毛が房のようになっていて、とてもおしゃれな黒いベルベットのリボンで押さえられたアンの頭を、ダイアナはうらやましそうに見た。

少女たちは、果樹園の坂《オーチャード・スロープ》の下の、池の岸に立っていた。土手から突き出た小さな岬のまわりに樺《かば》の木が立ち並んでいるところだ。岬の先に、猟師やカモ撃ちの人が使えるように小さな木の栈橋が池へ張り出していた。ルービーとジェーンが真夏の午後をダイアナと過ごしていたところへ、アンがやってきて一緒に遊ぶことになったのだ。

アンとダイアナは、その夏は大抵、池や池の近くで遊んでいた。春にベルさんが非情にも裏の牧草地に輪になって生えていた小さな木々を切り倒してしまったので、〝荒野楽園《アイドルワイルド》〟は過去のものとなった。アンは切り株に坐《すわ》って泣いた。こうして泣くのもロマンチックかしらとも思った。しかし、結局のところ、アンとダイアナが言っていたとおり、十三にもなって、やがて十四になるお姉さんなのだから、おもちゃの家のような子供じみたお遊びは卒業すべきだったのだ。それに、池のまわりでもっとおもしろい遊びができた。橋からマス釣りをするのも楽しいし、バリーさんのカモ撃ち用の小さな平底のボートに二人で乗ることも憶《おぼ》えた。

　エレーヌの物語〔テニソンの詩「ランスロットとエレーヌ」で詠われる、騎士ランスロットを恋しながらも恋に破れて死んでしまう美しい白百合の乙女エレーヌの物語〕を芝居にしようと思いついたのはアンだった。プリンス・エドワード島の学校では英語の授業でテニソンを学ぶようにと教育長が指定していたので、その前の冬、学校でテニソンの詩を勉強したばかりだったのだ。少女たちは詩を分析し、文法的な解読をし、意味がなくなってしまうまでばらばらに分解したが、少なくとも美しい白百合の乙女と、騎士ランスロットと、アーサー王と、その妃《きさき》グウィネヴィア〔いずれもアーサー王伝説に登場する人物。王妃はランスロットと禁断の恋に落ちる〕は、少女たちにとって身近な人となり、アンは自分がアーサー王の都キャメロットに生まれなかったことを密《ひそ》かに悔やんだのだった。その当時は、今よりもずっとロマンチックだったんだわと、アンは言った。

　アンの計画は、熱烈に受け入れられた。少女たちは、船着き場からボートを押し出してやれば、橋の下を通って下流へ流され、ついには池が曲がっているところに突き出ている別の岬にたどり着くとわかっていた。そういうふうにして下っていったことが何度もあり、エレーヌごっこをするには絶好の場所だったのだ。

「じゃあ、あたしがエレーヌになる」アンはしぶしぶ言った。アンの芸術的センスでは、自分が役にふさわしくないと感じていたので、主役を演じることをよろこべなかった。「ルービー、あなたがアーサー王で、ジェーンは王妃グウィネヴィアで、ダイアナがラーンスロットよ。でもまずは、兄弟と父親を演じて頂戴《ちょうだい》。口のきけない年寄りの従僕は、なしね。このボート、一人が寝ると、二人は入れないから。遊覧船いっぱいに真っ黒な緞子《どんす》を敷かなきゃ。あなたのお母さんの古い黒のショールがいいんじゃないかしら、ダイアナ」

黒のショールが取ってこられ、アンはそれをボートの底に広げて横になり、目をつぶって、両手を胸の上で組みあわせた。

「まあ、ほんとに死んでるみたい」ルービー・ギリスは、じっとしている白い小さな顔に樺の枝がちらちらと影を落とすのを見守って神経質にささやいた。「怖いわ。ねえ、みんな。こんなふうに演じるのってほんとにいいことなのかしら？　リンドさんは、お芝居というものは忌まわしく、いけないものだっておっしゃってるわ」

「ルービー、リンドさんのことなんて言わないで」アンが厳しく言った。「今はリンドさんが生まれる何百年も前なんだから、効果ぶちこわしよ。ジェーン、あなたが仕切って。エレーヌがしゃべってるなんてばかみたい、死んでるのに」

ジェーンが仕切るために立ち上がった。上から掛ける金の布はなかったが、黄色い日本ちりめんの古いピアノ掛けがすばらしい代用品となった。白百合はそのとき手に入らなかったが、背の高い青いアイリスの花をアンの組み合わせた手の一方に持たせると、なかなか雰囲気が出た。

「さあ、これで準備はいいわ」とジェーン。「あたしたち、アンの静かなる額に口づけをするのよ。そしてダイアナは『妹よ、永遠にさらば』って言って、ルービーは『さらば、愛《いと》しき妹』って言うの。どっちもできるだけ悲しそうにね。アン、お願いだから、少しにっこりして。エレーヌは『微笑むかのごとく横たわりて』って詩に書いてあるもの。それでいいわ。さあ、ボートを出すわよ」

こうしてボートは、水中に刺さっていた古い杭《くい》をギーとこすりながら、押し出された。ボートが流れに乗って橋のほうへ進んでいくのを見るが早いか、ダイアナとジェーンとルービーは森を抜け、街道を通って、下流の岬へ駆《か》けていった。そこで、ランスロットと王妃グウィネヴィアとアーサー王として、白百合の乙女を待ちかまえていなければならないのだ。

しばらくのあいだアンは、ゆっくりと流されながら、このロマンチックな状況を大トが水漏れし始めたのだ。そのうちに、まったくロマンチックでない事態が起こった。ボートが水漏れし始めたのだ。あっという間に、エレーヌは飛び起きるはめとなり、上に掛けていた金の布を取り、真っ黒な緞子を引きはがして、遊覧船の底に開いた大きな割れ目を呆然《ぼうぜん》と見つめていた。割れ目からは水が文字どおり噴き出していた。船着き場にあった鋭い杭のせいで、ボートの底に釘《くぎ》づけされていた補強の板がはがれてしまったのだ。アンはそんなこととは知らなかったが、自分が危険な状況にあることはすぐにわかった。このままでは、ボートには水がいっぱい入って、下の岬に着く前に沈んでしまう。オールはどこ？　船着き場に置いてきてしまったんだわ！

アンは、あえぐような小さな叫び声をあげたが、誰にも聞こえるはずがない。唇まで真っ青になったが、落ち着きを失うことはなかった。ひとつだけチャンスがある――ひとつだけ。

「ものすごくこわかったです」アンは翌日ミセス・アランにそう説明した。「ボートが橋のところへ流れていくまで、何年もかかったように思えたんです。刻々と水が上がってくるんですもの。あたし、お祈りをしました、ミセス・アラン、心の底から。でも、祈るために目をつぶったりはしませんでした。だって神さまがあたしをお救いくださる唯一の方法は、船を橋脚の杭にできるだけ近いところまで漂わせて、あたしがその杭を登るよりほかなかったからです。ほら、あの杭って、ただの古い木の幹でできていて、こぶや古い枝を切り落とした跡があるでしょう。お祈りするのも大事だけど、ちゃんと杭をつかめるようによく見てなければいけないって、わかってたんです。あたしはただ、『神さま、どうかボートを杭に近づけてください。あとは自分で何とかします』って何度も何度も祈った。ああいったときって、かっこいいお祈りの文句なんてどうでもよくなるものですね。でも、祈りは聞き届けられて、ボートは一瞬杭にドシンってぶつかったんです。あたし、ピアノ掛けとショールを肩に投げ上げると、大きなありがたい杭によじ登りました。そうして、それより上にあがることも下がることもできないまま、ぬるぬるした古い杭にしがみついていたわけなんです、ミセス・アラン。ちっともロマンチックじゃない姿勢だったけど、それどころじゃありませんでした。おぼれ死にしなくてすんだわってときは、ロマンスのことなんか考えてられませんもの。すぐに感謝のお祈りを捧《ささ》げて、それからあとは、夢中でひたすらしがみついていました。だって、地面に戻るには、神さまじゃなくて人間の助けが必要だってわかっていましたから」

アンが乗っていたボートは、橋の下をくぐって流れていったかと思うと、たちまち沈んでいった。すでに下の岬でボートを待ちかまえていたルービーとジェーンとダイアナは、目の前でボートが消えていくのを見て、アンも一緒に沈んだのだと思い込んでしまった。しばらくのあいだ、三人はシーツのように真っ白な顔をして、あまりに恐ろしい悲劇が起きてしまったと考えて、動くことができなかった。そして、次の瞬間、声をかぎりに悲鳴をあげて、森の中を猛烈な勢いで駈けていき、街道を横切るときも、立ち止まって橋のほうを眺めたりなどしなかった。足場の悪いところに必死でしがみついていたアンは、三人がきゃあきゃあ悲鳴をあげながら走り去るのを見ていた。やがて助けがやってくるだろうが、そのあいだ、この姿勢を続けているのは楽ではなかった。

数分がすぎ、幸薄《さち》き白百合《しらゆり》の乙女には、一分が一時間に思えた。どうして誰も来てくれないのだろう？　三人はどこへ行ったのだろう？　三人とも一人ずつ気絶したのだろうか！　もし誰も来なかったら！　腕が疲れて、手がしびれて、つかまっていることができなくなったら！　足の下の水はおぞましいほど深く、水面には長く油のように広がった影が揺れていて、ぞっとした。自分の想像力のせいで、考えられるかぎりの、ありとあらゆるおぞましい死に方が見えてきた。

もうこれ以上腕や手首の痛みに耐えられないと本気で思ったそのとき、ギルバート・ブライスが、ハーモン・アンドルーズのボートを漕《こ》いで橋の下へやってきたではないか！

ギルバートはちらりと目を上げて、自分を憎らしそうに見下ろしている小さな白い顔にびっくり仰天した。その大きな灰色の目は怖がっているくせに、軽蔑《けいべつ》の色を浮かべているのだ。

「アン・シャーリー！　なんだって、そんなところにいるの？」ギルバートは叫んだ。

答えを待たずに彼はボートを杭のそばに寄せて、手を伸ばした。仕方がない。アンは、ギルバート・ブライスの手にしがみついて、よいしょとボートに下りて、水がぽたぽた垂れるショールと濡《ぬ》れたピアノ掛けを抱えて、むすっとしてずぶぬれのまま船尾に坐《すわ》ったのだった。こんな状況で威厳を保つのは、かなり難しい！

「どうしたの、アン？」ギルバートは、オールを取りながら尋ねた。

「エレーヌごっこをしてて」とアンはそっけなく答えた。助けてくれた人を見ることさえしない。「遊覧船で……つまりボートで、キャメロットの都へ流されていくとこだったの。ボートが水漏れしたから、あたし、杭に登ったの。女の子たちは助けを呼びに行ったわ。船着き場まで連れていってくださらない？」

言われたとおりギルバートが船着き場まで漕《こ》いでやると、アンは、手など貸してもらわなくてけっこうとばかりに、ぴょんと岸へ飛び下りた。

「どうもありがとうございました」アンはつんとして言うと、立ち去ろうとした。しかし、ギルバートもボートから飛び出してきて、アンの腕をつかんで止めた。

「アン」ギルバートは急いで言った。「あのさ、友だちになれないかな？　あのとき君の髪のことをからかったのは、本当に悪かったと思ってるよ。いじめるつもりじゃなかったんだ。冗談のつもりだったんだよ。それに、もう随分昔のことじゃないか。君の髪、今はすごくきれいだと思うよ――本気でそう思う。友だちになろう」

一瞬、アンはためらった。面目丸つぶれで腹を立てていたにもかかわらず、ギルバートのはしばみ色の目に浮かんだ、はにかみながらも熱心な表情が見ていてとても気持ちいいように思えて、不思議な、どぎまぎするような新しい意識がアンの心に芽生えたのだった。どきどきと、心臓が、妙に小さく鼓動した。けれども、昔感じた口惜《くや》しさが、揺らいだ決心をこわばらせた。二年前のあのときのことが、まるで昨日のことのようにまざまざと記憶に蘇《よみがえ》ったのだ。ギルバートに「にんじん」と呼ばれて、学校じゅうのみんなの前で恥をかかされた、あのときのこと。そんなこと、ほかの人や大人の目からすれば笑い飛ばしてしまえばよく、腹を立てるまでもないと思えるかもしれないが、アンの怒りは時間が経っても少しも弱まったり和らいだりすることがなかった。ギルバート・ブライスなんか大嫌い！　絶対赦《ゆる》してやらないんだから！

「いいえ」とアンは冷たく言った。「あなたとは、絶対お友だちにならないわ、ギルバート・ブライス。なりたくなんか、ない！」

「わかったよ！」ギルバートは、頬を怒りの色に染めてボートに飛び乗った。「二度と友だちになってくれなんて頼むもんか、アン・シャーリー。こっちから願い下げだ！」

ギルバートは、すばやい、挑むようなオールさばきで、ぐんぐん遠ざかっていき、アンは楓《かえで》の下に羊歯《しだ》の生えた急な小道をのぼっていった。頭をつんと高く掲げていたが、不思議な後悔を覚えていた。あんなふうに言わなきゃよかったのかもしれない。そりゃあ、昔あたしをひどく侮辱した子だけど、それでも……！　たぶん、その場に腰を下ろして思いっきり泣いたら、すっきりするんだろうなと思った。さっき怖い思いをして、手足がしびれるほどしがみついていた緊張の反動で、はりつめていた気持ちがゆるんでしまったのだ。

小道を半分ほど行ったところで、ジェーンとダイアナが、あまりにも取り乱してわけがわからなくなった状態で池へ駆《か》け戻ってくるのと鉢合わせた。バリー夫婦は外出中で果樹園の坂《オーチャード・スロープ》には誰もおらず、その時点でルービー・ギリスがヒステリーを起こしてしまった。ジェーンとダイアナは、ルービーが勝手に正気に戻るようにそこに置き去りにすることにして、二人で〝お化けの森〟を駆け抜け、小川を渡って緑破風の家《グリーン・ゲイブルズ》に飛んでいったが、マリラはカーモディへ出かけており、マシューは裏の畑で干し草を作っていたので、やはり誰も見つけられなかった。

「ああ、アン」ダイアナは、アンの首に抱きついて、ほっとしたのとうれしいのとで、泣きながら、あえぐように言った。「ああ、アン……あたしたち、てっきり……あなたが……おぼれたんだと思って……あたしたちが殺しちゃったみたいな気がして……

だって、あなたを……無理やり……エレーヌにしたから。ルービーはヒステリーを起こすし……ああ、アン、どうやって助かったの？」

「杭《くい》にしがみついたのよ」アンは、ぐったりして説明した。「そしたら、ギルバート・ブライスが、アンドルーズさんのボートでやってきて、岸にあげてくれたの」

「まあ、アン、ギルバートってすてきじゃない！　まあ、すっごくロマンチック！」ようやく話ができるようになったジェーンが言った。「もちろん、そんなことがあったあとでは、口をきいてあげるんでしょう？」

「もちろん、きいてやらないわ」かつての気持ちを瞬時にとり戻したアンは、さっと言った。「それから、もうロマンチックなんて言葉、二度と言わないで、ジェーン・アンドルーズ。みんなを怖がらせてしまって、ほんとにごめんね。全部あたしがいけないんだわ。あたし、不幸な星の下に生まれたんだってつくづく思う。やることなすこと、失敗ばかりで、親友たちをひどいめにあわせるしね。ダイアナ、あなたのお父さんのボートを失くしてしまったわ。もう池でボート遊びをしてはいけないって言われるでしょうね。そんな予感がするわ」

この予感は、どんぴしゃで的中してしまった。この日の出来事が伝えられると、バリー家とカスバート家では大騒ぎになったのだ。

「あんたに分別ってもんは身につくのかしらね、アン？」マリラは、うなった。

「あら、それは身につくと思うわ、マリラ」とアンは楽観的に返事をした。ありがたいことに東の破風の部屋でそっとしておいてもらえて、思いっきり泣いてすっきりしたアンは、かつての陽気さを取り戻していたのだった。「あたしが分別を持てるようになる見込みは、前よりもずっとあるわ」

「なんでそう言えるのかわからないね」とマリラ。

「だって」とアンは説明した。「今日、またひとつ、大切な教訓を学んだんだもの。グリーン・ゲイブルズに来てからというもの、失敗ばかりだけど、失敗するたびに何かしら大きな欠点が直ってるのよ。紫水晶ブローチの一件以来、人のものに手を出さないようになったわ。〝お化けの森〟の失敗のおかげで、想像力を暴走させないようになったし。痛み止めケーキの失敗のおかげで、料理のときに注意するようになったし。髪を染めたことで、見栄を張るのをやめたわ。もう髪や鼻のことなんか考えない……少なくとも、ときたましか考えないわ。そして今日の失敗のおかげで、ロマンチックになりすぎる癖が直ったのよ。アヴォンリーなんかでロマンチックになろうとしたってしょうがないんだってわかったの。何百年も昔の、塔の立ち並んだキャメロットの町でだったらよかったかもしれないけど、今どきロマンスなんて、はやらないんだわ。あたしのロマンチック癖が直ったってことは、マリラにもすぐわかると思うわ」

「そうだといいけどね」とマリラは疑い深そうに言った。

ところが、隅っこのほうで黙って坐っていたマシューは、マリラが出ていったあとで、アンの肩に手を置いた。

「ロマンスをすっかりあきらめちまうことはないんだよ、アン」マシューは恥ずかしそうにささやいた。「少しだけならいいもんさ……もちろん、やりすぎはだめだが……少しは続けたほうがいい、アン。少しはね」

第29章　アンの人生の節目となる事件

アンは裏の牧場から牛の群れを追いながら〝恋人の小道〟を通って帰ってきた。九月の夕暮れで、森の木立の切れ目や空が見えるところには、ルビー色の夕陽の光が満ちあふれていた。小道のそこかしこに光がはねていたが、楓の木陰は随分暗くなっていて、樅《もみ》の木立はワインのような澄んだすみれ色の夕闇に包まれていた。風が木々の梢《こずえ》をそよがせており、樅の木立を抜けて風が奏でる夕方の音楽ほどすてきなものは、この世になかった。

牛たちがおとなしく小道をぶらぶらと進み、アンは夢を見ながらそのあとをついて、「マーミオン」〔サー・ウォルター・スコットの詩〕の中の戦いの一節を口ずさんでいた――それもまた以前、冬学期の英語の授業で習って、ステイシー先生が暗記するようにおっしゃったものだった――その激しい勢いのある詩句と、槍《やり》と槍がぶつかりあうイメージに、アンは興奮した。そして、

屈強なる槍兵ら、暗き森を守り、
誰一人入れまいと踏みとどまり

というところにくると、アンは自分もまたその英雄たちの一人であるかのように思い描こうとして、うっとりと目を閉じて立ち止まった。再び目を開けると、バリー家の畑へ続く門からダイアナがやってくるのが見えた。大変だという顔をしているので、アンはすぐに何かあったなとわかった。しかし、知りたくてたまらないという様子はあえてしないようにした。

「この夕暮れ、まるで紫色の夢みたいじゃない、ダイアナ？　生きててほんとによかったっていう気になるわ。朝はいつも、朝が一番だって思うけど、夕方は夕方で、やっぱりすてきねえ」

「とてもいい晩ね」とダイアナ。「でも、ああ、大ニュースなの、アン。何だと思う？　三回で当ててね」

「シャーロット・ギリスがやっぱり教会で結婚することにして、ミセス・アランがあたしたちに教会の飾りつけをしなさいっておっしゃってる」とアンは叫んだ。

「はずれ。シャーロットの彼氏は、そんなの嫌だって言うわ。まだ教会で結婚式挙げる人なんていないもの。結婚式は自宅で挙げるのが伝統だから、教会で式を挙げるなんてお葬式みたいだって彼は思ってるのよ。つまんないわねえ。教会でやってくれたらおもしろいのに。はい、次」

「ジェーンのお母さんが、お誕生日パーティーを開いてもいいって言った？」

ダイアナは首を振った。その黒い目は、楽しそうに躍っていた。

「何だかわからないわ」アンは絶望して言った。「まさか、あのムーディー・スパージョン・マクファーソンが、昨夜《ゆうべ》、お祈りの会からあなたをお家《うち》へ送ってくれたってんじゃないでしょうね？　そうなの？」

「ちがうわよ」ダイアナは怒って叫んだ。「そんなことされても、あたしが自慢するはずないでしょ。あんなやつ！　アンには当てられないと思ったわ。お母さんが今日ジョゼフィーヌおばさまから手紙をもらって、ジョゼフィーヌおばさまがあなたとあたしに今度の火曜日、町に出ていらっしゃいっておっしゃってるの。一緒に博覧会を見ましょう、ですって。すごいでしょ！」

「ああ、ダイアナ」アンは、体を支えるのに楓《かえで》の木に寄りかからなければならないと思いながらささやいた。「それって、ほんと？　でも、マリラが行かせてくれないだろうなあ。ほっつき歩くのは勧められないねって言うわ。先週、ジェーンが、ホワイト・サンズ・ホテルでアメリカ人が開くコンサートへ、うちの大型馬車で行きましょうって誘ってくれたときも、マリラはそう言ったのよ。行きたかったのに。マリラったら、あたしばかりかジェーンまで家で勉強してるべきだって言うのよ。もうがっかりしたわ、ダイアナ。すっかりしおれてしまって、寝るときにお祈りを言ってやらなかったの。でも、それはいけなかったと後悔して、真夜中に起きてお祈りを言ったわ」

「いいこと考えたわ」とダイアナ。「うちのお母さんからマリラに頼んでもらいましょうよ。そしたらきっと行かせてもらえるようになるわよ。そうなったら、一生の思い出になるわ、アン。あたし、博覧会って行ったことなくって、ほかの女の子たちが行ったたって話してるのを聞くと、しゃくだったの。ジェーンとルービーは二回行って、今年もまた行くんですってよ」

「行けるかどうかわかるまでは考えないようにするわ」アンは決心したように言った。「楽しみにしていてやっぱり行けなかったら、つらいもの。でも行けるなら、その頃までに新しいコートができあがるのが間に合うから、すごくうれしいな。マリラは、新しいコートなんて要りません、今までのでもうひと冬じゅうぶんいけるから、服だけ新調するので満足しなさいって言ってたんだけどね。その新しい服、とってもかわいいのよ、ダイアナ――ネイビー・ブルーで、流行の型なの。マリラは、今じゃあたしの服を流行の型で作ってくれるのよ。マシューにリンドさんのところへ作ってくれと頼みに行かれちゃたまったもんじゃないからだって。うれしいわぁ、とっても。服が流行《はや》りのスタイルだと、いい子になろうって思うもの。少なくとも、あたしはそう。生まれつきいい子の人は、そんなことないんでしょうけど。それでね、マシューが、あたしに新しいコートを作ってやるべきだって言ってくれて、それでマリラがすてきな青いラシャの生地を買ってきて、カーモディの本職の洋服屋さんで仕立ててもらっているの。土曜日の晩にできあがるんだけど、あたし、その新しい服を着て帽子をかぶって日曜に教会の通路を歩いてる自分を想像しないようにしてるの。そういうことを想像するのはいけないような気がして。でも、どうしても、つい想像してしまうのよね。あたしの帽子、すっごくかわいいんだもん。マシューとカーモディに出かけたときに買ってもらったの。今ものすごく流行《はや》ってる、金の組み紐《ひも》と飾り房のついた、あの小さな青いベルベットの帽子よ。あなたの新しい帽子もエレガントよ、ダイアナ、よく似合ってるわ。こないだの日曜にあなたが教会に入ってくるのを見たとき、あなたがあたしの一番の友だちなんだって思って鼻が高かったわ。こんなに服のことを考えるのはいけないことだと思う？　マリラは、とても罪深いって言うのよ。でも、とってもおもしろい話題よね？」

マリラは、アンを町に行かせることを許してくれた。そして、バリー氏が二人の少女を次の火曜日に連れていくことになった。シャーロットタウンは三十マイルも離れているうえに、バリー氏が日帰りで戻ってきたがったので、朝とても早く出発する必要があった。しかし、アンは大歓《よろこ》びで、火曜日の朝は日の出前に起きていた。窓からちらりと外を見ると、〝お化けの森〟の樅の木の向こうに広がる東の空がすっかり銀色で雲ひとつなかったので、その日は晴れると確信した。木々のあいだから、果樹園《オーチャード・》の坂《スロープ》の西の破風に光がきらめいているのが見えた。ダイアナも起きているらしい。

アンは、マシューが火を熾《おこ》す前に身支度を整え、マリラが下りてきたときには朝食の支度をすませていたが、アン自身は興奮しすぎて何も喉《のど》を通らなかった。朝食のあと、アンはおしゃれな新しい帽子をかぶり、コートを着込んで、小川を越えて樅の木立を抜けて果樹園の坂《オーチャード・スロープ》へと急いだ。そこにはバリー氏とダイアナが待ちかまえていて、すぐに出発となった。

長い道のりだったが、アンもダイアナも楽しくて仕方なかった。短く刈り込まれた収穫後の畑にじわじわと射し込む早朝の赤い太陽の陽射しを浴びながら、霜の降りた道をガタゴトと馬車で進んでいくのは愉快だった。空気は爽《さわ》やかで、ぴりっとしていた。どんよりと青い小さな靄《もや》が谷から湧き上がり、うねるように丘を昇って、漂い流れていった。真っ赤な小旗を突き出したような楓の森の道を通ることもあれば、川に架かった橋を通ることもあった。橋を渡るとき、アンは幼い頃感じた、なかばわくわくするような恐さを思い出して、改めて身がすくむ思いがした。港沿いの道を行くと、雨風で黒ずんだ漁師の小屋が立ち並ぶ小さな村を通り抜けた。それから再び丘を登っていくと、遙《はる》か彼方《かなた》になだらかに起伏する台地や、霧で霞《かす》んだ青空が見えた。行くところ行くところおもしろくて、「あれ見て、これ見て」と話題に事欠かなかった。

町に着いて、ミス・ジョゼフィーヌ・バリーの住む〝ブナの木屋敷〟に向かったときには昼近くになっていた。それはとても立派な古いお屋敷で、通りから引っ込んだところにあって、緑の楡《にれ》や枝ぶりの立派なブナの木立に隠れていた。ミス・バリーは、玄関に出迎えてくれて、鋭い黒い目をきらっと光らせた。

「とうとう遊びにきてくれたね、アン嬢ちゃん」ミス・バリーは言った。「なんてまあ、大きくなって！ 私より背が高いじゃないの。それに、前よりも美人さんになって。もっとも、そんなこと言わなくてもわかってるだろうけどね」

「わかってません」アンは顔を輝かせて言った。「前ほどそばかすが目立たなくなって、ありがたいと思ってたんですけど、ほかにましになったところがあるなんて思ってもみなかった。そう言ってくださって、うれしいわ、ジョゼフィーヌおばさま」

ミス・バリーの家は、あとでアンがマリラに説明した言葉を使えば「絢爛豪華《けんらん》」そのものだった。二人の田舎の少女は、ミス・バリーが昼の用意が整っているか見に、二人を客間に残して出ていったとき、その部屋があまりに堂々たるものなので、すっかり気後れしてしまった。

「まるで御殿ね？」ダイアナがささやいた。「ジョゼフィーヌおばさまのお家《うち》にお邪魔したことなかったけど、こんなにすごいとは思ってなかったわ。ジュリア・ベルに見せたかったなぁ——あの子、自分の家《うち》の客間のこと、お母さんがすごくきれいにしてるって、ものすごく自慢してるのよ」

「ベルベットの絨毯《じゅうたん》だわ」アンは、うっとりとして言った。「しかも絹のカーテン！こういうお部屋を夢見てたのよ、ダイアナ。でもね、やっぱりこういうところは何だか落ち着かないわ。この部屋にはいろんなものがあって、みんな豪華だけど、想像力の余地がないんですもの。貧乏だとその点は慰めがあるわね——いろんなものを想像しなきゃならないから」

町に泊まったことは、アンとダイアナの人生のひとつの節目として何年ものあいだ思い出された。最初から最後まで、楽しいことばかりだった。

水曜日に、ミス・バリーは二人を博覧会の会場に連れていってくれて、一日じゅう見学させてくれた。

「すごかったわぁ」アンは、のちにマリラに語った。「あんなにおもしろいことがあるなんて、想像したこともなかったわ。どの見せ物が一番おもしろかったかわからないくらい。馬とお花と手芸が一番よかったかな。ジョウジー・パイがレース編みで一等賞を取ったのよ。ほんとによかったわぁ。よかったって思えて、あたしうれしいな。だって、ジョウジーの成功をよろこべるなんて、あたし、成長したって思わない？　マリラ。ハーモン・アンドルーズさんはグラベンシュタインっていう品種の高級デザート用りんごで二等になって、ベル先生は豚で一等になったわ。ダイアナは、日曜学校の校長先生が豚で賞をもらうなんておかしいって言うけど、あたしはそんなことないと思う。マリラはおかしいと思う？　先生が今後まじめにお祈りをしてらしても、豚を思い出しちゃうってダイアナは言うんだけど。クララ・ルイーズ・マクファーソンは絵で賞をもらって、リンドさんは自家製のバターとチーズで一等賞だったのよ。だから、アヴォンリーはかなり入賞者が多かったと思わない？　その日、リンドさんが会場にいらしたんだけど、知らない人ばかりの中にリンドさんの懐かしいお顔が見えたとき、初めてあたし、リンドさんが大好きなんだって気がついたわ。何千人もの人がいたのよ、マリラ。自分なんて、恐ろしいほどどうでもいい人間だって感じてしまったわ。ジョゼフィーヌおばさまが競馬場の正面特別観覧席に連れていってくださって、そこであたしたち、競馬を見たの。リンドさんは行こうとなさらなかった。競馬なんて破廉恥だって。教会の一員として、そうしたところに近寄らないことでよい手本を示すのが自分の義務だっておっしゃるの。でも、ものすごい人ごみだったから、リンドさんがいらっしゃらなくても、誰も気がつかなかったと思うわ。だけど、あたし、競馬にはあんまり行かないほうがいいと思うの。だって、競馬って、ものすごくわくわくするのよ。ダイアナなんて興奮してしまって、あたしと賭《か》けをしようって言い出したわ。赤い馬が勝つほうに十セント賭けるって言うの。赤い馬が勝つと思ったわけじゃないけど、賭けは断ったわ。だって、ミセス・アランに何もかもお話ししたいのに、そんなことをお話しするのは嫌だもの。牧師の奥さまにお話しできないようなことをしたらいけないのよね。牧師の奥さまがお友だちだってことは、良心がもうひとつあるみたいでいいわ。でね、赤い馬がほんとに勝ったものだから、あたし、賭けなくて、ほんとによかったの。十セント損するところだったんだもの。つまり、「美徳はそれ自体が報酬」〔キケロも用いた表現。『ヴェニスの商人』第四幕第一場参照〕だったってわけ。気球に乗ってた人もいたわ。あたし、気球に乗ってみたいな、マリラ。すっごくどきどきすると思う。それから、おみくじ売りもいたわ。十セント払うと、小鳥がおみくじをつっついて、とり出してくれるの。ジョゼフィーヌおばさまは、ダイアナとあたしに十セントずつくださって、おみくじをやりなさいって言ってくださったわ。あたしのには、色の浅黒い大金持ちの男の人と結婚して、海外生活をするって書いてあった。それからというもの、色の黒い男の人がいたらじろじろ見るようにしてたんだけど、気に入った人はいなかったわ。それに、まだ探すのは早いわよね。ああ、忘れられない一日だったわ、マリラ。あたし、あんまり疲れたもんだから、夜眠れなくなっちゃった。おばさまは、約束どおり、あたしたちをお客さま用の寝室に寝かせてくださったの。エレガントなお部屋なのよ、マリラ。でも、お客さま用の寝室で眠るのって、思ってたのとはちがったわ。それが、大きくなることの一番よくないところね。だんだんわかってきたわ。子供の頃とってもほしかったことが、手に入ってみると、それほどすばらしいものじゃなく思えてしまうんだわ」

木曜日には、少女たちは公園で馬車に乗り、その日の夕方、ミス・バリーは二人を音楽学校のコンサートに連れて行ってくれた。有名なオペラ歌手のマダム・セリッキーが歌うことになっていたのだ。アンにとって、その夕べは、光り輝く歓びの幻のように思えた。

「ああ、マリラ、とても言葉では言い表せないわ。とても興奮してしまって、声も出ないほど。だから、どんな感じだかわかるでしょ。ただ、うっとりして、黙ったまま坐《すわ》ってたのよ。マダム・セリッキーは完璧《かんぺき》に美しくて、白いサテンのドレスを着て、ダイヤをつけてたわ。あの人が歌いだすと、あたし、ほかのことを考えられなくなったの。ああ、それがどんな気持ちか、とても言えないわ。ただ、これからはいい子でいるのが簡単になった気がしたわ。お星さまを見ているときの気分だった。目に涙が浮かんでくるんだけど、ああ、とっても幸せな涙なの。終わったときは、ひどく残念だった。あたし、おばさまに普通の生活には戻れそうもないって言ったの。おばさまは、通りの向こうのレストランに行ってアイスクリームを食べてみたら、考えが変わるかもしれないよっておっしゃったわ。そんなのくだらないって思ったんだけど、驚いたことに、おばさまのおっしゃったとおりなの。アイスクリームはおいしかったわ、マリラ。それに、夜中の十一時にそんなところに坐ってアイスクリームを食べるなんて、ものすごくすてきで贅沢《ぜいたく》な気分だったわ。ダイアナは、自分は都会生活をするべく生まれてきたように思うって言って、おばさまがあたしはどうかってお聞きになったんだけど、あたし、自分がほんとにどう思ってるかお話しするには、よくよく考えてみなければなりませんってお答えしたの。それで、ベッドに入ってから考えてみたわ。考えごとをするには、それが一番いい時間帯でしょ。それで結論に達したの、マリラ、あたしは都会生活に向いてないし、それで満足だってこと。夜中の十一時にすごいレストランでアイスクリームを食べるのは、ときたまならいいわ。でも、いつもは、十一時には東の破風の部屋でぐっすり眠っていて、ただ、なんとなく外ではお星さまが輝いていて、風が小川の向こうの樅《もみ》の木立を吹き抜けていってることを眠りながらも知っているっていうのがいいなって思ったの。あくる朝、おばさまにそう言ったら笑われたわ。ジョゼフィーヌおばさまって、あたしが何を言っても、よくお笑いになるのよ。あたしが重々しいことを言ってるときでさえ、そうなの。それって嫌よね、マリラ、あたし、おかしいことなんて言ってないんだもの。でも、おばさまは、とても至れり尽くせりで、あたしたちを親切にもてなしてくださったわ」

金曜日にお家《うち》に帰るときがきて、バリー氏が二人の少女を馬車で迎えにきた。

「まあ、楽しんでもらえたかね」ミス・バリーは、さよならのときに言った。

「ええ、楽しかったです」とダイアナ。

「あんたは、アン嬢ちゃん？」

「一分一分が楽しかったです」とアンは言って、思わず老婦人の首に抱きついて、そのしわだらけのほっぺにキスをした。そんなことはとてもできないダイアナは、アンのあけっぴろげぶりに、とてもびっくりした。しかし、ミス・バリーはよろこんで、ベランダに立って、馬車が見えなくなるまで見送ってくれた。それから、溜《た》め息《いき》をついて、大きな家へ入っていった。あのいきいきとした若者たちがいなくなると、家はひどくさびしいところのように思えた。

ミス・バリーは、本当のところを言うと、かなり自分勝手な老婦人で、これまで自分以外の人のことはあまり気にかけたことがなかった。自分にとって役に立つかどうか、自分をおもしろがらせてくれるかどうかということだけで人を判断してきたのだ。アンはおもしろがらせてくれたから、そのために、この老婦人の高い評価を受けたのだ。しかし、ミス・バリーは、自分がアンのおかしなおしゃべりよりも、その若々しい熱中ぶり、あけっぴろげな感情、愛嬌《あいきょう》のあるちょっとした仕草、そしてその目と唇のかわいらしさに気を惹《ひ》かれていることに気づいたのだった。

「マリラ・カスバートが孤児院から女の子を引き取ったと聞いたときは、なんてばかなことをするんだろうと思ったけれど」とミス・バリーは独り言を言った。「さほど失敗だったわけでもなさそうだ。この家にアンみたいな子がいつもいてくれたら、あたしももっとやさしい、幸せな女になれるだろうに」

アンとダイアナは、帰りの道も行きと同じぐらい楽しんだ――実際のところ、最後にはお家《うち》が待っていてくれるといううれしさがあるからこそ、帰りのほうが楽しいくらいだった。ホワイト・サンズを抜けて海岸通りへ入ったところで、夕陽が落ちていった。海岸通りのずっと先にアヴォンリーの丘がサフラン色の夕焼け空に暗くくっきり浮かび上がっていた。うしろを振り返ると、海から昇ってきた月が明るく照って、海の様子がすっかり変わっていた。曲がっていく道沿いに小さな入り江があるたびに、きらきらおどるさざ波が驚くほど美しく見えた。下のほうにある岩に波がやさしい音をたてて打ち寄せ、磯の匂いが新鮮な空気に強く漂っていた。

「ああ、生きていて、お家《うち》に帰れるって、すてきねえ」アンはしみじみと言った。

一人になったアンが小川の丸木橋を渡ったところで、緑破風《グリーン・ゲイブルズ》の家の台所の灯《あか》りが「お帰り」と親しげなウィンクをしたように思えた。開け放たれたドアからはお家《うち》の火の輝きが漏れており、冷え冷えとした秋の夜に逆らって暖かい赤い光を放っていた。アンは元気に丘を駈《か》け上がり、台所へ入った。そこには温かい夕飯がテーブルに並んで待っていた。

「おや、お帰りかい？」マリラが編み物をたたみながら言った。

「ええ。ああ、帰ってきて、ほんとにうれしい」アンは大歓《よろこ》びして言った。「何もかもに大好きって言って、時計にだってキスしたいくらい。マリラ、チキンの丸焼きじゃないの！　まさか、あたしのために料理してくれたんじゃないでしょうね！」

「そうですよ」とマリラ。「長いこと馬車に揺られて、さぞお腹が空《す》くだろうと思ってね。ほんとにおいしいものを食べたいでしょ。急いで帽子やコートをお取り。マシューが帰ってきたらすぐ夕飯にしますよ。あんたが帰ってきてくれてうれしいよ。あんたがいなくて、うちは火が消えたみたいに、さみしかったからね。四日がこんなに長かったことはないよ」

夕飯のあと、アンは、マシューとマリラにはさまれて火に当たりながら、お泊まりの話を余すところなく聞かせてあげたのだった。

「とっても楽しかった」アンは幸せそうにまとめた。「あたしの人生のひとつの節目になったと思うわ。でも、一番いいのはお家《うち》に帰ってきたことと」

第30章　クイーン受験クラスが編成される

マリラは編み物を膝《ひざ》の上に置いて椅子の背にもたれた。目が疲れて、今度町に出たときには眼鏡を替えなければ、とぼんやり思った。最近、目がしょっちゅう疲れるようになってきたのだ。

かなり暗くなっていた。どんよりとした十一月の夕暮れが緑破風《グリーン・ゲイブルズ》の家に立ち込めており、台所のただひとつの灯《あか》りは、ストーブの躍るような赤い炎しかなかった。アンは、ストーブの前の小さな敷物の上であぐらをかき、何百年もの夏をかけて楓《かえで》の薪《まき》の中につまっていった陽光が、じわじわと楽しい炎となっていくのを見つめていた。さっきまで本を読んでいたのだが、本は床へすべり落ち、開いた唇に笑みを浮かべながら夢を見ているのだった。そのいきいきとした想像世界の霧と虹《にじ》から、きらきら輝くスペインのお城が見えてくる。雲の国では、すばらしく夢中にさせられるような冒険が繰り広げられている――その冒険は必ず大勝利で終わり、実生活みたいに困ったことにならないのだ。

マリラは、やさしくアンを見つめていたが、そんな表情は、炎の光と影とが柔らかく交じる暗がりで見せるばかりで、もっと明るいところでは決して見せなかった。マリラには、愛しているということを言葉でも表情でもはっきりと出すことがどうしてもできないのだ。しかし、このほっそりとした、灰色の目をした少女を、気持ちを表に出さない分なおさら深く強く愛するようになっていた。その愛ゆえに、この子を甘やかしすぎてはいけないと心配になったし、また、こんなにも一人の人間のことを強く思いつめるのは罪深いことなのではないかと不安にもなった。アンを大切に思うことがなければ、これほど厳しくしなかっただろうし、小言も言わなかったことだろう。そんなに厳しく接したのは、ひょっとすると、そうすることで無意識のうちに自分に罪滅ぼしの苦行を科していたのかもしれない。マリラの機嫌をとるのは難しいし、なかなか分を愛してくれているか知らなかった。もちろんアンは、マリラがどれほど自わかってくれないし、もう少しやさしい人だったらいいのにと思うぐらいだった。しかし、「そんなふうに考えてはいけない、マリラにはとても世話になっているのだから」と思い直すのだった。

「アン」マリラがふいに言った。「ステイシー先生が今日の午後家《うち》にいらしたよ。あんたがダイアナと外に出ていた留守のあいだに」

アンは、はっとして、夢の世界から戻ってきて溜め息をついた。

「そうなの？　あら、留守にして申し訳なかったわ。呼んでくれたらよかったのに、マリラ。ダイアナとあたしは、ついそこの〝お化けの森〟にいたんですもの。今、森はすてきよ。羊歯《しだ》もサテンのような葉っぱもゴゼンタチバナも――森の小さな植物たちは――眠ってしまったわ。葉っぱの毛布を掛けてもらって、春までぐっすり。毛布を掛けたのは、こないだの月明かりの夜、爪先立ちでやってきた虹のスカーフをつけてる小さな灰色の妖精《ようせい》だと思うな。だけど、ダイアナは、妖精のことをあまり話さなくなったわ。〝お化けの森〟にお化けがいるって想像したことでお母さんに叱られたことが忘れられないのよ。それで、ダイアナの想像力はさんざんなことになったわ。もうだめね。リンドさんに言わせると、マートル・ベルはもうだめになってしまったんですって。どうしてマートルはもうだめなのって、ルービー・ギリスに聞いたら、ルービーったら、どうせ恋人に裏切られたんでしょう、ですって。ルービー・ギリスったら若い男のことばっかり考えてるのよ。年々ひどくなるわ。若い男が悪いって言うわけじゃないけれど、何でもかんでも若い男を引き合いに出しちゃだめよね？　ダイアナとあたしは絶対結婚しないで、いいおばあちゃんになって、いつまでも一緒に暮らそうねって約束しようかって真剣に考えてるの。でも、ダイアナはまだ決心がつかないみたい。どこか野性的でかっこいい、悪い男の子と結婚して、正しい道へ導いてあげるのも気高いことじゃないかしら、ですって。ダイアナとあたし、今じゃ、真剣な話をいっぱいするのよ。昔よりずっと年をとったから、子供じみた話はもう似合わないの。もうすぐ十四歳になるって、なんか厳かな感じがするわ、マリラ。ミス・

ステイシーは、こないだの水曜に十三歳以上の女の子全員を小川へ連れていってくださって、その話をしてくださったわ。十三歳以上になったら、どういう習慣を身につけるか、どんな理想をもつか、注意してしすぎることはないって。二十歳になるまでには性格もでき上がって、将来の人生の基礎ができあがりますからって。その基礎がしっかりしていないと、きちんとしたものをその上に置くことはできませんっておっしゃるの。ダイアナとあたし、学校から帰ってくる途中で、そのことを話しあったわ。あたしたち、すごく厳かな気持ちだったのよ、マリラ。そして、二十歳になるまでにきちんとした性格ができるように、とても気をつけて、立派な習慣を身につけて、たくさんのことを学んで、できるかぎり分別のある人間になろうって決めたの。二十歳になるなんてこと、考えただけで気が遠くなるわ、マリラ。ものすごく年上で、大人っていう感じ。でも、どうしてミス・ステイシーは今日家《うち》にいらしたのかしら？」

「それを言おうと思ってたんだよ、アン、少しでもあんたのおしゃべりに口をはさめたらね。先生は、あんたの話をなさっていたよ」

「あたしの話？」アンはとてもおびえた顔をした。それから顔を赤らめて叫んだ。

「あら、何の話かわかるわ。マリラに言おうと思ってたのよ。ほんと、言おうと思ってたの。でも、忘れてた。ミス・ステイシーは、昨日の午後、あたしが学校でカナダ史を勉強してなければいけないときに『ベン・ハー』〔映画の原作となったルー・ウォーレスの小説〕を読んでたのを見つけたの。ジェーン・アンドルーズが貸してくれた本。お昼休みに読んでて、授業が始まったとき、ちょうど二輪戦車の競走のところにさしかかったの。どういう結果になったのか知りたくてたまらなくって――ベン・ハーが勝つに決まってるとは思ったけど――勝たなきゃ〝詩的正義《ポエティカル・ジャスティス》〟〔文学作品内での勧善懲悪〕にならないでしょ――それで、机のふたの上に歴史の教科書を広げて、『ベン・ハー』を机と膝のあいだに隠したの。カナダ史を勉強しているように見せかけて、実は『ベン・ハー』を楽しんでたってわけ。夢中になって読んでたから、ミス・ステイシーが通路を歩いていらっしゃるのに気づかなかったの。ふっと顔を上げたら、先生が怖い顔をしてあたしを見下ろしてらしたの。あたし、どんなに恥ずかしかったか知れないわ、マリラ。しかも、ジョウジー・パイがくすくす笑ってるんですもの。ミス・ステイシーは『ベン・ハー』を取り上げて、そのときは何もおっしゃらなかった。お休み時間のとき、あたしに居残りを命じて、お話しになったわ。ふたつの点であなたはとてもいけないことをしました。まず、勉強をしていなければならないときに、時間をむだにしていました。つぎに、物語の本を読んでいたのに、教科書を読むふりをして先生をだましましたって。あたし、そのときまで自分が人をだますことをしてるなんて気づかなかったのよ、マリラ。ショックだったわ。あたし、ひどく泣いて、ミス・ステイシーに赦《ゆる》してくださいとお願いして、もう二度としませんって約束したわ。そして、まるまる一週間『ベン・ハー』を読まないし、二輪戦車の競走の結果を知ろうともしないで罪をつぐないますって言ったの。だけど、ミス・ステイシーは、それには及ばないっておっしゃって、すんなり赦してくださったの。それなのに、今になってそのことをマリラに話しに来るなんて、ひどいわ」

「先生はそんなことをひと言もおっしゃっていませんでしたよ、アン。問題なのは、あんたの罪の意識だね。物語の本なんか学校に持っていっちゃいけないでしょう。ともかく小説の読みすぎね。私が子供の頃は、小説なんてさわらせてもらうことすらできませんでしたよ」

「あら、『ベン・ハー』が小説だなんてどうして言えるの？　ほんとはとても宗教的な本なのに」アンは抗議をした。「もちろん、日曜に読むにしては少し刺激が強すぎるから、平日にしか読んでないわ。それに、今ではミス・ステイシーかミセス・アランが十三と四分の三歳の女の子が読むのにふさわしいとお考えにならないような本は一冊も読まないようにしてるのよ。ミス・ステイシーがあたしにそう約束させなさったの。ある日、先生は、あたしが『呪われた館のおぞましき謎』っていう本を読んでるのを見つけたの。ルービー・ギリスが貸してくれた本なんだけど、ああ、マリラ、ものすごくおもしろくて、ぞくぞくするの。血管の血が固まりそうなくらい。でも、ミス・ステイシーが、とてもくだらない、よろしくない本だから、そういった本はもう読まないようにっておっしゃったの。そういった本を読まないことを約束するのはいいんだけど、結末を知らないままその本を返すのはつらかったわ。でも、ミス・ステイシーへの愛が試されているんだと思って返したの。心から誰かのために何かをするって、ほんとにすばらしいわね、マリラ」

「さて、私はランプをつけて、仕事にかかりますよ」とマリラ。「あんたは、先生が何をおっしゃりにいらしたのか、知りたくもないようですからね。自分のおしゃべり以外に何の興味もないんでしょ」

「ああ、知りたいわ、マリラ、ほんとよ」アンは後悔して叫んだ。「もうひと言も言いません――ひとっ言も。しゃべりすぎだとはわかってるんだけど、これでも我慢してるのよ。いろいろ言いすぎてはいるけど、あたしがどれほどたくさんのことを言いたいと思っていて、言わないでいるかわかってくれたら、ほめてくれるはずよ。お願い、教えて、マリラ」

「先生は、クイーン学院を受験する予定の上級の生徒を集めて特別クラスを編成なさるそうですよ。放課後に一時間、特別授業をしてくださるんだって。そこで、マシューと私に、あんたを参加させたいかと尋ねにいらしたんだよ。あんた自身はどう思うの、アン？　クイーンへ行って、教師の資格を取りたいかい？」

「ああ、マリラ！」アンは膝《ひざ》をそろえてしゃきっとすると、両手を握り合わせた。

「それって、あたしの生涯の夢だったのよ——というか、ルービーとジェーンが受験勉強の話をしだして以来、この六か月のあいだ夢だったの。でも、そんなことを言っても、まったくむだだろうって思ったから、黙ってたのよ。先生にはなりたいわ。でも、それって、恐ろしくお金がかかるんじゃないの？　アンドルーズさんが、プリシーを卒業させるまでに百五十ドルもかかったっておっしゃってた。しかも、プリシーは幾何だってできるのに」

「お金のことは心配しなくてもいいよ。マシューと私はあんたを育てることにしたとき、あんたにできるだけのことをしてやって、いい教育を受けさせようって決めたんだから。私はね、女の子はその必要があろうとなかろうと、自分で生計を立てられるようにしておくべきだと思うんですよ。マシューと私がいるあいだは、グリーン・ゲイブルズはいつもあんたの家《うち》だけれど、何がどうなるかわからないからね。準備しとくに越したことはないんだよ。だから、そうしたかったら、クイーン受験クラスに入りなさい、アン」

「ああ、マリラ、ありがとう」アンは、マリラの腰に腕をまわして、真剣にマリラの顔を見上げた。「マリラとマシューにものすごく感謝するわ。一所懸命勉強して、二人の自慢になるように頑張るわ。幾何はあまり期待しないでほしいけど、頑張れば、ほかの科目はなんとかなると思うわ」

「あんたならだいじょうぶさ。ステイシー先生は、あんたは頭がよくて、よく勉強するっておっしゃってたよ」マリラは、アンについてステイシー先生が言った言葉をそのままアンに伝えるなんてことは絶対しなかった。そんなことをしたら、アンがうぬぼれてしまうと思ったからだ。「急に無理して勉強ばかりしなくたっていいんだよ。急ぐことはない。入学試験を受けるのに、まだ一年半もあるんだからね。でも、早めに始めておいて、しっかり基礎固めをしておくのはいいことだって、ステイシー先生はおっしゃってたよ」

「これまで以上に勉強に身が入る気がするわ」アンは幸せそうに言った。「人生に目標ができたもの。アラン牧師は、誰もが人生に目標を持って、まじめにそれを追求すべきだっておっしゃってるわ。ただし、それがふさわしい目標であることを、まず確かめなければなりませんって。ミス・ステイシーみたいな先生になりたいっていうのは、ふさわしい目標よね、マリラ？　先生って、とても気高い職業だと思うわ」

やがてクイーン受験クラスが編成された。ギルバート・ブライス、アン・シャーリー、ルービー・ギリス、ジェーン・アンドルーズ、ジョウジー・パイ、チャーリー・スローン、そしてムーディー・スパージョン・マクファーソンが参加した。ダイアナ・バリーが参加しなかったのは、両親が娘をクイーン学院にやるつもりがなかったからだ。これはアンにとって、大惨事以外の何物でもなかった。ミニー・メイが急性喉頭炎《こうとう》にかかった夜以来、いつでもダイアナと一緒だったのだ。クイーン受験クラスが初めて学校で居残りをする夕方、ダイアナがほかの生徒たちとゆっくりと出ていき、一人で〝樺《かば》の道〟と〝すみれの谷〟を通っていくところを見たとき、アンとしては、思わず親友のあとを追いかけていきたくなるのをおさえて自分の席についているのがやっとだった。ぐっと胸につかえるものがあって、アンはあわててラテン語の文法の本のうしろに顔を引っ込めて、目に浮かんだ涙を隠したのだった。どんなことがあっても、ギルバート・ブライスやジョウジー・パイにこの涙を見られたくはなかった。

「でも、ああ、マリラ、ダイアナが一人で出ていくのを見たとき、こないだの日曜にアラン牧師がお説教でおっしゃったような『死の苦しみ』をほんとに味わったように感じたわ」アンはその夜、悲しそうに言った。「ダイアナも受験勉強さえしていてくれたら、どんなにかすばらしかっただろうって思ったの。でも、リンドさんがおっしゃるように、この不完全な世の中で完璧《かんぺき》なことは期待できないんだわ。リンドさんって、ときどき、慰めにならないことをおっしゃるけど、ほんとにそのとおりってこともたくさんおっしゃるのよね。それにしても、クイーン受験クラスって、すごくおもしろくなりそうよ。ジェーンとルービーは、とにかく先生になるために勉強してるの。それが二人の最高の野心なんですって。ルービーは、卒業したら二年間だけ教えて、それから結婚するつもりだって言うの。ジェーンは、人生を教職に捧《ささ》げて、絶対一生、結婚しないんだって。教えたら給料をもらえるけど、夫は何も払ってくれないうえに、卵とバターを売った収入を少しほしいって言うとどなられるからなんですって。ジェーンがそう言うのは、悲しい経験をしたからだと思うわ。だって、リンドさんが言うには、ジェーンのお父さんはどうしようもないつむじ曲がりで、ものすごいけちんぼなんですって。ジョウジー・パイは、教育を受けるためだけに進学するって言ってる。『自分で生活費を稼ぐ必要なんかないわ』ですって。『もちろん、人のお情けにすがって暮らしている孤児は別――そういう連中は目の色変えて勉強しなきゃね』なんて言うのよ。ムーディー・スパージョンは牧師になるんですって。あんな名前じゃ、牧師にしかなれないだろうって、リンドさんがおっしゃってた。こんなこと言っちゃいけないかもしれないけど、マリラ、ムーディー・スパージョンが牧師だなんて考えただけで笑っちゃうわ。あの子、大きな太った顔に小さな青い目がついてて、耳が突き出してパタパタしてるみたいで、おかしいったらないの。でも、ひょっとすると、大きくなったら知的な顔になるのかもね。チャーリー・スローンは、政界に進んで国会議員になるって言うんだけど、リンドさんは、あの子には無理だって。なにしろスローン家の人たちは正直者ばっかりで、最近じゃ、悪い人じゃないと政界でうまくやっていけないんですって」

「ギルバート・ブライスは、何になるの」マリラは、アンがカエサルの『ガリア戦記』を開こうとしているのを見て、尋ねた。

「知らないわ、ギルバート・ブライスの人生の野心が何なのか——そんなものがあればの話だけど」アンは、ばかにしたように言った。

今やギルバートとアンのあいだには、はっきりしたライバル意識があった。それまでは、アンが一方的にギルバートに対抗心を燃やしていたのだが、もはやギルバートがアンに負けまいとしてクラスの一番を目指して頑張っていることは、はっきりしていた。ギルバートは、相手にとって不足のないライバルだった。クラスのほかの人たちは、二人が抜きん出ているのを黙って認め、二人と張り合おうなどとは夢にも思わなかったのだ。

赦《ゆる》してほしいと、池のそばでお願いしたにもかかわらず拒絶されたあの日から、ギルバートは、今述べた「絶対負けるものか」という競争相手として以外、アン・シャーリーの存在を一切無視した。ほかの女の子たちとは話をしたり、冗談を言ったり、本やパズルを交換したり、授業のことや将来のことを語りあったり、ときにはお祈りの会や討論クラブから誰かかれかと一緒に歩いて帰ってきたりすることさえあった。しかし、アン・シャーリーのことだけは無視したので、アンは無視されると気持ちのよいものではないと思い知った。そんなことどうでもいいわと、鼻をつんと振り上げて自分に言い聞かせてもむだだった。気まぐれな小さな女心の奥底では、実は彼のことが気になっていることがわかっており、もしもう一度〝きらめきの湖〟でのような機会があったら、今度はかなりちがう返事をしたいと思っていたのだった。ふと気づいてみれば、かつて抱いていた恨みがましい気持ちがなくなっていて――恨みの力に支えてもらいたいそのときに消えてしまっていて――アンは密《ひそ》かにうろたえた。あの記憶に刻まれた出来事や感情をいちいち思い出して、かつてのような怒りを感じようとしてもむだだった。あの日、池のそばで、思いがけず突然怒りが蘇《よみがえ》ったのが最後となってしまったのだ。アンは、いつのまにか自分が赦していて、忘れているのだと気がついた。しかし、もはや手遅れだ。

今となっては、アンが後悔して「あんなにひどく高慢ちきにならなければよかった！」なんて思ってることを、少なくともギルバートやほかの誰にも、ダイアナにさえも、気づかれてはならないのだ。アンは「自分の気持ちを深い忘却の彼方《かなた》に葬りさろう」〔F・D・ヘマンズの詩「ジェ」にある言葉〕と決意し、それをあまりに巧みにやってのけたので、実はそれほどアンのことをどうでもいいとは思っていないらしいギルバートは、まさか仕返しに無視していることをアンがつらく感じているとは夢にも思わず、相変わらずアンは相手にしてくれないのだと思い込んでいたのだった。アンがチャーリー・スローンのことを依然として冷たくあしらい、チャーリーの気持ちをずたずたにしているのがギルバートにとってせめてもの慰めだった。

それ以外の点では、その冬も、仕事や勉強をするうちに楽しく過ぎていった。過ぎていく一日一日は、一年という名のネックレスに連なる黄金のビーズのように、アンには思えた。アンは幸せで、夢中で生きていた。人生は楽しくて仕方なかった。学ぶべき学課があり、頑張って優等賞ももらわなければならない。読むとおもしろい本もあり、日曜学校の合唱のために練習すべき新曲もあり、牧師館でミセス・アランと日曜の午後のお茶をしたりもする。そうしていると、いつの間にかまた春が緑破風《グリーン・ゲイブルズ》の家にやってきて、あたり一面再び花でいっぱいになるのだった。

春になると勉強のほうも、ほんの少し気がそぞろになってくる。ほかの生徒たちが緑の小道や、葉の茂る森の細道や、牧場の脇道へ散っていくと、学校に残るクイーン受験クラスの面々としては、窓からうらやましそうに外を眺めて、寒い冬のあいだあんなに一所懸命勉強していたラテン語の動詞やフランス語の練習問題が何だかどうでもよくなってくるのだ。アンとギルバートでさえ、だれてきて、気を散らしていた。やがて学期が終わり、楽しい夏休みがバラ色に輝いて目の前に広がっていたので、先生も生徒もうれしくてたまらなかった。

「それにしてもみなさん、この半年よく頑張ったね」ステイシー先生は最後の授業で言った。「ご褒美として、愉快で楽しい夏休みを過ごしてください。外でいっぱい遊んで、次の一年を乗りきるための健康と元気と野心とを養ってください。勝つか負けるかですからね――入試前の最後の年です」

「ミス・スティシーは来年度もこの学校にいらっしゃるんですか」とジョウジー・パイが尋ねた。

ジョウジー・パイは何でも無遠慮に質問する子だったが、このときばかりは、クラスじゅうの子がジョウジーに感謝した。誰もこの質問をスティシー先生に聞けないでいたのだが、スティシー先生は来年この学校に戻らないという驚くべき噂で学校じゅうもちきりだったのだ。先生は故郷の学年別クラス編成になっている学校から声がかかっていて、それを受けるつもりだというのだ。クラスのみんなは、固唾《かたず》を呑《の》んで先生の答えを待った。

「ええ、いると思うわ」とスティシー先生は言った。「別の学校へ移ろうかと思ったんだけど、これまでどおりアヴォンリーで教えることにしました。本当のことを言うと、あなたたちにとても心惹《こころひ》かれてしまって、離れられなくなったんです。ですから、ここにいて、最後まであなたたちの面倒を見ます」

「やったぁ!」とムーディー・スパージョンは言った。ムーディー・スパージョンは、これまで自分の感情に振りまわされてしまうようなことはなかったので、このあと一週間は、このことを思い出しては決まり悪そうに顔を赤らめたのだった。

「ああ、あたしも、とてもうれしいです、大好きなミス・スティシー」アンは目を輝かせて言った。「来年先生がいらっしゃらなかったら、悲惨なことになったと思うんです。ほかの先生では、勉強を続ける気力を失くしてたもの」

アンは、その晩お家《うち》に帰ると、屋根裏の古いトランクに教科書を全部しまいこみ、鍵《かぎ》をかけ、その鍵を毛布の箱へ投げ込んだ。

「お休みのあいだは教科書には、さわりさえしないの」アンはマリラに言った。「学期中ものすごく一所懸命勉強して、あの幾何でさえ第一巻にある定理は全部暗記するまで熟読したんだもの。記号がちがってもだいじょうぶなくらい。筋の通ったことはもううんざり。夏のあいだは想像力を暴れさせるわ。あら、心配ないわよ、マリラ。度を越さない程度に暴れさせるだけだから。でも、この夏はほんとに楽しく愉快に過ごしたいの。だって、たぶん子供時代の最後の夏だもの。リンドさんは、これまでの調子で来年も背が伸びるなら、あたしはもっと長いスカートをはかなきゃだめねっておっしゃるのよ。足と目ばかりになってしまうね、ですって。あたし、長いスカートをはいたら、それにふさわしく、威厳のある振る舞いをしなきゃならないと思うの。そしたら妖精《ようせい》のことなんか信じていられなくなるんじゃないかしら。だから、この夏は思いっきり妖精を信じてあげたいのよ。とっても楽しい夏休みになると思うわ。ルービー・ギリスのお誕生日パーティーはもうすぐだし、日曜学校のピクニックもあるし、来月は伝道コンサート〔布教のための音楽会〕があるのよ。バリーさんは、そのうちいつか夕方にダイアナとあたしをホワイト・サンズ・ホテルに連れてって、ディナーをご馳走《ちそう》してくださるんですって。ホテルじゃお昼じゃなくって、晩にディナーを頂くんですってよ。ジェーン・アンドルーズは、こないだの夏、一度行って、電球だのお花だの、とってもきれいなドレスを着たご婦人のお客さんだのを見て、目がくらみそうだったって言ってたわ。ジェーンは、上流生活を覗《のぞ》いたのはそれが初めてで、死ぬまで忘れないんですって」

リンド夫人が次の日の午後やってきて、木曜にマリラが婦人会を欠席した理由を尋ねた。マリラが婦人会の会合に出ないということは、緑破風《グリーン・ゲイブルズ》の家に何かあったということだからだ。

「マシューが木曜にひどい心臓の発作を起こしたものですからね」とマリラは説明した。「そばについていてあげたかったのよ。ええ、そう、もうだいじょうぶだけど、以前よりも発作が多くなってきて心配なの。先生は、興奮させないようにっておっしゃるんだけど、マシューは興奮を求めたりしない人ですから、それはいいんですけどね。でも、きつい仕事もしちゃいけないって言われたんですよ。あの人に仕事をするなと言うのは、息をするなと言うようなものですからね。中へ入って、帽子やショールをお取りなさいな、レイチェル。お茶、飲んでいく?」

「まあ、ぜひにと言うなら、ご馳走になっていってもいいけれど」最初からご馳走になるつもりで来ていたリンド夫人は言った。

リンド夫人とマリラが客間でのんびりと坐《すわ》っていると、アンがお茶と焼きたてのほかほかビスケットをもって入ってきた。ビスケットはふんわり白くできていて、さすがのリンド夫人もけちのつけようがなかった。

「アンは、ほんとにすてきな子になったものね」夕陽が沈むなか、小道のはずれまでマリラに見送られながら、リンド夫人は言った。「随分助かってるでしょう」

「ええ」とマリラ。「今はとても落ち着いて、頼りになるわ。いつだって気もそぞろで、足が地につかないのは直らないんじゃないかと心配してたけど、直ったし、今じゃ何をまかせても心配ないわ」

「三年前私がここにきたあの最初の日は、あの子がこんなふうになるなんて夢にも思わなかったけどねえ」とリンド夫人。「まったく、あの子の癇癪《かんしゃく》は忘れられるもんじゃないよ！　あの晩、家に帰ってトマスにこう言ったんです。『言っておきますけどね、トマス。マリラ・カスバートは、あんな子を引き取ってきっと後悔することになりますよ』って。でも、私がまちがってた。まちがっててよかったですよ。私は、自分がまちがえたことをどうしても認めないような連中とはちがうのよ、マリラ。そう、私はそんな人間じゃない、ありがたいことに。アンのことを見誤っていたけど、それも無理はないでしょ。だって、あれほど風変わりで、突拍子もない、手のつけられない子なんて、この世にいませんからね、まったくもって。ほかの子を計るものさしであの子を計ることなんてできやしない。この三年であの子がめきめきよくなっていったのは不思議なくらいですよ。でもとくに、容姿がよくなったこと。ほんとにかわいくなって。ただ、あんなふうに青白くて、目の大きなタイプってのは、私の好みじゃないけれどね。ダイアナ・バリーやルービー・ギリスみたいに、健康そうで血色のいいのが好みだわ。ルービー・ギリスの顔は、ほんとに派手だし。でも、どういうわけか——なぜだかわからないけど、アンはほかの子の半分も美人じゃないのに、アンと一緒にいると、ほかの子が何だかありきたりで、けばけばしく見えてしまうのね。大きな赤い芍薬《しゃくやく》のお花みたいに。あの子は、その中で、まるで白い水仙《ジューン・リリー》だわ——あの子がナルキッソス〔ギリシャ神話で、泉に映った自分の姿に恋し、水仙と化した美青年〕と呼んでいるあの水仙そっくり」

第31章　小川が大河に流れ込むところ〔ロングフェローの詩「乙女の時代」より。「大人でも子供でもなく」と続く〕

アンはすばらしい夏休みを過ごし、心ゆくまで楽しんだ。アンとダイアナは、〝恋人の小道〟と〝妖精の泉〟と〝やなぎ池〟と〝ヴィクトリア島〟で楽しめるだけ楽しんで、随分戸外で過ごした。マリラは、アンが外をぶらつくのに文句を言わなかった。

ミニー・メイが急性喉頭炎《こうとう》にかかった晩にスペンサーベイルからやってきた医者が、夏休みが始まってまもないある日の午後に、ある患者の家でアンと出会い、じろじろアンを見て、口をへの字にまげ、首を振り、人づてにマリラ・カスバートに手紙を送った。そこには、

「あなたの家《うち》のあの赤毛の女の子を夏じゅう外で遊ばせ、足取りがもっと軽くなるまで本を読ませないこと」

と、あった。この手紙を読んだマリラは、アンの健康についてすっかりおびえてしまった。「この注意をきちんと守らないと、アンは肺病に罹《かか》って死にますよ」と言われたと思ったのだ。その結果、アンは自由気ままに人生の黄金の夏を謳歌《おうか》することになった。アンは心ゆくまで散歩したり、ボートを漕《こ》いだり、木の実を摘んだり、夢を見たりした。そして、九月になったときには、輝く目をして動きもすばしっこくなり、足取りもスペンサーベイルの医者が満足しそうなほどしっかりとし、心も野望と熱意で再び満たされていたのだった。

「力いっぱい勉強したい気分だわ」アンは屋根裏から本を持ってきながら宣言した。「ああ、懐かしき友たちよ、また諸君らのまじめな顔を拝めてうれしいぞ。そう、君でさえもだ、幾何君——マリラ、あたし、とってもすばらしい夏休みを過ごしたのよ。そして、今ではアラン牧師がこないだの日曜におっしゃったように『歓《よろこ》びて競い走る

勇士《ますらお》に似たり』〔『旧約聖書』「詩篇」19：6〕って気分だわ。アラン牧師のお説教って立派だと思わない？　リンドさんによれば、あの牧師さんは日ごとにじょうずになってきているから、うかうかしてると、どこかの町の教会に引き抜かれて、残されたあたしたちは、また新米牧師を一から鍛え直さなくちゃならなくなるんですって。でも、わざわざそんな心配を今からしても意味ないわよね、マリラ？　アラン牧師があたしたちのところにいてくださるあいだ、ありがたく思えばいいんだわ。もしあたしが男だったら、牧師になったと思うわ。神学の勉強さえしっかりしていれば、人々を善に導くように影響を与えることができるんですもの。すばらしいお説教をして聞いてる人たちの心を動かすことができたら、感動的じゃない？　どうして女は牧師になれないのかしら、マリラ？　リンドさんに聞いたら、ぎょっとして、そんなことは破廉恥だっておっしゃるの。アメリカ合衆国には女性の牧師もいるかもしれないし、きっといるだろうけれど、ありがたいことに、カナダではまだその段階まで至っていないし、絶対そうなってほしくないんですって。でも、どうしてなのかしら。女性だってすばらしい牧師になれると思うのよ。親睦《しんぼく》会を開いたり、教会でティー・パーティーをしたり、寄付金を集めるために何かをするときは、女性が頼りにされて、実際仕事をしているわけじゃない？　リンドさんだって、ベル校長先生と同じくらいじょうずなお祈りができるはずだし、少し練習すればお説教だってできると思うわ」

「ええ、できるでしょうね」マリラは冷たく言った。「今だって、非公式のお説教をあちこちでやってますからね。レイチェルが目を光らせているかぎり、誰もアヴォンリーで道を踏み誤ることはできませんよ」

「マリラ、」ふいにアンは打ち明け話をし始めた。「話しておきたいことがあるの。そして、どう思うか教えてほしいの。すごく気になってることがあって……日曜の午後なんかには、とくにこういったことを考えるから気になるんだけど。あたし、ほんとにいい子になりたいの。それで、マリラや、ミセス・アランや、ミス・ステイシーと一緒のときは、ほんとにそう思って、相手によろこんでもらえることや、ほめてもらえることをしたいと思ってる。でも、リンドさんと一緒のときは、自分がひどく悪い子のような気がして、おばさまがやってはいけないとおっしゃることをやってやりたい気になるの。どうしてもやりたくて仕方がなくなるのよ。それでね、どうしてあたし、そんな気になるんだと思う？ あたしがほんとに悪い子で、罪深いから？」

マリラは、しばらく怪訝《けげん》そうな顔をしていた。それから、笑い出した。

「あんたがそうなら、私もそうだろうね、アン。だって、レイチェルは、私をもまさにそういう気分にさせるからね。正しいことをさせようとあんなにがみがみ言いさえしなければ、あんたの言うように、もっと人々を善に導くことができると思うんだけど。『汝《なんじ》、小言を言うなかれ』なんて特別の戒律があるとよかったんだわ。でもまあ、そんなこと言っちゃ悪いわね。レイチェルは善良なキリスト教徒で、よかれと思ってやっているんだから。アヴォンリー一のやさしい心の持ち主で、教会の仕事を嫌がったことなんか一度もないからね」

「マリラも同じように思っててよかった」アンは、きっぱり言った。「とても励みになるわ。これからは、もうくよくよしないようにする。でも、ほかにも心配事があるのよ。しょっちゅう次から次に出てくる。ひとつの問題を解決すると次の問題がすぐに出てくるの――困ってしまうことばかり。たくさんのことを考えて決めていかなきゃならなくなるでしょ。大人になりかけると、何が正しいか決めることでしじゅう忙しくなってしまうの。いつも考えてばかりいて、マリラや、マシューや、ミセス・アランや、ミス・ステイシーのようなよいお友だちがいると、立派な大人にならなきゃいけないって思うの。大人になるのって大変ね？　でも、あたし自身のせいだと思うのよ。人生は一度きりだから、責任は重大。うまくいかなかったら、あたしなれなければ、元に戻ってやり直しっていうわけにはいかないもの。ねえ、あたし、この夏で五センチも背が伸びたのよ、マリラ。ルービーのお父さんが、ルービーのお誕生日パーティーのとき、あたしの背を計ってくださったの。マリラが新しいドレスを長めに作ってくれたから、ほんとにうれしいわ。あのダーク・グリーンのは、すっごくかわいいし、ひだ飾りをつけてくれて、ほんとにマリラ、ありがとう。もちろん、どうしても必要なものじゃないってわかってたけど、ひだ飾りはこの秋とても流行してて、ジョウジー・パイは持ってる服全部にひだ飾りをつけたくらいなのよ。あたし、自分の服にひだ飾りがあると思うと、勉強もはかどるわ。あのひだ飾りのことを思うと、心の奥底でほっとしていられるの」

「ひだ飾りさまさまだね」とマリラは認めた。

新学期がはじまり、ステイシー先生がアヴォンリー学校へ戻ってみると、どの生徒も勉強を再開したがっていた。とりわけクイーン受験クラスは、ねじり鉢巻きで頑張るという雰囲気だった。というのも、次の年の終わりには、運命を決する「入学試験」があり、すでにぼんやりとその影が子供たちの歩む道に射し込んできているからだった。試験のことを考えると、誰もが落ち込んでしまう。もし合格しなかったら！その冬、起きているあいだ、ずっとその考えがアンにつきまとい、日曜の午後も例外ではなく、道徳や神学の問題はほとんど頭から追い出されてしまった。悪い夢を見るときは、入学試験の合格者発表の名簿をみじめな気分で見つめている夢ばかり見た。ギルバート・ブライスの名前が名簿の一番上に輝いているのに、自分の名前が見つからないのだ。

とは言っても、冬は楽しく忙《せわ》しなく幸せに、あっという間に過ぎていった。学校の勉強はおもしろく、相変わらずトップ争いにも夢中になった。新しい考え、新しい気持ちに満ちた野心的な世界や、まだまだこれから知ることがいっぱいあるという新鮮で魅力的な地平が、アンの熱心な目の前にひらけてきたのだ。まさに、

丘の上より丘が顔出し、アルプスの上にアルプスが聳《そび》える〔アレグザンダー・ポープの詩「生兵法」より〕

という感じだった。それは大抵、スティシー先生のじょうずで注意深く、広い心による指導のたまものだった。生徒たちに自分の力で考えさせ、調べさせ、発見させて、今までのやり方からはずれることをかなり勧めたので、伝統的方法に改革を加えることに眉《まゆ》をひそめるリンド夫人や学校の理事会を大いに驚かせたのだった。

勉強とは別に、アンは人づきあいの輪を広げた。というのも、マリラはスペンサーベイルの医者の言いつけを真に受けて、アンがときおり外出するのを禁じることはなくなったからだ。討論クラブは大盛況で、ときどきコンサートを開いた。ほとんど大人顔負けのパーティーもひとつ、ふたつあった。そりを走らせたり、スケートで遊んだりもした。

そんな合間にもアンは成長し、あまりに急に背が伸びるものだから、ある日マリラはアンの隣に立って、自分よりも背が高いことに気づいてびっくりした。

「あら、アン、大きくなったわねえ！」マリラは信じられないというように言った。

思わず、溜《た》め息《いき》が漏れた。マリラは、アンの背が伸びたことを、奇妙にも残念に思ったのだ。マリラが愛するようになった子供はどういうわけか消えてしまい、ここにいるのは背の高い、まじめな目をした十五歳の女の子であり、考え深そうな顔つきで、自信に満ちて小さな頭をつんと上へそらしている。マリラはあの子を愛したのと同じようにこの女の子を愛したが、奇妙な悲しい喪失感を覚えていた。そして、その夜、アンがダイアナと一緒にお祈りの会へ出かけたあと、マリラは冬の暗がりの中で一人坐《すわ》り、思わず泣きだしてしまった。マシューがランタンを持って入ってきて、泣いているマリラを見つけ、あわてふためいて目を瞠《みは》るものだから、マリラは涙ながらに、つい笑ってしまった。

「アンのことを考えてたの」マリラは説明した。「あんなに大きくなってしまって……今度の冬には私たちから離れていくわ。いなくなったら、ひどくつらいでしょう」

「ときどき帰ってきてくれるよ」マシューは慰めた。マシューにとってアンは、四年前のあの六月の夕方にブライト・リヴァー駅から連れて帰ってきたあの元気いっぱいの小さな女の子のままであり、いつまでもそれは変わらないのだ。「その頃には、鉄道の支線がカーモディまで来ているだろうし」

「ずっとここにいるのとは、話がちがいますよ」とマリラは暗く溜め息をついた。慰めようのない悲しみに耽《ふけ》っていたかったのだ。「でも、まあ……男の人には、こういうことはわかりゃしないんですよ！」

アンには、体の変化と同じくらいはっきりした変化がほかにもあった。ひとつには、ずっと静かになった。考えごとはひょっとすると以前より多くなり、相変わらず夢に耽っているのかもしれないが、確かに口数が減った。マリラは、このことも気づいて、意見を言った。

「昔の半分もおしゃべりじゃなくなったね、アン。大げさな言葉も半分も使わなくなったし。どうしたの？」

アンは赤くなって少し笑い、本を下へ置いて、夢見るように窓の外を見やった。そこには、春の陽光の誘いに応じて、蔦《つた》から大きな赤い芽が出てふくらんでいた。

「わからないわ……あまり話したくないの」とアンは考え深そうに、顎《あご》をへこますように人さし指で押さえた。「大切なきれいな考えは、心の中に宝物のようにとっておくほうがすてきだから。笑われたり感心されたりしたくないの。それに、もう大げさな言葉は使いたくないし。もう大きくなって本当にそういう言葉が使いたければ使ってもいいのに、少し残念ね。大人になりかけるって、おもしろいところもあるけれど、思ってたようなおもしろさじゃないわ、マリラ。学んだり、したり、考えたりすることがあまりにもたくさんあって、大げさなことを言ってる場合じゃなくなるのよ。それに、ミス・ステイシーは短い言葉のほうが、ずっと強く、効果的ですっておっしゃるわ。エッセイをできるだけ飾り気のない言葉で書きなさいって。最初は難しかったわ。思いつくかぎりのすてきな大げさな言葉を並べたててばかりいたんですもの……そういう言葉ならいくらでも思いつくの。でも、今では普通の言葉に慣れて、そのほうがずっといいとわかったわ」

「お話クラブはどうなったの？　随分長いこと、その話が出ないけど」

「お話クラブは、もうないわ。その時間がなくなったの……それに、みんな、何だか飽きてしまったんだわ。恋愛や、殺人や、駈《か》け落ちや、ミステリーのことを書くなんてばかげてたのよ。ミス・ステイシーは、作文の練習としてときどきお話を書かせるけれど、アヴォンリーでの実生活で起こりそうなことしか書かせてもらえないの。先生はそれを厳しく批評し、あたしたちにも自分たちの作文を批評させるのよ。自分で問題点を探しだすまで、自分の作文にこんなに欠点があるとは思わなかった。とても恥ずかしくって書くのをすっかりやめてしまいたかったほどだったけど、先生は、自分で自分の厳しい批評家になるように訓練すればじょうずに書けるようになりますっておっしゃったわ。だから、そうしているの」

「入試まであと二か月しかないね」とマリラ。「合格できそう？」

アンは震えた。

「わからないわ。だいじょうぶだと思うときもあるけど……そのあとすぐに、ものすごく心配になる。一所懸命勉強したし、ミス・ステイシーは徹底的な演習をしてくださったけど、それでも合格できないかもしれない。あたしたち、それぞれに弱点があるの。あたしのは、もちろん幾何だし、ジェーンはラテン語、ルービーとチャーリーは代数、ジョウジーは算術。ムーディー・スパージョンはイギリス史で落ちる気がするって言ってる。先生は、だいたいの雰囲気がつかめるように、六月に入試と同じくらい難しい模擬試験をして、同じように厳しく採点してくださるの。そしたら、見当がつくでしょ。ああ、何もかも終わってほしいわ、マリラ。ずっと気になって仕方ないの。夜、目が覚めて、落ちたらどうしようって思うこともあるわ」

「なあに、来年も学校に通って、また受けたらいいのよ」マリラはどうということもないというふうに言った。

「ああ、そんなこと、とてもできないわ。落ちるなんて、ひどい恥よ。とくにギル……ほかの人たちが合格したら。それに試験のときには、あがってしまって、めちゃくちゃになりそう。ジェーン・アンドルーズみたいに神経が図太いといいんだけどな。あの子、何があっても動じないから」

アンは溜め息をつき、春の世界の魔法から目をそらした。そよ風と青空が手招きをし、緑が芽吹く庭はすてきだったが、心を鬼にして本に集中した。春はまたやってくるが、もし入試に失敗したら、二度と心おきなく春を楽しめやしないとアンにはわかっていたのだ。

第32章　合格発表

六月の終わりとともに学期が終了し、アヴォンリー学校でのステイシー先生の指導も終わりを迎えた。アンとダイアナは、その日の夕方、とてもまじめな気持ちで一緒に帰宅した。赤い目と濡《ぬ》れたハンカチは、ステイシー先生のさようならの挨拶《あいさつ》が、三年前のフィリップス先生のときと同じくらい感動的だったことをはっきりと物語っていた。ダイアナは、唐檜《とうひ》の丘の麓《ふもと》から校舎を振り返って深い溜め息をついた。

「何もかも終わりって感じよね」ダイアナは、気が滅入《めい》ったように言った。

「あたしのほうが倍つらいのよ」アンは、ハンカチの乾いたところを探しながらも見つからずに言った。「あなたは次の冬学期になれば学校に戻ってくるけど、あたしはたぶん大好きな学校から永遠に離れてしまうんだわ……つまり、運がよければ」

「ちっとも同じじゃないわ。ミス・ステイシーがいないし、あなたも、ジェーンも、たぶんルービーもいないんですもの。あたし、一人っきりでぽつんと坐るんだわ。だって、あなたのあとで、別のお隣さんなんて耐えられないもの。ああ、あたしたち、楽しく過ごしてきたわね、アン？　それが終わってしまうなんて、つらいわ」

ふたつの大きな涙が、ダイアナの鼻をつうっと伝って落ちた。

「お願いだから泣かないで。でないと、あたしも涙が止まらないわ」アンが頼んだ。「せっかくハンカチをしまっても、あなたが目をうるうるさせるから、あたしもまた泣いてしまうんだわ。リンドさんがおっしゃるように『楽しくなくても、楽しそうにして』ましょうよ。それに、あたし、きっと来年戻ってくるわ。絶対合格できないってわかってるもの。そういう気がしてならないの」

「あら、ミス・ステイシーの模試では、すごい成績をとったじゃない」

「だって、あの試験では、あがらなかったんですもの。本番のときは、どんなに心臓がばくばくして冷や汗をかくか想像もつかないわ。それにあたしの受験番号は十三だけど、ジョウジー・パイがそれは不幸の番号だって言うの。あたし迷信深くないし、そんなの関係ないって思うんだけど。やっぱり十三じゃなかったらよかったのになぁ」

「あたし、あなたと一緒に町に行きたかったなあ」とダイアナ。「そしたらとってもすてきな時間を過ごせたでしょうね？　でも、アンは毎晩詰め込み勉強をしなきゃいけないわね」

「ううん。ミス・ステイシーが、本は一切開けないようにってみんなに約束させたの。ただ疲れて混乱するだけだから散歩でもして、試験のことは忘れて早く寝なさいって。

いい忠告だけど、そのとおりにするのは難しいわ。いい忠告って大抵そうよね。プリシー・アンドルーズが受験勉強してたときは、毎晩夜ふかしして必死で詰め込んだって。あたしも、少なくともプリシーぐらいは夜ふかしするつもり。ジョゼフィーヌおばさまが、あたしが町にいるあいだ、ブナの木屋敷に泊まりなさいって言ってくださったのは本当にありがたいわ」

「町から、お手紙頂戴《ちょうだい》よ」

「火曜の夜に書くわ。そして、初日の結果を知らせるわ」

「水曜日に何度も郵便局に行ってみるわ」

アンは次の月曜日に町へ行き、水曜日にダイアナは約束どおり、何度も郵便局に顔を出して、手紙を受けとった〔当時、各家庭への郵便配達はまだなかった〕。

大好きなダイアナ(と、アンは書いている。)

火曜の夜になりました。この手紙をブナの木屋敷の書斎で書いています。昨夜《ゆうべ》、私は自分の部屋で一人きりで、恐ろしくさみしい思いをして、あなたがいてくれたらいいのにと思いました。ミス・ステイシーと約束したので、詰め込み勉強はできませんが、勉強が終わるまで物語を読まないようにするのと同じで、歴史の教科書を開けまいと我慢するのは大変でした。

今朝、ミス・ステイシーが私を迎えに来てくださって、途中、ジェーンとルービーとジョウジーを拾ってクイーン学院へ行きました。ルービーが手をさわってみてと言うので、さわってみると、氷のようでした。ジョウジーは、私が一睡もしてないみたいに見えると言い、たとえ合格してもアンには教職課程のつらい勉強に耐える力なんかありゃしないと言いました。長年つきあってきましたが、どうにもジョウジー・パイを好きにはなれません！

学院に着くと、何十人もの学生が、島じゅうから集まっていました。最初に目にしたのは、階段に坐《すわ》ってなにやらぶつくさ言っているムーディー・スパージョンでした。ジェーンが一体何をしているのかと聞くと、気持ちを落ち着かせるために九九表を繰り返しているのだから邪魔をしないでくれと言いました。少しでも止まってしまうと怖くなって、憶《おぼ》えたことを全部忘れてしまいそうなのだけど、九九表を唱えていれば、事実を全部しっかりと整理しておけるのだそうです！

みんながそれぞれの教室に入ると、ミス・ステイシーはお帰りになりました。ジェーンと私は一緒に坐りましたが、ジェーンがあまりにも落ち着いているので、うらやましくなりました。立派で、しっかりした賢いジェーンには九九表などいりません！　私は自分の気持ちが顔色に出てやしないかしら、心臓がドキドキいっているのが部屋の向こうまではっきり聞こえやしないかしらと思いました。それから、男の人が入ってきて、英語の試験問題を配りました。それを取り上げるとき、私の手は冷たくなって、頭がくらくらしました。恐ろしい瞬間でした——ダイアナ、四年前マリラに、グリーン・ゲイブルズにいさせてもらえるのかと聞いたとき味わった気分とそっくり同じなの——それから頭の中で何もかもはっきりしてきて、心臓がまた鼓動を始めました——言い忘れていましたが、心臓はすっかり止まっていたのです！——心臓が動きだしたのは、どうやらその問題はなんとかなりそうだったからでした。

昼に家に帰って昼食を食べ、また戻って午後に歴史の試験を受けました。歴史はとても難しい問題で、年号をひどくまちがえました。それでも、今日はかなりよくできたと思います。でも、ああ、ダイアナ、明日は幾何の試験で、それを思うと、幾何の教科書を開けまいとする決意がぼろぼろと崩れていきます。九九表が役に立つなら、今から明日の朝までずっと唱えているんだけど。

今日の夕方、町まで出て、ほかの女の子たちと会いました。途中でムーディー・スパージョンがぼうっとぶらついているのに出会いました。歴史で失敗したそうで、自分は両親をがっかりさせるために生まれたんだとか言って、明日の朝、家に帰ると言うのです。牧師になるより大工になるほうが簡単だとか言ってるので、元気づけて、最後まで頑張らないとミス・ステイシーを裏切ることになるわよと、励ましました。ときどき、自分が男の子に生まれてたらなあと思うことがありますが、ムーディー・スパージョンを見ると、いつも自分が女の子でよかった、しかもこいつの妹でなくてよかったと思います。

私が女の子たちが泊まっている宿舎に着いたとき、ルービーはヒステリーを起こしていました。英語の試験で恐ろしいまちがいをやってしまったことに気づいたところだったそうです。発作がおさまってから、私たちは繁華街へ出て、アイスクリームを食べました。あなたが一緒だったらいいのにと、みんなで残念がりました。

ああ、ダイアナ、幾何の試験さえ終わってくれたら！　でもまあ、リンドさんの言い草じゃないけれど、私が幾何で不合格になろうとなるまいと、日はまた昇り、そして沈むのです。それはそのとおりですが、あまり慰めにはなりません。むしろ不合格なら太陽が昇らないでくれていたほうがいいのです！

かしこ

あなたを深く愛するアンより

幾何の試験もそのほかすべての試験もやがて終わり、アンは金曜の夕方に、かなり疲れて、しかし、どこか控えめな勝利の様子を漂わせて、お家《うち》に帰ってきた。アンが着いたとき、ダイアナは緑破風《グリーン・ゲイブルズ》の家に来ていて、二人は何年も会わなかったかのように抱きあって再会した。

「懐かしいアン、帰ってきてくれて、ほんとにうれしいわ。あなたが町に出てから何年も経った気がする。それで、ねえ、アン、どうだったの?」

「かなりうまくいったわ。幾何をのぞけばね。合格したかどうかわからないし、合格しなかったっていう、ぞぞっとする予感があるけれど。ああ、お家《うち》に帰ってこられてよかった! グリーン・ゲイブルズは世界で一番大好きな、すてきな場所だわ」

「ほかの子たちは?」

「女の子たちは落ちた落ちたなんて言ってるけど、みんなだいじょうぶだと思うわ。ジョウジー・パイったら『あの幾何、やさしすぎて、十歳の子供でもできたわね』ですって! ムーディー・スパージョンは、歴史を落としたってまだ思ってて、チャーリーは代数で落ちたって言ってる。でも、合格発表があるまでは何にもわからないのよ。それは二週間先。二週間もはらはらして暮らすなんて考えてもみてよ! あたし、ぐっすり眠って二週間たったところで目を覚ましたいな」

ダイアナは、ギルバート・ブライスがどうだったかと尋ねてもむだだとわかっていたので、こう言っただけだった。

「あら、あなたなら合格よ。心配ないわ」

「上位に入らないくらいなら、いっそ合格しないほうがましだわ」とアンは思わず言ったが、それは、ギルバート・ブライスより上位に入らないくらいなら成功も不完全で苦々しいという意味であり、そのことはダイアナにもわかった。

　そういう目的を掲げて、アンは試験期間中、必死で頑張ったのだった。それはギルバートも同じだった。二人は通りで何度も出会ったりすれちがったりしても、気づかないふりをしていたが、そのたびにアンは頭をつんとふりあげ、あのときギルバートと友だちになっておけばよかったとほんの少し真剣に思い、試験で負けるものかとほんの少し決意を新たにしたのだった。アヴォンリーじゅうの若者たちが、どちらが勝つか興味を持っていることをアンは知っていたし、ジミー・グラヴァーとネッド・ライトが賭《か》けまでしていることや、ジョウジー・パイが「ギルバートが勝つに決まっているじゃないの」と言ったことも知っていた。だから、負けたら、その屈辱は耐えがたいものになるのだ。

　しかし、よい成績をとりたいと願うもうひとつの、もっと立派な動機があった。マシューとマリラのために「成績優秀」で合格したかったのだ——とくにマシューのために。マシューは「アンが島じゅうのやつらを打ち負かす」ことを確信していると言ってくれた。そんなことは、とんでもない夢の中でも望みようのないばかげたことだとアンは思った。しかし、少なくとも上位十位の中に入って、マシューのやさしい茶色の目がアンの快挙を誇りに感じて光るのを見たいと心から願ったのだった。それが見られれば、想像力のかけらもない等式だの動詞の活用だのを辛抱強く、一所懸命、こつこつ勉強したかいがあるというものだ。

二週間が経とうとする頃には、気が気でないジェーン、ルービー、ジョウジーと一緒になって、アンも郵便局に足しげく通うようになった。そして、シャーロットタウンから届く日刊紙を震える冷たい手で広げるたびに、試験を受けたときと同じく、地の底へ沈みそうな気分を味わったのだった。チャーリーとギルバートも、やはり郵便局に顔を出さずにはいられなかったが、ムーディー・スパージョンは頑として近寄らなかった。

「ぼくには、郵便局まで行って冷静に新聞を見る勇気なんかないよ」とムーディーはアンに言った。「ぼくが合格したかどうか誰かが言いにきてくれるまで待ってるよ」

三週間経っても合格者が発表されなかったので、アンは、これ以上の緊張には耐えられないと思い始めた。食欲は落ち、アヴォンリーでの出来事にも興味が持てなくなってしまった。リンド夫人が、保守党が教育委員会を仕切ってるかぎり、こうなるのは当たり前だなどと言うので、アンがぼうっと青白い顔をして毎日とぼとぼと郵便局から家へ帰ってくるのを見たマシューは、次の選挙では自由党に投票したほうがいいのではないかと真剣に悩みだした。

しかし、ある日の夕方、知らせがきた。アンは開け放った窓辺に坐《すわ》っていた。試験の苦しみもこの世の憂さも忘れて、下の庭から漂ってくる花の香りやポプラの葉のざわざわと揺れる音を楽しみながら、夏の黄昏《たそがれ》の美しさに酔いしれていたのだった。樅《もみ》の木立の上の東の空は、西日を受けて微《かす》かにピンク色に染まっており、色の妖精《ようせい》というのはあんなふうに見えるのかしらとぼんやりと考えていたところへ、ダイアナが樅の木立を飛ぶように駈《か》け抜けて丸木橋を渡り、ぱたぱたとひらめく新聞を手に、坂を駈け上がってきたのだった。

アンは、その新聞に何が書かれているのかすぐにわかって、立ち上がった。合格発表だ！　頭がくらくらし、心臓が痛いほどどきどきした。一歩も歩けない。ダイアナが玄関を抜けて駈け上がってきて、ノックもせずに部屋に飛び込んでくるまでに、一時間も経ったように感じられた。それほど、アンは興奮していたのだ。

「アン、あなた合格したわよ」ダイアナは叫んだ。「一番で合格よ――あなたもギルバートも――同点なのよ――でも、あなたの名前が上に書いてあるわ。ああ、あたし、うれしい！」

ダイアナは、テーブルの上に新聞を投げ出すと、まったく息がつけず、それ以上何も言えなくなって、アンのベッドに身を投げた。アンは、ランプをともそうとしてマッチ箱をひっくり返し、震える手で六本もマッチをむだにしてから、ようやく火をつけた。それから、新聞をさっと取った。本当だ。合格している――二百名の名簿のトップにアンの名前がある！　その瞬間、生きていてよかったと思った。

「すばらしいわ、アン」ダイアナは、ようやく落ち着いてベッドに坐り直して、まだ息を切らしながら言った。というのも、アンは星のように目を輝かせて、ぼうっとしたままひと言も言わなかったからだ。

「お父さんがつい十分前にブライト・リヴァー駅からこの新聞を持って帰ってきたの――午後の列車で着いたのよ。郵便なら明日《あした》まで届かなかったんだから――合格者名簿が見えたとたん、もう必死に走ってきたの。みんな合格よ、一人残らず。ムーディー・スパージョンさえもよ。ただ、ムーディーは、歴史は入学後補習を受けるという条件つきだけど。ジェーンとルービーはかなりよくやったわ――上位半分に入ってる――チャーリーもね。ジョウジーはあと三点というところでぎりぎりセーフ。でも、見ててごらんなさい。一番かのように威張りちらすから。ミス・ステイシー、お歓《よろこ》びになるわね？　ああ、アン、こんなふうに合格者名簿のトップに名前があるのって、どんな気分？　あたしだったら、うれしくて気がへんになるわ。もうかなり気がへんになってるもの。でもあなたは、春の夕べみたいに落ち着いてて、冷静なのね」

「胸の内は、くらくらしているわ」とアン。「いろいろ言いたいことがあるけど、どう言ったらいいのか、言葉が見つからないの。こんなこと夢にも思わなかった……いえ、思ったわ、一度だけ！　一度だけ『一番だったらどうする？』って、恐る恐る思ったことがあるの。だって、自分が島で一番だと思うなんて、見栄っ張りでうぬぼれだと思えたから。ちょっとごめんなさい、ダイアナ。あたし、畑に駈けていって、マシューに伝えなきゃ。そしたら、二人で街道を歩いていって、この吉報をみんなに知らせてあげましょうよ」

二人は、納屋の下の牧草地へ急いだ。そこではマシューが干し草を円筒形に束ねているのだ。そして、うまい具合に、リンド夫人が小道の柵《さく》のところでマリラと立ち話をしていた。

「ああ、マシュー」とアンが叫んだ。「合格したわ。一番よ——というか、一番のうちの一人！　あたし、うぬぼれたりしないわ。感謝でいっぱいよ！」

「そうさな、わしが言ってたとおりだ」とマシューは合格者名簿をうれしそうに見つめながら言った。「おまえなら楽々、島じゅうのやつらを打ち負かすとわかってたよ」

「よく頑張ったね、アン、ほんとに」とマリラは、アンのことを誇らしく思っていることをリンド夫人の詮索《せんさく》好きな目から隠そうとしながら言った。しかし、リンド夫人は、いい人らしく、心からこう言ってくれた。

「よくやったよ。ためらいなくそう言いますよ。あなたは、みんなの誉れですよ、アン、まったくもって。私たちみんな、誇りに思いましたよ」

そのすばらしい夕べは、牧師館でミセス・アランとまじめな短い会話をすることで締めくくりとなった。その夜アンは、月光の強い光の中、開いた窓辺にすてきな気分で跪《ひざまず》き、心から自然と湧き上がる感謝と希望の祈りを唱えた。その中には、過去への感謝と、将来へのうやうやしい願いが込められていた。白い枕で眠るアンの夢は、乙女心が望みうるかぎりの汚《けが》れない、明るく、美しいものだった。

第33章　ホテル・コンサート

「白いオーガンジーを着なさいな、アン、絶対それがいいわ」ダイアナは、きっぱりと忠告した。

二人は一緒に東の破風の部屋にいた。外は黄昏《たそが》れ始めたところで、雲ひとつなく晴れ渡った青い空には、すばらしい黄緑の夕暮れの気配が広がっていた。大きな丸い月が、淡い色からきらめく銀色へとゆっくりと色を深めて〝お化けの森〟の上にかかった。あたりには、すてきな夏のざわめきが満ちている――眠そうな小鳥のさえずり、気まぐれなそよ風、遠くの話し声や笑い声。しかし、アンの部屋ではブラインドが下ろされ、ランプがともされている。今、大切な着付けの真っ最中なのだ。

東の破風の部屋は、四年前のあの夜、アンがむき出しの壁を見て、その無愛想な冷たさに心底凍りついたときとはすっかり様変わりしていた。お部屋が少しずつ変わっていくのをマリラはあきらめたように見て見ぬふりをしてくれたので、その結果、若い女の子が望みうるかぎりの、すてきで、かわいらしいお部屋となったのだ。アンが最初に思い描いたような、ピンクのバラ模様のベルベットの絨毯《じゅうたん》や、ピンクの絹のカーテンは結局実現しなかったが、アンの夢はアンの成長とともに大人になっていったので、昔の夢どおりにならなくても残念ではなかった。床にはかわいらしいマットが敷かれ、薄緑のモスリンのカーテンが、高い窓をふんわりと包み、気まぐれなそよ風にひらひらと揺れていた。壁には金と銀のタペストリーではなく、かわいいりんごの花の壁紙が貼ってあり、ミセス・アランから贈られたきれいな絵が何枚か飾られていた。ステイシー先生の写真が一番いい場所をしめており、アンは、その下の棚にいつも先生のために新しい花を飾ることにしていた。今晩は、白百合《しらゆり》の大輪のほのかな香りが、夢のように部屋じゅうに漂っていた。「マホガニーの家具」こそなかったが、本でいっぱいの白く塗られた本棚があって、クッションのついた籐《とう》の揺り椅子、白いモスリンのフリルで飾られた化粧台、以前お客さま用寝室にかかっていた古風な金縁の鏡（そのアーチになった上部には丸々したピンクのキューピッドたちと紫のブドウが描かれていた）それから低い白いベッドがあった。

アンはホワイト・サンズ・ホテルで開かれるコンサートのために着替えているのだった。ホテルのお客さんたちが、シャーロットタウン病院を援助するために催すコンサートで、協力してくれそうなアマチュアの出演者が近隣から駆り出されたのだった。ホワイト・サンズ・バプテスト教会の聖歌隊からはバーサ・サンプソンとパール・クレイが二重唱を歌うように頼まれた。ニューブリッジのミルトン・クラークはバイオリンの独奏、カーモディの町からはウィニー・アデラ・ブレアがスコットランド民謡を歌うことになっていた。そして、スペンサーベイルのローラ・スペンサーと、アヴォンリーのアン・シャーリーは詩を暗唱するのだ。

かつてのアンなら「一世一代の大舞台」などと言っていたことだろう。アンはその興奮にとてもうれしく身を震わせていた。マシューは、自分が大切にしているアンに与えられた名誉を自慢に思って、天にも昇る思いだった。マリラも似たような気持ちだったのだが、そうと認めるくらいなら死んだほうがましなので、たくさんの若い人がきちんとした監督者もなしにホテルなどへ出かけていくのは、あまり感心しないなどと言っていた。

アンとダイアナは、ジェーン・アンドルーズとそのお兄さんのビリーと一緒に大型馬車に乗せてもらってホテルへ行くことになっていた。アヴォンリーのほかの少年少女も行くのだ。町からもお客さんが大勢来るはずで、コンサートのあとに出演者に夜食が振る舞われることになっていた。

「ほんとにオーガンジーが一番いいと思う？」アンは心配そうに尋ねた。

「青い花柄のモスリンのほうがかわいいんじゃない？――それに、オーガンジーは、もう流行《はや》っていないし」

「でも、そっちのほうが、ずっとあなたに似合ってるもの」とダイアナ。「すごく柔らかくて、フリルがいっぱいで、体にフィットしてるから。モスリンはこわばっていて、いかにも正装してますって感じに見えるけど、オーガンジーだと、まるであなたの体の一部みたいだもの」

アンは溜《た》め息《いき》をついて、ダイアナの言うとおりにすることにした。ダイアナは、おしゃれに関してはなかなか目がきくと評判になっていて、おしゃれについてはダイアナの忠告が大いに求められたのだった。この夜、ダイアナ自身、すてきなローズ・ピンクのドレスを着て、とてもかわいらしく見えたのだが、アンにはピンクを着ることは絶対無理だった。しかし、ダイアナは出演しないので、どんな恰好《かっこう》をするかはあまり重要ではなかった。ダイアナは全力をアンに注ぎこみ、アヴォンリーの名誉にかけても、アンを女王陛下のようにドレスアップさせ、髪を梳《と》かし、飾りつけようと誓っていたのだった。

「そのフリルをもう少し外へ出して――そう。さあ、サッシュを結ぶわよ。次は靴。

わ。真ん中あたりを大きな白いリボンで蝶結《ちょうむす》びにするわ。髪は二本の太いお下げに編んで、真ん中あたりを大きな白いリボンで蝶結びにするわね……だめよ、巻き毛をおでこに垂らさないで……ただふんわりと分けておいて。この髪形があなたには一番合うのよ、アン。ミセス・アランは、そうやって髪を分けると聖母マリアさまみたいだっておっしゃってるわ。この小さな白いバラを耳のうしろに挿すわよ。うちの庭にひとつだけ咲いてたの、あなたのためにとっておいたのよ」

「真珠のネックレス、つけようかしら?」とアン。「マシューが先週、町で買ってきてくれたの。つけたら、マシュー、よろこんでくれるから」

ダイアナは口をすぼめ、黒髪の頭を傾げて「どうかしら」とアンを見つめていたが、とうとうネックレスをつけてもよいと言い、アンの細い真っ白な首につけてあげた。

「あなた、なかなか決まってるわよ、アン」とダイアナは嫉妬《しっと》するでもなく、感心して言った。「頭の上げ方に雰囲気があるのね。あなたのすらっとしたスタイルのせいでしょうね。あたしは、ずんぐりしてるけど。あたし、ずっとそうなりゃしないかと心配してたんだけど、やっぱりそうなっちゃった。まあ、あきらめるしかないわね」

「でも、あなたには、すてきなえくぼがあるわ」アンは、自分の顔のすぐ近くにあるかわいらしい元気な顔に愛《いと》おしげに微笑みかけながら言った。「すてきなえくぼよ。かき混ぜたクリームにちょこっとくぼみができたみたい。あたし、えくぼがほしかったんだけど、あきらめたわ。あたしのえくぼの夢は絶対実現しないのよ。でも、いろんな夢が実現したから、文句は言えないわ。これで、すっかりできあがり？」

「ええ、すっかり」とダイアナが言ったところで、マリラが戸口に姿を見せた。痩《や》せこけていて、以前より髪が白くなって、相変わらず角ばった体つきだが、顔はずっとやさしそうになった。ダイアナが声をかけた。

「マリラ、入ってきて、あたしたちの朗読家を見てやってください。すてきでしょ？」

マリラは、鼻を鳴らしたのか、うめいたのか、わからないような音を出した。

「きちんとしているね。髪の結い方はいいと思うわ。でも、その服で馬車に乗っていくんじゃ、埃《ほこり》やら夜露やらで、だめになってしまうんじゃないかい。今晩はじめじめするってのに、薄着すぎやしないかしら？　オーガンジーほど使い勝手の悪い生地はないって、マシューが買ってきたときに、そう言ったんだけどね。だけど、この頃はマシューに何を言ってもだめね。昔は、私の言うことを聞いてくれたときもあったのに、今じゃ、こっちが何を言おうと、アンのためにあれやこれや買ってしまうんだもの。そのうえカーモディの店員は、マシューに何でも売りつけられるってわかっていて、かわいくて流行っていると言いさえすれば、マシューはじゃかすかお金を出してしまうんですからね。スカートを車輪に巻き込まれないように、ちゃんと引き上げなさいよ、アン。それから、暖かい上着を着ていくのよ」

そして、マリラは、「額から頭頂まで一条の月光がさす」〔エリザベス・バレット・ブラウニングの詩「オーロラ・リー」より」かのようなアンはなんてすてきなのかしらと自慢に思いながら階段を下りていき、アンの暗唱を聞きにコンサートに行けないことを残念に思ったのだった。

「今晩ほんとにじめじめして、この服じゃだめなのかしら」アンは心配して言った。

「そんなこと、ないわよ、ちっとも」ダイアナは窓のブラインドを上げながら言った。

「完璧《かんぺき》な夜よ。夜露も下りてないわ。あの月明かりを見てよ」

「あたし、この部屋の窓が東向きで、日の出が見えて、ほんとにうれしいの」アンは、ダイアナのそばへ行きながら言った。「あの長い丘の向こうから朝陽《あさひ》が昇ってきて、あの鋭い樅《もみ》の木のてっぺんから光がこぼれてくるのを見るのは、ほんとにすばらしいのよ。毎朝、新しい気持ちになるの。生まれたての陽光を浴びて魂が洗われる思いがするんだわ。ああ、ダイアナ、あたし、この小さな部屋が愛おしくてたまらない。来月、町へ出たら、この部屋なしでどうやってやっていけるかわからないわ」

「今晩は、あなたが行ってしまうことなんか言わないで」ダイアナは頼んだ。「考えたくないの。みじめになっちゃうから。それに今晩は楽しみたいわ。あなた、何を暗唱するの、アン？　緊張してる？」

「全然。人前でたくさん暗唱してきたから、今ではちっとも気にならないわ。『乙女の誓い』にしたわ。とっても悲しいお話。ローラ・スペンサーはおかしな話の暗唱をするんだけど、あたしは、みんなを笑わせるよりも泣かせるほうがいいから」

「アンコールがあったら、何を暗唱するの?」

「アンコールなんてありゃしないわよ」とアンは相手にしないように言ったが、内心は、してくれたらいいんだけどと、密《ひそ》かに願っていた。アンはもうすでに、コンサートの翌朝の食卓でマシューに「アンコールされたのよ」と話している自分を思い描いていたのだった。「あら、ビリーとジェーンが来たんじゃない?――馬車の音がするわ。行きましょう」

ビリー・アンドルーズは、アンにぜひ自分と一緒に馬車の前の席に乗ってほしいと言うので、アンはしぶしぶ前の席へ上がった。できれば、ほかの女の子たちとうしろの席に坐《すわ》りたかったのだ。そこなら、心ゆくまで笑ったりおしゃべりしたりできたのに、ビリー相手では笑うこともおしゃべりすることもままならなかった。ビリーは、大きな太った、のっそりした二十歳の若者で、表情のない丸顔をしていて、痛々しいほどに口べたな人だった。しかし、アンのことをものすごく崇《あが》めていて、このすらりとスタイルのよい少女を隣に坐らせてホワイト・サンズまで馬車に乗っていくのだと思うと得意で仕方がなかったのだ。

アンは、ときおりビリーにも礼儀上話しかけてあげつつ――ビリーはにやにやし、くつくつ笑うばかりで、まともな受け答えができなかったけれど――肩越しに少女たちと会話をしたので、馬車でのドライブを楽しむことができたのだった。とにかく今晩は、楽しまなきゃ！　街道には馬車がたくさん走っていて、どれもホテルを目指しており、きんきんとひびく笑い声が街道にこだましていた。みんながホテルに着いたとき、ホテルの上から下まで光の洪水だった。コンサート運営委員会のご婦人方が迎えてくれて、そのうちの一人はアンを出演者控え室へ案内してくれた。そこにはシャーロットタウン交響楽団員がいっぱいいて、その中に入ってアンは突然恥ずかしくなり、怖くなって、自分が野暮ったく感じてしまった。あたしの服は、東の破風の部屋ではとても上品でかわいらしく見えたのに、今まわりの人たちの身につけている、きらきら光ってサラサラ音をたてている絹やレースと比べたら、あまりにも質素で粗末だわとアンは思った。あたしの真珠のネックレスなんて、そばにいる大きな立派な貴婦人のダイヤモンドに比べたら、何になるの？　それに、ほかの人たちが身につけている温室育ちの花々のそばで、あたしの小さな白バラはどんなにみすぼらしく見えることかしら！　アンは帽子と上着を脱いで、みじめな気持ちで部屋の隅に縮こまった。緑破風《グリーン・ゲイブルズ》の家の白い部屋に帰りたいと思った。

やがて、ホテルの大きなコンサート・ホールの壇上に上がることになったが、なおさらひどいことになった。電灯で目がくらみ、香水の匂いやざわめきにどぎまぎしてしまったのだ。客席のうしろのほうで楽しそうにしているらしいダイアナとジェーンと一緒に客席に坐りたいと思った。アンは、ピンクの絹のドレスを着たどっしりとしたご婦人と、白いレースのドレスを着た背の高いつんけんした少女とのあいだにはさまれていた。どっしりしたご婦人はときおり顔をはっきりとこちらへ向けて、眼鏡越しにアンのことをじろじろ見るので、アンは、そんなに見られるのがとても耐えられなくなって、大声で叫びたくなった。白いレースの少女は隣の人と大きな声で、「観客に〝田舎者〟や〝田舎娘〟がいるわね」とか、「プログラムにある、田舎芸人の出しものはさぞかしおもしろいでしょうね」などと、ものうげに話していた。アンは、この白いレースの少女を死ぬまで嫌うだろうと思った。

アンにとって運の悪いことに、プロの朗読家がホテルに泊まっていて、暗唱することに同意していたのだった。それは、黒い目のたおやかな女性で、月光を織り込んだようなちらちら光る灰色のすばらしいドレスを着ていて、首と黒髪には宝石をつけていた。驚くほど変幻自在な声の持ち主で、表現力もみごとだった。観客は、彼女が選んだ詩を聞くと熱狂した。アンは、自分のことも心配事も忘れて、うっとりと目を輝かせて聞き惚《ほ》れたが、暗唱が終わると、突然両手で顔を覆った。こんな暗唱のあとで、舞台に上がって暗唱なんてできないわ――絶対に。自分に暗唱ができるなんて、どうして思ったのだろう？　ああ、グリーン・ゲイブルズに帰りたい！

間の悪いことに、このときアンの名前が呼ばれた。アンはどうにかこうにか立ち上がって――白いレースの少女が、ぎくっとして、「悪いことを言ってしまった」と申し訳なさそうな顔をしたことにも気づかず、また、かりに気づいたとしても、そこにこめられていた微《かす》かな敬意を理解することもなく——ふらふらと前へ進み出た。あまりにも顔が真っ青なので、客席にいたダイアナとジェーンは、心配でいたたまれなくなって、二人で手を握り合った。

アンは、どうしようもなくあがってしまっていた。人前で何度も暗唱したとはいえ、これほどの大観客を前にしたことはなかったし、大観衆を見ただけで体が言うことを聞かなくなってしまっていた。何もかも初めてで、あまりにもすごすぎて、どうしていいかまったくわからなかった——イブニング・ドレスを着た貴婦人の列、列、列、じろじろとこちらを見つめる顔、顔、顔、そして、あたりには富と文化の雰囲気が満ちていた。地味で、同情してくれる友だちや隣人の顔が並ぶ討論クラブの質素なベンチとは大ちがいだった。この人たちは、情け容赦なく批評をするのだろうと、アンは思った。ひょっとすると、白いレースの少女のように「田舎者」らしい努力をおもしろがろうとしているのかもしれない。アンは、どうしようもなく、なすすべもなく、ただ恥ずかしくなって情けなくなった。膝《ひざ》ががくがく震え、心臓がばくばくいっている。恐ろしいことに気が遠くなりそうだ。ひと言も言うことができず、次の瞬間、そんなことをしたら永遠の恥となるとわかっていても、もう少しで壇から逃げだしてしまうところだった。

ところが、ふいに、アンのおびえて見開いた目は、観客を見渡して、部屋のうしろのほうにギルバート・ブライスを見たのだった。顔に微笑みを浮かべて身を乗り出していた――その微笑みは、アンには、勝ち誇って嘲《あざけ》っているように見えた。実際は、そんなことはなく、ギルバートはその場の雰囲気を楽しんでいたのと、アンのほっそりとした白い姿と崇高な顔だちが、棕櫚《しゅろ》の木を背景にしてとてもすてきに見えたのに感嘆して微笑んでいただけだったのだ。ギルバートが馬車で連れてきたジョウジー・パイが彼の隣に坐っていて、その顔は確かに勝ち誇って嘲っていたのだが、アンはジョウジーなど見ていなかったし、見たとしても気にもとめなかったことだろう。アンは長く息を吸い、誇らしげに頭をぐいと上にあげると、勇気と決意が電気ショックのように体じゅうにみなぎった。ギルバート・ブライスの前で絶対失敗などするものか――ギルバートにだけは笑われるようなことがあってはならないのだ、絶対、絶対に！　震えも、緊張も消えた。そして暗唱を始めたのだ。澄んだ、すてきな声が、震えることも途切れることもなく、部屋の遠くの隅まで届いた。すっかり落ち着きが戻って、あの恐ろしい無力状態からの反動で、アンはこれまでにないほどじょうずに暗唱した。終わると、心からの拍手喝采《かっさい》がどっと起こった。アンが恥ずかしさと歓《よろこ》びとで赤面しながら自分の席へ戻ると、隣のピンクの絹のドレスを着たどっしりとしたご婦人がアンの手を力強くにぎって振った。

「まあ、すばらしかったわ」ご婦人はあえいだ。「私、赤ん坊みたいに泣いてたのよ。ほんとに泣いたの。ほら、アンコールよ――戻らなきゃ！」

「あら、行けないわ」とアンは、困って言った。「だけど――行かなきゃ。さもないと、マシューががっかりするもの。マシューはアンコールされるぞって言ってくれたんだから」

「じゃあ、マシューさんをがっかりさせないで」とピンクのご婦人は笑って言った。

にこやかに顔を赤らめながら、澄んだ目をして、アンは軽やかに戻って、風変わりな、おかしな短い詩を暗唱し、それもまた観客を虜《とりこ》にした。その夜は、アンの大勝利となったのだった。

コンサートが終わると、がっしりしたピンクのご婦人――アメリカの百万長者の妻だった――は、アンを連れまわして誰彼となく紹介してくれた。みんなは、アンにとても親切にしてくれた。プロの朗読家のミセス・エヴァンズがやってきて、アンとおしゃべりし、アンがチャーミングな声をしているとほめ、選んだ詩を美しく「解釈」したわねと言ってくれた。白いレースの少女さえ、物憂げに短いほめ言葉をくれた。

夜食は、大きな美しく飾りつけられた食堂で頂いた。ダイアナとジェーンは、アンの付き添いとして夜食に招待されたが、そんな招待を死ぬほど怖がったビリーは逃げてしまい、どこにも見当たらなかった。しかし、すべてが終わって、三人の少女が笑いさざめきながら、穏やかな月光の下《もと》へ出てくると、ビリーは馬と一緒に待っていたのだった。アンは深く息を吸い、樅《もみ》の木の暗い枝の向こうの澄んだ空を見上げた。ああ、清らかな夜の静けさの中にまた出てくるのは、なんてほっとするんでしょう！　何もかもなんて偉大で静まり返ってすばらしいのだろう。海のつぶやきが夜の静寂《しじま》を通して聞こえてきて、向こうの暗いがけは、魔法の岸を守る恐ろしい巨人のように見える。

「完璧《かんぺき》にすてきだったと思わない？」帰り道でジェーンが溜《た》め息《いき》をついた。「あたし、お金持ちのアメリカ人になって、夏をホテルで過ごして、宝石をつけて、襟ぐりのあいたドレスを着て、毎日楽しくアイスクリームやチキンサラダを食べたいわ。学校で教えるより、ずっとずっと楽しいと思うもの。アン、あなたの暗唱はほんとにすごかったわ。ただ、最初、あなたがいつまでたっても始めないのかと思ったけど。あなたのほうが、エヴァンズさんのよりもよかったと思うわ」

「あら、とんでもないわ。そんなこと言っちゃいやよ、ジェーン」アンは、すぐに言った。「ありえないわよ。エヴァンズさんのよりいいはずないじゃない。だって、あちらはプロなのよ。あたしはただの女学生。ちょっと朗読が得意なだけ。みんながあたしのを気に入ってくれたら、それで満足よ」

「あなたをほめてた人がいたわ、アン」とダイアナ。「少なくとも、その人の言い方からすると、ほめてたんだと思うわ。ともかくほめてるところもあったの。ジェーンとあたしのうしろにアメリカ人が一人坐《すわ》っててね――ロマンチックな顔つきの男の人で、髪も目も真っ黒だったわ。ジョウジー・パイによると、あれは有名な画家で、ジョウジーのお母さんのボストンのいとこが、その画家と昔一緒に学校に通ってたんですって。それで、その人がこう言ってたのが聞こえたの――聞こえたわよね、ジェーン？――『あの壇上にいる、すばらしいティツィアーノの髪をした女の子は誰だろう？　あの顔を描いてみたいな』って、アン。だけど、ティツィアーノの髪ってどういうこと？」

「そうね、要するに赤毛ってことよ」とアンは笑った。「ティツィアーノは、赤毛の女性を好んで描いたとても有名な画家だもの」

「あの貴婦人たちがつけてたダイヤ、見た？」ジェーンは溜め息をついた。「文句なしにまばゆいばかりだったわ。豊かな暮らしをしたいと思わない、みんな？」

「あたしたち、豊かよ」アンは断乎《だんこ》として言った。「だって、誇るべき十六年間があって、女王のように幸せで、みんな程度の差はあれ、想像力を持っているわ。みんな、あの海を見て――一面の銀と影ばかりで、あとは見えないものの世界〔「見えないものは永遠」『新約聖書』「コリントの信徒への手紙二」4：18参照〕。百万ドルがあろうと、ダイヤの指輪があろうと、海のすばらしさは不変だわ。仮にそうできたとしても、今日会った女性の誰とも替わりたいとは思わないでしょう？　あの白いレースの女の子になって、一生不機嫌な顔をしていたい？まるで世間をばかにするために生まれてきたみたいに？　あるいはあのピンクの貴婦人。やさしくてすてきだったけど、太っていて背が低くて、スタイルはすてきじゃなかったわ。あるいは、とっても悲しい目をしたエヴァンズさんにしたってそうよ。あんな表情をするなんて、何か恐ろしく不幸せな目に遭ったにちがいないわ。あんなふうになりたくないでしょ、ジェーン・アンドルーズ！」

「わからないわ――よくは」ジェーンは納得できずに言った。「ダイヤがあれば、かなり慰めになるんじゃないかしら」

「まあ、あたしは、自分以外の誰かになるのは嫌だわ。たとえ一生ダイヤに慰められてもね」とアンは宣言した。「あたしは、真珠のネックレスをしたグリーン・ゲイブルズのアンであることに、とっても満足してるわ。マシューがこのネックレスにこめてくれた愛情は、ピンクのご婦人の宝石に負けないものなのよ」

第34章　クイーン女学生

その次の三週間は、緑破風《グリーン・ゲイブルズ》の家では忙しくなった。というのも、アンをクイーン学院に行かせる準備に大わらわだったのだ。縫い物がたくさんあったうえ、いろんなことを話しあって手配しなければならなかった。アンが身に着けるものはたくさんあって、かわいいものばかりだった。かわいいものにするようにマシューが目を配ったからであり、マリラは今回ばかりは、マシューが何を買おうが何を提案しようが、反対しなかった。それどころか——ある日の夕方、マリラは東の破風の部屋に、薄緑のかわいい布地を腕いっぱい抱えて上がってきた。

「アン、これをあんたの薄手のドレスにどうかしら。もうたくさんかわいいドレスはあるんだから、ほんとに必要とは思わないけど。でも、町で夕方にどこかにご招待されたりしたら、かなりしゃれたのがあったほうがいいんじゃないかと思ってね。パーティーとかそういうのに着ていくのにね。ジェーンとルービーとジョウジーは〝イブニング・ドレス〟とやらを持っているそうで、あんただけないなんて目には遭わせたくないからね。先週ミセス・アランに助けていただいて、町でこれを選んだんだけど、エミリー・ギリスに仕立ててもらおうと思ってるのよ。エミリーは趣味がいいし、あの人が作る服は体にぴったりだからね」

「ああ、マリラ、すてきだわ」とアン。「ありがとう。こんなにあたしに親切にしてはいけないわ——日に日に、お別れするのがますますつらくなるもの」

やがて、エミリーの趣味が許すかぎりたくさんのタックやフリルやシャーリングがついた緑のドレスができ上がった。ある日の夕方、アンはマシューとマリラのために、それを着て、台所で『乙女の誓い』を暗唱した。マリラは、その明るくいきいきした顔と優雅な身ぶりを見ているうちに、アンが最初に緑破風の家《グリーン・ゲイブルズ》にやってきた日のことを思い出していた。とんでもない黄ばんだ茶色のウィンシー織りの服を着た、奇妙なおびえた子で、涙があふれた目からは、張り裂けそうな胸の痛みが感じられた。そんな思い出に耽《ふけ》るうちに、マリラの目にも涙がにじんできた。

「あたしの朗読がマリラを泣かせたのね」とアンは陽気に言って、マリラの椅子に身をかがめると、蝶々《ちょうちょう》のようにひらりとマリラのほっぺにキスをした。「それって、大成功ってことね」

「いや、あんたの詩で泣いてたんじゃないのよ」とマリラ。「詩なんか」で涙もろいところを見せてしまったなどと認めるわけにはいかない。

「あんたが昔小さかったときのことをつい思い出してね、アン。そのまま少女のままでいてほしいと思っていたのよ。おかしなことばかりしていてもね。今は大人になってしまって、私から離れていく。そんなに背が高く、すらりとして、そんなに……そんなに……そんなドレスを着て、すっかり変わってしまって……まるでアヴォンリーなんかにいなかったように……考えただけで、悲しくなる」

「マリラ！」アンは、マリラの格子柄の膝《ひざ》に坐って、マリラのしわのよった顔を両手にはさんで、まじめに、やさしくマリラの目を覗《のぞ》き込んだ。「あたし、ちっとも変わっていなくってよ――ほんとは。ただ少し刈りこみをして、枝を広げただけ。ほんとのあたしは……この胸の中にいる本当のあたしは……変わらないわ。どこに行こうと、外見がどんなに変わろうと、少しも関係ないわ。心の中では、あたしはいつもマリラの小さなアンよ。マリラが大好きで、マシューが大好きで、愛《いと》しいグリーン・ゲイブルズが大好きで、その思いは一生どんどん募っていくのよ」

アンは、自分の若々しい頰を、マリラのしわしわの頰に当てて、マシューの肩を軽く叩《たた》こうとして手を伸ばした。マリラは、アンのように自分の気持ちを言葉にする力が自分にもあったらどんなにいいかと思ったが、もって生まれた性格と習慣ゆえにそうもできず、ただアンを両腕で抱きしめて自分の心臓にやさしく押しつけ、永遠に放したくないと思うだけだった。

マシューは、目が何やら湿っぽくなってきてしまったので、立ち上がってドアから出ていった。青い夏の星空の下、動揺したように庭を歩いてポプラの下の門までやってきた。

「そうさな、あの子もさほど甘やかされてだめになったわけじゃないってこった」マシューは、誇らしげにつぶやいた。「ときどきわしが口出ししたのも、結局大して悪いことにはならなかった。あれは賢くて、かわいくて、そして何よりも愛情が深い。

あの子がいてくれて、わしらは幸せだった。あのスペンサーの奥さんがしなさったまちがいほど運がよかったものはなかったんだ――あれが運だとするなら。いや、そんなもんじゃない。あれは天のお導きだ。神さまは、わしらにはアンがいなくちゃならんことをご存じだったんだ」

アンが町へ出ていく日がついにやってきた。ある晴れた九月の朝に、アンはダイアナと涙の別れをし、マリラと――少なくともマリラのほうは涙も流さず、てきぱきとしていたが――別れを告げたあと、マシューと一緒に馬車で出ていった。ところが、アンが行ってしまうと、ダイアナは涙をぬぐって、カーモディのいとこたちと一緒にホワイト・サンズの海岸にピクニックに行って、それなりに楽しむことができたのだが、マリラのほうは、しなくてもいい仕事を猛烈な勢いで始めて、一日じゅうそうやって、耐えがたい心の痛みに耐えていたのだ――その痛みは燃えるようで、体がえぐられるようで、どんなに涙を流しても洗い流せないのだ。しかし、その夜、マリラは自分のベッドに入ったとき、広間の端にあるあの小さな破風の部屋にはもう元気な若い娘がおらず、柔らかな寝息もしていないのだと思うと、どうにも苦しく、やるせない気持ちになってしまい、枕に顔を埋《うず》め、アンを思ってどっと激しく泣き崩れたのだった。あとで冷静になってから自分でもびっくりしたくらいで、罪深い人間の身でありながら同じ人間に対してこれほど「心を乱される」のは、いけないことではないかと反省したほどだった。

アンとそのほかのアヴォンリーの生徒たちは、学院に急げば間に合うというぎりぎりの時間に町に着いた。第一日は、興奮の渦のうちに楽しく過ぎていき、新しい学生たち全員に会ったり、教授の顔を憶《おぼ》えたり、クラス分けがあったりした。アンは、ステイシー先生にすすめられたとおり、二年生のクラスに入るつもりだった。ギルバート・ブライスも同じだった。これは、二年かけて取得する一級教員免状をうまくいけば一年で取れるコースだ。しかし、それにはものすごく勉強を頑張らなければならない。ジェーンと、ルービーと、ジョウジーと、チャーリーと、ムーディー・スパージョンは、そんな野望はなかったので、二級教員免状をとるので満足していた。

アンは、五十人の学生のいる部屋に入って、一人も知った人がいないとわかったとき、たまらなくさびしく感じた。ただ、例外は、部屋の向こうのほうにいる背の高い、茶色い髪の男の子だ。その子のことを知っていると言っても、これまでのことを考えると大して役には立たないと思って、アンは悲観的になった。でも、二人が同じクラスだったことをうれしいと思った気持ちは否定できない。昔どおり、張り合うことができるのだ。それができなくなったらどうしたらいいのか、アンにはわからなかった。「それができなくなったら、落ち着かないだろうな」とアンは思った。「ギルバートって、すごく意思が強そう。きっと、ここでも一等賞を狙おうって決めてるんでしょうね。なんて立派な顎《あご》をしてるのかしら！　今まで気づかなかったわ。ああ、ジェーンとルービーも一級教員免状を目指してくれたらよかったのに。でも、慣れてきたら、借りてきたネコみたいな気分じゃなくなるんでしょうね。ここにいるどの女の子とお友だちになれるのかな。それを考えてみるのはなかなかおもしろいかも。もちろん、ダイアナと約束したから、クイーンの女の子は、どんなに大好きになっても、ダイアナほど大切にはならないわ。でも、第二の親友を作る愛情なら有り余ってるわ。あの茶色の目をした真っ赤なブラウスの子の感じ、好きだな。元気な赤いバラみたい。それから、窓の外を眺めている色白の金髪の子。きれいな髪をしてて、夢のことなら少しはわかってるみたい。あの二人と知り合いになりたいな――お友だちになって――二人の腰に腕をまわして歩いて、あだ名で呼びあうぐらいになりたい。でも、今は、二人のことを知らないし、向こうはあたしのことを知らないどころか、ひょっとするとあたしのことなんかとくに知りたくもないかもしれない。ああ、さびしい！」

その日の夕暮れどき、アンが下宿先の寝室で一人になったとき、いっそうさびしさが募った。アヴォンリーのほかの少女たちは、みんな町に親戚《しんせき》がいて下宿なんて可哀想だということになったので、アンだけが下宿することになったのだ。ミス・ジョゼフィーヌ・バリーはアンを自分の家に住まわせたがったが、ブナの木屋敷は学院から遠すぎて話にならなかった。そこでミス・バリーは、アンの下宿先を探してくれて、アンにうってつけのところだからとマシューとマリラを安心させたのだった。

「家主さんは、もとは家柄のよいご婦人でね」とミス・バリーは説明した。「旦那《だんな》さんがイギリス将校だった人で、だれを下宿人にするかとても気をつけて選んでいるのよ。あの家で、アンが問題のある人と会うことはないね。賄いもきちんとしていて、家は学院のすぐ近所ですよ」

それはすべてそのとおりかもしれず、そして実際そうだとわかったのだが、だからといってアンがかかってしまった最初のホームシックの苦しみから物理的に救ってくれることはなかった。アンは自分の狭い小部屋を暗い顔で眺めた。壁紙は暗く、絵など掛かっておらず、小さな鉄製のベッドに、空っぽの本棚。緑破風《グリーン・ゲイブルズ》の家の自分の白い部屋のことを思うと、胸がつまってひどく泣きたくなった。あそこなら、いつも戸外にすばらしい緑があって、庭にはスイートピーが育っていて、月明かりが果樹園を照らしだし、坂の下に小川が流れ、その先で唐檜《とうひ》の枝が夜風に揺れて、広大な満天の星がきらめき、そしてダイアナの窓の灯《あか》りが木々のすきまからちらちら光るのだ。ここでは、そんなものはない。窓の外にあるのは硬い舗道で、空には電話線が張り巡らされて台なしになっていて、知らない人たちの足音が響き、何千もの光が照らしだすのは、さらに異様な顔ばかり。アンは、泣きだしそうになる自分を何とかおさえた。

「泣かないわ！　ばかみたいだもの……それに弱虫だわ……三つめの涙が鼻を伝って

落ちた。もっと落ちそう！　何かおかしなこと考えて止めなきゃ。でも、おかしなことはみんなアヴォンリーとつながってしまう。するとますますひどくなって……四つ……五つ……次の金曜にお家《うち》に帰るけど、百年先に思えるわ。ああ、マシューは今頃お家《うち》に帰るところだろうなあ――そして、マリラは門のところで道を眺めて、マシューが帰ってくるのを待ちかまえてるんだわ……六つ……七つ……八つ……ああ、数えてたって何にもなりゃしない！　今にどっと出てくるわ。元気なんか出せない……元気になんかなりたくない。みじめなままでいたほうがまし！」

その瞬間ジョウジー・パイが現れなかったら、まちがいなくどっと涙に暮れていたことだろう。懐かしい顔を見た歓《よろこ》びで、アンは、ジョウジーとはそもそも仲良しになったことがないことを忘れていた。アヴォンリーの暮らしの一部として、ジョウジーでさえ大歓迎だったのだ。

「よくきてくれたわね」とアンは心から言った。

「へえ、泣いてたんだ」ジョウジーが見せる憐《あわ》れみは、どうにも癪《しゃく》に障った。「ホームシックね――そういうところで自分をコントロールできなくなる人っているのよね。あたしはホームシックなんかにならないわよ。ちっぽけなアヴォンリーなんかのあとじゃ、町は楽しすぎるもの。あんなところによく長いこといたなって思うくらい。泣いちゃだめよ、アン。似合わないわよ。鼻も目も赤くなったら、真っ赤っかじゃない。

あたし、今日、学院で完璧《かんぺき》にすばらしい時間をすごしたの。あたしたちのフランス語の教授って、ほんと、かわいいの。あの口ひげに胸がきゅんとなるわ。何か食べるものない、アン？　ほんと、飢え死にしそう。ああ、マリラならあんたにケーキをいっぱい持たせただろうなって思ったんだけど、やっぱりね。それで、やってきたってわけ。そうじゃなかったら、フランク・ストックリーと一緒に公園に行って、楽隊の演奏でも聞いてたわ。フランクって、あたしが泊まってる親戚の家に下宿してて、かっこいいの。彼、今日クラスであなたに気がついて、あの赤毛の子誰って、あたしに聞いてきたわ。あたし、あんたはカスバート家に拾われた孤児で、その前はどうしてたか、誰もよく知らないって言ってやった」

ジョウジーと一緒にいるよりは、一人で泣いてたほうがましなんじゃないかと思っていると、ジェーンとルービーが、クイーン学院のスクールカラー——紫と真紅——の一インチのリボンを自慢そうに上着にピンでつけてやってきた。ジョウジーはそのときジェーンとは「口をきかない」ことにしていたので、ジョウジーはいくぶんおとなしくなった。

「あーあ」とジェーンは溜《た》め息《いき》をついた。「今朝からもう何か月も経ったような気がするわ。帰ってウェルギリウス〔ローマの詩人で『アエネーイス』の作者〕のラテン語やらなきゃならないんだけど——あのいやなじじい教授、明日《あした》のっけから、二十行やりますなんて言うのよ。

だけど今晩は落ち着いて古文の勉強なんかできやしない。おっと、アン、よもやこれは、涙の跡にあらずや。あなた泣いてたんなら白状なさい。そしたらあたしも気をとり直せる。だって、ルービーが来てくれるまでわんわん泣いてたんですもの。ほかに誰かおばかさんがいるなら、自分がおばかさんでもあんまり気にならないわ。これケーキ？　ちょっとくれない？　ありがと。本物のアヴォンリーの味ね」

　ルービーは、テーブルにクイーン学院の履修の手引きが置いてあるのに気づいて、成績優秀者に与えられる金メダルを狙っているのかとアンに尋ねた。

　アンは顔を赤らめて、そのつもりだと答えた。

「ああ、それで思い出した」とジョウジー。「クイーンにはやっぱりエイヴリー奨学金が一人分出るんだって。今日発表になったんだ。フランク・ストックリーが教えてくれたの――おじさんが、学校の理事やってるんだよ。明日学院で発表されると思う」

　エイヴリー奨学金！　アンは、心臓がどきどきするのを感じ、野望の地平が魔法のように広がっていくのがわかった。ジョウジーがこの知らせを教えるまで、アンが望んでいた最高のものは、一年間で地方教員の一級免状をもらうことだった。それから、うまくいけば金メダルも！　ところが、今やアンは、自分がエイヴリー奨学金を勝ち取り、レドモンド大学の文系に進み、ガウンと大学帽をかぶって卒業していくさまを、ジョウジーの言葉の響きが消えていくほんの一瞬のあいだに想像したのだった。エイヴリー奨学金は英語英文学専攻に出るので、アンはそれなら自分の馴染《なじ》んできた世界だと思ったのだった。

この奨学金は、ニュー・ブランズウィックのお金持ちの実業家の遺産がもとになっていた。遺産の一部が奨学金として寄付され、ノバスコシア、ニュー・ブランズウィック、プリンス・エドワード島というカナダ沿岸の三州にある様々な高校や高等教育機関にそれぞれの格付けに従って分配されるものだった。クイーン学院にも割り当てられるかどうかということは随分取り沙汰《とざた》されていたが、ついに決定が下され、一年の終わりに英語と英文学において最高点を取った卒業生に奨学金が与えられることになった――年額二百五十ドルをレドモンド大学在学の四年のあいだずっともらえるのだ。アンがその晩、興奮で頬をほてらせてベッドに入ったのも無理はない。

「頑張ってもらえるものなら、その奨学金をもらうわ」とアンは決心した。「あたしが学士になったらマシューはよろこぶだろうな。ああ、野望を持つのってすばらしいことだわ。あたし、こんなにたくさん野望があって、ほんとによかった。しかも、きりがないみたい――そこがいいところね。ひとつの野望をかなえたと思ったら、今度は別のがもっと高いところで輝いているんだわ。おかげで、人生がますますおもしろくなる」

第35章　クイーン学院の冬

アンのホームシックもだんだんおさまってきた。何よりも週末に帰省できたことが大きかった。天候がよいかぎり、金曜日の夕方になるたびに、アヴォンリー出身の学生は、新しくできた鉄道の支線に乗ってカーモディへ帰ったのだ。ダイアナや何人かのアヴォンリーの若者たちが迎えにきていて、そこからみんなで楽しくアヴォンリーまで歩いて帰ったのだった。そうやって金曜の夕方に、きりっとした黄金の空気の中、向こうのほうにアヴォンリーの家々の灯《あか》りがきらめくのを見ながら秋の丘をぶらぶらと歩いていったのが、一週間の中で最高で一番大切な時間だとアンは思った。

ギルバート・ブライスはほとんどいつもルービー・ギリスと歩き、ルービーの鞄《かばん》を持ってやった。ルービーはとてもきれいな若い婦人となって、今では自分のことをすっかり大人だと思っていたが、そのとおりだった。スカートも、お母さんが許してくれるところまで長くし、町では髪を結い上げていたが、家に帰るときは下ろしていた。大きな明るい青い目をしていて、肌のつやはみごとで、ふっくらとした見栄えのよい姿をしていた。とてもよく笑い、陽気で穏やかで、人生の楽しいことを素直に楽しんでいた。

「でも、あの子、ギルバートが好きなタイプじゃないわね」とジェーンはアンにささやいた。アンもそう思ったが、たとえエイヴリー奨学金をあげると言われても、そんなことは口に出さなかった。ギルバートのような友だちがいて、冗談を言ったりおしゃべりをしたり、本や勉強や野望について意見を述べあったりできたら、とても楽しいだろうなと思わずにはいられなかった。ギルバートに野望があることはわかっていた。そして、ルービー・ギリスが相手では、たとえギルバートがそのことを話しても、まともな返事が返ってくるとは思えなかった。

ギルバートに対してアンが抱く感情には、浮ついたところはなかった。アンが男の子のことを思うときは、アンにとってよい仲間になるかどうかということだけだった。仮にギルバートと友だちだったとしても、ギルバートにほかに何人友だちがいるかとか、誰と一緒に歩いているかなどということは気にしなかったことだろう。アンは友だちを作る才能に恵まれていたのだ。女友だちはたくさんいたが、男の子と友情を結ぶのも人づきあいという概念が広がるし、より広い視点から判断や比較ができていいだろうと思っていたのだ。こうしたことについてアンが自分の気持ちをこれほどはっきりと整理していたというわけではない。しかし、ギルバートがもし汽車を下りてから家まで、すがすがしい野原や羊歯《しだ》の茂る小道を一緒に歩いてくれたら、自分たちのまわりで開きかけている新しい世界やそこでの希望や野望について、楽しくおもしろい会話がどっさりできるはずなのにと思うのだった。ギルバートは賢い若者で、いろいろなことに自分の考えを持ち、人生を最高のものとしよう、そのためにはできるかぎりのことをしようと決意を固めていた。ルービー・ギリスは、ジェーン・アンドルーズに、ギルバート・ブライスが話すことは半分もわからないと言っていた。ギルバートは、何か考えに取りつかれるとアン・シャーリーみたいに話すし、ルービーとしては、勉強しなくてもいいんなら勉強のことなんか話題にするなんておもしろくもなんともないと思っていたのだった。フランク・ストックリーのほうが威勢がよくて男っぽいんだけど、ギルバートの半分もかっこよくないから、どっちが好きなのか決めかねていると言うのだ！

学院では、アンのまわりに友だちの輪ができた。アンと同じように考え深く、想像力に富み、野心のある子たちばかりだ。〝赤いバラみたいな少女〟のステラ・メイナードと、〝夢見る少女〟のプリシラ・グラントとは、すぐに仲良しになった。青白くて精神世界へ飛んでいきそうな感じのするプリシラは、実はものすごくいたずらで、おふざけが好きなおもしろい子で、黒い目をした陽気なステラは、アンの夢想とそっくりな、とりとめもない虹《にじ》のような夢や幻想に耽《ふけ》る性格だとわかった。

クリスマス休暇のあと、アヴォンリーの学生たちは、金曜日の帰省をあきらめて、必死に勉強し始めた。このころまでに、クイーン学院の学生たちはそれぞれの仲間の中で自分の居場所をもち、いろいろなクラスの特色がはっきりして個性が見えてきた。誰もが認めるいくつかのことがあった。金メダルを取りそうな学生は、事実上、ギルバート・ブライス、アン・シャーリー、ルイス・ウィルソンの三人まで絞られた。エイヴリー奨学金のほうは、はっきりせず、六人の中の誰かだった。数学のブロンズ賞は、いつもつぎはぎのあるコートを着ていて、小太りで、おでこにできものができている、おかしな田舎の男の子が取るにちがいないと思われていた。

ルービー・ギリスが、学院の今年の美女に選ばれた。二年のクラスでは、ステラ・メイナードが美人とされたが、ごくわずかの目利きはアン・シャーリーを支持した。エセル・マーは、有能な審査委員全員によってもっともおしゃれな髪形をしていると認められ、ジェーン・アンドルーズ——地味で、こつこつ型の誠実なジェーン——は、家政学コースで最優秀の栄誉を取った。ジョウジー・パイでさえ、クイーンきっての毒舌家としてある種の栄誉に輝いた。つまり、ステイシー先生の教え子たちは、ひとつレベルが上がった勉学の場でも頭角を現したと言ってよいだろう。

アンは頑張って着実に勉強をした。ギルバートとの競争は、アヴォンリー校のときと同じように激しいものだったが、クラスではあまり知られておらず、いつの間にか敵意のこもったものではなくなっていた。アンは、もはやギルバートを負かすためだけに勝ちたいとは思わなくなっていたのだ。むしろ、敵ながらあっぱれの相手に勝てたことを誇りに思った。勝つのはうれしいことだが、勝てなくても死にたいなどと思わなくなったのだ。

勉強は大変だったが、お楽しみの時間もあった。アンは余暇の多くをブナの木屋敷で過ごし、日曜の昼食は大抵そこで食べて、ミス・バリーと一緒に教会へ行った。ミス・バリーは、本人も認めるように年をとってしまったが、その黒い目は霞《かす》みもせず、がみがみ言う舌の元気さも衰えていなかった。しかし、アンにがみがみ言うことは決してない。アンはいつまでも、この口やかましい老婦人の大のお気に入りだったのだ。

「あのアン嬢ちゃんは、どんどんよくなっているね」とミス・バリーは言ったものだ。「ほかの女の子にはうんざり——どれを見ても、いらいらするほど代わり映えがしないからね。アンには虹のようないろんな色合いがあって、どの色もそれが続いているあいだは、たまらなくかわいいんだよ。あの子が子供だった頃と同じくらい今もおもしろいかはわからないが、あの子を愛さずにはいられませんよ。あたしゃ愛さずにいられない子っていうのが大好きでね。なにしろ、わざわざ好きになってやろうなんて手間が要らないからね」

やがて、ほとんど誰も気づかないうちに春がやってきた。アヴォンリーでは雪の吹きだまりがあちらこちらに残っているひからびた大地に岩梨《メイフラワー》がピンク色の芽を覗《のぞ》かせていたし、森や谷にはまさに〝緑の靄《もや》〟〔テニソンの詩「小川」にある言葉〕のような新緑があふれた。しかし、シャーロットタウンで必死に勉強するクイーン学院の学生たちは、試験のことしか頭になく、それ以外を話題にすることはなかった。

「もう学期が終わるなんて、信じられないわ」アンは言った。「去年の秋には、冬のあいだずっと勉強と授業ばかりあって、終わりなんか見えなかったのに。それが、あっという間にもう来週が試験じゃない？　ねえみんな、試験がすべてだって思うときもあるけど、あの栗の木にふくらんだ大きな新芽とか、通りの遥《はる》か先の靄《もや》のかかった青い空とか見てると、試験なんかそんなに重要じゃないって気がしてくるわ」

その場にいたジェーンとルービーとジョウジーは、そうは思わなかった。三人にとっては、来たる試験はやはりとても重要であることに変わりない――栗の木とか五月の靄どころではないのだ。少なくとも合格することは確かなアンだからこそ、試験のことを大したことがないかのように言えるのだ。ところが、三人には、将来のすべてがそこにかかっているのだから――と、三人は本気でそう思っていた――そんな哲学的なことを言っている場合ではなかった。

「この二週間で七ポンド〔約三キロ〕も痩《や》せちゃった」とジェーンが溜《た》め息《いき》をついた。「心配ないなんて言わないで。心配なんだから。心配したほうがいいのよ――心配してると、何かしている気になれるの。冬じゅうクイーンに通って、こんなにお金を使ったのに、教員免状がもらえなかったら悲惨だわ」

「あたしは気にしないな」とジョウジー・パイ。「今年合格しなくても、来年合格すりゃいいのよ。うちのお父さんは、それくらいのお金、出してくれるわ。アン、フランク・ストックリーから聞いた話だけど、トレメイン教授が言ってたそうよ、金メダルはきっとギルバート・ブライスがとって、エイヴリー奨学金はたぶんエミリー・クレイがもらうだろうって」

「そんなこと聞かされたら、明日《あした》は落ちこむわ、ジョウジー」アンは笑った。「でも、たった今は正直こう思うの。グリーン・ゲイブルズの下の窪地《くぼち》に、すみれが一面紫色に咲きそろい、〝恋人の小道〟に小さな羊歯が頭をもたげ始めてるってわかりさえすれば、あたしがエイヴリーを取ろうが取るまいが大したことじゃないって。あたしはベストを尽くしたし、〝努力の歓《よろこ》び〟っていうものがどういうことかようやくわかってきたの。頑張って勝つことの次によいことは、頑張って負けることだわ。みんな、試験の話はやめましょう！　あの家並みの上の淡《あわ》い緑色の空を見て、アヴォンリーの紫っぽい暗いブナの森の上の空が今どんなになっているか想像してみて」

「あなた、卒業式に何着てく、ジェーン？」ルービーが現実的な質問をした。

ジェーンとジョウジーが即答し、おしゃべりはファッションのほうへ流れていった。しかし、アンは、窓枠にひじをつき、組み合わせた両手に柔らかい頰を寄せて、町の家々の屋根や尖塔《せんとう》の向こうに広がる、すばらしい夕焼けになった大空を幻想にあふれた目で見やって、青春の希望に満ちた黄金の糸で未来の夢を織りだしていた。未来はすべてアンのものであり、これから訪れる年月のうちに様々なバラ色の可能性が隠れていた――一年一年が花開くバラであり、それが不滅の花冠を作りあげていくのだ。

第36章　栄誉と夢

全科目の試験の最終結果がクイーンの掲示板に張り出される朝、アンとジェーンは一緒に通りを歩いていた。ジェーンはにこにこして、幸せだった。試験が終わって、少なくとも落第はしてないはずだという自信があったからだ。それ以上のことはまったく考えていなかった。ジェーンには高みをめざす野心などなく、それゆえ不安に思うことはなかったのだ。この世にあるものを手に入れるには、何にせよその代償を払わなければならない。野心は、持つにはいいものだが安いものではなく、これではだめだと自分を否定し、不安と落胆を抱えて頑張らなければ、手に入らない。アンは青い顔をして黙っていた。もうあと十分で金メダルが誰に行き、エイヴリー奨学金が誰に行くのかわかるのだ。その十分より先には、時間と呼ぶに値するものは何もないように、そのときは思えた。

「もちろん、どっちかは、あなたのものよ」そう言うジェーンは、それ以外の決定をするような理不尽なことを学部ができるはずがないと思っていた。

「エイヴリー奨学金は無理だわ」とアン。「誰もがエミリー・クレイが取るって言ってるもの。あたし、あの掲示板までつかつか歩いていって、みんなの前で見るなんてできないわ。そんな勇気、とてもないわ。あたし女子控え室にまっすぐ行くから、あなた、発表を見てきて教えてよ、ジェーン。長い友情に免じて、できるだけすぐにそうして頂戴《ちょうだい》。だめだったら、ただそう言って。もってまわった伝え方なんてしないで。とにかく慰めとか要らないから。約束よ、ジェーン」

ジェーンは厳かに約束したが、そんな約束は不要だった。クイーン学院の入り口の階段を上がっていくと、ホールはギルバート・ブライスを肩に担ぎ上げて練り歩く男の子たちでいっぱいで、声をかぎりにこう叫んでいるのだった。「やったぜ、ブライス、金メダリスト！」

その瞬間、アンは敗北と落胆という気分の悪くなる痛みを感じた。つまり、アンが負け、ギルバートが勝ったのだ！　ああ、マシューはきっと悲しむでしょう――アンが勝つとばかり思っていたのだから。

ところが！

誰かが叫んだ。

「ミス・シャーリーに万歳三唱。エイヴリー受賞、おめでとう！」

「ああ、アン」とジェーンはあえいだ。二人は、心からの万歳の声を浴びながら、女子控え室に逃げ込んだ。「ああ、アン、あたし、うれしいわ！　すごいじゃない？」

すると、女子たちに取り囲まれ、アンはいつの間にか、笑いながらお祝いを言う集団の真ん中にいた。肩をポンと叩《たた》かれ、力いっぱい握手をされた。押されたり、引っ張られたり、抱きつかれたりするなかで、ジェーンにようやくこうささやいた。

「ああ、マシューとマリラはよろこぶわ！　すぐにお家《うち》に手紙を書かなきゃ」

次なる重大事は卒業式だった。式は学院の大きな集会場で執り行われた。挨拶《あいさつ》があって、作文が読まれ、歌が歌われ、卒業証書や様々な賞やメダルの授賞式があった。

マシューとマリラも出席して、舞台上のただ一人の学生だけに目をこらし、耳を澄ませていた——薄緑の服を着た背の高い女子学生が、微《かす》かに頰を赤らめ、星のような目をして一番じょうずな作文を読んでおり、あれがエイヴリー奨学金をもらった子よと、ささやかれていた。

「あの子を育ててよかったじゃないか、マリラ？」会場に入ってからずっと黙りこくっていたマシューがささやいた。ちょうどアンが作文を読み終えたところだった。

「よかったと思ったのは、今が初めてじゃありませんよ」マリラが言い返した。「わかりきったことをくどくど言わないでくださいよ、マシュー・カスバート」

ミス・バリーがうしろに坐《すわ》っていて身を乗り出してきて、マリラの背中を日傘でつっついた。

「あんたがた、あのアン嬢ちゃんのおかげで鼻が高いだろうね？　あたしゃもう得意でたまらないよ」

アンはその日の夕方、マシューとマリラと一緒にアヴォンリーに帰った。四月から帰っておらず、もう一日も待てないという気持ちだった。りんごの花は散り、何もかも新鮮で新しくなっていた。ダイアナは緑破風《グリーン・ゲイブルズ》の家でアンを出迎えてくれた。アンの白いお部屋には、マリラがお家《うち》に咲いていた開きかけたバラを窓辺に一輪飾ってくれていて、アンはあたりを見まわしながら、幸せいっぱいの長い息を吸い込んだ。

「ああ、ダイアナ、また戻ってこられて、うれしくって仕方ないわ。あのとんがった樅《もみ》の木がピンクの空に伸びてるのを見られるなんて幸せだわ──そして、あの白い果樹園と懐かしい〝雪の女王〟。ミントの息がなんてかぐわしいんでしょう？　それからこのバラも──これって、歌と希望とお祈りがひとつになったみたい。そして、あなたにまた会えて、ほんと、うれしいわ、ダイアナ！」

「あなた、あたしよりステラ・メイナードのほうが好きだったんでしょ」とダイアナは責める口調で言った。「ジョウジー・パイがそう言ってたわ。ステラにぞっこん込んだったって」

アンは笑って、しおれた白い水仙《ジューン・リリー》の花束でふざけてダイアナを叩いた。

「ステラ・メイナードは、一人を除いて世界一大好きな子よ。そして、あなたがその一人よ、ダイアナ」とアン。「あなたのことは今まで以上に愛してるわ――そして、あなたに話したいことが山ほどあるの。でも今は、ここに坐って、あなたを眺めていられれば、それだけでうれしい。疲れたんだわ、きっと――頑張って、ずっと上を目指してきたから。明日は少なくとも二時間、果樹園の草の上に寝ころんで、なあんにも考えないつもりよ」

「あなた、すごいわよねえ、アン。でも、エイヴリー奨学金をもらうことになった以上、すぐ先生にはならないんでしょう?」

「そう。九月にレドモンド大学に入るの。すばらしいと思わない? 三か月の輝かしい黄金の休暇を過ごしたあと、その頃までには、新品の野望がどっさりできてると思うわ。ジェーンとルービーは教え始めるのよ。ムーディー・スパージョンやジョウジー・パイに至るまで、あたしたちみんな合格したって、すごくない?」

「ジェーンは、ニューブリッジ大学の理事会から、もう教えにきてくれって言われてるのよ」とダイアナ。「ギルバート・ブライスも教え始めるのよ。そうするしかないの。あの人、来年大学へ行かせてもらえるほど家が裕福じゃないから、自分で稼いでいくつもりなんですって。ミス・エイムズがアヴォンリー校をやめるなら、彼が代わりに教えるんじゃないかな」

アンは、それを聞いて驚き、気が滅入《めい》ってしまった自分に奇妙な感覚を覚えた。そんなこととは知らなかった。ギルバートもレドモンド大学に行くのだとばかり思っていたのだ。互いに切磋琢磨《せっさたくま》してきたのに、それができなくなったら、どうなってしまうのだろう？　本物の学士になれるという思いを胸に男女共学の大学で学ぶのだという歓《よろこ》びも、敵とも友ともつかぬギルバートがいなくては、つまらなくなってしまうのではないだろうか？

あくる朝、朝食のとき、マシューの様子があまりよくないことに、ふいにアンは気がついた。一年前よりもずっと白髪が増えたことは確かだ。

「マリラ」マシューが出ていったあとで、アンはおずおずと言った。「マシューはだいじょうぶなの？」

「いいえ、病気なのよ」マリラは心配そうに言った。「この春、心臓のかなりひどい発作を何度か起こしたというのに、ちっとも休もうとしないのよ。ひどく心配しているんだけど、このところいくらか落ち着いてきたし、いいお手伝いの人にも来てもらったから、少しは休めて、上向いてくるかなと期待しているんだけど。あんたが帰ってきたから、たぶんよくなるでしょうね。あんたの顔さえ見れば、あの人は元気になるんだから」

アンは、テーブル越しに身を乗り出して、マリラの顔を両手ではさんだ。

「マリラも、何だか元気そうに見えないわよ。疲れてるみたいね。働きすぎなのよ。あたしが帰ってきたんだから、休まなきゃだめよ。あたし、今日は一日お休みにして、あちこち懐かしい場所を訪れて、昔の夢の跡をたどってみるの。そしたら今度は、あたしが家事をするから、マリラがのんびりする番よ」

マリラは、愛《いと》おしそうにアンに微笑みかけた。

「家事のせいじゃないの……頭痛よ。かなりしょっちゅう痛むようになって……目の奥がね。スペンサー先生は、眼鏡のことをとやかくおっしゃるけど、眼鏡じゃどうにもならないの。有名な眼科医が六月末に島にいらっしゃるから、会いなさいって先生はおっしゃるんだけど、そうしなきゃならないようだね。もう読書も縫い物も痛くてできなくて。だけど、アン、あんた、クイーンでほんとによくやったわね。一年で一級教員免状をとって、エイヴリー奨学金ももらうなんて……まあまあ、リンドさんは、自慢する心から堕落が始まるなんて言うし、女性の高等教育の価値をまったく認めず、女性の本分にそぐわないなんて言うけど、そんなことちっともないと思うわ。レイチェルで思い出したけど……最近アビー銀行のことで何か聞いてない、アン？」

「危ないって聞いてるけど」とアンは答えた。「どうして？」

「レイチェルもそう言うのよ。先週ここに来て、そんな噂があるって言うもんだから、マシューがひどく心配してね。家《うち》の貯金は全部あの銀行にあるから――一切合財。マシューにひとまず政府の保証がある貯蓄銀行に移してってたのんだんだけど、アビーじいさんはうちの父の親友で、父はいつもアビーさんのところへ預けてたのよ。マシューは、あの人がトップにいる銀行なら絶対だいじょうぶだって言ってたんだけど」

「アビーさんは、もう何年も名目だけの頭取だと思うわ」とアン。「とってもお年を召してらして、今は甥御《おいご》さんたちが銀行を切り盛りしているのよ」

「それで、レイチェルがそう言うもんだから、私はマシューにお金をすぐ引き出してってたのんだんだけど、あの人は、『考えておく』しか言わないのよ。でも、ラッセルさんが昨日、マシューに、あの銀行はだいじょうぶだっておっしゃったのよ」

アンは、その日、戸外にずっといて、気持ちのよい一日を過ごしたのだった。その日のことは決して忘れない。とても明るくて金色で、美しく、影ひとつなく、花がいっぱいだった。アンは、その豊かな何時間かを果樹園で過ごした。〝妖精《ようせい》の泉〟へ行き、〝やなぎ池〟と〝すみれの谷〟へ行き、牧師館を訪ね、ミセス・アランと心ゆくまでお話しし、最後に、夕方になって、マシューと一緒に〝恋人の小道〟を通って裏の牧場の牛のところへ行ったのだった。森は、夕陽を浴びてどこもかしこも輝いていて、暖かい夕焼けの光が西の丘の木立の切れ目からも流れ込んできた。マシューは首を垂れてゆっくり歩いた。しゃんと高く背筋を伸ばしたアンは、飛ぶような足取りをマシューに合わせた。

「今日は、働きすぎよ、マシュー」とアンは責めるように言った。「もっと、気楽にやったらどう?」

「そうさな、そいつができそうもなくてな」マシューは木戸を開けて牛を通しながら言った。「ただ年をとっただけだよ、アン。しかも、年をとったことを忘れちまう。まあまあ、ずっと頑張って働いてきたんだ。死ぬときも、働いていたいもんさ」

「もしあたしが、マシューがもともと引き取ろうとしてた男の子だったら、」とアンは思い悩むように言った。「マシューを今うんと手伝ってあげて、いろいろ楽させてあげられたのにね。それだけでも、自分が男の子だったらよかったのにって思うわ」

「そうさな、わしは、男の子をわんさかもらうより、おまえ一人だけのほうがいいよ、アン」マシューはアンの手を軽く叩《たた》いた。「いいかい……男の子わんさかよりも、だよ。そうさな、エイヴリー奨学金をもらったのは、男の子じゃなかったんじゃないかな? 女の子だ……わしの娘だ……わしの自慢の娘だよ」

マシューは、いつもの恥ずかしそうな微笑みをアンに向かって浮かべて、庭へ出ていった。その夜、アンはそのときのことを思い出しながら破風の部屋へ上がっていき、開けっ放しになっている窓辺に長いこと坐《すわ》って、昔のことを考え、将来を夢見ていた。外では〝雪の女王〟が月明かりを浴びて、白く霞《かす》み、果樹園の坂《オーチャード・スロープ》の向こうの沼ではカエルが歌っていた。アンはいつも、その夜の銀色で平和な美しさと香り高い静寂《しじま》を思い出す。それは、悲しみがアンの人生にふれる直前の夜であり、その冷たい、罪を清める手に一旦《いったん》ふれられてしまうと、人生は二度ともとに戻らなくなるのだ。

第37章　死という名の刈り取る者〔ロングフェローの詩「刈り取る者と花」にある言葉〕

「マシュー……マシュー……どうしたの？　マシュー、気分が悪いの？」

そう言ったのはマリラだった。びっくりして、声が裏返っている。アンが、白い水仙《ナルキツソス》を両手にいっぱい持って廊下から台所へ駈《か》け込んでくると――それ以来アンは、白い水仙《ナルキッソス》を見るのも嗅《か》ぐのも長いことできなくなってしまうのだが――マリラの叫び声が聞こえ、マシューが勝手口に立っているのが見えた。折りたたんだ新聞を手にして、顔が奇妙に引きつれて灰色だった。アンは花を落として、台所を横切ってマリラと同時にマシューのところへ駈けつけた。二人とも間に合わなかった。二人がやってくる前に、マシューは勝手口の敷居の上に倒れてしまったのだ。

「気を失ったわ」とマリラがあえいだ。「アン、マーティンを呼んどいで――早く、早く！　納屋にいるから」

ちょうど郵便局から帰ってきたお手伝いのマーティンは、すぐに医者を呼びに行き、途中で果樹園の坂《オーチャード・スロープ》に立ち寄ったので、バリー夫妻と、たまたま用があって一緒にいたリンド夫人も駈けつけた。来てみると、アンとマリラが必死になってマシューの意識を回復させようとしていた。

リンド夫人は、二人をそっと脇へのかせ、マシューの脈をとり、それから心臓に耳を当てた。そして、二人の心配そうな顔を悲しげに見やった。その目には涙があふれていた。

「ああ、マリラ」と夫人は深刻な口調で言った。「もう……何もしてやれることは、ないわ」

「リンドさん、まさか……まさか、マシューが……マシューが……」アンは、その恐ろしい言葉を言うことはできなかった。気持ちが悪くなり、青ざめていた。

「そうよ、残念ながらね。顔を見てごらん。私と同じぐらい何度もこういう顔を見てきた者には、これがどういうことかわかるんですよ」

アンは、動かなくなった顔を見て、偉い神さまが封印をなさったのだと思った。

お医者さんがいらして、死は速やかで、恐らく痛みはなかったであろうとおっしゃった。たぶん、何か急なショックを受けたのだろうという。そのショックの秘密は、マシューが手にしていた新聞にあった。その朝、マーティンが郵便局から持ってきた新聞だ。そこには、アビー銀行倒産の記事があった。

ニュースはアヴォンリー村にすばやく広まり、一日じゅう友だちや隣人が緑破風《グリーン・ゲイブ》の家《ルズ》に集まり、死者と遺族にお悔やみを言っていった。恥ずかしがりで静かなマシュー・カスバートは初めて、みんなの注目を浴びる大切な人となったのだ。白い死という威厳がマシューに下りてきて、死の冠をかぶせて、ほかの人の手の届かないところへ連れていったのだ。

静かな夜がそっと緑破風《グリーン・ゲイブルズ》の家にやってくると、この古い家はしんとした。客間には柩《ひつぎ》に収められたマシュー・カスバートが横たわり、長い白髪は穏やかな顔を包み、まるで眠って、快適な夢でも見ているかのように、その顔にはやさしい微笑みがあった。まわりには花がある……マシューの母親が、新婚時代にこの家の庭に植えた花で、マシューはこの花のことを密《ひそ》かに、言葉にできないほど愛していたのだった。青ざめた顔をしたアンは、苦しみのため、涙も出ない目を燃やすようにして、その花を摘んでマシューに捧《ささ》げた。それがマシューにしてあげられた最後のことだった。

バリー家の人たちとリンド夫人は、その夜泊まってくれた。ダイアナは、東の破風の部屋へ上がり、窓辺にアンが立っているのを見て、やさしく言った。

「ねえ、アン、今晩一緒に寝てほしい？」

「ありがとう、ダイアナ」アンは友だちの顔を真顔で見つめた。「一人になりたいって言っても誤解しないわよね。あたし、怖くないわ。ああなってから一時も一人でいないけど……一人になりたいの。すっかり黙って静かにして、実感したいの。まだ本当だと思えないのよ。マシューが死んだはずがないって思う一方で、ずっと前から死んでいて、それ以来この恐ろしい、胸がしめつけられるような痛みが続いている気もするの」

ダイアナにはよくわからなかった。マリラは、これまでずっと感情を表に出さない控えめな性質だったのをすべて打ち破って、嵐のような勢いで激しく悲しんでいた。そのほうが、アンの涙のない苦悩よりもダイアナにはわかりやすかったのだ。しかし、やさしく立ち去って、アンが悲しみとともに最初のお通夜を一人でできるようにしてあげたのだった。

アンは、一人になったら涙が出てくるだろうと思っていた。こんなにも愛していて、こんなにも自分にやさしくしてくれたマシューのために涙が一滴も出なかったなんて、ひどいことに思えた。昨日の日暮れどきに一緒に歩いてくれていたマシューが、今はあの荘厳な安らかさを顔に浮かべて階下の暗い部屋で横たわっているのだ。しかし、最初、涙は出なかった。暗闇の中、窓辺に跪《ひざまず》いて、祈って、丘の向こうの星々を見上げても――涙は出ない。ただ相変わらず恐ろしくみじめな痛みがぐっと胸をしめつけるだけで、ついにアンは、その日のつらさと興奮とに疲れ果てて眠ってしまった。

夜中に目が覚めた。あたりはしんとして真っ暗だ。日中に起こったことが、悲しみの波のように押し寄せてきた。昨晩、門のところで別れたときに微笑んでくれたように、マシューが自分に微笑みかけてくれているのがアンには見えた。マシューの声がこう言っているのが聞こえた――「わしの娘だ……わしの自慢の娘だよ」

すると、涙がどっと出てきて、アンは胸も張り裂けんばかりに泣き崩れた。マリラが聞きつけて、そっと入ってきて、慰めてくれた。

「ほらほら……そんなに泣かないの、いい子だから。あの人は帰ってきやしないんだから。そんな……そんなに……泣くのは、よくないよ。今日私はそれがわかったけど、あのときはどうにも止まらなかった。あの人は、いつだって、ほんとに、やさしくて、いいお兄さんだった……でも、これも神さまの思《おぼ》しめしですよ」

「ああ、泣かせて頂戴《ちょうだい》、マリラ」アンはすすり泣いた。「涙は、さっきまでの胸の痛みのようにつらくはないわ。しばらくここにいて。あたしと一緒に。あたしの体に腕をまわして……そう、そんなふうに。ダイアナにいてもらうわけにはいかなかったの。やさしくて、すてきな、いい人だけど……でも、この悲しみはダイアナのじゃないから……ダイアナは外にいて、あたしの心には近づけない。あたしを助けられないのよ。この悲しみは、あたしたちの悲しみ……あなたとあたしの。ああ、マリラ、マシューがいなくて、どうしていけばいいの？」

「私たちには、お互いが、いるじゃないか、アン。あんたがいなくなったら……あんたが帰ってこなくなったら、私はどうしていいかわからないよ。ああ、アン、今まであんたに厳しく、つらく当たってきたかもしれないけど……でも、それでも、私がマシューと同じぐらいあんたを愛してなかったなんて思わないでおくれ。今ならそれが言えるから、今あんたに言っておきたい。自分の心の中にある気持ちを言うのは、私にはなかなかできなかったんだ。でも、こんなときにはできるようになる。私は、あんたが自分の血を分けた娘のようにとっても愛してる。あんたがグリーン・ゲイブルズに来てくれたときから、あんたは私の歓《よろこ》びであり、慰めだったんだよ」

その二日後、マシュー・カスバートは、家の玄関から運び出され、彼が耕した畑や、彼が愛した果樹園や、彼が植えた木々をあとにして運ばれていった。それからアヴォンリーは、いつもの静けさに戻り、緑破風《グリーン・ゲイブルズ》の家においてさえ、何もかも昔どおりに戻って、前と同様にきちんきちんと家事がなされ、農作業が進められたが、「見なれたものすべてに、何かが欠けている」〔ホイッティアーの詩「雪に閉ざされて――冬の牧歌」に基づく表現〕というつらい思いは消えなかった。初めて人と死に別れる悲しみを知ったアンは、そんなふうになるなんて悲しいと思った――つまり、マシューがいなくても、昔と同じにやっていけるなんて。樅《もみ》の木々の向こうに陽が昇ったり、庭に薄いピンクの蕾《つぼみ》が開きだしたりするのを目にすると、昔のようにうれしい気持ちが湧き起こることに気づいて、恥と良心の呵《か》責《しゃく》のようなものを感じた——ダイアナが来てくれるとうれしいし、ダイアナの陽気な言葉や振る舞いを見聞きすると笑ったり微笑んだりしてしまう——要するに、花と愛と友情の美しい世界は、アンの心を楽しませ、どきどきさせる力を少しも失っておらず、人生は依然として、様々な声でアンに呼びかけてくるのだ。

「何だかマシューに申し訳ない気がします。マシューがいなくても、こうしたことを楽しめるなんて」アンはある日の夕方、ミセス・アランと一緒に牧師館の庭にいるときに、切なげに打ち明けた。「マシューがいなくてほんとにつらいんです……いつも……それなのに、ミセス・アラン、世界も人生も、結局あたしには、とても美しくておもしろいんです。今日、ダイアナがおもしろいことを言って、あたし笑った。あのときは、あたし、もう二度と笑うことはないって思ってたんです。何だか笑ってはいけないような気がして」

「マシューは、生きていたとき、あなたが笑うのを聞きたがったわね。あなたにいろんな愉快なことを楽しんでもらいたがったでしょ」ミセス・アランは、やさしく言った。「あの人は、今、遠くに行っただけなのよ。今までどおり、あなたに楽しんでもらいたいと思ってるはずよ。自然がもたらす癒《いや》しの力に心を閉ざしてはいけないわ。でも、あなたの気持ちはわかります。誰もが同じような経験をするの。私たちの愛する人がもういなくて、歓びを分かち合えないとき、私たちをよろこばせるものがありえるなんて考えたくないもの。そして、人生への興味が戻ってくると、悲しみへの裏切りなのではないかという気がしてしまうのよ」

「あたし、今日の午後、墓地まで行って、マシューのお墓にバラの木を植えてきました」アンは夢見るように言った。「マシューのお母さんがずっと前にスコットランドから持ち帰った小さな白いバラ、スコッチ・ローズのさし枝を持っていったの。マシューはいつもあのバラが一番好きだったから……棘《とげ》のある茎に、とっても小さくて、いい香りの花をつけるの。お墓のそばに植えてあげられてよかった……近くに植えてあげて、マシューがよろこぶことをしてあげられた気がします。天国にもあんなバラがあるといいんだけど。ひょっとしたら、マシューが毎夏愛した、あの小さな白バラの魂は、天国でマシューを迎えてくれているかもしれません。あたし、もう帰らなくちゃ。マリラが一人だから、暗くなるとさみしがるんです」

「あなたがまた大学へ行ってしまうと、もっとさびしくなるわね」とミセス・アラン。

アンは返事をしなかった。おやすみなさいを言って、ゆっくりと緑破風《グリーン・ゲイブルズ》の家へ帰っていった。マリラが玄関の前の階段に坐《すわ》っていたので、アンはその隣に坐った。背後のドアは、大きなピンク色のほら貝が押さえになって、開けっ放しになっていた。貝の内側のつるつるした渦巻には、海に沈む夕陽が輝いていた。

アンは、薄黄色のスイカズラの小枝を集めて、髪に挿した。動くたびに、あたりに祝福を撒《ま》いているようにすてきな香りが広がるのが好きだった。

「あんたの留守に、スペンサー先生がいらしてね」とマリラ。「明日《あした》、例の眼科医が町にくるから、目を検査してもらいに行きなさいって強く勧めなさるんだよ。行って、すませてしまうよりほかないと思うの。この目に合うきちんとした眼鏡を作ってもらえたら、ありがたいんだけど。私が出かけているあいだ、お留守番をしてもらえるわね？　私はマーティンに町まで乗せてってもらうから。アイロンがけをして、パンを焼いといて頂戴な」

「だいじょうぶよ。ダイアナが来て、一緒にお留守番してくれるから。アイロンとパン作りはみごとにやってみせるわ――心配しないで。ハンカチに糊《のり》をつけたり、痛み止めでケーキに味付けしないから」

マリラは笑った。

「あの頃のあんたときたら、しくじってばかりだったね、アン。ごたごたばっかり起こしてた。この子は一体どうなってるんだろうと思ったもんだよ。髪の毛を染めたときのこと、憶《おぼ》えてる？」

「ええ、もちろん。絶対忘れないわ」アンは、きれいな形の頭に巻きつけた太い三つ編みをさわりながら、微笑んだ。「あんなに髪のことを悩んでいたなんて、今思うと、少し笑えるわ――でも、あ
んまりは笑えない。だって、あのときはものすごく真剣な

悩みだったんですもの。この髪とそばかすにはひどく悩まされたわ。そばかすは、ほとんどなくなったし、みんなやさしくて、あたしの髪は今では赤褐色《オーバーン》だって言ってくれる——ジョウジー・パイは別だけど。あの子、『絶対前よりも赤くなったよ』なんて、昨日言ってきたのよ。それとも、あたしが喪服を着てるせいで赤が濃く見えるのかもしれないんですって。それで、こう聞くの、『赤毛の人って、自分の赤毛に慣れるもんなの？』って。マリラ、あたし、ジョウジー・パイを好きになろうって努力するのはもうあきらめることにするわ。昔だったら〝英雄的努力〟なんて呼んだかもしれないような努力をして、あの子を好きになろうとしてきたけど、向こうが受けつけないんじゃ話にならないわ」

「ジョウジーは、パイ家の人間ですからね」マリラは厳しく言った。「だから、嫌なやつであるのはしょうがないのよ。ああいった連中でも、社会で何らかの役には立つんでしょうけど、ちくちくするアザミと同じで、何の役に立つのか私にはわからないね。ジョウジーは先生になるの？」

「いいえ、来年クイーンに戻るって。ムーディー・スパージョンとチャーリー・スローンもそう。ジェーンとルービーは先生になるの。学校も決まったわ——ジェーンはニューブリッジで、ルービーは西のほうのどこか」

「ギルバート・ブライスも先生になるんでしょ？」

「うん」――短い返事。

「あの子は、美男子だねえ」マリラはぼんやり言った。「こないだの日曜に教会で見かけたけど、背が高くて、男らしかったよ。あの子のお父さんの若い頃にそっくりね。ジョン・ブライスは、すてきな子だったわ。ジョンと私はとてもいい友だちだったんだよ。世間じゃ、ジョンは私の恋人だなんて言ってた」

アンは、たちまち興味を覚えて、顔を上げた。

「へえ、マリラ……それで、どうなったの？……どうして、彼と……」

「喧嘩《けんか》したの。赦《ゆる》してくれって言われたとき、赦さなかったのよ。しばらくしたら赦してあげるつもりだったんだけど……でも、私は機嫌をそこねて怒っていて、まずはジョンを懲らしめたかったの。でも、彼は戻ってこなかった。ブライス家の人間は、えらく自尊心が強いからね。でも、私はいつも……後悔してた。チャンスがあったときに赦してあげられたらよかったのにと思ったわ」

「じゃあ、マリラの人生にもロマンスがちょっとはあったのね」アンはそっと言った。

「そうね、そう言ってもいいかもしれないね。この私にそんなものないと思ったでしょ？　でも、人間なんて外見じゃわからないからね。みんな、私とジョンのことを忘れていて、私も忘れてた。でも、こないだの日曜にギルバートを見たとき、思い出したのよ」

第38章　曲がり角

次の日、マリラは町へ行って、夕方帰ってきた。アンは、ダイアナを果樹園の坂《オーチャード・スロープ》まで送って家へ帰ってみると、マリラは台所にいて、テーブルに片ひじをつき、その手で頭を支えて坐っていた。その気落ちした様子にアンは、ハッとした。マリラがこんなふうに、だらりと何もしないで坐っているなんて、見たことがない。

「とても疲れたの、マリラ？」

「ああ……いや……どうだろうね」マリラは憂鬱《ゆううつ》そうに目を上げて言った。「疲れているんだろうけど、そんなこと考えてもみなかったわ。そんなことじゃないのよ」

「眼科医に診てもらったの？　何て言われたの？」アンは心配そうに尋ねた。

「ああ、会いましたよ。目を診てもらったわ。先生がおっしゃるには、読書や縫い物はすっかりやめて、目に負担になるような仕事も一切やめて、泣かないように気をつけて、先生のくださる眼鏡をかけるなら、これ以上目が悪くなるようなことはなく、頭痛も治るだろうって。でも、先生のおっしゃるとおりにしないと、まちがいなく六か月ですっかり目が見えなくなるそうだよ。目が見えなくなるんだって！　アン、考えてもみてよ！」

アンは思わずうろたえて声をあげたが、そのあとしばらく言葉が出なかった。口がきけなくなってしまったように思えた。やっとのことで勇気を出して口をきいたが、声は途切れがちだった。

「マリラ、そういうふうに考えちゃだめよ。先生は希望をくださったのよ。気をつけていれば、全然視力を失ったりしないんでしょ。先生のくださる眼鏡で頭痛が治るなら、すごいじゃない？」

「大した希望じゃないよ」マリラは苦々しく言った。「読書も縫い物も何にもできないんじゃ、どうやって生きていけばいいって言うの？　それくらいなら目が見えなくなったほうが……死んだほうがましだよ。それに、泣くなって言ったって、さみしくなったらしょうがないでしょ。でもまあ、そんなこと言ってても始まらないね。お茶を淹《い》れてくれたら、ありがたいわ。何だかもう疲れてしまってね。ともかく、このことはまだ誰にも言わないで。いろんな人がやってきて、あれこれ質問されたり同情されたり、とやかく言われるのはうんざりだからね」

マリラは軽食を食べたあと、アンに説得されて早く寝た。それからアンは、東の破風の部屋へ上がり、暗闇の中で窓辺に坐って、一人涙を流し、心の重さに耐えた。家へ帰ってきた日の夜にここに坐ったときはあんなにうれしかったのに、今は悲しいことばかり！　あのときは希望と歓《よろこ》びに満ちあふれ、未来は順風満帆に見えていたのに。あれから何年も経ってしまったかのように思えた。ところが、ベッドに入る前に、アンの口には笑みが浮かび、心には平安があった。自分のしなければならないことを勇敢に見据えて、それを味方にしたのだ——しなければならないことというのは、身がまえずに受け入れれば、味方になるものなのだ。

数日後の午後、裏庭でお客さまと話をしていたマリラが庭からゆっくりとやってきた——お客さまは、カーモディからきたジョン・サドラーだと、顔を知っていたアンにはわかった。マリラがあんな顔をするなんて、この人はマリラに何を言っていたのだろうと、アンは不思議に思った。

「サドラーさん、何の用事だったの、マリラ？」

マリラは窓辺に坐《すわ》って、アンを見た。眼科医が禁じたにもかかわらず、目には涙が浮かび、声は途切れがちだった。

「私がグリーン・ゲイブルズを売ろうとしてるって聞きつけて、買いたいって」

「買うですって！　グリーン・ゲイブルズを？」アンは、耳をうたがった。「ああ、マリラ、まさかグリーン・ゲイブルズを売るつもりじゃないでしょうね？」

「アン、ほかにどうすることもできないのよ。よくよく考えたの。私の目がちゃんとしてたら、ここにとどまって、しっかりしたお手伝いの人を雇って、なんとかやっていくこともできたでしょうけど。でも、目がこうだから無理なのよ。すっかり失明してしまうかもしれないし。それにともかく、取り仕切るだけの元気がもうないんだよ。ああ、自分の家《うち》を売らなきゃならない日がくるとは思ってもみなかった。だけど、放《ほ》っておけば、どんどん悪くなって、しまいには買い手もつかなくなっちまう。うちのお金はすっかりあの銀行にあったんだよ。それに、去年の秋にマシューが切った手形の支払いもしなきゃならないし。レイチェルは、農場を売ってよそに住んだらいいって言うけど――たぶん自分のところに来なさいっていうことなんでしょう。こんな農場、売っても大したお金にならないのよ――小さいし、家は古いしね。だけど、私一人が暮らしていくにはじゅうぶんさ。あんたがあの奨学金でやっていけることになっていて、ほんとありがたいよ、アン。休暇のあいだに帰ってくる家がなくなってしまって申し訳ないけど、それだけのことさ。だけど、あんたならなんとかやっていけるでしょ」

そう言うと、マリラはこらえきれなくなって、激しく泣き崩れた。

「グリーン・ゲイブルズを売っちゃだめよ」アンは、きっぱりと言った。

「ああ、アン、そうしなくてすむものならね。でも、考えてもごらん。私一人でここにいられないよ。私の手に余るし、さびしいしで、気がへんになっちまうよ。しかも、目が見えなくなる……そうなることは、まちがいないんだ」

「ここに一人でいなくてもいいのよ、マリラ。あたしが一緒にいる。あたし、レドモンドに行かないから」

「大学に行かないって！」マリラは、やつれた顔から両手を離して、アンを見た。

「え、どういうこと？」

「今言ったとおりよ。奨学金はもらわないわ。マリラが町から帰ってきた日の夜にそう決めたの。こんなにいろいろしてもらったのに、マリラが困っているのを放《ほう》って、あたしが出ていけるはずがないでしょ。あたし、いろいろ考えて、計画を立てたの。まあ、聞いて頂戴《ちょうだい》。バリーさんは来年一年、うちの農場を借りたがっているわ。だから、農場には手がからなくなるでしょ。そして、あたし、先生になるわ。ここの学校に応募したの──ただ、理事会はその職をギルバート・ブライスに約束したから、あたしがもらえるとは思わないけど。だけど、カーモディ校ならだいじょうぶみたい──ブレアさんが昨夜《ゆうべ》、お店でそう言ってたわ。もちろん、アヴォンリー校で教えるほうがずっといいし、便利なんだけど。でも、家から通えるし、カーモディまで馬車で行って帰ってくることもできるわ。少なくとも暖かい季節はね。それに冬だって金曜には帰ってこられる。だから、馬は手放さないでおきましょう。ああ、あたし、すっかり計画したのよ、マリラ。あたし、あなたに本を読んで元気づけてあげる。退屈したり、さみしかったりなんてさせないわ。ここで居心地よく楽しく暮らしましょう、あなたとあたし、二人で」

マリラは、夢の中にいるかのような顔をして聞いていた。

「ああ、アン、あんたがいてくれたら、どんなに心強いか。でも、私のために、あんたを犠牲にするわけにはいかないよ。とんでもないことだよ」

「何言ってるの！」アンは陽気に笑った。「犠牲なんかじゃないわ。グリーン・ゲイブルズを手放すことほど、最悪なことはないわ——それほどあたしを傷つけることはないの。大切な懐かしい場所を守らなくちゃいけないわ。もう決心はついてるのよ、マリラ。あたし、レドモンドには絶対行かない。ここに残って、先生になるわ。あたしのことは全然心配ないから」

「でも、あんたの夢が……それに……」

「あたしの夢は変わらないわよ。ただ、夢の中身を変えただけ。あたし、いい先生になる……そして、マリラの視力を守るわ。それに、家で勉強してちょっとした大学の課程を独学でやってみようと思うの。ああ、あたし、たくさん計画があるのよ、マリラ。この一週間、いろいろ考えてたの。ここで人生を精一杯生きれば、きっと最高に報われると思うわ。クイーンを卒業したとき、将来は直線の道のように目の前にまっすぐ延びてるように思えた。ずっと先まで見通せるように思えたの。今、道が曲がった。曲がり角の向こうに何があるかはわからないけど、一番いいものがあるって信じるつもりよ。その曲がり角には、曲がり角なりの魅力があるのよ、マリラ。曲がった先にどんな道があるのか知りたいわ……緑に輝くすばらしい世界に光と影が柔らかく入り交じっているかもしれない……どんな新しい景色があるのか……どんな新しい美しさがあるのか……どんな曲線や丘や谷がその先に広がっているのか、知りたいのよ」

「あんたにあきらめさせるのはよくないと思うよ」マリラは奨学金のことを言った。

「あたしを止めることはできないわ。あたしはもう十六歳半で、リンドさんがかつておっしゃったように『言い出したら聞かない』んだから」アンは笑った。「ねえ、マリラ、あたしを可哀想とか思わないで。そんなふうに思われるのは嫌だし、その必要もないわ。あたし、グリーン・ゲイブルズにいるって考えるだけで、うれしくて仕方ないの。あなたとあたしほど、ここを愛している人はいないわ――だから、手放しちゃだめなの」

「なんていい子なんだろうね、あんたって子は！」マリラは、ついに折れた。「おかげで生き返った気がするよ。こっちも意地を張って、あんたを大学に行かせるべきだって気もするけど――でも、とてもできないから、むだなことはやめとくわ。でも、埋め合わせはするからね、アン」

アン・シャーリーが大学に行くのをやめて家にとどまって先生になるという噂がアヴォンリーにやかましく広がると、いろんな意見が飛び交った。マリラの目のことを知らない大抵の善良な人々は、アンが愚かな選択をしたと思った。ミセス・アランは、そうは思わなかった。えらいわねとほめてくださったので、アンの目にうれし涙がにじんだ。リンド夫人もそうは思わなかった。夫人は、ある日の夕方にやってくると、そこはかとなくよい香りのする、暖かい夏の黄昏《たそがれ》の中で、玄関の階段にアンとマリラが坐っているのを見つけた。二人は、白い蛾が庭に飛びまわり、ミントの香りが夜露を含んだ空気に漂う夕暮れ時、そこに坐るのが好きだったのだ。

レイチェル・リンドは、どっしりした体をドアの近くの石のベンチにどっこいしょと下ろすと、疲れと安堵《あんど》が混じった長い息をふぅとついた。うしろには、背の高いピンクと黄色のタチアオイがぎっしり並んでいた。

「やれやれ、坐れてよかったよ。一日じゅう立ちどおしで、二百ポンド〔約九十キロ〕もの体重は二本の足で支えるにはちと重すぎるからね。太っていないってのは、ありがたいことですよ、マリラ。感謝しなきゃ。さて、アン、大学に行くのをやめたんだってね。それを聞いて、とてもうれしかったですよ。あなたは、女として、もうじゅうぶんな教育を受けてますからね。女が男に交じって大学に行って、ラテン語だのギリシャ語だの、そんなばかげたことを頭に詰め込むなんておかしなことです」

「それでも、あたし、ラテン語とギリシャ語は勉強するつもりよ、リンドさん」とアンは笑って言った。「このグリーン・ゲイブルズで、大学の文系コースを勉強するの。

大学で勉強することはすべてここでやるわ」

リンド夫人は、心底おびえて両手を上げた。

「アン・シャーリー、体を壊しますよ」

「そんなことはないわ。元気にやります。ああ、やりすぎたりしないわよ。人気小説に出てくる〝ジョサイア・アレンのおかみさん〟〔当時大人気を博したマリエッタ・ホリーの滑稽小説の登場人物〕が言うように、〝てきとー〟にやるわ。でも長い冬の夕方には、たくさん空き時間があるだろうけど、あたしは手芸には向いてないし。ご存じでしょうけど、あたし、カーモディで先生をするんです」

「それはどうかしら。このアヴォンリーで教えることになるんじゃないの。理事会は、ここの学校をあなたにまかせることに決定したからね」

「リンドさん！」アンは驚いて立ち上がって言った。「だって、ギルバート・ブライスに約束してたじゃないの！」

「そうだけど、ギルバートはあなたが応募したと聞くと、理事会に行って――昨夜学校で会議があったんですよ――自分の応募を撤回するから、あなたを採用するようにってお願いしたんですよ。自分はホワイト・サンズで教えると言うの。もちろん、あなたがどれほどマリラと一緒にいたいかわかっていて、あなたのために身を引いたんですよ。ほんとにやさしくて思いやりのある人ですよ、まったくもって。まさに自己犠牲ね。だって、ホワイト・サンズの宿舎代を払わなきゃならなくなるし、あの子が大学の学費を自分で稼がなきゃならないってことはみんな知ってますからね。そういうわけで理事会はあなたを採用することに決定しました。トマスが家に帰ってきて教えてくれたときは、死ぬほどうれしかったわよ」

「それを受けてはいけない気がするわ」アンはつぶやいた。「だって……ギルバートにそんな犠牲をさせるのはよくないわ……あたしのために」

「もう遅いですよ。あの子はホワイト・サンズの理事会と契約書を取り交わしたからね。だから、あなたが断ったって、あの子の得にはならないのよ。もちろんあなた、アヴォンリー校で教えるでしょうね。もうパイ家の人間は誰もいないから、ちゃんとやっていけますよ。ジョウジーがパイ家の最後の子で、これでおしまいでよかったよ、まったくもって。この二十年間というもの、パイ家の誰か彼かがアヴォンリー校にいましたからね。パイ家というのは、学校教師にこの世はやすらぎの場でないことを思い知らせることを使命としていましたからね。あらまあ、びっくりした！　バリーさんの破風のところでチカチカしてるのは何？」

「ダイアナが、あたしに来てほしいって合図してるんです」アンは笑った。「あたしたち、昔やってたことをまた始めたんです。ちょっと失礼して、何の用か行って見てきます」

アンはクローバーの坂道を鹿のように駈《か》け下りていき、〝お化けの森〟の樅《もみ》の木陰の中へ消えていった。リンド夫人は、かわいくて仕方がないというふうにアンを見送った。

「まだ子供っぽいところが随分あるものね」

「かなり大人っぽいところも随分あるんですよ」とマリラは言い返し、一瞬、昔のきびきびした口調をとり戻した。

しかし、マリラのはっきりした特徴は、もはやきびきびしたものではなくなっていた。リンド夫人がその夜トマスに話したように――

「マリラ・カスバートも、まるくなったもんね、まったくもって」

次の日の夕方になって、アンは小さなアヴォンリー墓地へ行き、マシューのお墓に新しい花を生けて、スコッチ・ローズの木に水をやった。アンは、その小さな場所の穏やかさと静けさが気に入って、暗くなるまでそこにいた。ポプラの葉がカサコソいう音は、親しげな低い声のようで、ささやく草が墓と墓のあいだに生い茂っていた。ようやくそこを立ち去って、〝きらめきの湖〟へと下りていく長い丘を歩いていくと、もう陽も沈んでしまい、目の前のアヴォンリーは夢のような残光に包まれ――まさに〝古《いにしえ》の平和の訪《おとな》う場所〟だった。クローバーの甘い香りのする野原を吹き抜ける風のせいで、空気には爽《さわ》やかさがあった。家々のまわりに立つ木々の向こうのそこかしこから、窓の灯《あか》りがチラチラと漏れていた。その向こうには、靄《もや》がかかって紫に見える海があり、いつまでも耳につく、つぶやきのような波の音が聞こえていた。西の空には、柔らかく混ざった色合いが美しく輝き、それが湖水に映ると、一層柔らかな色合いになっていた。その美しさにアンの心はぞくぞくし、魂の扉をよろこんで開け放ったのだった。

「懐かしき世界」アンはつぶやいた。「なんてすてきなんでしょう。あたしは、ここで生きていられて、うれしいわ」

丘の中腹で、背の高い若者が、ブライス家の前の門から口笛を吹きながら出てきた。ギルバートだった。アンに気づくと口笛は止んだ。ギルバートは、帽子を少し持ち上げて挨拶《あいさつ》したが、アンが手を差し出して彼を引き取めなかったら、そのまま黙って行ってしまうところだった。

「ギルバート」アンは真っ赤な頬をして言った。「あたしのために学校を譲ってくれてありがとう。それを言わなきゃと思って。あなた、とても親切だわ――感謝してることを知ってもらいたかったの」

ギルバートは、差し出された手を熱く握った。

「別にぼくが親切ってわけじゃないよ、アン。少しは君の役に立ちたかっただけさ。これでもう友だちになれるかな？　ぼくの昔の失敗を赦《ゆる》してくれたのかな？」

アンは笑って、手を引っ込めようとしたが、ギルバートは放さなかった。

「池の船着き場に送ってくれたあの日、あなたのことを赦してたのよ。でも、自分でもそれがわかっていなかったの。あたし、ほんとに頭の硬いおばかさんだったわ。あたし……何もかも白状するわ……あのときから、申し訳ないと思ってたの」

「ぼくらは親友になれるね」ギルバートは大歓《よろこ》びで言った。「ぼくらは友だちになるべく生まれてきたんだよ、アン。君はその運命にずっと逆らってきたんだ。ぼくらはいろんな点で助け合える。君は勉強を続けるんだろ？　ぼくもだ。さ、家まで送るよ」

マリラは、アンが台所に入ってきたとき、物珍しそうにアンを眺めた。

「一緒に小道を歩いてきたのは誰なの、アン？」

「ギルバート・ブライス」とアンは答え、赤くなってしまった自分に困った。「バリーさんのところの丘で会ったの」

「あんたとギルバート・ブライスが門のところで三十分も話し込むほど、仲がいいとは知らなかったね」マリラは、とぼけた微笑みを浮かべた。

「あたしたち……あたしたち、ライバルだったの。でも、これからは友だちでいたほうがいいねって決めたの。あそこに、ほんとに三十分もいた？　ほんの数分に思えたけど。でもね、あたしたち五年間も口をきいてこなかったから、埋め合わせしなきゃならないのよ、マリラ」

アンは、その夜、大いに満足して窓辺に長く坐《すわ》っていた。風が桜の枝をそっと揺らし、ミントの香りが漂ってきた。星は窪地《くぼち》のとがった樅の木の上できらめき、ダイアナの灯《あか》りが懐かしい木々を抜けて輝いている。

アンの地平は、クイーンから戻ってきてこの窓辺に坐ったあの晩からずっと閉じていた。しかし、仮に足許《あしもと》に広がる道がせまくとも、静かな幸せの花がその道に沿って咲くだろうと、アンにはわかっていた。誠意をこめた仕事の歓び、立派な志、そして気心の知れた友との友情が、アンのものとなるのだ。アンが生まれつきもっている夢想の力もその理想的な夢の世界も、誰にも奪うことはできない。そして、道には曲がり角があるものだ!

「神、空に知ろしめし、世はすべて、こともなし」アンは、そっとささやいた。

訳者あとがき

『赤毛のアン』の文学性

『赤毛のアン』の魅力は多々あれど、最大の魅力は、感じやすい心を持つアンのロマンティックな想像力にあると言えるだろう。独りで汽車に乗って知らない村へやってきて、来るはずの迎えの人が来ないとなれば、通常の人間なら心配で途方に暮れるだろうに、この少女は、駅の近くの桜の木に登って一晩明かせば明日《あした》はきっとお迎えにきてくれるだろうと楽観視し、「月明かりに白いお花が浮かびあがる桜の木で眠るなんて」「大理石のお屋敷に住んでいるつもりになることだってできる」から「すてき」と夢見る——このロマンティックな想像力こそ、アンの本質と言えるのではないだろうか。

アン自身、自分の想像力を自らの強みとして認識しており、それは彼女の文学好きを助長する。そんな文学少女アンを創り出した作者L・M・モンゴメリの文学的教養がこの作品の中に綿密に織り込まれている。シェイクスピアを専門とする英文学者の私が本書を訳す意義は、その文学性を余すところなく汲《く》み取るところにあると考え、その点を特に配慮して丁寧に訳した。後述するように、この小説は英文学作品への縦横無尽な言及を駆使してできあがっているからである。

まず驚くべきことに、アンは十一歳にしてすでに、シェイクスピア作品に精通している！　初対面のマリラに「コーディーリアって呼んでもらえますか？」と言うのは『リア王の悲劇』のヒロインの名前であるし、「『バラは、ほかのどんな名前で呼ぼうとも、甘い香りは変わらない』って本で読んだことがある」（72ページ）と言う本とは『ロミオとジュリエット』のことであるし、マシューに「〝雪花石膏《せっかせっこう》の額〟って書いてあった」（38ページ）と言うのは、悲劇『オセロー』に書いてあったということだ。フィリップス先生が岩梨《メイフラワー》をプリシー・アンドルーズにあげながら「美しいものは、美しい人へ」と言っているのを聞いてアンが「先生にも想像力があるってわかったわ」（261ページ）と言うのは、これが『ハムレット』で王妃が亡きオフィーリアに花を捧《ささ》げるときのセリフであるからにほかならない。恐るべき小学生である。

すてきなものを美しく表現することがアンにとっては重要であり、だからこそ彼女はアヴォンリー村（プリンス・エドワード島のキャベンディッシュがモデル）に来たとたんに、りんごの白い花のトンネルになっている美しい並木道を〝歓《よろこ》びの白い道〟と命名し、この世のものとも思われぬ多様な色合いのきらめきを見せるバリー家の池を〝きらめきの湖〟と命名する。名前はアンのロマンティシズムを支える重要な要素であり、アンの名前に〝e〟がつかなければならないのも——ジョゼフィーヌやクリスティーヌなどの「ヌ」の響きをイメージしてもらえばわかりやすい——〝e〟はアン（ヌ）にとってロマンティシズムの象徴となるからである。表現への執着は、言葉へ、文学への憧憬《しょうけい》となって開花する。

アンは孤児院で勉強していたころから教科書の『読本』に載っていた多くの詩を暗誦でき、

なかでもサー・ウォルター・スコットの『湖上の麗人』やジェイムズ・トムソンの『四季』はほとんど憶《おぼ》えているというから驚異的だ（75ページ）。教科書に載っていたのが簡略版だとしても、どちらも数千行に及ぶ長詩なのだ。それをほとんど憶えているという。常人ではない。

なお、第十九章で、フィリップス先生が「シーザーの遺体を前にしてマーク・アントニーが演説する場面」を朗誦《ろうしょう》し、それを聞いてアンが、「今その場で立ち上がって暴動に加わってもいいという気持ちに」なったのは、先生がシェイクスピアの『ジュリアス・シーザー』第三幕第二場から、次の文句で終わるアントニーの有名な演説を朗誦したからだ。

もし私がブルータスで、ブルータスがアントニーだったら、そのアントニーは君たちの胸に怒りの火をつけ、シーザーの傷口一つ一つに舌を入れて訴えさせるだろう。さすれば、ローマの石でさえも立ち上がって暴動に走るだろう。（訳は角川文庫の河合訳より）

ここまでくると、少女アンの背後に文学通の作者の存在が重なり始め、アンの文学好きのレベルを越えて、作者自身の文学好きが露呈してくる。わかる人にはわかるという形で、地の文で引用符もつけずにシェイクスピアの表現を使った書き方をするのも、作者の書きぶりの特徴と言えるだろう。例えば、第二十四章冒頭の「かたつむりのようにのろのろどころか、すばやく元気に学校へ駈《か》けて行く少女たち」という表現は、喜劇『お気に召すまま』第二幕第七場にある人生の七つの時代の第二である「かばんをさげて、／輝く朝の顔をして、かたつむりのように／しぶしぶ学校に通う」児童への言及を踏まえており、第二十六章に「学校生活は疎ましく、腐った、つまらぬ、くだらないものに見えた」とあるのは、悲劇『ハムレット』の第一独白の次の部分をもじったものである。

ああ、神よ！　神よ！

この世のありとあらゆるものが、この俺には何と疎《うと》ましく、

腐った、つまらぬ、くだらぬものに見えることか！

あえて引用符をつけずに地の文の中に紛《まぎ》れこませてあるのは、読者が自分で気づいて楽しむことを期待して書いたと思われるので、この翻訳でも訳注は最小限にとどめた。ただし、第十四章の「目に見えない風」（161ページ）がシェイクスピアの『尺には尺を』第三幕第一場にある表現に基づくことは、原文の表現（viewless winds）を見ないとさすがにわからないので、ここに記しておく。ほかにも、第二十五章で店に女性店員がいるのを見てまごついたマシューが、その腕輪の音に「一撃で」（at one fell swoop）頭の中が真っ白になってしまう（315ページ）のは、『マクベス』第四幕第三場で妻子を殺されたマクダフが言う「一撃でか？」に基づいており、第二十五章で、アンこそがこのとき「ひと際明るく輝く星《スター》」だったとあるのは、『終わりよければすべてよし』第一幕第一場にある表現である。

詩に始まり、詩に終わる

『赤毛のアン』は詩に始まり、詩に終わる構造を持っている。タイトル・ページに附された詩の一節は題名の一部を成しており、アンが「精と炎と露より作られ」ていることを示す。これはヴィクトリア朝を代表するロバート・ブラウニング（一八一二〜八九）の詩「イーヴリン・ホープ」（一八五五）の第三連からの引用であり、「そなたの魂は純粋にして真実」という一行に続く二行である。英文学に詳しい人なら気づいたかもしれないが、『赤毛のアン』は、このブラウニングの代表的劇詩「ピッパが通る」（一八四一）の有名な一行を以《もっ》て終わっている。この詩は上田《うえだ》敏《びん》訳（「春の朝《あした》」、一九〇五）が有名なので、その訳をここで紹介しよう。

時は春、
日は朝《あした》、
朝《あした》は七時《ななとき》、
片岡《かたおか》に露みちて、
揚雲雀《あげひばり》なのりいで、
蝸牛《かたつむり》枝に這《は》ひ、
神、そらに知ろしめす。
すべて世は事も無し。

ブラウニングは夏目漱石《なつめそうせき》や芥川龍之介《あくたがわりゅうのすけ》が愛した詩人としても知られるが、もう一人のヴィクトリア朝の代表的詩人アルフレッド・テニソンもまた、漱石を始め、日本文学に大きな影響を与えた詩人である。アンがアヴォンリー村の学校に通うようになって、友だちと「エレーヌ姫」ごっこをしてボートを沈めてしまったときも、テニソンの詩「ラーンスロットとエレーヌ」(『国王牧歌』所収)にのめり込んでのことだった。まさにこの詩を、漱石が「薤露行《かいろこう》」という題で翻案している。漱石の美文でこの詩を読めば、アンたちのロマンティシズムもいくらかわかりやすくなると思うので、「薤露行」から該当部分を少し紹介することにしたい。

ラーンスロットを想いながら死を決意したエレーヌは、「ありとある美しき衣《きぬ》にわれを着飾り給え。隙間《すきま》なく黒き布しき詰めたる小船《こぶね》の中にわれを載せ給え。山に野に白き薔薇《ばら》、白き百合《ゆり》を採り尽して舟に投げ入れ給え。――舟は流し給え」と言い残して死に、父と兄が「遺言の如《ごと》く、憐《あわ》れなる少女《おとめ》の亡骸《なきがら》を舟に運」んで流す。「舟は杳然《ようぜん》として何処《いずく》ともなく去る。美しき亡骸《なきがら》と、美しき衣《きぬ》と、美しき花と、人とも見えぬ一個の翁とを載せて去る。翁は物をもいわぬ。ただ静かなる波の中に長き櫂《かい》をくぐらせては、くぐらす」――ちなみに原作には舟をこぐ翁がいたわけだが、アンたちは、ボートが小さすぎるために「なし」にしたわけである――流れゆく彼女の「屍《しかばね》は凡《すべて》の屍のうちにて最も美しい。涼しき顔を、雲と乱るる黄金《こがね》の髪に埋《うず》めて、笑える如く横《よこた》わる」――原文の「微笑むかのごとく横たわりて」を漱石は「笑える如く横わる」と変えたわけだ。このあとボートが沈没さえしなければ、キャメロットの水門に流れ着き、そこでアーサー王と王妃グウィネヴィアと騎士たちに迎え入れられ、王妃が「透き徹《とお》るエレーヌの額に、顫《ふる》えたる唇をつけ」、「美しき少女！」と言って一滴の熱き涙を彼女の冷たき頬の上に落として終わるはずだったのである。

漱石がらみでもうひとつ。『吾輩《わがはい》は猫である』で、猫の吾輩が「グレーの金魚を偸《ぬす》んだ猫ぐらいの資格は十分ある」（第二話）と主張するのは、詩人トマス・グレイが詩「金魚鉢で溺《おぼ》れた愛猫の死を悼《いた》む歌」（一七四八）で詠《うた》った猫への言及なのだが、そのグレイの代表作「田舎の墓地にて詠める挽歌《ばんか》」（一七五一）は名作として知られる。漱石もその冒頭の二行を「暮鐘は韻を伝えて逝日を弔《とむら》い、／群羊の歩み遅くして曠野《こうや》に啼《な》く」と漢詩に訳したほどだが、その第二十四連に「いずれかの魂の響き合う友（kindred spirit）、汝《なんじ》が運命を尋ねん」とある。アンもまた、この詩を漱石同様に愛誦していたことがわかる。真《まこと》に英文学の世界は豊かである。

なお、『赤毛のアン』という題名は村岡花子《むらおかはなこ》さんがつけたものだが、日本ではその名で広く知られているため、そのまま踏襲させていただいたことをお断りする。

次巻『アンの青春』で、アンは母校の教師となる。家ではマリラが引き取った双子の世話に大わらわ。そんな折、新しい友人ができる。ミス・ラベンダーという白髪の女性で、二十五年前に婚約者とケンカ別れして以来ずっと独身だ。若き日の失恋に今も苦しむ姿に、アンは……。実は、次巻はモンゴメリの夢が託された作品だ。彼女の人生、愛した文学について知らなくては真に読解できない。そのあたりをあとがきで丁寧に解説していますので、ぜひお楽しみに。

二〇二五年二月　河合祥一郎

翻訳・参考資料

原文

L. M. Montgomery, Anne of Green Gables, The Anne of Green Gables Novels #1（1908; New York: Bantam Books, 1998).

研究書（雑誌論文を含む）

Blackford, Holly, ed., 100 Years of Anne with an 'e': The Centennial Study of Anne of Green Gables（Calgary, Alberta: U of Calgary P, 2009).［12本の論文を収めた研究書。特に第3部の 'Quoting Anne: Intertextuality at Home and Abroad' では間テクスト性について論じられている］
Bode, Rita, and Jean Mitchell, eds, L. M. Montgomery and the Matter of Nature(s).（McGill-Queen's UP, 2018).［これも12本の論文を収めた研究書。環境や自然との親和性のなかに作品を位置づける試み］
Epperly, Elizabeth Rollins, The Fragrance of Sweet-Grass: L. M. Montgomery's Heroines and the Pursuit of Romance, revised edn（Toronto: U of Toronto P, 2014).［初の本格的研究書であり、初版1992年ののち、2014年に改訂版が出ている］
-----, Imagining Anne: The Island Scrapbooks of L. M. Montgomery（Toronto: Penguin Canada, 2008).［詳細な注のついた1893～1910年代半ばまでのモンゴメリーのスクラップブック資料集］
Gammel, Irene, Looking for Anne of Green Gables: The Story of L. M. Montgomery and Her Literary Classic（New York: St. Martin's Press, 2009).［1903～38年のモンゴメリーを分析して当時の執筆状況を詳細に考察した研究書］
-----, ed., Making Avonlea: L. M. Montgomery and Popular Culture（Toronto: U of Toronto P, 2002).［2000年にプリンス・エドワード・アイランド大学で開催された学会での発表論文23本を収めた研究書。「日本における大衆文化とアン・クラブ」についての論文もある］
----- and Benjamin Lefebvre, eds, Anne's World: A New Century of Anne of Green Gables（Toronto: U of Toronto P, 2010).［新しい視点でアンを語る11本の論文を収めた研究書］
Howey, Ann F., 'Anne of Green Gables: Criticism after a Century', Children's Literature 38（2010): 249-253.［『赤毛のアン』100周年を迎えて活発化した批評をまとめた論考］
Ledwell, Jane, and Jean Mitchell, eds, Anne around the World: L. M. Montgomery and Her Classic（Montreal & Kingston: McGill-Queen's UP, 2013).［『赤毛のアン』シリーズの国際的・多角的な評価を分析。日本でなぜアン・シリーズが人気なのか、ノートルダム清心女子大学教授赤松佳子へのインタビューも収録］
Lefebvre, Benjamin, ed., The L. M. Montgomery Reader, Volume 1: A Life in Print（Toronto: U of Toronto P, 2013).［モンゴメリーが書き遺した文書や当時の批評文から著者の実像を浮かび上がらせる］
-----, ed., The L. M. Montgomery Reader, Volume 2: A Critical Heritage（Toronto: U of Toronto P, 2014).［モンゴメリー没後70年間の批評と受容を分析する20本の論文を収録］
-----, ed., The L. M. Montgomery Reader, Volume 3: A Legacy in Review（Toronto: U of Toronto P, 2014).［モンゴメリーの24作品についての当時の書評を収録］
Mitchell, Jean, ed., Storm and Dissonance: L. M. Montgomery and Conflict（Newcastle upon Tyne, Eng.: Cambridge Scholars Publishing, 2008).［2006年にプリンス・エドワード島で開催された第7回国際L. M. モンゴメリー学会での発表論文を契機に編まれた研究書。多様性に特色がある］
Rubio, Mary Henley, Lucy Maud Montgomery: The Gift of Wings（Toronto: Doubleday Canada, 2008; paperback ed., Toronto: Anchor Canada, 2010).［モンゴメリー伝記の決定版］
Waterston, Elizabeth, Magic Island: The Fictions of L. M. Montgomery（New York: Oxford UP, 2009).［モンゴメリーの虚構という「魔法の島」がどのように形成されたのかを研究。前掲のRubioの伝記とともに読むように書かれている］
Wilmshurst, Rea, 'L. M. Montgomery's use of quotations and allusions in the "Anne" books', Canadian Children's Literature, 56 (1989): 15-45.［シリーズ全巻に亘って引用の原典を詳細に明示した研究。本翻訳書に付した注はこれに基づいている］
松本侑子訳・訳注『アンの愛情』集英社文庫（集英社、2008)、改稿版・文春文庫（文藝春秋、2019)［翻訳であるが、訳者の研究による注釈が豊富なので、ここに掲げる］

インターネット

'Anne of Green Gables Wiki'《https://anneofgreengables.fandom.com/wiki/》［このサイトにはアンシリーズにおける引用・出典についての情報が https://anneofgreengables.fandom.com/wiki/Notes:Cultural_references_and_allusions に詳細に記されている］
'Benjamin Lefebvre'《http://benjaminlefebvre.com/》［3巻本の The L. M. Montgomery Reader（2013-14）の編纂を手掛けたモンゴメリー研究の第一人者Lefebvre個人の研究成果をアップしたサイト］
'L. M. Montgomery Online: Devoted to the life, the work, and the legacy of Canada's most enduringly popular author'《http://lmmonline.org/》［最新の研究書や雑誌論文に至るまで詳細な情報を集積した研究者のための学術サイト。Benjamin Lefebvreが監修しており、信頼性が極めて高い］
'L. M. Montgomery Institute'《https://www.lmmontgomery.ca/》［プリンス・エドワード・アイランド大学内にあるモンゴメリー研究所のサイト。研究活動・作品・伝記についての情報を提供］

参照した先行訳

石川澄子訳『赤毛のアン』（東京図書、1989)
きったかゆみえ訳『赤毛のアン』（金の星社、1989)
掛川恭子訳（1990～91)、『赤毛のアン』講談社文庫（講談社、2005)
茅野美ど里訳『赤毛のアン』偕成社文庫（偕成社、1987)
谷詰則子訳『赤毛のアン』（篠崎書林、1990)
中村佐喜子訳『赤毛のアン』角川文庫（角川書店、1957)
村岡花子訳（三笠書房、1952)、『赤毛のアン ―赤毛のアン・シリーズ1―』新潮文庫（新潮社、2008)

新訳《しんやく》　赤毛《あかげ》のアン

モンゴメリ　河合祥一郎《かわいしょういちろう》＝訳

令和7年 3月25日　初版発行

発行者●山下直久

発行●株式会社KADOKAWA
〒102-8177　東京都千代田区富士見2-13-3
電話　0570-002-301（ナビダイヤル）

角川文庫 24594

印刷所●株式会社暁印刷
製本所●本間製本株式会社

表紙画●和田三造

ISBN 978-4-04-116008-4　C0197

本書は2014年3～4月に角川つばさ文庫より刊行された児童書『新訳　赤毛のアン（上）　完全版』『新訳　赤毛のアン（下）　完全版』を一般向けに大幅改訂したものです。なお、訳者あとがきは書き下ろしです。